有爱的青春陪伴者

深度沦陷

酥芙蕾 著

贵州出版集团
贵州人民出版社

图书在版编目（CIP）数据

深度沦陷 / 酥芙蕾著. -- 贵阳：贵州人民出版社，2022.12
ISBN 978-7-221-17310-2

Ⅰ. ①深… Ⅱ. ①酥… Ⅲ. ①长篇小说-中国-当代 Ⅳ. ①I247.5

中国版本图书馆CIP数据核字(2022)第183482号

深度沦陷
SHENDULUNXIAN

酥芙蕾 / 著

出版统筹：	陈继光
选题策划：	大鱼文化
责任编辑：	潘江云
特约编辑：	周丽萍
装帧设计：	颜小曼　唐卉婷
封面绘制：	Joynii
出版发行：	贵州人民出版社（贵阳市观山湖区会展东路SOHO办公区A座 邮编：550081）
印　　刷：	长沙鸿发印务实业有限公司
开　　本：	880毫米×1230毫米　1/32
字　　数：	298千字
印　　张：	9
版　　次：	2022年12月第1版
印　　次：	2022年12月第1次印刷
书　　号：	ISBN 978-7-221-17310-2
定　　价：	39.80元

贵州人民出版社微信

版权所有　盗版必究。举报电话：策划部0851-86828640
本书如有印装问题，请与印刷厂联系调换。联系电话：0731-82755298

前言

住在洛杉矶那会儿,经常要尽地主之谊招待来玩的朋友,带他们逛星光大道,逛马里布海滩,逛盖蒂中心,逛迪士尼……

某个夏日的夜晚,我陪一个很迷《爱乐之城》的朋友逛完格里菲斯天文台,出来的时候,大概是转错了弯,车在好莱坞山里七拐八绕,成功地绕迷路了。

半山腰上没有路灯,越往前开越黑,渐渐连房子都没有了。好奇星人如我,一时很想知道这条未曾走过的路究竟通往山的哪一边,于是继续向前开。

最终,路的尽头,是一扇巨大的雕花铁门。

说是尽头不算确切,因为铁门里面还有路,一直向车灯照不到的更深处延伸。只是从这扇大门起,门后面的整片广阔山顶,都属于一座私人的西班牙式庄园。

那晚的月亮很低很近,头顶是满天繁星,下方俯瞰比繁星更璀璨的城市灯海。面前宏大的庄园静静地沐浴在月光下,显得神秘又梦幻,有一种孤立于世外,高处不胜寒的孤寂感。

朋友感慨:"住在这里的人,也太孤独了吧。"

我装深沉:"个体存在的本质就是孤独的。或许人家就是刻意保持孤独,享受孤独呢?"

后来我时常会想起那个梦境般的场景,渐渐地,有个故事在脑海里浮现了出来——

两个孤独而不自知的人,因缘际会被困在了一座与世隔绝的庄园里,彼此碰撞摩擦出最原始、最纯粹的吸引力的火花。

接着一切都顺理成章,两个主角仿佛自动自发般,有了名字和形象。

那是两个磁极相反的人,原本在各自的世界里各自安好。宗衍是野心勃勃的雄狮,身处的位置让他不得不争,虽然孤身一人在旋涡中,却不允许自己孤独脆弱。而封窈是一尾偏安一隅的小咸鱼,不关心外界对自己的评判,专注于内心的小世界,自得自乐,拥抱孤独。

但是同时,他们的身世经历,其实有着不少微妙的相似之处。

隐秘的山庄就像是一座伊甸园,屏蔽了世俗的干扰,吸引也变得纯粹。两个习惯了圈地为营的人,第一次萌生出心动的小火苗,那注定很生涩,很不知所措。

封咸鱼对自己说,我就看看,看饱了就游走;宗狮子说服自己,我就养两天,养腻了就放生。

然而玫瑰是没有理由地开放,爱情和艺术一样,是自己发生的。

也正是因为发生得如此自然,如此纯粹,所以格外难以割舍。

用宗衍的话来说,就是——"我本来一个人好好的,她为什么要来招惹我?"

关于孤独而不自知,记得《小王子》里提到过一个红脸先生。他从来没有闻过花香,没有看过星星,没有爱过一个人,除了整日骄傲自得地忙着他口中的正事外,什么都没有体验过。

小王子气愤地评价说,他算不得一个人,只是个蘑菇。

可是我想,红脸先生也不是生来就想成为一个蘑菇的吧?

童年没吃过糖的小孩儿,可能穷极一生都不知道甜是什么滋味。或许红脸先生在有机会做一个无忧无虑的小孩儿,体会到闻花香看星星的快乐之前,就已经被迫成为一个大人。他根本不知道,甚至无从怀念那种纯粹的滋味,直到有天,他无意中捡到一颗糖。

然后,试探性地舔了一口。

在我拖拖拉拉大半年,终于完成了实体版的修改,正在琢磨番外写点什么的时候,全世界最可怕的生物光临了我家。

亲戚家的熊孩子。

为了耳根的清静,了解到熊孩子喜欢恐龙后,我找来了新出的纪录片《史前星球》,让他乖乖坐着看。

结果失算了!

我这个大朋友比小朋友看得还起劲!

史前时代的地球超有趣的!再见了妈妈,今晚我就要远航,我要去史前世界,摸一摸翼龙的翅膀……

可惜我妈不让。

不过,灵感这不就来了吗?

或许,在无数个多元宇宙里,就存在这么一个恐龙宇宙,你我在那个宇宙的异时空同位体都是恐龙,各种恐龙,宗衍和封窕也是。

出于某种神秘的原因，封窈的意识跨越多元宇宙，附着在了作为恐龙的自己身上，然后遇到了那个时空的宗衍……

顺便一提，这个"What if"番外和正文没有关联，至于究竟是梦是真，答案可以在下册的番外里找到。

写作的乐趣，于我而言就像拼乐高，以文字为零件，一点一点地将脑海里的世界搭建出来。之后，这个世界就不再属于我，而是属于推门进来，跟随宗衍和封窈一起踏上旅程的每一个读者。

博尔赫斯说，一本书不过是万物中的一物，是一堆没有生命的字符。直至找到了它的读者，书中的文字——或者说文字背后的诗意，因为文字本身只不过是符号而已——才会焕发出生机，而文字就在此刻获得了再生。

谢谢你，成为这本书的读者。

酥芙蕾

于梦幻之日

目 录

Chapter 01 · 001
伴月山庄

Chapter 02 · 016
好的,少爷

Chapter 03 · 033
有圈套,终止交易

Chapter 04 · 043
半路兄妹

Chapter 05 · 055
少爷,不合适吧

Chapter 06 · 073
金屋藏娇

Chapter 07 · 092
晒月亮吗

Chapter 08 · 105
晚安,飞飞鱼

Chapter 09 · 118
承诺

Chapter 10 · 135
钱叔

目 录

Chapter 11 · 153
摩擦

Chapter 12 · 172
你爱他?

Chapter 13 · 179
婚约

Chapter 14 · 193
劫数

Chapter 15 · 201
就她吧

Chapter 16 · 217
是未婚夫

Chapter 17 · 234
小流浪狗

Chapter 18 · 256
恶意

番外 · 268
What if……我是龙

Chapter 01
伴月山庄

午后时分,慵懒的夏风混着花香,熏得人昏昏欲睡。

封窈站在毕业答辩台上,慢声细语地陈述着自己的毕业论文。

软绵绵的女声舒缓轻柔,犹如催眠小曲,台下三个评委老师不住地点头啄米,很难起什么刁难的心思,提了两个问题,很快就给她高分通过了。

封窈礼貌地向老师们鞠躬致谢。

本科生涯落幕,她和庆大的缘分还未尽。她保送了本校的直博研究生,待将来拿到博士学位,她还打算留校任教。

庆北大学作为一流高校,教师待遇极好,研究经费充足,食堂林立菜式多样,阿姨从不颠勺——

世间还有比这座象牙塔更完美、更适合赖上一辈子的地方吗?

封窈脚步轻快地走下讲台,美好的暑假在向她招手,马上就能回外婆家,葛优瘫咸鱼躺,做一个吃了睡睡了吃的快乐废人……

"快看!对面天台!"

才刚出教室,忽然有人喊了一嗓子。顷刻间,走廊上本来在排队等待答辩的学生大噪,呼啦啦全涌向护栏。

本楼相隔二三十米远,正对着美院的昌茂楼。大企业家宗昌茂慷慨捐建的楼,全国各地不少学校都有。

太阳刺眼,封窈眯眸眺去。

只见对面楼顶上,赫然有个男生坐在天台边沿,双腿悬在外面。

好危险。

"不会吧,这哥们儿不会是要跳楼吧?"

众生嗡嗡议论,紧张中隐隐透着莫名的亢奋。楼下渐渐聚起了人,仰头张望。

有人试着喊话:"同学,没有什么过不去的坎儿,你别想不开啊!"

封窈收回目光,转身不打算继续看下去。

她既不认识这位同学,又不懂心理学,爱莫能助。有老师和这么多热心的同学在,相信不会出事的。

"哎,封窈!"

还没走出两步,同宿舍的冯璐璐瞧见了封窈,冲过来拉住她:"正找你呢!那个,不是刘东旭吗?"

封窈只得停下脚步:"刘东旭?"这个名字,有点儿耳熟……"好像,听过?"

冯璐璐瞪圆了眼睛:"他追过你的呀!你忘啦?新国国立美院来的交换生,在表白墙上狂刷告白,说你是他的缪斯女神,还在咱们宿舍楼下拉过小提琴……被你骂了的那个。"

封窈恍然:"噢!"

那还是开春的时候,快半年前的事情了。

封窈长了张美艳的脸,皮肤雪白,一双细长微挑的狐狸眼风情撩人,身材如其名,窈窕婀娜,凹凸有致。她在校园里从来不乏追求者,只是生性懒散,谈恋爱这种弄不好轻则劳心伤神、重则全家爬山的麻烦事,在她看来不是很有必要。

通常对于追求者,她都是礼貌婉拒,能避则避。只是大好的春日清晨,正是裹紧棉被舒舒服服地酣眠时,有人非要扰人清梦,她被起哄的舍友叫醒,起床气难免稍微有点儿大。

当时她推开窗,对楼下拉琴拉得如痴如醉的男生说了句:"同学,你这把锯,有点儿钝了。"

……

"没有骂人哦。"封窈纠正道。

冯璐璐侧眼瞟过舍友这张过于妩媚的脸,压低声音:"你说,他该不会是因为你吧?"

"有这么长的反射弧吗?"

"……也是。"

冯璐璐忽然想起来:"哦,对!我好像听谁说过他后来交了女朋友来着?"

就说嘛。

楼上楼下乌泱泱挤满了伸长脖子的人,老师们很快赶到了对面天台上,开始展开沟通劝说。

封窈把胳膊从冯璐璐手中抽出来:"你慢慢看,我先……"

"——封窈!我要跟、跟文学院的封窈说话!"

这时刘东旭似乎是在劝说下开口了,一声干哑发颤的嘶喊,仿佛一滴水落进了沸腾的油锅里,现场瞬时炸开了锅。

冯璐璐下意识地再次拽住封窈,张着嘴巴瞪住她。周围认识封窈的目光"唰唰"如聚光灯照了过来。

庆大虽大,学生不免有重名,但"文学院的封窈",指向精确。

马上便见主持答辩的徐教授快步奔来,手机贴着耳朵:"对对,她在这儿……好的,主任,明白……"

徐教授招手:"封窈你快来,赶紧劝他下来!"

众生像摩西分红海一样让出了路。封窈从蒙圈中回神,很为难:"可是,我基本上不认识这位同学,不知道怎么劝啊。"

万一劝不好,不会还赖她吧?

"不认识,他为什么指名找你?"别说徐教授不信,旁人的表情也明显都不信,不少人自认懂了——准是感情纠纷没跑了!

"行了,你先过来!"事态紧急,徐教授没空跟她掰扯,"人命关天!不管他提什么要求都先答应,总之先把人劝下来再说!"

人命关天的大帽子压下来,封窈没得选,只能挪到晒得发烫的护栏前,清了清嗓子。

"同学——"

封窈才刚开口,对面刘东旭猛地坐直,身形摇晃,惊起一片呼声,吓得封窈的心也直颤:"……小心。"

"窈窈!你终于肯见我了!"刘东旭的嘶喊如泣如诉,"我以为我失去你了……"

骄阳如火炙烤着大地,热浪蒸腾,空气成了一面扭曲的透镜,将男生深情款款的脸折射得扭曲变形。

封窈一阵恶寒。

这是精神病吧?

"同学,何出此言?我跟你并不熟……"

"不熟，呵！"男生凄凉一笑，"我什么都听你的，你不想公开，我不敢把我们交往的事情，告诉任何人……"

暴晒下的水泥板烫屁股，强光混着汗水流进眼睛里，火辣辣地刺痛。刘东旭抬手抹了抹，立刻放下手，手指死死地抠住天台边沿，生怕一不小心真掉下去——

开什么玩笑！他是要成为当代罗丹的男人，生命多么贵重，怎么可能为一个有眼无珠拒绝他的女人跳楼？

只是有人出的价码实在太诱人，要他在今天上演这么一出大戏。

按对方的要求，他最好卡着封窈答辩的时候上来，顺便毁了她的毕业答辩。

只是以为这楼看着不高，刘东旭上来后才感觉到怕。抖着腿直打退堂鼓，念着那人许诺他回国后大好的前途，他才咬牙横下了心来。

些微耽搁而已，她的答辩肯定还没完成……

刘东旭想象不久的将来，比眼前多百倍千倍的关注聚焦于他、膜拜他，兴奋如电流窜上脊背，他的声音颤抖变形，倒真像极了为情绝望的歇斯底里："你要口红，要包包，我都给你买了。你说讨厌马玉玲，我也跟她分手了……你明明说你爱我，可你为什么不理我了？"

要素过多，信息量太大了！

围观群众炸了：

"封窈我知道，文学院的院花，长得像苏冉！嘶，男的被 PUA 了吧，好惨……"

"呸！我苏皇刚在戛纳封后，这种绿茶也有脸跨星系碰瓷儿？恶心谁呢？"

"她肩上这个迪奥刺绣包，肯定就是刘东旭送的吧！玲玲分手哭了好几天，我们都以为是因为刘要回国才掰的……原来是这样，太不要脸了！"

"可是不是早有传闻，说封窈是被有钱老男人包养了吗？隔三岔五就有豪车在校门口接她，所以咱们学校的男生才追不到她呗。"

"那怪不得这哥们儿动真格地跟女友分了手，她就变卦了。吊着玩玩的备胎，哪知道钩咬深了，翻车咯。看她长那样儿就知道，肯定……"

阳光照在外墙上"昌茂楼"三个大字上，金闪闪的耀眼。人群之外，枝叶茂密的香樟树掩映的林荫道上，庆大的虞校长脸色铁青，光脑门儿上满是大汗。

……非得挑今天闹跳楼,还非选这栋楼!

庆大校史悠久,前身是庆北书院,是二十世纪初由豪族宗氏出资支持创办。如今全国各地学校遍布几千栋昌茂楼,但是庆大的这栋,才是最具意义的第一栋。

而此刻在他身侧,四个高大魁梧的保镖环绕下,坐在轮椅上的青年,正是宗昌茂先生的曾孙宗衍。

也是校董事会最年轻却最有分量的校董。

"乌烟瘴气!"穿着黑色衣服和黑色裤子的青年面色阴沉,漂亮的眉眼间透着冷戾,"这就是庆大的水平?虞校长是收垃圾的吗?"

宗家男人普遍长得不赖,宗衍更是相貌出众。剑眉浓长,鼻梁高挺,轮廓深邃凌厉,那种锋芒毕现的俊美,仿佛一柄出鞘的宝剑,令人不敢直视。

——这会儿大家的注意力都在天台上,否则单凭这张脸,非引来大波花痴不可。

宗衍自去年出了一场严重的车祸,需要依靠轮椅,暴戾的脾气变得越加阴晴不定。

车祸后他很少的几回露面,都是来探望同在车祸中重伤,至今仍躺在庆大附属医院加护病房里的心腹助理。植物人苏醒的可能微乎其微,他的情绪显然更是恶劣到了极点。

好在教务汇报说消防已经赶到,虞校长擦着汗回道:"充气垫在铺了,这个楼层不高,问题不大。涉事的这两个学生,过后会严肃处理……"

"不是,等等,"跟着宗衍的杜景明眼神盯着一个方向,插了句嘴,"男的是胡闹该处分,屁大点事就寻死觅活的,可这祸水妞儿,就不必了吧?"

以杜景明资深纨绔阅女无数的眼光,楼上那妞儿,绝对是个难得的尤物。

美人凭栏,五官精致艳如玫瑰,凝脂雪肌仿佛自带柔光。栏杆的高度卡在腰间,正好凸显她傲人的上围——

"好胸……"杜景明轻佻地吹了声口哨。如此尤物竟然深藏在顶尖大学,而不是穿着清凉三点、摆着撩人姿势在体育周刊的封面上,真是……

真是更让人有兴趣了。

"还真有点儿像苏冉,不过更年轻水嫩……名字也好听,"杜景明咂摸着,"封窈,丰腴窈窕,恰如其分,妙啊!呔,谁这么有艳福,先下手了?要不是我惹怒了老头子得马上出国避避……"

宗衍撩起眼皮瞥了一眼,很快收回,嫌恶地冷嗤:"庸脂俗粉。"

不过又是个仗着几分姿色卖弄风情,自以为将男人玩弄于股掌之上的

女人罢了。

男的更是跳梁小丑,哗众取宠。

"不如你也上去一了百了,下辈子记得投好胎。"

修长的手指不耐地敲了敲轮椅扶手,他身后的保镖立刻推起轮椅,走向停在道旁的黑色宾利。

杜景明恋恋不舍地又看了几眼,嬉皮笑脸快步跟上:"你看不上最好,省得跟我抢。这妞儿我记下了,等我回来,嘿嘿……"

男生撕心裂肺的质问,仿佛还在燥热的空气中回荡。

来自四面八方谴责鄙夷的目光犹如万千钢针,如果目光有实体,封窈现在已经是个刺猬了。

刘东旭深深陶醉在自己三言两语造成的效果中。

看——

让一个女人社会性死亡,多么容易!

骄阳毒辣,热浪扑面,封窈今天为了答辩特意穿了正式的连衣裙,舒适度和美观度成反比,短短一会儿就热出了一身黏腻的汗。

饶是她向来好脾气,也不免生气了。

诚然,得了精神病值得同情,可这样骑在墙头上散播不实信息,在她立志要赖一辈子的地方,败坏她的名誉——

真是岂有此理!

"刘同学,臆想症是可以治疗的。只要你先下来,校领导和老师都会帮助你……"

"我没病!"刘东旭失控般地大吼,"我没病!我不要帮助!"

"你别刺激他啊!"徐教授急得满头汗,这个刘东旭是侨胞交换生,万一出了事,麻烦不小!

围观者倒吸冷气——

"这女的是生怕他不跳吗?"

"太冷血了吧……"

"那你要什么?"封窈的目光落在刘东旭放在身体两侧,无论表现多么激动都始终死死抠着水泥板的手上,"要怎么样,你才肯下来呢?"

"我——"

刘东旭呼哧地喘着粗气,高温和脱水让他感到头晕目眩,这出戏得抓紧唱完,不然要中暑了……

"我只要你!我要你爱我!"

男生嗓子冒烟地呐喊,字字泣血,绝望而又卑微,痴情感天动地,深深打动了围观群众。

痴情男人有多惹人怜爱,把他逼成这样的女人就有多可恨。

蛇蝎荡妇,其心可诛。

徐教授生怕封窈又刺激对方:"先答应他!"

楼下救生充气垫迅速鼓起,同时有几名消防员抵达了天台。余光扫过消防员的位置,封窈不动声色:"只要我爱你,你就下来?"

刘东旭舔了舔干裂的嘴唇:"我只要我爱我!"

人命关天,她没有选择,只能答应。然后他顺理成章地下去,而路人更加会坚信背后有感情纠葛,过后她再否认也是徒劳……

"哦,我拒绝。"

封窈没有理会众人的哗然,看向旁边举着手机的冯璐璐:"都录下了吧?"

见冯璐璐点头,她转向刘东旭,嗓音平缓清晰:"刘同学,我没有和你交往过,没收过你任何东西,更没有让你跟女朋友分手。一分钟之内,你好好地走下来,我可以考虑不追究你诽谤我的责任。"说着,她打开了手机上的倒计时钟,"过时不候,后果自负。"

所有人都惊呆了。

不是在劝说痴情男子不要跳楼吗?怎么反过来威胁起来了?

刘东旭没想到她敢拒绝,一时愣住了。这女人……这是不把他的命当回事!

怒火涌上心头,刘东旭咬紧牙齿:"窈窈,你怎么能否认我们……"

"五十秒。"封窈很平静。

如果是熟悉封窈的人,就该知道,她表现得越是平静,代表着她真正被惹怒了。

——说她冷血也好,没人性也罢,命是他自己的,死活关她屁事。

她已经烦透了这场无妄之灾。

"四十五秒。"

总有人看热闹不嫌事大。

"不觉得这男的不对劲吗?叽叽歪歪磨磨蹭蹭的,感觉根本没想跳,就是做个样子逼迫女方,太 low 了吧!"

"那还不是女的欺骗人感情在先?"

"有锤吗?只是男的一面之词,真相如何还不一定呢!"

"就是啊,封窈不是否认了吗?要是心虚的话,态度不可能这么硬气吧……"

人群中渐渐起了不同的声音,刘东旭汗流浃背,开始尝到骑虎难下的滋味。

跳肯定是不可能跳的,即便底下有充气垫,他也不敢。不跳,得有个不跳的说法……

"三十五秒。"

持续暴晒让人难以集中精神思考,对面封窈像一台没有感情的读秒机器,更令刘旭东心神慌乱。

而方才趁着封窈引走了他的注意力,一名消防员悄悄朝刘东旭接近,此刻终于,到了他的身后。

"三十秒。"

"不!"毫无察觉的刘东旭咬牙死撑,"我为你付出那么多,我连命都可以不要,我——"

消防员猛然跃起,胳膊夹住刘东旭的脖子,奋力将他向后一拽。两人双双跌在了天台地面上。

一切只在一眨眼间。

行动来得突然,现场像被按了暂停键,一时鸦雀无声。

足足过了好几秒,倒抽气声、惊呼声、没看清发生了什么的疑惑声,此起彼伏地响起,不少人欢呼鼓掌。

"我去,太帅了吧!欻一下,就给他薅回去了!"

"呼……人没事就好。呵呵,这女的很失望吧。"

"我觉得封窈刚才是在故意扰乱他,好给消防员制造机会!"

"少揽功了,她有那么机智?我不信。"

"哎,那不是马玉玲吗?不知道她现在什么感受……"

险情消弭,消防队准备收队,学生间的八卦议论却依然火热。

刘东旭不幸中暑晕倒,被送去了医务室,前女友马玉玲跟过去照顾,另一当事人封窈无动于衷堪称冷血……各路消息满校园飞。

封窈当然不是无动于衷,她第一时间把冯璐璐拍的视频拷了一份。

"你要这个有什么用啊?"冯璐璐不解。

宿舍走廊上不时有人走过,经过这间时,仿佛不约而同般放轻放缓了脚步。压低的絮絮说话声隔着门听不清,但不难想象是在指指戳戳。

女性在舆论中天然是吃亏的,开局一张图,都能被人编出有鼻子有眼的风流故事来,更别说刘东旭上了天台,用生命在嚷嚷了。

现在外面风言风语说什么的都有,就连早已搬出去的那两个舍友也在群里感慨,什么"知人知面不知心""海王竟在我身边"。

冯璐璐代入封窈的处境想了一下,都觉得窒息。

虽然封窈偶尔会被豪车接走,回来总带着奢侈品牌的新款包包和衣饰,说实话冯璐璐也挺犯嘀咕的,但要说跟刘东旭地下恋爱……

这女人天天睡觉睡不够,联谊从来不去,校草约也不理,懒成这样还欺骗什么感情啊。

但"她太懒了不可能"这种理由,说出去谁信呢……

"诽谤的证据呀。"封窈洗了个澡,换上轻薄的棉麻T、阔脚裤,总算舒服多了。

"你不是说他下来就不追究了吗?"

"我说的是'可以考虑'啊。"封窈一脸坦然,"考虑完了,觉得应该追究。"

冯璐璐:"……"论语言的艺术之高级糊弄。

这时封窈的手机响了一声,弹出一条短信:"东门,十五分钟。"

跟接头暗号似的。

冯璐璐不小心瞥见,脸上闪过一抹复杂。又是那个金主?

封窈没有察觉,反正答辩完成,她在学校已经没什么事了,东西都打包装箱,可以回头再来拿。她拎起包抓起太阳伞:"我先走啦。"

"啊?"冯璐璐愣住,"这就走了?回头辅导员要找你怎么办?而且我好像看到说马玉玲跟她的姐妹团要撕你……"

封窈:"……溜了溜了!"

知了隐在树间叫嚣,为烈日呐喊助威,花坛里的草木被烤晒得蔫头耷脑。

封窈撑着太阳伞走到东校门,发现溜得太急,来早了。

庆大作为莘莘学子的梦中情校,总有游客在校门口参观拍照。封窈找了个树荫下的角落,免得挡到镜头。

"妲己娘娘这个广告拍得好种草啊!我昨天下单了同款色号,一天刷八百遍快递走哪儿了。"

"我!也!是!这女人是把防腐剂当饭吃吗?我小时候她就长这样,

我都高中了她还一点儿没变,这科学吗?"

"我那天在八卦组看到一个帖子,说苏冉就是'真狐狸精',当年演妲己是本色出演,所以一直单身不婚不育什么的,分析得有鼻子有眼,我差点儿就信了!"

"噗哈哈哈,这是黑吧!就离谱……"

女孩儿们叽叽喳喳,封窈抬起伞沿,顺着她们的视线,看向马路对面。

建筑外墙上招牌琳琅,中间 C 位最大最醒目的广告牌上,雪肤红唇的女明星眼波流转,美得咄咄逼人。

"嘁,不结婚生子是怕影响事业吧,很多女明星生完孩子再复出,肉眼可见地糊了。"

"可惜了,美貌基因不传下去多浪费……"

封窈摸了摸脸。应该,不算太浪费吧?

少顷,一辆车窗漆黑的迈巴赫商务车向右变道,缓缓在路边停下。

封窈走上前,收起太阳伞,将车门拉开一条缝,熟练地钻了进去,在外人将目光窥探进来之前,迅速合上了车门。

宽敞的车内冷气凉爽,与外面是两个世界。

广告牌上的女明星本人闭目斜倚在皮质座椅里,脸上敷着面膜,腿边的铂金包里探出厚厚一摞剧本,上面满是荧光笔做的标记。

封窈乖巧:"妈。"又向前面开车的经纪人陈玉芳打招呼,"芳姨。"

陈玉芳笑着回应,苏冉眼皮微掀撩来一眼,嫌弃道:"你穿的这是什么,麻袋吗?"

封窈泰然自若:"我穿麻袋都好看,基因好,没办法。"

陈玉芳"噗"地笑出声。

苏冉的面膜差点儿裂开,她索性揭了下来,用下巴指了指座位中间的橙色大盒子。

"毕业礼物。"

苏冉喜欢包,也喜欢送她包。封窈扯开丝带系成的蝴蝶结,打开盒子,里面果不其然,又是个铂金包。

拎起来掂了掂,自重好几斤,再装上几本书——

封窈收起来,柜子里吃灰又添一员:"谢谢妈妈。"

"还有这个。"苏冉又丢过来一个牛皮纸袋。

礼物还挺不少,这又是什么,房产?股权?封窈猜测着,从纸袋中抽出来一份文件。

她扫了一眼,忙不迭又塞回去。

不是礼物!

这是一份雇佣合同——确切来讲,是一份为期两个月的短期雇佣合同,工作地点叫什么伴月山庄。

打工是不可能打工的,伴月亮伴星星都不干,封窈拒绝:"我暑假有安排了,要回去陪外婆。"

苏冉生下封窈时才十九岁,同年她主演的《商纣传奇》开播,一夜爆火,万人空巷。

也是在那一年,封窈的生父封季同娶了邹家千金。

未婚生女,在现在都难免被指指点点,更何况是二十年前的女明星。封窈的存在自然是瞒得死死的,自打出生,她就一直跟着外婆,由外婆养大。

苏冉工作繁忙,一年到头也见不了几回面,而封季同另有家室,那就是一个更复杂的情况了。

后来封窈考入庆大,外婆一个人留在鹤镇。好不容易到了暑假,她要回去陪外婆,这个理由非常理直气壮。

苏冉似乎也没有太坚持,只道:"你不如考虑一下。"

封窈乖巧点头:"好的,妈妈,我会好好考虑的。"

——这么重要的事情,得好好考虑两三个月,一直考虑到九月开学,差不多就考虑好了。

前方陈玉芳暗自惊异。苏冉性格强势,决定的事情从来不容反驳,像这么好说话,实属罕见。

果然女人心中最柔软的那一块,是孩子啊。

"对了,妈妈,"封窈想起正事,"帮你打名誉权官司的律师,借我用一下。"

苏冉涂抹护肤品的手顿住,转过脸来:"怎么?"

封窈叹了口气,把今天的闹剧讲述了一遍,奉上现场实拍的视频。

陈玉芳听得直冒火:"什么玩意儿!哪来的癞蛤蟆净做白日梦,憨犊子想屁吃……"

苏冉眼眸微垂若有所思,一时没有开腔。

"是不是,那边?"

封窈一句问得不明不白,前方激情开骂的陈玉芳却像被按了暂停键,戛然收声。

刘东旭的行径,封窈初时以为是精神病犯了,只是后来看着,更像是

故意为之。

只是她思来想去,一个人不大可能在被拒绝半年后,才想起来要报复;而她在学校里向来与人为善,她还真想不出有谁会这么恨她。

那就只有,那边了吧。

那边——主要是封季同的太太邹美婷,最近才得知了封窈的存在,正闹得鸡飞狗跳。

苏冉倏然冷笑一声,涂着绛红猫眼甲油的指尖用力划过暗下去的手机屏幕:"这件事你不用管了!上不得台面的蠢东西。"

封窈如释重负。

不用她管最好,她还只是个三岁零两百多个月的孩子,大人的事情少掺和,小孩子就应该好好地过暑假,吃西瓜吹空调,快乐逍遥。

接下来苏冉还有通告要赶,封窈先被送回了苏河花园。她十八岁的生日礼物,是这片地标性楼盘里的一套公寓。

母女相见的时光一向如此短暂,封窈早已习惯。反倒是陈玉芳从后视镜里看着抱着盒子走进小区的女孩儿,心中怅然。

这孩子太乖了。从小就乖,见不得光一样地被藏着,没有愤懑不满,也没有让人头疼的叛逆期,乖得让人心疼。

"真快啊,好像昨天还扎着小揪揪,转眼就大学毕业了。"

"你是在提醒我老了吗?"

"哪有!"陈玉芳果断转移话题,"伴月山庄那边,窈窈不去的话,是不是得再找个人?"

"她会去的。"

"……欸?"

"她会去的。"苏冉没有多解释,拿起剧本,垂眸继续研读。

庆城依山傍水,东面群山绵延,云遮雾掩,宛如一片人间仙境。
轿车驶出了市区,一路向东,驶过豪宅林立的别墅区,继续向山上进发。
后座里,封窈望着车窗外倒退的葱郁林木,眼神木然。
大意了。
她是想回去陪外婆,可万万没想到,外婆跑了。
……也不是跑了,就是说走就走,坐豪华游轮环球旅行去了。
外婆不是那种临时起意说走就走的人,这一看就是苏冉的手笔。
膝头上的手机振动了下,是好友发来的信息。

钱富贵:"那你就去了?不再挣扎一下?"

封窈的朋友不多,真正交心的只有钱姝。当初还在小学,几个同学嘲笑封窈没爹没娘,钱姝不仅自己挺身而出,还把她哥钱昊喊来,把对方收拾了一顿。

——现在想想,钱昊比钱姝大了足有十五岁,教训小学生,真不害臊呢。

不过当时的封窈只觉得这个高大威猛的大哥哥帅气极了,小小的芳心第一次萌动,动得热烈,后来死得也震撼——

罢了,往事不堪回首。

她和钱姝一路到高中都是同班,直到高中毕业后钱姝出国,这才天各一方。

咸鱼11号:"只要我先躺平,就没人能打倒我。"

钱富贵:"……[你好咸啊.jpg]"

车沿山路蜿蜒向上,在半山腰拐了个弯,又往前开了一段,在一扇气派的黑色雕花铸铁大门前停下。

门后有警卫站岗,戒备森严。

封窈下车说明了来意,看着警卫拨了个电话,然后告知她:"请跟我来。"

封窈把行李箱从车上拿出来,在警卫的引领下,上了一辆摆渡车。

摆渡车悠悠前行,阳光明媚铺洒下来,雕塑喷泉水花闪耀,花园里姹紫嫣红争奇斗艳,芳草萋萋绿茵如毯,偶有石板小径交错,绵延入林荫深处,隐隐还能听见流水潺潺。

封窈看得目不暇接。

就在她快要产生自己是在度假景区观光游览的错觉时,葱郁树木掩映中,终于显露出一栋豪宅。

那是一栋地中海风格的三层别墅,白墙红顶,长长的回廊绵延上百米,在尽头垂直拐弯,许多根石柱支起一个又一个拱形。阳光下红色的琉璃瓦光彩炫目,透过镂空的拱门,蓝宝石般的泳池泛着粼粼波光。

太美了……

封窈回想起路上经过的别墅区,跟眼前美轮美奂的建筑一比,都是小巫见大巫。

摆渡车在石砖道上停下,封窈下了车,从别墅里走出来一个年长的女性,约莫五六十岁,穿戴简单整洁,面目很和善。

对方似乎有些意外,嘀咕了句"怎么是女的",然后才扬声招呼:"我姓'朱',这边请,我先带你去见少爷。"

"你好,我叫封窈。"封窈把行李箱留在了门口,跟上朱婶。

沿着回廊七拐八绕,穿堂入殿走了半天,这栋豪宅之大,让封窈忍不住发出无产阶级的感慨:"打扫起来肯定很辛苦吧?"

朱婶看了她一眼:"还好,有专门的人手负责整理打扫、打理花园。"

这得雇多少人啊……不愧是"少爷",好大的排场啊。

"到了。"

前面是一方庭院,砖石地面中央嵌着一汪浅池,池水清澈见底。池畔的树荫下,一个男人坐在轮椅上,漫不经心地向池中抛洒了一把鱼食,肥美的锦鲤顿时摆尾争抢,水面荡起点点碎金。

这位想必就是"少爷"了。

在朱嫂的眼神示意下,封窈沿着赭红砖石铺就的走道上前,在轮椅侧方一米开外停步。

"你好,我——"

目光落到男人脸上的瞬间,封窈眼眸微张,突然觉得,这一路上看过的美丽风景都黯然失色了。

上帝在创造这个男人时,一定满怀着喜爱,精心为他雕琢出近乎完美的线条,明朗凌厉,俊美得耀眼。尤其是那双眼睛——深邃、浓黑,映着水面跃动的光点,仿佛繁星闪烁的宇宙,让人一不小心就会迷失……

"看够了吗?"声音也很有磁性,就是冷得掉冰碴儿,透着一股被冒犯的怒意。

直勾勾盯着人看确实有些失礼,封窈收敛了目光:"抱歉,你长得真是……"

这副出色的容貌,单用"帅"或者"好看"来形容,实在太委屈了他。眼梢的余光掠过那一池锦鲤,封窈得到了灵感:"沉鱼落雁。"

宗衍微微一怔,旋即更加恼怒,花痴女人简直不知所谓!

"你是不是想找死?"

原来真正帅的人,连发怒瞪人的样子都是帅的。封窈欣赏着,不忘回答问题:"不是啊。"

她从包里拿出合同递出去,继续方才的自我介绍:"你好,我叫封窈,是你的临时助理,这是签好的合约。"

这个妖艳媚俗的女人,如此坦然自若,几天前才有人为她跳楼自杀,似乎完全没被她放在心上。

宗衍冷眼睥睨:"你是谁的人?"

"什么谁的人?"封窈莫名,"我不懂你的意思。"

装傻充愣,意料之中。

自从他到山里来休养,有些人想方设法伸手进来,什么招数都用尽了。可惜又是白费心机,他的身边,不需要一条仗着姿色勾三搭四的美人蛇。

"派你来的人没告诉你吗?我从来不用女人。"

哦嚯——封窈重新打量了这位轮椅上的俊美少爷一眼,从来不用女人,想必上床也是喽。

"打扰了。"她麻利地转身就走。

还以为至少得干上几天,才能成功被炒鱿鱼,为此她特意研究过每天一个失业小技巧,譬如老板夹菜我转桌、老板唱K我切歌、老板加班我先走、老板喝水我刹车……

没想到竟然如此顺利!这下可以向妈妈交差了——性别不合,这可不能怪她。

风吹枝叶轻摇,直到女人窈窕的身影消失在拱门后,宗衍还没回过神儿来。

……欲擒故纵?

Chapter 02
好的，少爷

领人进来的时候，朱婶心里就直犯嘀咕。这回来的怎么是个姑娘？而且长得太过出挑了，看着就不安分。

少爷最厌恶不安分的女人。

果然没一会儿，这位封小姐就出来了。

宗衍可不是怜香惜玉的人，把人骂哭也不稀奇，朱婶想着多少安抚两句，然而却见封小姐嘴角含笑，神色轻松。

这，不像是被赶走的样子啊。

朱婶有点儿不确定，委婉问道："封小姐，需要为你安排房间吗？"

"嗯？"封窈明白过来，"哦，不用了，我不会留在这里。"

那还这么高兴？现在的年轻人，朱婶搞不懂。她领着封窈回到门口，看封窈拿起行李箱，朝外走了没几步，又转头折了回来。

果然还是不甘心吧。

可惜少爷的决定没人能改变，再纠缠只是自取其辱。朱婶做好了劝告的准备。

"请问，"封窈礼貌地询问，"可以搭个便车到大门口吗？步行出去，有点儿远。"

朱婶："……"是她疏忽了。

正好这时一辆摆渡车开了过来。看到车上的人，朱婶"啊"了一声，懊恼地拍脑门儿。

她今天真是，糊里糊涂的！竟然忘了，又到复健师上门的日子了。

虽然每回都无功而返,来也白来,但万一呢?万一今天少爷愿意做复健了……

朱婶再顾不上封窈,匆忙交代了开摆渡车的陆伯一句,便领着复健师进去了。

"姑娘,你是有朋友来接吧?"陆伯载上封窈,回头问道。

封窈亮出手机:"我打车。"

没想到马上就能走,早知道就让来时的司机等一等了。

"哎呀,车可不好打。"陆伯忧心道,"这地方太偏了,多少人都不晓得哦……"

陆伯的担忧很有道理,打车软件的地图上,根本就没有标注"伴月山庄"这个地点。封窈看着屏幕上大片空白的绿色中间那个代表她的孤零零的小红点,一时陷入了沉默。

孤零零的小点持续闪动,仿佛向茫茫宇宙发射信号呼叫其他智慧生物的地球人,无人应答。

"你来时坐的车呢?"陆伯在大门口停下,热心出主意,"还找那个司机啊,起码晓得路。"

来时的车是苏冉安排的,封窈没有司机的联系方式。她谢过陆伯,给苏冉打电话。

电话响了有一会儿才接通:"怎么了?"

苏冉的风格,有事说事,没空寒暄。封窈简单说明了情况,表示自己需要人接。

对面的人沉默良久,久到封窈差点儿以为被挂了电话。

"……妈妈?"

"我建议你再努力一下,想办法留在那里。"苏冉终于开口,"你大老远跑过去,哪能就这样被打发走?"

可是我很乐意被打发走啊——

封窈委婉:"他只要男人啊,我总不能原地变个性吧。"

听筒中传出"扑哧"的一声轻笑。

"窈窈,我实话跟你说了吧。"苏冉再开口时语气很严肃,仿佛刚才那声笑只是错觉,"邹美婷这个女人又蠢又毒,我不放心你的安全。你待在宗……在伴月山庄里,她的手再长也伸不进去。"

"我假期都'家里蹲',又能怎么……"

"独居就安全吗?你一步也不外出吗?没有千日防贼的,她要是哪天

找一群小混混凌辱你呢?"

封窈骇然:"不会这么丧心病狂吧?"

"永远不要用你的底线去揣测别人,有的人没有底线。"

"……"

"听我的,留在那里。当然,如果你实在不想,我马上让人去接你,这个假期你就跟在我身边,做我的助理好了。"

封窈倒吸一口冷气。

苏冉是个不折不扣的工作狂,她的助理都是跟着她连轴转,二十四小时在线,绝不可能糊弄。

"我感觉这边还能再'抢救'一下!"

两害相权取其轻。挂了电话,封窈转向陆伯,甜甜笑问:"伯伯,方便再带我回别墅吗?"

再次听到宗衍不见他,复健师面上忧心且遗憾,心中却颇不以为然。

听说宗家众多子孙中,宗衍是唯一一个被宗老爷子带在身边亲自养大的,一直有传言,宗老爷子有意跳过子辈,直接将权柄交给这个最受宠的孙子。

高高在上的太子爷,顺风顺水惯了,一朝沦为残废,内心脆弱受不了打击,就一蹶不振,龟缩在这深山里自暴自弃。只是宗家有些人还是不放心,想方设法送人进来打探虚实。

在她之前被送进来的看护,是个颇有姿色的美女,结果不知道怎么惹怒了这位脾气暴戾无常的太子爷,被他扔东西砸破了额角,赶了出去。

不肯复健也罢,回去如实汇报就是了。宗家上下,不知道多少人巴不得他一辈子站不起来呢……

复健师腹诽着出了别墅,与去而复返的封窈擦肩而过,他顿住脚步,扭头回望。

这个长相妩媚的女人,他来时看见她,未作多想,不过——

老有人向他打探,想知道宗衍腿废了,那方面,是不是也废了?

他出入山庄这么多回,虽然没能接触到宗衍,但也没在这里看见有姿色能暖床的女人。这种不缺女人的豪门大少,如果不是不行,怎么可能这么清心寡欲?

原来并不是没有女人啊……

擦肩而过的人揣着什么心思,封窈不知道也不关心,眼下她需要说服朱婶,再让她见那位"少爷"一面。

"……这件事重要与否,是不是让他亲自来决定比较好?"

陆伯答应带她回来时很犹豫,想来是怕触怒少爷;先前朱婶第一眼见她时面露意外,却还是领她过去,交由少爷来裁决。

由此可见,在这个山庄里,那位脾性不佳的少爷是绝对的权威,封窈猜测朱婶不会轻易自作主张。

朱婶踌躇片刻,叹了口气:"你随我来,要是……"每次复健师上门,宗衍都会格外暴躁,女孩子面皮又薄,她几乎能预见到封窈待会儿被骂得哭哭啼啼,忍不住先打个预防针,"要是少爷生气发火,说话难听点,你别往心里去,他不是成心的。"

区区难听话嘛,封窈当然不会放在心上,人长两只耳朵,不就是为了一个进一个出嘛。

这次没有回到水池边,封窈被带上了楼。

——也是,少爷再闲也不能一天到晚喂鱼,鱼会撑死的。

又是一通七拐八绕,朱婶在一扇厚重的门前停步,抬手轻敲:"少爷,封小姐说有重要的事情,想要见你。"

"叫她滚。"门内传出不带温度的三个字。

朱婶歉意地冲封窈笑笑,少爷不见,这就没办法了。

封窈在心里翻了个白眼,真是个没礼貌的男人。

她扬起声音:"我是来讨薪的!你欠我两个月的工资,今天必须结清!"

朱婶呆滞。这个封小姐刚才只说合同有些问题要解决,没说什么讨薪啊!

里面的人不知道是不是被吼声镇住了,隔了一会儿:"进来——"

阴冷的语声,仿佛是从齿缝里挤出来的,冷得令人发寒,就像是地狱恶魔的召唤,进去就把头给你拧掉。

封窈推门进去时,朱婶给了她一个自求多福的复杂眼神。

这是一间巨大的书房,宽敞通透,采光明亮。几面书架错落有致,透过宽大的落地窗,能看到碧蓝的泳池和绿意盎然的花园。

宗衍向后倚着,两条长腿随意地支在身前,冷眼睥睨的姿态,生生把轮椅坐出了龙椅的气势。

"你,说要讨薪?"

女人欲擒故纵的伎俩,他见过不少,她会回来纠缠,也不出意料。

只是,敢讹到他头上,这倒还是头一遭,莫非这条美人蛇以为剑走偏锋,

能让他另眼相看?

简直愚蠢得可笑!

"是啊。"封窈顶着男人压迫感十足的眼神走上前,取出那份合同。

"根据双方签好的协议,工作期限内,如乙方主动离职,不得要求甲方支付任何薪酬;如甲方无正当理由解雇乙方,则无论工作时长,须向乙方支付全额薪酬以作补偿。先生,性别歧视,可算不上是正当理由。"

找临时助理这种小事,一向是王秘书在负责,具体合约条款,宗衍没空也没必要屈尊过目。

他只觉荒谬:"你哪来的资格被解雇,凭你这颗当摆设都掉价的脑袋异想天开吗?"

这位少爷真是傲慢,合同举在他面前,看都不看一眼,还人身攻击?

封窈指着第一条,念给他听:"……工作期限为两个月,自报到之日起。"

她不辞辛劳,翻山越岭,来到这个地图上都找不到的山庄,"报到的姿势"很标准了。

既然已经是工作期限内,他嫌她不是男人而赶人,可不就是无故解雇嘛。

宗衍冷着脸抄过合同,一目十行,越看脸色越阴沉。

封窈火上浇油:"请问是付现金,还是银行转账?"

她承认她有赌的成分——傲慢的资本家,能允许打工人什么活都没干,白拿着他的钱高高兴兴地走人吗?

封窈看着俊美少爷毫无风度地把那份合同撕得稀碎,又当场打给甲方代理人王元化骂了个狗血淋头,然后怒气冲冲地摔了电话,黑眸森然眯起,眼神如冰锥般上下打量她。

"你想留下来?"

唉,其实不想的,谁想打工呢?还不都是生活所迫,没有更好的选择嘛。

封窈说:"或者你可以付我两个月的薪水,我马上就走。"

宗衍冷嗤,透着不加掩饰的轻蔑。贪得无厌的女人,还妄想不劳而获?

"明早八点过来,工作内容会发到你的邮箱。"他语气森寒,"你最好有足够的能力胜任这份工作,否则……"

否则他就有正当理由请她滚蛋了呗,封窈点点头:"明白了。"

"明白了就给我出去!"

嚯,态度真恶劣。

很显然,她虽然是能留下来了,但也把新上任的老板给得罪死了——

那些什么"老板敬酒我不喝,老板走路我坐车"的小技巧,比起她干的这一票,都不够看的。

不过无所谓,反正目的达到了,封窈不跟没有风度的人计较:"好的,少爷。"

她转身出门,去找朱婶安排住处。

"……真的?"朱婶声音都惊疑得变了调,实在难以相信,封窈竟然让少爷改了主意。不敢随便听信一面之词,她还得向宗衍确认。

余怒未消的宗衍又被问得火起:"随便安排,反正她过不了几天就会卷铺盖!"

那个贪婪狡诈的女人,他一定要叫她后悔来到这里!

喧闹燥热的繁华都市,汽车尾气混着暑气在烈日下蒸腾。

封宅的客厅里,白瓷茶杯碎了一地,女人尖厉的嗓音透着歇斯底里:"你看清楚了,这就是你爸的嘴脸!他为了那个贱女人,还有那个小贱种,他是不想要这个家了!"

封嘉月长着一张白皙的瓜子脸,弱质纤纤的模样,劝慰起母亲来也是细声细气:"妈你先消消气,你越生气,外面的人越得意。"

这气可没那么容易消,邹美婷咬着牙:"我真是,做梦都没想到!往常听谁家男人养情妇生野种,我都当笑话看,谁知道,谁知道……"

封嘉月避开地上的碎瓷片,给母亲和自己各倒了一杯热茶。

任谁活了二十一年,突然得知父亲在外面还有个私生女,比她还大一岁,第一反应都是无法接受。

父母虽然算不上什么恩爱夫妻,可同阶层的人家里见惯了各种腌臜狗血,相较之下,她的家庭算是很和睦了。

哪知看似平静的表面之下,其实潜藏着一场巨大的风暴,一直在悄然酝酿着。

风暴已然来袭,沉浸在失望愤怒之中,只会给人可乘之机。不如冷静下来,理智地面对,先牢牢地占住道德高地。

"问题出现了,就去解决它,一次解决不了,就慢慢解决。"封嘉月捧着茶杯,慢条斯理地说道,"爸爸从来没有说过不要这个家了,你这样一味地发泄情绪,才是在把他往外推。"

"这还是我的错了?我说那是个贱种有什么不对?本来就是不该存在的下贱东西!"

封嘉月想叹气。

封季同方才发火，除了庆大的事情败露，他拿着证据找邹美婷对峙，另外，还不更是被她一口一个"贱种"给激怒了吗？

在男人眼里，那可是他的亲骨肉，是他的种——骂贱种，岂不是在骂他？

"如果你想要爷爷奶奶支持我们，最好不要在他们面前用那个字眼儿。"尽管清楚邹美婷多半听不进去，封嘉月还是不得不说，"妈，我只让你安排人去闹跳楼，效果达到就可以了，你为什么还要雇水军在网上发散呢？"

虽然过程没有预想的顺利，封窈当众否认，多少造成了一些影响，不过流言这种东西，本来就是捕风捉影，只要沾上了，就别想洗清。

只是邹美婷还觉得不够，转头又雇了水军，打算在网上炒作一番庆大捞女丑闻。

她怎么不想想，苏冉在演艺圈混了半辈子，雇水军带节奏这种事情，仓促安排，不是班门弄斧吗？

多此一举，白白让苏冉抓到了把柄。

更何况庆大向来注重声誉，对网络舆论监控很严，绝不会允许负面新闻发酵起来——没看那天校园里闹得沸沸扬扬，网上却悄无声息吗？

庆大的背后，可是宗家……

"打她就打她，天经地义，还管什么手段？"邹美婷只觉得女儿净挑她的刺儿，根本就不是站在她这一边，"你弟弟呢，还没联系上？"

弟弟封嘉文参加环球帆船赛出海比赛了，茫茫大海之上，断网几周都是正常。

况且他正是冲动的年纪，性格像母亲一样急躁，成事不足败事有余。不过这不妨碍邹美婷一遇到事情，脑子里就只想找儿子做倚仗。

封嘉月放下茶杯，白皙面容上神色平静："妈妈，我之前就说过，那个女人的名气，既是她的优势，也是她最大的弱点。一桩惊天丑闻，足以摧毁她，让她再也爬不起来。"

庆大的那一出，只不过是个铺垫。接着某影后插足别人家庭、隐瞒私生女的事情被曝光，再翻出庆大这件事情，两相印证，大众必然会盖棺定论：啊，有其母必有其女，一路货色。

"不行！"邹美婷想也不想地激烈反对，"不能曝光！"

她对女儿十分不满："你到底有没有搞清楚情况？那个贱女人巴不得公开，你爸也想光明正大把那个小贱种弄回来，让全天下都来看我的笑话。连你也来搀掇！你是不是想借这个来讨好你爸？我告诉你啊封嘉月，那个小贱种跟她妈一样,就是个狐媚坏子,放她到家里来,不光是你爸,你就等着她把你的一切都抢走吧!"

封嘉月垂下眼,眸光幽暗。

虽说妈妈的脑子不太灵光,逻辑不可理喻,但是最后那一点,倒真是中了要处呀。

她是封家唯一的千金,封氏的未来是她的,她连弟弟都不会让,一个突然冒出来的"姐姐",就更不能容忍了。

封窈的房间在二楼东侧,面积不大不小,陈设简洁雅致。

拉开窗帘,远处是绵延起伏的青山,夕阳西沉,漫天霞光似锦。阵阵微风迎面而来,带着山间独有的气息,凉爽清新,令人心旷神怡。

晚餐的时候,封窈认识了一下在这座山庄里工作的"同事"们。

朱婶的职责相当于管家,兼任少爷的专属厨娘。除了朱婶外,这里还有负责采买运送的陆伯、厨师明叔、负责里里外外打扫整理的帮佣若干、园丁花匠加上保镖警卫一众人等,几十号人维持着这座庄园的运转,为少爷一个人服务。

而她这个临时助理的职位,此前已经换了不少个,无一例外,都是没干多久就触怒少爷被撵走了。

看来是没有人头铁到直接找少爷要补偿,顶多去跟代理人协商吧。

哦,对了,她还终于得知了少爷的尊姓大名——宗衍。

没用的"知识"又增加了。

山间夜晚寂静,偶尔伴着蛙声虫鸣。封窈早早上床安歇,次日起了个大早,八点钟准时踏入书房。

清晨的阳光透过窗户照进来,书房里空无一人。

离落地窗边的大办公桌最远的角落里,有一张小小的桌子,上面摆着一台电脑,看来就是她的工作岗位了。

封窈拉开椅子坐下,打开电脑,邮箱迫不及待地弹出提示:

未读邮件:999+。

……乐观一点,估计都是历史遗留的陈年积货。

饭要一口一口地吃,工作要一件一件地做,不着急。反正又不是做不完不给饭吃。

封窈不疾不徐,开始从上到下慢慢处理。

助理的工作,无非就是一些处理邮件、整理资料的杂活。说难不难,

说简单也不简单,尤其当雇主的要求各种奇葩的时候——

譬如要她在几个数百页的高糊扫描件里,比对几项微小的信息。

堪比找碴儿游戏,封窈眼睛都要看花了,虽然不想用恶意去揣测别人,但是……绝对是故意的吧。

……

午后,宗衍在庭院喂完锦鲤,操纵轮椅转身进屋,去了书房。

大概是听到响动,角落里小桌后的女人抬起头,目光投了过来。

她有一双很勾人的眼睛,那天在庆大,他就注意到了。看人的时候,眼神轻飘飘地睨过来,眼波流转之间,透着点漫不经心的迷离。就像一只无形的手,在心弦上轻轻拨弄了一下,若有若无。

……蠢女人,直勾勾地看着他进来,连起身问好都不会,屁股是黏在椅子上了吗?

"那份 casino resort 的报告整理好了吗?"宗衍语气不耐地开口问道。

封窈很干脆:"没有。"这不忙着找碴儿吗?

"什么?!"宗衍黑眸危险地眯起,"我昨晚就发给你了,到现在都还没做好?"

封窈轻敲键盘,检索出那封邮件,瞥了眼发送时间,凌晨三点多。啧,迟早会秃头。

"少爷,如果急着要用,建议在邮件标题或正文里标明,这样我上班后可以优先处理。"

宗衍眉梢扬起:"你在教我做事?"

"没有,只是一个建议。"

宗衍冷哼一声,修长的指节在轮椅扶手上叩了叩:"半个小时,我要看到整理好的文件。"

"恐怕不行。"上百页的报告,半个小时连看一遍都不够,封窈摇头,"我又不会量子波动速读。"

"……什么速读?"宗衍没听过。

"量子波动。"

封窈眸光微闪,忽然一拊掌,夸张地惊讶挑眉:"不会吧,少爷不会连量子波动速读都不会吧?"

女人懒懒地窝在椅子里,坐姿一点也不端庄,手肘搁放在一侧的扶手上,上身微微前倾,那副蛇身软骨的酥软样,漫不经意间勾出一道凹凸有致的曼妙曲线。

宗衍脑中不受控制般，倏然划过杜景明那句意味深长的感慨。

封窈，丰腴窈窕，恰如其分……

打住！

杜景明那个不正经的浑蛋，脑子里装的都是些什么乱七八糟不入流的东西！

宗衍收束心神，将注意力放在正经事上。她刚说他不会……会什么来着？

……什么波动？

"不知所谓！"想来不是什么入流的东西，宗衍不屑地冷哂，"你不是也不会吗？"

封窈耸耸肩："我只是个日薪两百的小助理，量子波动速读这么高端的技能不会也很正常啊。不过我以为……"

她的语调拖得长长的，尾音上扬，眼波闪动，似笑非笑。

她以为什么——

"谁说我不会？"宗衍被她看得恼火，想也没想冲口而出，"这么简单的东西都不会，我很怀疑你是怎么得到这份工作的。"

话说出口，他突然醒悟。

就像是从一场说不清道不明的幻境中挣脱出来，理智渐渐归位。宗衍身体朝后靠，眼神一点点地转冷。

"是谁派你来的？"他眸色凌厉地盯住她。

这问题他昨天就问过，看来不得到答案不会罢休了。封窈诚实地回答："我妈。"

宗衍冷下脸："你以为自己很幽默？"

"我从来不这么认为。"封窈自认没有多少逗人发笑的天赋，惹人生气倒是挺在行——眼前不就是现成的例子嘛。

宗衍只觉得这女人又在顾左右而言他，想起那天在庆大听到的议论，关于她被有钱老男人包养，隔三岔五开着豪车到校门口接她……

这种女人擅于巧言令色，她对付男人的手段显然不低，就连他，刚刚不是也有一瞬间，险些被她蛊惑住了吗？

想来她背后的人，对于她这张牌，当是信心十足了。

他应该叫这女人马上卷铺盖滚蛋，这个念头在宗衍的脑中闪了闪，旋即被另一个更好的想法取代——

何不让她留下，任她施展？

他倒要看看,她到底有些什么招数,更想看看,当她使出浑身解数,却终于发现他根本不吃她这一套,她矫揉造作的伎俩在他眼里,无异于马戏团里的小丑……

那个时候,她的表情,会是何等精彩?

至于她背后是宗玉山还是宗庆山,抑或是宗家其他的人,其实都无所谓。山中冷清无聊,他们又太体贴,总给他送解闷儿的乐子来,赶走一个又来一个,没完没了。

"怎么会呢?"念头已定,宗衍周身的压迫感倏然一收,薄唇勾出一抹愉悦的弧度,饶有兴味地打量她,"封助理这个玩笑开得就不错,很有意思。"

封窈:"……谢谢!"

真是少爷心,海底针,刚才还一副暴躁阴戾,下一秒就会掀桌子叫她立马滚蛋的样子,转眼间竟然笑了……

他有副与生俱来的迷人皮相,勾唇一笑,平添几分邪气的味道,危险又惑人。

如此喜怒无常,有钱人果然容易性格扭曲,说不定还有什么见不得人的变态嗜好。她还是离这种人远一点,防麻烦,保平安。

"少爷没别的吩咐的话,我继续认真努力地工作了。"

呵,装模作样。不过来日方长,她都懂得徐徐图之,宗衍看戏更不急于一时:"这里还有几份提案,你把我批注的意见整理好,分发出去。"

看戏归看戏,她领着他发的工资,该做的工作一件都不能少做。这叫物尽其用。

"好的,少爷。"封窈应是。

既然他没再提什么半小时交报告,她也不会傻到去提醒他,这不就成功糊弄过去了嘛。

仿佛公狮巡视领地,雇主少爷来书房晃了一圈,又坐着轮椅离开了。

合同上规定的工作时间是朝八晚五,封窈恪守本分,上班时间按部就班,到点准时下班,一秒也不多待。

工作是没有尽头的,工作时间有。

忙了半天,肚子饿了。封窈出了书房,下楼去找吃的。

身为一个小助理,还是临时工,她处理的都是一些边缘琐碎的文书。不过见叶知秋,这位隐居深山的少爷,竟然不是一个混吃等死的酒囊饭袋,他经手的商业版图横跨多个行业,规模相当可观。

也是从这些边角料里,封窈后知后觉地意识到,宗衍的"宗",原来竟然是那个"宗"——

就是画像挂在学校礼堂里,经常被女生们议论夸儒雅贵气、遗憾君生我未生、我生君已驾鹤归西,名字还金光闪闪镶在楼外面的那位,宗昌茂老先生的"宗"啊。

算算年纪,宗衍应该是他的孙辈,或是曾孙辈?

得知劲爆消息,群里爆炸了一般。

钱富贵:"哇!宗家人?活的?"

咸鱼11号:"虽然坐着轮椅算不上活蹦乱跳吧,但确实会喘气。"

隔着网络和时差,钱妹肉眼可见地抖擞起来了。

钱富贵:"你要聊这个我可就不困了!宗家,那可是养活了无数狗仔小报的种马世家啊!就拿宗昌茂宗老来说吧,那个年代嘛,你懂的,妻妾成群,据说儿女多得他自己都记不清。传言说有天他在后宅撞见一个小孩儿,小孩儿请安叫爹,他答应完,问那孩子,你娘是哪个?"

钱富贵:"[你妈贵姓啊.gif]"

咸鱼11号:"[老爷爷地铁看手机.jpg]"

"哎,封小姐,你怎么在这里?"

封窈抬起眼,看到朱婶从楼梯上下来,手里端着一个托盘。她礼貌地微笑招呼:"朱婶。我刚下班。"

"这么早?"朱婶惊讶。

夏日昼长,五点钟依然艳阳高照,看起来离吃晚饭是还有点儿早。明叔该不会还没开始做饭吧?

"是呀。"封窈等朱婶走到近前,见她手中的托盘上摆着几个精致的小碟子,还有一个见了底的咖啡杯。小碟子里各式点心大都缺了一两个,只有长条形竹盘里的白玉卷,看起来完全没动过。

这第一天上班,都不积极表现一下的吗?这么早就下班了?

"少爷刚用完下午茶,还在忙呢。"朱婶委婉地暗示她——日头尚早,雇主都还在辛勤工作,你早退是闹哪样。

可惜这暗示封窈完全没听懂,封窈只听见了三个字:下午茶!

为什么她没有?是她不配吗?

"这些点心都是朱婶做的吗?好漂亮啊。"封窈主动接过托盘,跟朱婶一起向厨房走,心里盘算着待会儿向明叔打听一下下午茶的安排。

豪宅四处通透明亮,光可鉴人的大理石地板上反射着顶上昂贵的水晶大吊灯,穿过大得吓人的客厅和一段长长的走廊,才终于到了后厨。

"是啊,少爷只吃我做的东西。"朱婶不掩自豪,又忍不住带点小小的抱怨,"他啊,挑着呢。你看这个白玉卷,我实验了好多回才做得这么漂亮,就因为皮上有糯米粉,他连沾都没沾。"

白玉卷制作过程烦琐,想做得精致玲珑,很要费一番工夫。封窈在桌上放下托盘:"那他真是太挑了。"

"封小姐要尝尝吗?"朱婶问。

封窈略微迟疑了一下。

堂堂宗家大少爷,应该不会有往不吃的东西里吐口水的恶习吧?

看他那副矜贵傲慢的模样,应该不至于。封窈谢过朱婶,擦干净手,捏起一块小巧的白玉卷,送入口中。

薄薄的外皮软糯Q弹,奶油清新爽口,蛋糕绵软如云朵,丰富的层次感烘托食材本身的清香,淡淡的冰凉沿着舌尖滑进肚子……

太幸福了。

"我这辈子不可能吃到比这个更好吃的白玉卷了。"封窈十分郑重,"朱婶,你就是神。"

朱婶心花怒放:"没有没有,我也是看方子学的……"

"我敢打赌,出教程的人都没有你做的好吃。"白玉卷白白软软,封窈拍了张照发给正在减肥天天吃草的钱姝,好闺密就是用来互相伤害的,然后一口气把剩下的四个全吃了。

一扫而光是对做饭的人最大的肯定,朱婶乐开了花:"你喜欢,回头我可以教你!"

封窈:"……"

自己有几斤几两,心里还是有数的。比起学,她有一个更大胆的想法。

窗外芭蕉翠绿,微风卷来蝉鸣声声。封窈倒了茶,状似闲聊:"朱婶在这里工作很久了吗?"

"这里?"朱婶微微怔了下,"那倒没有……"

封窈心头暗喜。不久才好啊,没干多久,更容易挖墙脚!

她住宿舍是因为懒得打理公寓,更懒得做饭。但是,如果能把朱婶挖过来,给她管家做饭……读博生活岂不美滋滋?

"我跟着少爷过来的,"朱婶不知封窈心中所想,脸上露出几分哀伤,"我从少爷出生就开始照顾他,他到哪儿,我到哪儿。唉,要不是那场车祸……"

"——你们在聊什么?"

封窈还在消化"从出生就开始照顾他"这个噩耗,身后突然响起一道低沉的嗓音。她转过头,对上一双乌云盖顶的眼眸,里面的不悦之意,都能迸出火星来。

"封助理,谁允许你无视工作,跑来喝茶聊天的?"

看吧,都暗示你别早退了,这下可好,少爷亲自来抓现行了!朱婶用同情的眼神看向封窈。

可怜见的,不会被就地开除吧?

挖墙脚大计不幸流产,想象中美滋滋的读博生活就像一个肥皂泡泡,"啪"地破了。封窈没有心情,直接把手机屏幕顶到宗衍那张英俊的脸上:

"少爷,我五点下班,现在已经是五点四十七分了。"

她五点钟准时关电脑的时候,好像是看到邮箱弹出了一封新邮件提示,一闪而过,系统就关机黑屏了。她已经下班,当然不会再开机查看。

宗衍阴着脸正要开口,眼前的手机忽然振动了一下。

屏幕上跳出来一条新消息。

钱富贵:"呵,不过如此,不如你的胸白软弹。

封窈只看到宗衍的表情空白了一瞬,旋即狠狠地扭曲了一下。

就像是猝不及防被什么不干净的毒虫咬了一口,震惊嫌恶交织在那张俊美的面容上,两道浓长的剑眉紧紧地拧起,薄唇抿成一道向下的弧度。

封窈疑惑着收回手机,瞥了一眼,僵住。

钱富贵:"呵,不过如此,不如你的胸白软弹。

"……"果然闺密就是互相伤害,现世报来得可真快。

只要我不尴尬,尴尬的就是别人。封窈若无其事地把手机放回兜里,神色如常,继续阐明事实:"现在不是我的工作时间,我可以自由支配,包括喝茶聊天。"

厚脸皮的女人,宗衍不是没有见过。读书时就有奔放的女生给他发裸照,步入社会后出入应酬,各种投怀送抱更是令他烦不胜烦。

一条污眼睛的调情短信而已,只不过是再度验证了这女人的秉性。

宗衍很快就恢复了大少爷矜贵倨傲的模样,下巴微微抬起,一脸轻慢地看着封窈,仿佛听了个笑话:"自由支配?封助理,身为我的员工,在把我需要你完成的工作做完之前,都是你的工作时间。"

瞧瞧,这资本家的嘴脸。

封窈双手抱臂,振振有词:"我是你的员工,不是你的奴隶。我的工作时间在合同上写得很清楚,如果需要延长劳动时间,你需要与我协商,征得我的同意,而且我有权拒绝。"

"你有权……"宗衍差点儿被她气笑了,连篇嘲讽已经到了嘴边,目光却一不小心掠到了她交叉的两条纤臂之间,那团高高耸起的丰盈。

这不能怪他——她站在他面前,他坐着轮椅的关系,视线平视过去,恰好就是那个高度;女人的胸部而已,他想看的话多的是女人让他看,他又不是杜景明那种急色鬼,满脑子只有那点东西。

裙子胸部的皱褶设计被微微撑开,领口系带的流苏垂落下来,随着她的呼吸轻轻颤动,浅蓝色的布料柔软,将露出的皮肤衬得雪白……

那条污眼睛的短信在脑海里飞闪而过,宗衍像被烫到了一样,手指猝然一动,轮椅猛地滑开。

他的轮椅是特别定制的,轻便灵活。突然一动,把封窈吓了一跳,下意识地大步朝后退,生怕被这玩意失控撞到。

然而刚落脚,她感觉踩到了一个软东西,紧接着便听见朱姤"哎哟"的一声痛呼。

封窈慌忙收脚,一边转头想向朱姤道歉,与此同时,一直紧绷着神经在犹豫要不要劝解的朱姤骤然吃痛之下,出于本能,抬手推了她一下。

"啊……"还没站稳的封窈被朱姤这一推,跟跄了下,左脚绊到右脚,失去平衡朝前栽倒。

宗衍几乎是在动下手指的瞬间,就反应过来,条件反射地想把轮椅回归原位。不想一道浅蓝色光影直直地向他扑了过来。

眼前的一切就像是慢动作,宗衍看到她圆睁的眼眸中满是惊慌失措,饱满丰润的红唇微张,胸口的流苏吊穗荡起,在空中划出一道弧线。

他看到在她的身后,朱姤一脸慌张地伸手,试图拉住她。

这种摔跤往他怀里跌的戏码太老套,宗衍见过不知多少回了。他应该像往常那样,冷酷地闪开,随便她摔,摔死活该……

然而身体更快一步地做出了反应。

他鬼使神差般地抬起手臂,接住了她,轮椅被这股冲力撞得直朝后退,封窈来不及反应便又被带着往前栽,情急之下死死地抱住了宗衍的脖子。

脸庞陷入一片不可思议的柔软之中,鼻尖暖香萦绕,宗衍整个人都蒙了。

轮椅向后冲出好几米远,撞上大理石台,才停了下来。

一切其实不过是眨眼之间,封窈惊魂未定,憋在嗓子眼儿里的那口气终于呼出来,化为一声短促的惊喘。

"咣当——"

门口正要进来的明叔打翻了手里的菜筐。他的身后，几个抱着篮子的帮佣也目瞪口呆。

"少爷！"朱婶回过神儿来，大惊失色，"少爷你的腿！"

封窈的神智回笼，终于惊悚地意识到自己正以一种微妙的姿势半跨坐在宗衍腿上。她的胳膊抱得死紧，迫使他那张俊脸深埋在不可说的位置。

虽然看不见他的表情，但他的手臂焊铁似的紧箍在她腰间，按在她腰上的手掌狠狠地扣着，仿佛想把她捏碎。

……

封窈忙不迭地松开胳膊，身体拼命朝后仰，想赶紧站起来。冲上前来的朱婶攥着封窈的胳膊，死命地想把她拉开："封小姐你快起来，别压着少爷……"

明叔等人朝前几步，束着手不知所措，这，这场面谁见过啊？

"嘶……"封窈感觉胳膊要被朱婶扯脱臼了，箍在她腰上的铁臂却没有半分要松开的意思。男人呼吸粗重，眸底翻涌的沉色犹如泼洒的浓墨，暗得令人心悸。

完了完了，冒犯了大少爷尊贵的玉体，他不会怒气值拉满，失手把她掰成两截吧？

封窈惊恐地拍打他紧绷的臂膀："宗衍，疼！"

宗衍蓦然回过神儿来。

他喉结动了动，松开了手。

对抗的力道骤然消失，封窈一下子被朱婶拽了起来。却不料，她领口的流苏不知什么时候缠在了宗衍身前的扣子上。

被拽开的瞬间，缀着流苏的绑带，硬是被从裙子上扯脱了下来。

封窈捂着胸口后退，毛茸茸的流苏吊穗挂在男人的衬衣扣子上，晃晃悠悠。他垂眸扫了一眼，骨节分明的手指攥住吊穗，一扯——

没扯掉。

"少爷你感觉怎么样？腿疼吗？要叫医生过来检查一下吗？"朱婶不住声地询问，担忧之情溢于言表。

"不必。"宗衍嗓音紧绷，松开手指任由那条流苏挂着，面无表情地操纵轮椅转向，径自朝外行去。

没有再看封窈一眼。

朱婶跟上去："不如还是再检查一下，稳妥些……"

小餐厅里只剩封窈跟明叔几人面面相觑。

"我先回去换衣服。"封窈也开口告辞。

原本计划干几天就让自己被炒掉,她带的换洗衣物不多,这一场意外,让本不富裕的衣物储备更是雪上加霜。这条裙子是没法再穿了,封窈翻翻捡捡,给陈玉芳发了个短信,请她送点衣服过来。

拿着干净衣服走进浴室,脱下裙子。唉,打工不易,才上了一天班,感觉就像过了一个世纪,心累……

夏日炎热,她里面穿的是超薄单层的bra(内衣),手忙着解扣子,大脑闲着没事干,贱嗖嗖地主动开始播放人生最新的尴尬画面。

那家伙的鼻梁真高挺啊,还挺硬……

啊啊啊,疯了吗?感慨这个!

不行,不能想,谁想谁尴尬。封窈甩了甩头,别想了,把尴尬留给别人。随手丢开那片轻薄的布料,她无意间低头,不由得倒吸一口气——

纤细的腰侧,赫然浮着几根手指印,在雪白的肌肤上,格外显眼。

狗少爷竟下如此黑手!

……这能算工伤吗?

Chapter 03
有圈套，终止交易

虽然很想以工伤为由请上两个月的假，翌日，封窈还是乖乖准点去书房上班了。

总不能脱了给他验伤吧。

一整天宗衍都没露面，而且不仅是这天，接下来连着好几天，他都是只见邮件不见人。

闺蜜群开始嚷嚷。

钱富贵："这发展不科学啊！你们难道不是应该就加不加班斗智斗勇三百回合，然后他蓦然发现，呵，女人，不加班的你好特别好不做作，胸再给我埋一下？"

封窈算了算时差，话不多说，一大波美食图发了过去，烧烤火锅炒菜甜品应有尽有，活色生香。

钱富贵："深夜放毒是人干的事？？"

封窈反手又是一波。

小样，治不了宗少爷，我还治不了你？

"呀，窈窈来了？我刚做了糟卤鸭舌，等着我给你拿啊。"

封窈抬起头，冲朱婶甜甜一笑："谢谢朱婶。"

朱婶对自己无意的那一推很自责，加上封窈愿意哄人的时候嘴巴特甜，几天的工夫，她对封窈亲近了不少。

忙活完，朱婶在桌边坐下，叹了口气："其实我也是瞎操心，少爷不肯做复健，谁劝都没用。"

那肯定还是轮椅太舒服了,封窈啃着香喷喷的鸭舌,在心里吐槽。

"他怎么出的车祸?"不会是酒驾啊飙车这种自作孽吧。

朱婶的脸上闪过阴霾。

"车子失控了,在山路上,冲到了护栏下面。我家老林——是司机,当场就没了,屈助理成了植物人,少爷……唉。"

封窈放下鸭舌:"……请节哀。"

见朱婶情绪低落,她把话题转回来:"那他爸妈呢,劝也不听吗?"

不听就揍到听啊,估计又是骂都舍不得骂一句,惯的。

"少爷的母亲很早就去世了,父亲,哼!"朱婶素来和善的脸上露出了厌憎,"宗庆山眼里只有那两个私生野种,怕是巴不得少爷早点消失,好给他们腾位置呢。"

好像听到了不得了的豪门秘辛。封窈的手指动了动,努力忽略那个刺耳的词:"这也太那个了吧。"

"可不是嘛,瞎眼的混账!"朱婶啐了一口,又叹气,"少爷待在这里也好,起码能过两天清静日子。"

可不是嘛,封窈跟着叹气。她不也是一样,在这山里躲清静,能躲一天是一天嘛。

一晃就到了周末。

陈玉芳差人送来的东西到了,封窈下楼从陆伯手中接过一个大箱。正说话间,有辆银色的轿车在石砖道上停下,从车里走下来一个高个子男人。

在这里待了一周,还是头一回见到有客上门,封窈不由得多看了两眼。

男人面容轮廓很深,五官又有东方人的特征,像是混血儿。

今天是休息日,跟宗衍有关的都属于工作,不关她的事。封窈回房放好东西,打算去游个泳。

那个超大的绝美泳池,她从第一天起就垂涎不已,只是苦于没带泳衣,好在陈玉芳不负她特意的叮嘱,泳衣今天终于拿到了。

经过走廊拐角时,耳朵无意间捕捉到了一道模糊的说话声,封窈不由自主地顿步。

俄语?

"……宗衍这里……不是起疑了……他又不知道我们联手……会签的,他很需要……你只需确保……"

她越听越不对劲,不料这时有个帮佣抱着床单从另一侧经过,看见她,扬声打招呼："封小姐！"

哦吼，完蛋。

走廊太短，封窈躲无可躲，转眼便见一个人转过拐角，跟她对上了面。

是方才在外面看见的那个混血帅哥。

封窈神色如常，偏头好奇地打量他一眼，主动招呼："嗨，你是？"

男人目光打了个转，将她身上的度假裙、人字拖收入眼底，盯着她妍丽的脸，突然说："У тебя на лице грязь."

封窈茫然地与他对视了几秒，然后羞涩地躲开视线，捋了捋头发："这是哪国话，是夸我漂亮的意思吗？"

宗清："……"

正常人，尤其是漂亮女人，乍然一听"你脸上有脏东西"，下意识会有反应。他正是要试她一下，哪知……这女人还挺会自顾自强行理解？

他暗哂自己疑心过重，现在的宗衍身边也只有这种蠢花瓶了。

"是的，美女你好，请问洗手间怎么走？"

封窈笑眯眯的，胡乱给他指了个方向。你的脸才脏。

糊弄过关，她转头去找朱婶。一问才知，原来客人来得不巧，正是宗衍的喂鱼时间。大少爷把人晾着，慢悠悠地喂完了锦鲤，才摆驾会客室。

想起方才听到那人打电话的内容，封窈眉心微蹙。

犹豫一瞬，她拿过帮佣手里的茶盘："我去送吧。"

会客厅连着一片开阔的露台，对面山谷幽深，偶有鸟儿脆鸣，清风穿堂而过，带来无限惬意。

这座秀丽宏大的山庄，是宗衍的外公孟英光为妻子曲明月修建的度假别院，命名为"伴月山庄"。后来作为结婚礼物给了长女孟子怡，孟子怡去世后，由宗衍继承。

有人真是会投胎，即便成了废人一个，也能躲到这样安宁奢华的世外桃源里，逍遥度日。

宗清手指敲打着栏杆，听见脚步声和轮椅的响动，他连忙转过身，扯开笑容迎上前去："七哥！"

虽同同为宗姓，可是同宗不同命。曾祖宗昌茂为人风流，子女众多，龙争虎斗之后，成功掌权的是三子宗宏深，也就是宗衍的祖父。

宗清的祖父是宗宏深的异母弟弟，关系并不亲近。作为旁支，宗清每月固定能从家族信托中领到一笔钱，只要不挥霍无度，可保一生衣食无忧，

比普通人要强上一些。

但生来姓宗,为什么要跟普通人比?

他只比宗衍小两个月,读书时设法跟宗衍去了一个学校,鞍前马后地跟随这位好命的从兄,借机在老爷子宗宏深面前露过几回脸。

可惜这张颇受女人欢迎的脸拖了后腿,思想传统的老爷子不喜混血,对他不咸不淡。好在宗衍对本支旁支态度没什么差别,或者说这位脾气乖戾的太子爷对谁都不买账——谁让人家有任性的本钱呢?

搭上了宗衍,宗清在旁支子弟中也算混得颇为不错了。

不过一个人的好命是有额度的,用完了,老天爷就要收回去了。那场不明不白的车祸过去这么久,宗衍最大的倚仗宗老爷子就像是忘了这个孙子,显而易见,一个废人,已经不值得他再倾注精力了。

宗清心道,人往高处走,可不能怪他另谋出路。

一个高壮的男人推着轮椅在主位停下,随即退到右后方站定。站姿看似自然放松,但宗清很清楚,如果他敢有什么危险的举动,这个退役特种兵保镖一定会瞬时暴起,把他压趴在地。

"七哥这也太小心了吧,连我都防啊?"宗清在对面落座,半真半假地抱怨了一句。

宗衍抬手随意一挥,保镖旋即退到了门口。

"对付你,用不着他。"

宗清在心里喷笑,瘸子口气还不小,高高在上惯了,果然很难认清现实。

闲扯寒暄了两句,宗清拿出一份文件来,切入主题:"这就是我说的那块地。"

确切来讲,是一块待开采的金矿,储量在千万盎司级别,其价值不言而喻。

宗清的生母是个俄裔模特,离婚后嫁给了一个俄罗斯商人,背景不是特别干净,不过也正因如此,才能掌握一些隐秘渠道的情报消息。

矿产是有限资源,开采潜力大的矿可遇而不可求,自然非常抢手。金矿的资料宗清早前已经提供过,同时也明言了背后之人急需资金,考虑的时间不多,必须早做决断。

会让他过来一趟,说明宗衍动心了。

心动是自然的——宗家有不少矿产生意,但能将规模这么大的金矿收入囊中,绝对是大功一件。对于处于低谷中的宗衍来说,还有比这个更好的挽回老爷子青眼的机会吗?

一只珠颈斑鸠落在露台护栏上,叫声圆润婉转。宗衍修长的手指翻着文件,语气漫不经心:"你怎么不直接拿去给祖父?"

对于这个问题,宗清早有准备。

"七哥,这话我只跟你说。"宗清一脸推心置腹的模样,"老爷子瞧不上我,因为我是混血,他从来没拿正眼瞧过我。是男人总有三分血性,有这样的机会,当然是给对我好的兄弟。如果你不要,那这事我就不沾了,反正我不拿热脸贴老爷子的冷屁股。"

"是吗?"宗衍掀起眼皮瞥了宗清一眼,"我对你好?"

宗清放在身侧的手指紧了紧,面上闪过一抹恍惚。

顿了一下,他笑着道:"你忘了?小时候,宗洋他们骂我是小杂种,我跟他们打架,没打赢,被打哭了。你说我是蠢货,一对多还上,不是找打吗?后来你把宗洋几个叫过来,让我们单挑,嚯,我比他们高大半个头,单挑谁是我的对手?打得他们回家找妈,后来就不敢欺负我了。"

"哦,没印象。"宗衍的指节在扶手上轻叩,凛冽眸光带着一丝晦暗不明的深意,"你确定,这个矿没有问题?"

宗清打起全部精神。

"那边的人的作风你知道的,哪有百分百没问题的?"他当然不能一口打包票,那就太可疑了,"我只能提供我知道的情况,具体如何,还是得以七哥你的调查为准。"

他提早把资料给了宗衍,就是给宗衍时间去查。这样的大宗交易,不可能不做严格的调查。

只要查了,就不会不心动。

细细一想,像这样一个躲在山里的废人,手中还握有足够的资源能吃下这么大的买卖,命运待人何其不公?宗清觑着宗衍的表情,打算再推一把。

"我那个继父说,至少还有Lycroft家族和莱城池家都相当感兴趣,若是被抢了先,怕是很难办。不过当然还是要慎重……"

"是这里吗?"

他的话还没说完,一道清软的女声响起,门口探出一张白皙美艳的脸,目光扫过室内,她小声嘟哝:"可算找到了。"

封窈从没来过会客厅,七弯八拐迷了路,端着茶盘晃了半天,才遇到一个帮佣,问清了方向。

目光掠过宗衍手里那份疑似合同的文件,她心里"咯噔"了一下:不会来迟了,已经签了吧?

"你到这里来干什么？！"

宗衍在一瞬的愣怔过后，紧紧地拧起了眉头，看清她这身松松垮垮、衣不蔽体的穿着，更是无名火起："你穿的这是什么东西？谁允许你到这里来的？"

封窈本来是要去游泳，在房间里换好了泳衣，又在外面套了一条宽松的印花罩裙，到泳池边直接脱掉就能下水了。哪知事发突然，回去换衣服怕来不及，就匆匆过来了。

她低头扫了自己一眼，不透也不露，没什么问题啊？

"我来送茶。"封窈举着茶盘走过去，弯腰将茶壶放在茶几上，拿起一个茶杯摆到宗衍面前。

接着，她又拿起一个茶杯，正要转身去往宗清面前放，旁边却倏然伸出来一只手，修长有力的手指紧紧攥住她的胳膊，大力将她朝上提。

"你给我站直！不许弯腰！"宗衍黑眸喷火，视线又不小心掠到她宽松的V领口那抹呼之欲出的春光。

穿成这样不知道低头会走光吗？还是她故意想露给宗清看？

"是……封小姐，对吧？"宗清见场面火药味浓重，开口打圆场，"之前多谢你指路。"

他走开后才想起复健师汇报过，说山庄里有个长相艳丽的女人。看宗衍这反应，果然是金屋藏娇啊。

"噢，不客气！"封窈抱着茶盘站到宗衍身边，一只手悄悄伸到他背后，在他的后背上写字，一边没话找话，转移宗清的注意，"你后来找到洗手间了吗？我方向感不好，还怕给你指错路了呢！"

——有圈套，终止交易！

虽然偷听到的内容没头没尾又语焉不详，但这个人应该是要利用宗衍对他的信任，引他入圈套。

没听到就罢了，听到了却不提醒，良心实在过不去。唉，当个大少爷也不是那么容易，爹不疼娘不在，还有人背刺……

女人柔软的指尖在脊背上划过，仿佛带着电流，一股令人战栗的酥麻涌向全身，宗衍的肌肉瞬时紧绷。

他咬着牙，伸手抓住她作乱的手，黑眸沉沉瞪向她。

搞什么鬼？！

"……找到了，多谢你。"其实没找到，还差点儿绕晕，然而宗清看着两人这番旁若无人地拉拉扯扯眉来眼去，尤其见宗衍紧抓着女人的手不放,心中震荡不已。

他可还记得,读书的时候,有暗恋宗衍的女生拽了一下宗衍的袖口,宗衍就嫌恶地把外套脱下来扔了……

宗清隐晦地重新打量了封窈一眼。

脸蛋、身段都是极品,通身肌肤如牛奶般白皙,就连一双玉足都生得玲珑,脚趾珍珠般细小粉嫩,踩在黑色的人字拖上,白生生的,赏心悦目。

艳福不浅,倒也难怪……

"是吗?那太好了!"封窈动了动手指,试图在宗衍手心里写字。

画个圈,套,圈套,懂?

女人的手纤细小巧,柔若无骨,指尖打着圈轻挠他的手掌心,酥痒感顺着手臂,一路向心脏蔓延。宗衍简直想把她捆起来,让她没办法再作乱。

他是个正常男人,她难道不知道这样就是在点火?就像那天,察觉身体不受控制地起了反应,他不得不绷着脸匆匆离开。

那晚,入夜后,黑暗笼罩,自那场事故后第一次,他闭上眼,眼前不是狰狞的血红色,而是一片馨宁的浅蓝。

很温暖,很柔软……

"七哥过的真是神仙日子,逍遥啊。"宗清笑得意味深长,眼神是男人间的心照不宣,丝毫没有避讳封窈的意思。

到底是个千娇百媚的美人,嘴上呵斥得挺凶,身体却很诚实嘛,拉着人家的小手舍不得放开……

宗衍根本没注意他说了什么,他用力攥住封窈的手指,让她不能再乱动,一字一句从齿缝里挤出来:"封助理,你太放肆了。"

哟嗬!宗清的眉毛挑得老高,还带办公室角色扮演啊,会玩。

"嘶……"封窈的手被捏得生疼,忍不住直皱眉头。这个人的手劲怎么这么大?这么有力气干吗不去工地上搬砖?

她腰上的手指印才差不多消掉,难不成又想把她的手指扭断啊。

算了算了,沟通太难了。她已经尽力了,这本来就不是日薪两百的人该操的心。

"那什么,你们慢慢聊……呀!"

手猝不及防地被甩开,封窈后退了一步,只听宗衍低沉的嗓音透着濒临爆发的躁怒,对宗清道:"这件事下回再说,现在我有事要跟封助理解决。"

宗清一愣,看得出来,宗衍是真的火了。

只是这火发得太不巧了。

"可是七哥……"

然而不待他说点什么,保镖已经上前来推起轮椅。走出几步,宗衍凶着脸拧过头,冲还呆在原地的封窈吼:"还不过来!"

封窈只好乖乖跟上。

一路到了书房,保镖退出去,带上了门。

封窈这时才意识到茶盘还拎在手里,随手放在了桌上,然后给自己扯了张椅子,她站累了。

"你到底在搞什么鬼?"宗衍抬着下巴,眉梢挑起,凌厉的眸光落在封窈脸上。

她方才的行为太不对劲了,就算要大张艳帜,也不至于挑那种时候,专门去当着宗清的面勾引挑逗他。

她应该不是这么没有章法的人——这一周以来,他交给她的工作她都完成得尚可,条理还算分明,除了到点就走人、毫无积极性可言之外,勉强算是比之前那些白痴好上一点点。

落地窗外,清澈的泳池犹如一块硕大的蓝宝石,在阳光下闪耀着光芒。

封窈恋恋不舍地收回目光,她应该在水里,不应该在这里。

"我只是想提醒你,有圈套,小心别掉坑里了。"

宗衍一双黑眸倏然眯起:"你都知道些什么?"

"我无意间听见那人打电话,"封窈回忆着大致复述了一番,"……就这些。"

"是吗?"宗衍紧盯着她的脸,不放过任何一丝表情,"你刚好懂俄语,又刚好听到他打电话?"

封窈耸耸肩:"可不是巧了嘛。"

虽然不知道这位少爷在怀疑什么,不过都不关她的事了。他听了她的话,反应并不惊讶,可见心里有数,倒是她多此一举了。

听那人叫他"七哥",原来是兄弟呢。

宗衍修长的手指一下下轻叩着轮椅扶手,俊美的面容上神色晦暗难辨。不需要她来提醒,他当然知道宗清居心叵测。

倒没有多少被背叛的愤怒,利益面前谈忠诚本来就是件可笑的事情,况且他不是没有给宗清机会——但凡宗清方才在被晾着的期间转头离开,他都可以考虑在报复时给他留两分体面。

这样大一个局,单凭宗清可做不出来。宗清不过是个马前卒,背后是二叔宗玉山，还有他那个父亲在推波助澜。

祖父年事已高，近些年宗家围绕着大权的斗争越发激烈，作为唯一在老爷子身边养大的孙辈，他就是竖得最高最大的那个靶子。他这个靶子不倒下，那些人都以为是得益于老爷子的宠爱，继而更加急于扳倒他这个大威胁。

然而自小伴随祖父身边的他很清楚，祖父并不介意子孙之间的龙争虎斗，只要不伤害家族利益，那么就是各凭本事，若是棋差一着吃了亏，只能说明能力不足，是个废物。

宗宏深宗老爷子从不怜悯废物。

话说回来——难为他们终于把坑挖好了，不顺手将他们尽数全埋进去，怎么对得起这番苦劳呢。

宗衍审视封窈："你的简历上，没有写你会俄语。"

……她居然还有简历呢？

封窈惊讶过后很快想通，肯定是苏冉让人炮制的，回头得要过来看看，万一以后还用得上呢。

"有没有一种可能，是我太优秀了，简历上列不下呢？"

"……"宗衍就没有见过这么大言不惭的女人，她都不会脸红吗？

"少爷还有别的问题吗？"泳池在窗外闪着光，封窈实在迫不及待。

宗衍当然还有问题，这个女人全身上下都是问题，坐没坐相，懒散得像没骨头似的，圆润粉嫩的脚趾头动来动去，一点都不安分。穿得也不像样，松垮的领口向一边肩头垂落，露出半截纤细的锁骨，白得耀眼……

"你说你去提醒我，那你……"宗衍喉结上下滚动，顿了顿，硬声呵斥，"谁允许你摸我的？！"

"啊？"封窈怔住，她没摸他啊？

诚然，这个男人长得非常出类拔萃，是她平生所见过最好看的，可以说是完全符合她的口味。可她又不是色情狂，用眼睛看看就行了，上手摸就是犯罪了吧。

"啊什么啊？"宗衍怒瞪着这个装傻的女人，她到底有没有一点廉耻心？前几天的事情，她完全像没有发生过，浑不在意，今天又——

宗衍磨着后槽牙："你手伸到我后背上……"

"噢！"封窈恍悟，"我是在写字啊！可惜你没懂。"

她伸着白嫩的手指头比画："画一个圈，套，就是圈套，很难懂吗？"

宗衍："……"那样写字鬼才能懂！

封窈有点儿遗憾:"其实我有考虑过像谍战剧里演的那样,敲摩尔斯电码传递消息,可是又怕你不会。"

"谁会闲到没事去学那种东西!"宗衍没好气。

"就是嘛!"封窈深表赞同,"正好我也不会,就没敲。"

宗衍:"……"

他现在十分怀疑,那个眼光不好包养了她的有钱老男人"钱富贵"是不是已经被她气死了。

这种女人当然入不了他的眼,穿成什么样、做什么都是枉费心机,宗衍一句话都懒得再跟她多说。

封窈接收到信号,赶紧站起身:"少爷你忙,我不打扰了。"

溜了溜了。

水池清透,波光粼粼,如翡翠似宝石,池底斑斓的彩砖折射着阳光,晶亮耀眼。

封窈在池边做完热身动作,脱下罩裙,一头扎进了水里。

陆地上的运动,她都不喜欢。在尴尬的青春期,发育早的女孩子在体育课上,总是会承受许多不怀好意的异样眼神。

不论是跑还是跳,胸前的两团累赘都有诸多不便。高强度的运动 bra(内衣)多少能固定支撑住,但又会压得人很不舒服。

但是在水中就不一样了……

清凉的水流冲刷过身体,将她包裹住,浮力托举着她,她像一条快乐的小鱼,在水中自由地穿行。修长的双腿划着水,伸展手臂拨开水面,任由水波温柔地推动她向前飘荡。

"扑通"一声入水的哗响,惊动了书房里的宗衍。

透过落地窗,下方的一切尽收眼底。目光落在水中那道窈窕的身影上,宗衍禁不住低咒了一声。

又是她!

Chapter 04
半路兄妹

阳光洒在清透的水波上，黑色的泳装和女人白皙的皮肤形成了鲜明对比，两道细细的肩带在背后交叉，延伸至腰侧，露出整片羊脂玉般的后背，更显得腰身不盈一握。

宗衍搭在膝头的手指蜷了蜷，他一只手掌就能将她半扣住，那种温软的触感，仿佛还留在掌心里。

她游得并不认真，比起游泳，更像是在戏水。纤细修长的四肢灵活地摆动，如同一条白色的游鱼，即将游到尽头，只见她轻巧地向下一扎，柔韧的身体如同舞蹈般，在水下轻松地扭转空翻，同时白皙纤长的双腿微摆，足尖踢在池壁上，轻轻一蹬。

水花高高溅起，将阳光折射出一道彩虹，那条小鱼借着这股推力，漂远了。

宗衍刹那间有种错觉，是不是他养的那池锦鲤，有哪只调皮跑了出来，跃入了泳池中？

封窈惬意地游了几个来回，停下来靠在池沿上微微喘气。难得有这样的机会，偌大的泳池她一个人包场，想怎么游就怎么游，还是有钱好啊。

其实她如果想要一个带私人泳池的房子，应该也不是太难的事情。她妈叱咤影坛半生，又头脑精明，投资有道，她的生父封季同更是个富商，当年苏冉出道伊始顺风顺水，跟他的支持也脱不开关系。

只是封窈不习惯开口讨要东西，她从小跟着外婆，父母更像是一个符号，遥不可及。

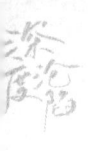

更何况父亲也不是她一个人的父亲……

封窈深吸一口气,憋在胸腔里,跃起扎入水中,双手展开用力向后一划,摆动着腿向池底下潜,伸手去触摸底部最闪亮的那一颗贝壳砖。

她不明白苏冉为什么要生下她,十九岁的青春年纪,刚拍完第一部主演的戏,为什么会甘心生个孩子呢?

按常理来讲,这种举动通常是为了绑住男人,但是显然没有成功,因为封季同转头与邹家联姻了。

然而以封窈对苏冉的了解,她的事业心极强,性格飒爽又现实,智商、情商都在线,根本不像是会脑子一热、企图借腹逼婚的傻女人。

苏冉不可能想不到,封季同这种要继承家业的男人,他放弃联姻的助力的可能性基本不存在吧?

封窈没有见过封季同的太太,也没有见过她的一双子女。说实话,她不是不能理解他们,换位思考一下,如果她有一个完整美满的家庭,突然得知爸爸婚前有个女儿,她也会觉得晴天霹雳,会讨厌这个破坏了她的幸福的人,恨不得对方立刻消失吧。

对于他们来说,她不需要做什么,她的存在,就是一种原罪……

宗衍看着女人没入水中,纤腰轻摆,身体缓缓下沉,一直沉到了池底。她的脑后,浓密的乌发在水中散开,像是妖娆的水草,随着水流徐徐漂荡。

一秒过去,两秒过去……

宗衍不由自主地跟着屏住了呼吸,直到胸腔闷得有些发紧,他呼出一口气来,却迟迟不见她上浮。

纤细的肢体有小幅度的摆动,然而他难以分辨,是她在动,还是只是水流的推动?

人憋气能憋多久?

……她为什么还不上来?

宗衍腾地站了起来,刚要抬步,又蓦然回过神儿来,重新坐回轮椅中,掉转方向匆忙向外,一边按铃叫帮佣。

赶来的帮佣差点儿在拐角撞上宗衍的轮椅,吓得朝后退了一大步,不待开口便听宗衍劈头吼:"去泳池,把封助理弄上来!告诉她,泳池不是给她用的!"

帮佣被吼蒙住,呆愣的样子让宗衍更烦躁:"还不快去!"

"哦……我马上去。"帮佣总算反应过来,转头飞奔。

宗衍沉着脸,坐电梯下了楼,径直朝泳池去。

烈日直射在身上，热意很快烤出一身薄汗。宗衍俊美的脸上阴云密布，远远看见半身浸在水里、扒着池沿仰头跟帮佣说话的女人，浓云翻滚的黑眸中更是火花飞溅。

"叫你上来听不懂吗？"他的嗓音冷得能迸出冰碴儿来，停在岸边居高临下，"谁允许你弄脏我的泳池？"

封窈仰起脸，拉长的灿金光芒铺洒，给男人镀上了一层朦胧的光晕，背光的脸藏在阴影里，看不清楚他的表情。她张了张嘴，又发出一阵惊天动地的咳嗽声："咳咳咳……"

刚才她没把握好时间，一不小心潜太久，上浮时呛了一口水，咳得她的肺腑隐隐作痛。

"我……咳咳，"封窈拍了拍胸口，为自己辩解，"我不脏啊。"

她咳得泛出了泪花，眼眶微微发红，湿发垂落在肩头，滴落的水滑过白皙的肌肤，顺着起伏的曲线落入池中，像只受了欺负的美人鱼，透着楚楚可怜的委屈。

宗衍脸色冰冷："你要是淹死在里面，这池子还能用吗？"

干吗咒人啊？

封窈不乐意了："我会游泳。"

"你闭嘴！"宗衍想起刚才那一幕，心中莫名烦躁。

眼前仿佛又是那片血红，滴答，有湿热黏稠的液体滴在他脸上，染红的视野里，用身体护着他的林叔张了张嘴，渐渐没有了气息……

宗衍闭了闭眼，握拳的指节泛白。"以后不准在这里游泳！"

人在屋檐下，不得不低头，何况大少爷的命令在这里就是圣旨。

封窈上了岸，拿起躺椅上的浴巾披在身上，冲着宗衍漂亮的后脑勺挥了挥拳头。

小气鬼，喝凉水！

快乐如此短暂，唯有美食解忧。封窈回房洗澡换衣服，然后下楼去觅食。

简直莫名其妙嘛！好端端突然冲过来吼人，还嫌她脏……这么好的泳池，他自己不用，也不让别人用，是嫉妒吧是嫉妒吧？

其实下半身不遂也能游泳啊！不过爱面子的大少爷连复健都不肯做，八成更不敢下水扑腾吧，呵呵。

封窈打定主意不给小气鬼好脸色。不过她想多了，接下来她都没见到宗衍，直到过了两天，才听朱姊说他出去了。

"少爷从到来山庄休养，就闭门不出，唯一的例外是去医院探望屈助理，

雷打不动的。"

"这样啊……"封窈口不对心地敷衍了一句,"那他还挺关心下属的。"

没想到朱婶像遇到了知音:"是啊!少爷对身边的人很好的。"须臾又叹了口气,带着几分怀念的怅然,"跟大小姐一样,心地都很好。"

朱婶口中的"大小姐",就是宗衍的母亲孟子怡了。

山庄里有个叫朱启航的花匠,生得高大憨厚,是朱婶的儿子。

朱婶当年生孩子时难产,胎儿缺氧导致脑损伤,造成了轻微的智力缺陷。这是意外事故,婆家却为此埋怨她,丈夫更恶劣,明明全家靠她在宗家当保姆挣的钱过活,却还动不动就对她拳脚相加。

后来孟子怡无意中发现了朱婶身上的伤,在她的支持下,朱婶鼓起勇气离了婚,还给儿子改了姓,跟那一大家子极品划清了界限。

再后来,朱婶遇到离异带女儿的林司机,两人组建了家庭。继女叫栩栩,比封窈小两岁,在英国留学。

封窈在朱婶那里连吃带拿,捧着一盘葡萄准备回房。走到前厅,手机突然响了。

是苏冉。

她接了起来:"喂,妈妈?"

苏冉依然是不讲废话,开门见山:"下个周六,你回来一趟。"

封窈捏着手机的手指紧了紧:"回……回哪儿啊?"

对她来说,唯一能算上"回"的,只有外婆家。可是外婆在豪华游轮上,乐不思蜀,封窈每天都得给她的朋友圈点赞,还得挖空心思吹彩虹屁夸她照片拍得好。

"你自己姓什么不记得了吗?"苏冉理所当然道,"你爷爷奶奶想见见你。"

封窈的脸皱了起来,害怕的事情来了。

"我,那个,工作很忙……"封窈打死也想不到自己会有如此爱岗敬业的一天,"周末要加班,少爷……就是我那个老板,就我一个助理,非我不用,我实在走不开啊。"

"是吗?"苏冉尾音上扬,听不出来是意外还是不信。

封窈一咬牙,编,接着编:"他很烦人的,一会儿没看见我,就要找我,我得随叫随到,一步也不能离开。"

她忐忑地等了几秒,才听苏冉开口:"怎么能说老板烦人呢?既然他倚重你,你就先好好工作吧。"

说完直接挂了电话。

封窈盯着黑下去的屏幕,好半天,才长长地呼出一口气,能躲一天是一天吧。

她正要上楼,这时门外面忽然响起了人声。一个穿抹胸短裙的女孩儿步伐轻快,走了进来。

"我回来了!"她的态度随意自在,"朱阿姨!七哥呢?"

前厅正好无人,封窈只好出声招呼:"你好?"

林如栩这才注意到楼梯角落里的封窈,随手摘下墨镜,她眯起眼,上下打量这张没见过的生面孔。

手里端着一大盘水果,穿的却不是帮佣制服,浅米色针织短袖搭配同色系阔脚裤,休闲又很有女人味,皮肤很白,一张脸长得……

林如栩描画精致的眉毛戒备地拧起,声音透着明显的敌意:"你是什么人?"

真是一个富有哲学性的问题。封窈认真地想了想。

"我是,临时打工人。"

苏冉回绝了下周六的见面安排,封家的爷爷奶奶自然有些不满,不过苏冉浑不在意。

不一会儿,封季同的电话就打了过来。

封季同前段时间住院动了个手术,小手术,不过人生病的时候心理最脆弱,加上可能是男人到了快要知天命的年纪,开始格外挂念起从小不在身边的那个女儿。

他对子女向来是甩手掌柜,封窈他更是只见过几回。这孩子很少主动联系他,仿佛就在眨眼间,她竟然都大学毕业了。

"是窈窈有什么想法吗?"封季同难得有几分小心翼翼。

苏冉一双长腿交叠着搭在化妆台上,翻了个风情万种的白眼,嗓音却是温柔如水:"怎么会呢?她只是有点儿害怕,毕竟她从小在镇上长大,从来没有见过爷爷奶奶一大家子人,又不熟悉你们家的规矩,会怕是在所难免的……"

封窈扯的什么雇主离不开她,苏冉一个标点符号都不信。

宗家那位太子爷什么脾性,她多少有所耳闻,就她女儿那个懒驴拉磨不抽不转的懒散性子,才短短一个礼拜,就混成宗少离不开的心腹了?笑死,根本不可能。

"什么你们家！"封季同不满，"窈窈姓'封'，封家就是她的家。"

苏冉发出"扑哧"一声轻笑。

封季同被她笑得脸挂不住，知道她是对他只冲邹美婷发了通脾气、没有实质地采取任何行动而不满。

他和邹美婷门当户对，联姻夫妻本来就谈不上感情，这些年他忙他的生意，她当她的清闲贵妇，彼此也算相安无事。

这回的事情，邹美婷做得确实过了界，而且精得不像她那个脑子能想出来的。她找的那个男学生，叫刘什么旭的，事发次日就打着远离伤心地的名义回了国，谣言这种东西又最是难缠，"莫须有"的事情，想完全消除影响，难如登天。

要不是她想乘胜追击到网上炒，不知道见好就收确实是她的风格，封季同简直要怀疑，是不是有人指点她了。毕竟她天天闲得没事干，跟那群同样无所事事的贵妇喝茶打牌，难保不是哪个无聊的毒妇给她出了主意。

然而话说回来，除了吼她一顿、警告她下不为例，他再做什么也不合适了。毕竟夫妻二十余年，总不能为这点事离婚吧。

想起那天邹美婷歇斯底里地哭闹咒骂，像个疯婆子一样，封季同只觉得倒胃口。

当年苏冉怀孕，原本是该打掉的，然而大师为他批命时，算出他那一年命中该有一女，逆天而行，对事业恐有大碍。

后来孩子生下来，果真是个女儿。苏冉是个聪明的女人，邹美婷怕是不会相信，说出来大概也没人会信，这些年他和苏冉，还真不是她口中的"狗男女"关系，而更像是生意上的合作伙伴。

演艺圈与权力、资本，向来都是密不可分的，而苏冉这样的女人，有美貌又手腕玲珑，只需借她一股东风，她自然会给他满意的回报。

男女之间不一定非得是那档子事，也可以并驾齐驱、互惠互利嘛……

封季同一不留神，思绪开了小差。苏冉这边，休息室的门"咚咚"响了两声，陈玉芳像只土拨鼠一样推开门缝探了个头进来，眼神询问。

她冲陈玉芳比了个三，陈玉芳默契地会意，退出去通知团队准备好三分钟后开工。

"好啦，你别想太多了。"对于封季同，苏冉向来会给够面子，不会真让他下不来台。她看着化妆镜里容颜精致的女人，温声软气，"孩子大了总有自己的想法，给她一点时间，反正她在做暑期实习，好像还挺忙的，等过了这阵子，我再做做她的工作。"

"窈窈在哪儿实习来着？"封季同记不清问过没有了。

"我跟你说过的啊，"当然没说过，但苏冉半带嗔怨，"威荣海工，做翻译，你忘啦？"

"威荣？"封季同抬高了声音，"宗氏的？"

"是啊。"苏冉翘着嘴角，语气轻松，"怎么了？"

"没怎么……"封季同的心头有疑虑一闪而过，很快被他抛到了脑后。

宗氏产业众多，威荣海工只是其一，几万人的企业，翻译实习生的职位是入门级中的入门级了。

"她想实习你怎么不告诉我？我在公司给她安排，不比在外面轻松？"

"孩子想靠自己，体验一下嘛，反正就两个月，她还要回学校继续读博士的。"

为人父母，谁不喜欢孩子优秀爱读书，封季同笑了："行行，回头我跟她说说，要是太辛苦咱们就不干了，好好的暑假，去出国看看秀、买买东西不好吗？"

苏冉忍不住又想翻白眼。你这女儿逛个街都呵欠连天，看个鬼的秀。

打完电话，差不多正好三分钟。化妆造型团队鱼贯进来，围着苏冉开始忙碌。

苏冉闭目养神，一面在心中盘算。

公关团队已经做好了预案，她允许封窈再逃避一段时日，但早一天晚一天，有些事情，是她必须要面对的。

林如栩招呼都没打一声就突然归来，结结实实地把朱婶吓了一跳。

"怎么回事？不是有暑假实习吗？"朱婶在围裙上搓了搓手，"你回来了，那实习呢？"

林如栩撇撇嘴："实什么习啊，没意思。"

"这不是有意思没意思的事情，"朱婶着急，"那是少爷盼咐人特意给你安排的……"

"哎呀，好了好了，我心里有数。"林如栩很不耐烦，最怕老太婆啰啰唆唆了。

林如栩歪靠在沙发上，打开随身化妆镜，仔细检查妆容。

宗衍随时会回来，她准备给他一个惊喜。

林如栩上一次回国，还是父亲出事，她赶回来奔丧。那时宗衍才刚出院，强撑着去葬礼上送了行，还安慰了她，说以后他会替林叔照顾她的。

读书时喜欢宗衍的女孩儿就数不清,垂涎他枕边位置的富家千金,更不在少数。林如栩敢打赌,她是第一个也是唯一一个得到了他一句承诺的女人,虽然不是那个意思。但是,只要她够努力,未来也不是没有可能,不是吗?

好不容易占得一线先机,是她爸的一条命换来的。天之骄子如宗衍残了腿,正处在人生的低潮中,她正该在身边陪伴他、安慰他,否则万一被别的女人乘虚而入——那她岂不是亏大了?

"七哥什么时候开始用女助理了?"林如栩想到那个长得妖妖娆娆的封助理,心里一阵不舒服。那副勾人样,哪里像职场女性的样子?

"窈窈啊?她才来了一周,"朱婶回想封窈的表现,人挺安分的,没有挖空心思往少爷房里钻,工作能力她不清楚,但少爷起码没指着封窈的鼻子骂她白痴叫她滚蛋,"她也就暑假在这儿做两个月,人家可是庆大的高才生,保送了直接读博士呢,很优秀的。"

别人家的孩子最招人烦,林如栩阴阳怪气:"哦,叫窈窈啊。"

这名字一听就不是正经女人!

"阿嚏!"房间里,封窈打了个喷嚏,抬手揉了揉发痒的鼻尖。

她怎么也不会想到,仅仅打了个照面,自己已经被林如栩在心里列为了头号大敌。

葡萄吃多了有点儿撑,封窈决定出去散步消消食,免得一会儿吃不下晚饭。

花园小径清幽,精心打理的花木枝繁叶茂,绿树繁花错落有致,移步异景,美不胜收。

转过花坛,她看见有个人坐在三角木梯上,正在修剪枝叶,是朱婶的儿子朱启航。封窈路过他身边,打了个招呼:"嗨!"

说起来,今天回来的小辣妹,跟他是继兄妹呢。不知道继兄妹相处起来是什么样的?封窈缺乏跟兄弟姐妹打交道的经验,然而她有两个异母弟妹呢,未来十有八九还得碰头……

差不多都是半路手足,封窈想,她可以观摩一下这对继兄妹,说不定能取个经。

朱启航由于生来的缺陷,大脑反应比常人要慢上一些。呆了一会儿,他才点头:"你好。"

朱婶将儿子教得很好,有礼貌、肯干活。封窈好奇地看着地上的两个筐子,一个里面装着杂乱的枝叶,另一个里面则是带枝叶的鲜花。

"这些花是要做什么用的?"

朱启航扭头看着她,说话慢吞吞:"我妹妹,回来了,给她。"

真是好哥哥啊。

娇艳的鲜花乱糟糟地堆在筐里,直接这样送出去,心意怕是不能很好地传递。封窈建议:"要不要做成花束?她收到应该会开心的。"

朱启航思索了片刻,用力一点头:"好!"

他从三角梯上爬下来,蹲在筐边,开始笨手笨脚地折腾那些花。眼看着枝条被他强行一股脑儿地掬成一捆,封窈开始后悔自己出了个馊主意,忘了他不适合太精细的活儿了。

"我来帮你吧。"封窈在旁边蹲下,让他先把花放下,征询他的意见,指点他简单地搭配起来。

主花是朱启航挑的,粉紫的大丽花,插上绿叶衬托,点缀以一些封窈叫不出名字的白色和浅蓝紫色小花,整体粉嫩又清新。

"好看!"朱启航举着花束笑得开心,顿了顿,他低头在筐里翻检,选出一枝鲜红的芍药,递了过来,"这个,给你。"

"我也有份啊?"封窈笑着接过,"谢谢。"

朱启航抱着花,封窈拿着一枝芍药,两人都要回主宅,正好同路。

刚走到前廊,恰好见保镖蒋时鸣推着宗衍的轮椅从车上下来,帮佣们躬身问好。同时,一道欢快的身影如小鸟般从别墅里飞出来,迎了上去:"哥!"

朱启航大步往前走,笑容憨厚:"栩栩!"

宗衍的目光落在朱启航的身后。

女人慢慢悠悠,闲散慵懒,纤白的手拈着一枝盛放的红芍药,鲜花娇艳欲滴,与她白皙妍丽的面容交相辉映,平添万种风情。

"七哥!"林如栩在宗衍跟前停下,好巧不巧,正好挡住了他的视线。林如栩毫无察觉,露出一个灿烂的笑容,"我回来了,惊不惊喜?"

宗衍抬眸,好看的剑眉拧成一道深深的"川"字:"谁叫你回来的?"

宗衍的长相是带着凌厉的俊美,剑眉入鬓,鼻梁挺直,下颔角线条分明。像这样薄唇紧抿、神情淡漠冷冷地盯着人时,自有一股强大的压迫感。

林如栩的笑容僵在脸上,这才后知后觉地想起,他最讨厌别人自作主张。

发热的脑门儿总算清醒了些许,她却还是有些不甘心:"我就是……担心你嘛。我一个人在英国孤零零的,"她撇了撇嘴,瞬间红了眼眶,"我想爸爸了,想朱阿姨,想哥哥,呜……"说着,眼泪像断了线的珍珠,扑

簌簌往下掉。

封窈抱臂倚在廊柱上,看得叹为观止。

不是她这个人缺乏同理心,而是,从她这个角度,她分明看到这姑娘刚才在大腿根上掐了一把,下手那叫一个狠。

宗衍的字典里完全没有"怜香惜玉"几个字,更不是那种女人一哭,他就心慌的男人——他只会叫对方滚远点哭。

只是因为林如栩是林叔的女儿,他勉强可以给她多两分容忍。

"行了!再哭马上把你送回去。"

林如栩抬手擦了擦眼泪,破涕为笑:"我就知道七哥最好了!"

啧啧,男人果然抵挡不住女人的眼泪。封窈在心里感慨,小气鬼少爷看来也不能免俗,一哭就心软了。还有这位小辣妹,你正牌哥哥抱着花站在一旁呢,好歹看他一眼啊。

不过她说她想的"哥哥"……八成不是抱着花的这个傻大个儿吧。

林如栩神采飞扬,抢着去推轮椅。这时朱启航终于从看见妹妹哭得手足无措进入了下一个反应,讷讷地将花束递出去。

"栩栩,别哭,给你花。"

林如栩这才注意到朱启航,眼中闪过一抹厌恶。

她很快掩盖住,换上一张笑脸:"哥!"瞥了眼那束简陋的花,没伸手,"这是哪儿来的啊?"

"我摘的!"朱启航不能很好地控制力道,大手将花枝捏得有些变形,见林如栩没接,又朝前一杵,几乎杵到林如栩的脸上,"你喜欢花,给你!"

林如栩是喜欢花,9999朵玫瑰那种盛大铺张的,或者如果是宗衍送的,一朵也行,而不是这种皱巴巴的可怜玩意儿。她接过花,扯了扯嘴角,违心道:"好漂亮。"

朱启航咧着嘴笑得开心,晃着头左看右看,终于找到廊下的封窈,抬手指着她,邀功般嚷嚷:"是窈窈,她帮我做的!"

模仿是孩子的天性,在某种程度上,朱启航还像个孩童,会模仿亲近的人,譬如跟着朱婶亲切地叫封窈"窈窈"。

听在林如栩的耳朵里,就有了股不一样的味道。

"哦,"她挑着眉若有所思,垂眸飞快地瞥了宗衍一眼,故意道,"我刚才还听朱阿姨说,封姐姐特别照顾哥哥,哥哥很有福气呢。"

封窈没想到打个酱油也能被cue(点名)到,赶紧摆摆手:"我只是路过,顺手帮个忙。"

还顺手牵了羊呢。芍药绽红绡，衬着女人白皙如玉的手指，更显红的浓艳，艳俗得刺眼。

感觉到宗衍含冰的目光，封窈预感"谁允许你……"怕是又要来了，赶在他开口之前，她抢先摆出一副怕怕的样子："糟糕，少爷应该没说过不能摘花吧？"

怕得太不走心了！

她天然上弯的嘴角，似乎随时带着点调笑般的笑意，宗衍难以将视线从那双丰润的唇瓣上移开，嫣红，饱满，犹如多汁的浆果，不知道咬上去，是什么味道……

"七哥才没有那么小气呢！"林如栩抱着花束，相比之下封窈手里就孤零零的一枝，还要担心惹宗衍不快，她顿时有了优越感，带着几分居高临下指点，"不过窈姐，你也不要随便乱摘哦！花园里有不少名家培育的稀有花种，价值连城。"

宗衍无心注意林如栩说了什么——他刚才，竟然在盯着女人的嘴唇出神？

封窈眉头轻蹙。是她多心了吗？从她嘴里出来的这声"窈姐"，怎么听着不太对味呢？听着跟"窑姐"似的……

"林小姐叫我的名字就好。"封窈可不会委屈自己，也懒得去琢磨别人究竟是好意还是恶意，她觉得不舒服就够了。

"那怎么行？"林如栩睁着一双无辜的大眼睛，"窈姐你比我大，当然得叫姐，不然多没礼貌？对了，不用那么客气，叫我'栩栩'吧。"

"哦，栩栩，"封窈从善如流地改口，"我还是希望你叫我的名字，放心，我不会觉得你没礼貌的。"

林如栩咬了咬唇，这老女人真难缠："你是觉得被叫'姐'会显得年纪大吗？对不起，我不是要把你叫老的意思，不要这么敏感嘛。"说着小声嘀咕了一句，带着点委屈，"也没见七哥觉得别人把他叫老了啊。"

封窈有点儿被惹毛了。取经看来是取不到了，马上就要吃晚饭了，她却在这里跟不懂事的小妹妹打嘴仗，这合理吗？

"既然我比你年纪略长，那就让我倚老卖老，告诉你一个人生的道理好了——当别人明确地表示你的某个行为让她感觉不舒服时，你应该做的不是辩解，不是指责对方敏感，而是赶紧改掉。"

她看着林如栩，似笑非笑："当然，如果你不在意那个人的感受，或者就是故意想要她不舒服的话，也可以不改呢。"

林如栩:"我没有!你不要误会……"

"够了!"宗衍的耐性早已告罄,一张俊脸阴得能滴出水来。两个女人能抵上一千只鸭子,这么简单的事情也要吵个没完——

"她爱被叫名字,你就叫她名字,很难吗?!"

呵斥完林如栩,他睨向封窈:"还有你——"

该各打五十大板,但她刚才那番话,难得有几分道理。

他余光瞥见那朵被她拈在手中摇曳晃悠的嫣红芍药,莫名的烦躁在腹腔中翻腾,最终化为一声:"哼!"

封窈:"……"

朱启航单纯的思维哪能应对这么复杂的局面,早就过载宕机,张着嘴巴呆滞在一旁。

直到看见保镖推着面色不豫的宗衍朝里走,林如栩噘着嘴跟在旁边,封窈一个人闲闲地缀在最后,他才总算知道该做什么,小跑着跟上。

Chapter 05
少爷,不合适吧

周末转瞬即逝,眨眼又是打工日。

封窈艰难地起了床,每天早上叫醒她的不是闹钟也不是梦想,是朱婶给她开小灶准备的早餐。

跟朱婶一打照面,却把封窈惊到了——朱婶的情绪肉眼可见地很低落,眼眶还泛着红。

朱婶可不是她,上班如上坟。封窈很敬佩朱婶的一点,就是这位经历过坎坷的女性真的做到了"将工作变成生活":照顾宗衍就是她的生活的一部分,她全心投入,乐在其中。

"咦?"目光扫到桌旁,封窈忍不住惊讶出声。

桌旁那些蔫儿巴的残花败叶,虽然隔了一夜,但还是不难认出,这是昨天那束花。

她的那枝芍药插在瓶子里,今早起来还鲜嫩舒展呢。

"……我捡到的。"朱婶抹了下眼角,这事本来不该跟一个才认识没多久的小姑娘说,可她心里实在难受,"帮佣清理垃圾桶,装车时我看见的。"

封窈讶然:"怎么会?"

"启航总抢着帮忙拎垃圾,还好他没看到,我赶紧捡起拿回来了。"

智力缺陷的人只是迟钝,但不是情感缺失,看到自己高高兴兴准备的东西被当垃圾扔掉,肯定还是会伤心的。

收到不喜欢的东西当然可以扔,但除非是有仇,好歹要照顾一下赠送者的心情啊。封窈握住朱婶的手,安慰道:"没看到就好,他的心意是最

可贵的，不会因为被践踏而贬值半分。"

朱婶的眼眶更红了，眼中有泪光闪烁："跟老林结婚的时候，我就很怕。后妈难当，我怕栩栩讨厌启航，又怕有了启航这样的哥哥，栩栩会在外面被人欺负，笑话她是傻子的妹妹。我是知道的，栩栩有时候会对启航不耐烦，但我都能理解，他是个智障儿，他不是个正常人，就连我这个当妈妈的，也有失去耐心，想吼他想打他的时候……"

封窈没有插话，静静地听她诉说。

"我从来不奢求世界上能有第二个人像我一样爱他，那是不可能的。鄙视、白眼，我都看惯了，我只是没想到，没想到……"朱婶说着捂住了脸，泣不成声。

封窈走过去，张开双臂揽住她，轻轻地拍着她的后背。

再坚强的人也有崩溃的时候，何况是一个身负重压的母亲。封窈静静地没有开口，朱婶并不需要她的同情怜悯，更不需要她指点江山，朱婶此刻需要的，只是一双耳朵，一个肩膀。

朱婶收住眼泪时，封窈的肩头已经湿了一大片。

"把你的衣服都弄脏了，"朱婶满脸窘迫，"我太失态了……"

"没事，没事。"封窈递纸巾给她，陈玉芳送来的衣服够多，反正有专门洗衣服的帮佣。

朱婶擦了擦脸，又瞥见桌上凋残的花："对了，昨天的事情，我还没谢谢你。"

封窈忙道："我没有做什么……"

"启航说，花束是他拿在手里扎的，花也是他挑的，你给他帮了忙。他说的时候，特别骄傲。"朱婶露出一抹笑，"谢谢你，让他自己来动手。"

封窈似乎有一点明白了。

朱婶不知想到了什么："说到这个，你跟少爷还挺像的。"

"……"封窈差点儿脱口而出，我有差劲到那种程度吗？

"启航从小就喜欢花草，我送他到一个园艺师那里帮工，同事把脏活重活都推给他干，一发工资就吆喝出去吃饭，最后都是他掏钱买单，还有人借他的钱从来不还。后来多少人劝我，智障哪有不受歧视受欺负的，不如别让他工作了，养着算了。"

"少爷从来没说过什么，只是有天给启航一份花匠的雇佣协议，工资待遇、职责，都跟正常人一样。平日里有什么启航能做的活儿，他都会吩咐启航，就跟对正常人一样。"

跟对正常人一样。封窈懂了。

多少人面对正常人，都能生出莫名其妙的优越感，更何况是对有残缺的人。高高在上的同情怜悯，以保护为名的差别对待，乃至迎面笑脸相对、转过身后嘲弄不屑，本质上都是不尊重。

而宗衍所做的，是以平常心看待他，只在他需要帮助时，伸一把手。

朱婶感受到的，是生而为人应得的体面和自尊。

……

早晨的时间最经不起耽搁，饭没吃上，要迟到了。

封窈抱着朱婶塞的点心水果，回房换了件衣服，又赶往书房。

其实已经迟到快半小时了，但问题不大，反正宗衍见首不见尾，唯一一次还是下午去的。只要不被抓到，就不算迟到。封窈啃着小笼包，转弯进了书房。

宽大的办公桌旁是一把轮椅，清晨的阳光从落地窗透进来，洒在轮椅上的男人身上，浓密的黑发在阳光下泛着光泽，光线如笔勾勒出他的轮廓，深邃俊美，足以媲美罗丹的雕塑。

哇哦，风景这边独好。

封窈发出由衷的赞美："少爷，你真是帅得闪闪发光。"

"……"宗衍不知道自己一大早跑到书房里来，像尊雕像一样坐在这里等了半个小时，又像尊雕像一样任人肆无忌惮地观赏，是犯了什么病。

没错，就是观赏——她看他的目光非常直白，就像在美术馆参观一件珍品名作，驻足细细地欣赏。

……还吃小笼包！

对于这突如其来的赞美——更不如说是调戏，宗衍难得有些不知该如何反应。

大概是因为她太坦然了，就像是纯粹地在陈述一个事实，那么理所当然，不带任何肮脏下流的觊觎，或是别有目的的阿谀奉承，她的眼神坦荡荡的，专注地落在他身上……

宗衍的心跳忽然无法抑制地加快，耳朵有些发烧。

一定是太阳太晒了。

他摁下桌边的按钮，窗帘开始缓慢地闭合，同时冷声开口："封助理，你迟到了。"

唉，第一次迟到，就被老板抓了个正着，这就跟万年翘一次课结果老

师点名了一样,只能怪自己脸黑。

封窈乖乖认错:"我很抱歉。"

"我需要一个解释。"话说出口,宗衍就后悔了。员工犯了错还敢找借口,在他这里没有第二个下场,唯有卷铺盖走人一条路,现在竟然给她机会解释?

"对不起,是我睡过头了。"她当然可以说出实情,会迟到是因为朱婶突如其来的情绪崩溃,并不是她的错,然而情绪是一件私密的事情,封窈不认为自己有权替朱婶向第三人透露。

她话锋一转:"不过前天休息日,我冒险主动去向少爷通风报信,应该算加班,可以用来抵消吧?"

"……"

她还好意思提,她那个通风报信的手法……那股莫名的燥热按压不下去,窗帘拉上也无济于事,宗衍重重地冷哼一声:"下不为例!"

这不是挺讲道理的嘛。看来朱婶也不完全是滤镜太厚,这位少爷还是有可取之处的。

封窈展颜一笑:"谢谢少爷,你真好!"

笑靥如花,令宗衍不自主地晃了下神儿,耳朵上热意更甚。

有宗少爷这尊大神镇着,边工作边摸鱼吃早餐是不可能了。封窈窝在自己的小桌子后面,只能偶尔偷偷吃两块小饼干,维持一下。

——其实可以的话,她更想就着他这张帅脸吃早餐,所谓秀色可餐,是身心的双重享受啊。

松鼠一样"嘎吱嘎吱"啃饼干的动静,逃不过宗衍的耳朵。

当不知道第几次意识到自己的心思又脱离了工作,目光又在朝角落的方向瞟时,宗衍忽地一拍桌子,带着难以掩盖的烦躁:"封助理,过来一下!"

封窈默默地把手从点心袋子里缩回来,在纸巾上擦了擦,然后站起身,慢吞吞地走到那张宽大的深色实木办公桌前。

"少爷有什么吩咐吗?"

宗衍看着她走近,视线不由自主地落在她的唇上。嫣红水润的唇瓣,艳丽得仿佛成熟的樱桃,微翘的嘴角边,沾着一点饼干碎屑。

喉结滚动一下,他摆出嫌恶的表情:"你脸上有脏东西。"

"……"封窈狐疑地看着宗衍。宗家兄弟受过统一培训吗,怎么都用这句话,台词都不带变的?

"少爷,中文我听得懂。"

宗衍厉眸一瞪:"听懂了还不赶紧擦干净?"

还真的有啊?落地窗玻璃上映着人影,太糊了看不清脸,封窈看着宗衍:"在什么位置,可以指一下吗?"

宗衍的手指动了动,第一次觉得轮椅限制活动自由,或许是时候该摆脱了。

"脸伸过来。"

封窈警惕:"你不会是想弹我脑门儿吧?"

宗衍差点儿气笑了:"你猜?"

"少爷这么好,怎么可能做那种无聊的事情呢。"封窈微微俯身,隔着宽大的办公桌,将脸稍微凑向他。

"再近点。"

封窈又往前探了一点:"少爷你近视啊?"近视还不戴眼镜,真是个别扭的人。

她的脸离他很近,足以让他看清她根根分明的卷翘睫毛。她说话时直直地看着他的眼睛,眼神不避不让,又是那理所应当般的坦然。

宗衍伸出手,在她微露惊愕的眼神中,指腹落在她的嘴角,轻轻摩挲,有意无意般,从她柔嫩的唇瓣上划过。

"好了。"他收回手,柔滑细腻的触感,仿佛还停留在指尖上不散。

封窈怔忪了一会儿,才站直身子,慢吞吞地"哦"了一声。

男人指腹划过的地方,带起一种奇异的酥麻感,四目相对之间,似乎有一种说不上来的气氛在空气中蔓延,好像有些缺氧,又有点儿热,感觉……怪怪的。

封窈下意识地没话找话:"那天那个宗清也说我脸上有脏东西。"

"什么?"宗衍眸光倏地凌厉了起来,"他对你做了什么?"

"没做什么啊……"封窈简单讲了宗清的试探,末了不忘夸自己一句,"我真是太机智了。"

宗衍一时不知道该说什么好。

原本他怀疑封窈与之前以各种名目被送来的那些人一样,跟宗家人有关,不过经过这件事,差不多可以打消了。

当然这也可能是博取他信任的策略——如果代价小一点的话,但是她直接捅破了宗清的假面,这不是丢卒保车,这是掀桌子了,得不偿失。

还有一种可能,是她在向他投诚,宗清就是那份投名状。

"你的胆子倒是不小。"宗衍黑眸锐利,紧盯着她的眼睛,"宗清比你想象的危险得多,如果他发现你偷听,你怕是没机会走出那条走廊。"

封窈睁大了眼睛:"这么无法无天?"

呵,怕了吧。宗衍勾起嘴角,笑意却不达眼底:"他继父是个国际掮客,倒卖情报、艺术品、军火,帮寡头洗钱……"

"听起来是一份平均寿命不高的职业。"

宗衍不理会她的评价:"你说,如果回头宗清发现是你把他卖了,他会怎么样?"

明明他早就心中有数,哪里轮得到。封窈上上下下地打量宗衍,眼神痛心疾首:"真没想到,少爷你竟然是这样的人。"

宗衍:……

"他如果发现,只可能是你告诉他的,"封窈一脸失望,"你竟然斗不过他,还出卖我。"

"谁说我斗不过他!"宗衍不能接受这种侮辱。

"那你干吗要向手下败将提供情报?"封窈狐疑,"该不会,其实你偷偷深爱着这个弟弟,舍不得他受委屈……"

"你闭嘴!"宗衍狠狠地瞪着她,"再敢胡说八道,信不信我开除你?"

封窈一秒乖巧:"我错了,少爷不要开除我。"又似不放心般问了句,"少爷不会真的出卖我吧?"

哼,还知道怕。

"那对我有什么好处?"宗衍不耐地挥挥手,懒得再跟她多说,"回你座位上去。"

还不是他把她叫过来的,真是反复无常。封窈腹诽着回到自己的小桌子。

跟喜怒无常的上司一起办公,一定是造成职场压力的最大元凶。还好她打算一辈子赖在学校……

"——窈窈!我煮了燕窝粥,都怪我,害你迟到没吃上早饭,肯定饿坏了吧?来吃一碗垫垫肚子……"

朱婶端着一碗燕窝粥推门而入,直奔封窈的小桌子,完全没留意到宗衍的存在。

封窈冲她使眼色。

"嗯?"朱婶疑惑地回头,然后吓了一大跳,"少爷!你起来了啊?"

封窈紧张地盯着朱婶手里的碗,幸好没洒,听见这话,她的眼神中顿时多了一抹意味深长——

原来，大少爷每天，都睡懒觉啊？

"……"宗衍薄唇紧抿，眸中隐隐有风暴聚集。

朱婶没有察觉，兀自碎碎念叨："唉，你老是夜里睡那么晚，早上就该多睡一会儿，起来了也该唤我一声，我好准备早饭啊……哎呀，你肯定还饿着肚子吧？"

封窈这才想起不少发送时间在凌晨两三点的邮件，眼神更加复杂——

他睡得比狗晚，起得比鸡早，连早饭都不吃，就为了跑来蹲守抓她迟到？

周扒皮再世啊！

"我不饿！"宗衍恼怒。

话音才落，仿佛是抗议一般，只听一声"咕噜"声响起，在书房里格外响亮。

"……"封窈赶紧低下头，咬紧嘴唇——不能笑不能笑。

"你看看，哪能不饿？不吃早饭胃会坏掉的。"朱婶把燕窝粥放在宗衍面前，转头歉意地对封窈道，"这碗先给少爷，我再去给你端一碗啊。"

封窈咬着唇点头，不敢开口，怕一开口会不小心笑出声。

朱婶一阵风似的又出去了。

封窈眼睛盯着电脑，抿唇憋笑。

须臾，有轻微的瓷器碰撞声响起，宗衍骨节分明的手指捏着银制的汤匙，慢慢搅着燕窝粥，顺便把方才的窘迫也一并搅碎。

封窈的目光不自觉地被他的手吸引住了。

他有一双很漂亮的手，白皙修长，骨节清瘦。不愧是豪门世家的少爷，只是搅个粥，动作也无比优雅，举手间带着股与生俱来的矜贵自持，看着很赏心悦目。

"朱婶说，她害你迟到？"宗衍忽然撩起眼皮睨她一眼，淡淡的嗓音不紧不慢，"我怎么记得，有人刚才告诉我，她是睡过头了？"

要不要这么敏锐？

见她语塞，宗衍顿时有种神清气爽的感觉。

才爽了两秒，他又突然觉得不对——只不过是抓到她一个小小的马脚而已，有什么好高兴的？

这个品行可疑的女人，他明明随时都可以让她卷铺盖！

封窈摇摇头："这是朱婶的隐私，恕我不能透露。"

"是吗？"宗衍冷睨着她。虽然朱婶掩盖得很好，可宗衍没有错过她的眼睛残留的一丝红肿。

良晌,出乎封窈的意料,他没有逼问,只是淡淡地道了句:"知道了。"

倒时差加上与宗衍同处一个屋檐下的兴奋,昨夜林如栩在床上翻来覆去到凌晨才睡着。

原本计划的早起自然泡汤了,她睡到中午,才悠悠醒来。

洗漱完化好妆,刚出房门,便有帮佣来告诉她,少爷叫她起来了去趟书房。

林如栩的脸上绽开一朵笑容。

昨天只有她被宗衍训斥,她一开始觉得委屈不平,后来再想想,这不正说明在他心里,亲疏有别吗?

她是亲近的人,他才会说她两句,至于那个姓封的老女人,外人一个,没见他一个字都懒得多跟她废话么。

林如栩开心地奔向书房,推开门:"七哥!"

听这小嗓子,又甜又脆。封窈抬眸一瞟,果然是直扑向帅少爷,全然没看见角落里还有她这大灯泡。

封窈把脸藏在电脑显示器后,偷偷看戏。

"站住,后退,坐到椅子上去。"宗衍皱着眉,喝住想贴上前来的林如栩。

林如栩嘟着嘴,不敢忤逆他,不情不愿地挪向椅子。随着她转头,视线终于扫到角落那张小桌,以及桌后那张白皙美艳的脸。

她……难道竟天天跟七哥同处一室?!

林如栩离喜怒不形于色的境界还差得很远,当下封窈就感受到了死亡瞪视。

封窈还记得林如栩掐大腿时下手有多凶狠,本着与人为善的原则,她友善地主动打招呼:"栩栩你起来了?时差倒过来了吗?"

林如栩觉得这女人就是故意的——专门指出她睡到现在才起,好衬托自己多勤劳是吧?心机女!

"谢谢封助理关心,"林如栩笑得甜美,"我年轻嘛,适应能力强,好好睡一觉就倒过来了。"

然而封窈完全没接收到她话中的刺,毕竟在封窈的认知中,两岁之差哪有什么年轻年老之分可言。她点点头:"哦,那就好。"

"封助理昨晚是熬夜了吗?"林如栩假意关心,"我看你有黑眼圈欸。"

有吗?

封窈摸摸脸:"不会吧?我的睡眠很充足啊。"除非赶论文避免不了熬夜,她都是至少睡够八小时的。尤其这山间清幽闲适,睡眠质量就更好了。

林如栩眨巴眼睛:"女人年纪越往上,不保养可不行哦!我那里有面膜,回头……"

"够了!"宗衍不耐地打断,眸光淡淡瞥了封窈一眼,这女人的皮肤白皙通透,泛着健康的红润,一看就是好吃好睡的,哪来的黑眼圈?

"封助理,我付你薪水不是请你来喝茶聊天的,工作难道要我替你做吗?"

说者无心,听者有意。

林如栩心念急转,她可以替封窈做啊!

不仅是替,而是替代——这里根本就不需要封助理这个角色!现在她回来了,她可以做宗衍的助理,为他打理日常的工作生活啊!

论能力,林如栩自信不会输给封窈。她在英国留学,比庆大高上洋多了,封窈怕是连英文都讲不来,看那张脸就知道肯定没什么能力。什么保送博士,八成是瞎吹牛,也就朱阿姨没见过世面,说什么都信。

"好的,少爷,你们慢慢聊。"封窈不会想到有人在谋划抢她的饭碗,重新将精力投入电脑屏幕上。

同时偷偷竖起一只八卦的小耳朵——

"你辞了实习,回到这里来,有什么打算?"

"我、我只是想回来帮你。"

"不需要。"低醇磁性的男声,充分诠释了什么叫用最好听的声音说最冷血无情的话语。

封窈开始默数,一、二、三——果不其然,女声开始抽泣。不知道声音的主人是不是又在猛掐大腿?

"我……我只是担心你,我在学校学了康复护理,可以帮你做复健,七哥,你还可以再站起来的,让我帮你……"

"我说了,不需要。"

"可是……"

"林叔希望你能好好完成学业,毕业后进入宗氏。当然如果你想做护士,也可以转修护理,宗氏旗下有医院。你学什么,是为了你自己的将来,不是为了我,我不需要。"

封窈在心里暗自点头,冷面少爷虽然话不留情,但确实是为这姑娘好。

他与已故的林司机,想必关系是相当亲厚了。

林如栩咬着唇,泪珠不断滚落,只觉得难堪极了。封窈就在后面,一切都听到了,搞不好正在心里嘲笑她……

不对,一定是封窈抢先向七哥进了谗言!

肯定是的,肯定是封窈想独占七哥,所以容不下她的存在,看到她回来,就搬弄是非想把她赶走!如果不是被封窈迷惑,七哥怎么可能对她这么无情?!

决不能让这个心机女得逞——

"我明白了。"林如栩擦了擦眼泪,乖乖巧巧,"是我想错了。可是我已经回来了,这个假期,可不可以让我就在这里,做点我力所能及的工作?"

宗衍好看的剑眉紧紧拧起。

如果面前的不是林叔的女儿,这样叽叽歪歪、哭哭啼啼,他早就把她赶出去了。即使是念着林叔的情面,他也不想把林如栩留下——她太能哭了!

完全不像某个厚脸皮的女人,似乎不管发生什么,她都是那副万事不过心的模样。宗衍的余光瞟向角落的小桌,她哭起来,会是什么样子?

脑海中倏然浮现起那天的画面,湿漉漉的她站在及腰深的水中,池水波光粼粼,她仰着脸望着他,微微泛红的眼眶里,有闪烁的碎光……

他的沉默,令林如栩心中忐忑:"……七哥?"

宗衍收回不合时宜的旖思,俊俏的脸上依然神色冷淡,嗓音低沉带着不容置疑的语气:"我会让王秘书在庆城的威荣分部给你安排一个职位,你等着去报到吧。"

"七哥!"林如栩大惊失色,"我……"

"不用再说了。"宗衍沉下脸,只是不轻不重地看了林如栩一眼,林如栩顿时感到有股极大的压迫感,让她不敢再开口。

啧啧,真是郎心如铁。封窈都快要同情这姑娘了,努力争取了半天,眼泪掉了一箩筐,还是要被打包送走——还不如一开始就躺平呢。

林如栩不知道自己是怎么从书房里出去的。她失魂落魄,沿着仿佛没有尽头的走廊一直走,像游魂般下了楼,站在庭院里,不知道站了多久,一阵清凉的山风吹过,她蓦然回神。

不,她不能走!

最后一句封窈是故意的，显然很有杀伤力，至少林如栩下意识地松开了手，封窈趁机拔腿就跑。

她和林如栩都没察觉到，往上半层的转角处，一道魁梧的身影靠墙而立。

庭院里，宗衍喂完锦鲤，在池边逗留了一会儿，直到保镖蒋时鸣过来，推起轮椅送他回房间。

主人房宽敞堪比总统套房，地上铺着厚厚的手工地毯，陈设于低调雅致中尽显奢华。

房门合上，宗衍伸展一双长腿，从轮椅上站起身，缓慢地活动起因久坐而僵硬的关节。

蒋时鸣对这一幕丝毫不意外，知晓宗衍早已能行走自如的人屈指可数，蒋时鸣不仅知晓，整个复健过程都是由他辅助完成的。

来山庄后的大多数时间，宗衍都闭门待在房中，所有人，包括朱婶，都以为他是脾气古怪闹自闭。

蒋时鸣在特战队服役时是医疗兵，铁骨铮铮的硬汉子见得多了，可他得承认，宗衍有超乎常人的毅力。复健的过程痛苦超乎想象，但这个养尊处优的大少爷即便痛得汗如雨下，也一声没吭过，硬是用最短的时间恢复了。

"扔了？"宗衍面色阴鸷下来。他让蒋时鸣在不惊动朱婶的前提下调查早上发生了什么，不想竟是这回事。

枪林弹雨里过来的蒋时鸣都有几分心惊肉跳，暗自为林如栩捏了一把汗。

不过。他还有另一件事。

"方才我下楼时，在楼梯间，无意中听到林小姐和封小姐的对话。"

不是蒋时鸣故意想听壁脚，两位女士若不是太过专注于吵架，应该也不至于没察觉正要下楼的他。

话题事关宗衍，他听见了就不得不汇报。

蒋时鸣语气毫无起伏，将自己所听到的复述了一遍——只略过了要尿出来了那句，他实在说不出口。

宗衍站在博古架前，一米八九的身高把军人出身的蒋时鸣都比了下去，黑色长裤衬托出他笔直修长的双腿，更显身形颀长，挺拔如松。

随手拿起一个古董花瓶，白皙的细瓷玲珑剔透，骨节分明的手指漫不经心地把玩着，他淡淡开口，嗓音听不出喜怒。

"她……想嫁给我？"

蒋时鸣的表述严谨:"封小姐的话里是有这一句。"

很敢想啊。

宗衍倒没觉得太意外。她在外面能钓到的凯子,诸如那个猥琐的钱富贵,又或是那天闹跳楼的小丑,论外貌论家世论财富,都是给他提鞋都不配的货色——她不也说了吗,哪有凯子能比得上他?

被人当成凯子当然不是件令人愉快的事情,不过这证实了他的判断。她即便与宗家人无关,也是有别的图谋,否则这样姿色不凡的女人,大可不必待在这里做什么临时工。

所以她表现出的与众不同,她那些诱惑性的举动,都是为了吸引他的注意,引他上钩……

"野心还挺不小。"宗衍轻嗤一声,放下花瓶。娇贵的瓷器磕在木质格架上,发出一声清脆的"砰"响。

他得承认,她的那些小手段不无效果,他是个正常的男人,被美色吸引是再正常不过的事情。她既然送上门来,他倒不介意这段时间陪她玩玩。

至于娶她?除非他是失心疯了。

蒋时鸣的嘴巴闭得像蚌壳。不知道是不是他多心了,明明他汇报的是两个人的对话,少爷的关注点却全在封小姐那边,至于林小姐说了什么……好像被自动过滤掉了?

每个月总有那么"三十几"天,提不起劲,不想上班。

第二天,封窈从朱婶那里得知,林如栩的实习职位已经安排好了,她不禁对那位素未谋面的王秘书产生了一种学渣对学神的仰望。

她还记得先前签约时,曾与甲方代理人王秘书邮件来往过几回,对方几乎都是秒回——这效率,才是老板最爱的模范打工人吧!

事实上,王元化如此麻利,是得了宗衍额外的吩咐。林如栩和朱婶的家务事,宗衍不便介入,只是多吩咐了句,把人尽快弄走。

无论如何,林如栩即将离开,着实让封窈松了一口气。这才没两天呢,她已经被逼着承认对宗衍有非分之想了,要是再过十天半个月,她都不知道自己还得认什么可怕的罪名来。

——搞不好得被压着写篇小作文,详细交代自己密谋,将宗衍先这样这样,再那样那样,然后再这样这样那样那样八百遍的犯罪计划呢!幻想症发作的偏执狼人会做什么,实在难以预测啊。

封窈搓了搓胳膊,朝窗边那张大办公桌瞟了一眼。

桌后的男人正在看一份报表，认真专注的侧脸帅得令人屏息。窗外日头正盛，强烈的光线对比，清晰地勾勒出一条华丽的轮廓线，从饱满的额头，到高挺的鼻梁，再到微翘的唇棱，都变得格外鲜明。

美色当前，封窈心神一阵动摇，赶紧在心里刷表情包。

古今中外的故事里，但凡稀世宝物，都少不了凶兽镇守。宝物越名贵，镇守的凶兽就越凶，若是贸然起贪念，下场就是被撕得连渣都不剩。

像宗少爷这种"高岭之花"，镇守的"林如栩"们肯定不会少，她远观就好，给自己找麻烦就不必了。

"封助理。""高岭之花"忽然开口了。

低沉磁性的嗓音近乎温柔，穿过空旷的房间，钻进耳蜗里，仿佛过电一般，封窈浑身都不由自主地麻了麻："……到！"

宗衍抬起眼眸，他刚才分出了一丝注意力关注着这个女人，果不其然，抓到她在偷偷看他。

果然她什么坦然自若、浑不在意乃至气死人不偿命，都是精心伪装出来的。她还不知道他早就看穿了她的谋算，他倒要看看，她还能装到什么时候。

"封助理，我看你工作精神不集中，"宗衍眼眸深沉，嘴角噙起一抹笑，"不如陪我出去散散步？"

"好的少……啊？"封窈蓦然反应过来，"散步？"

看她精神不集中，下一句不是应该威胁要开除她才对吗？怎么跳到散步的？

受宠若惊，在所难免。宗衍嘴角的笑意加深，敌明我暗，真是一件令人愉悦的事情，他可以出其不意，尽情地扰乱她、引诱她，让她深深地陷入患得患失中，欲罢不能……

"是的。"宗衍微抬下巴，命令道，"过来推我。"

一个合格的打工人，要包容老板的突发奇想和颐指气使——封窈认命地站起身，去推他。

别院幽静，无处不在的葱郁绿树挡住了盛夏的酷热，走在林荫掩映的小径上，清风扑面，凉爽惬意，不愧是绝佳的避暑胜地啊……

"我外公建这座山庄，就是为了外婆可以来避暑。"仿佛是看穿了封窈的想法，宗衍开口道，"我外婆是北方人，嫁过来后难挨酷暑，外公心疼她，就在这里建了一座避暑别院。"

"哇！"封窈感叹，"那他们的感情一定很好。"

宗衍偏头瞥了她一眼,淡淡地"嗯"了一声。

外公外婆是少有的恩爱夫妻,外婆去世时,外公的心也跟着去了,只余躯壳在世间多逗留了两年。最后弥留之际,他还笑着安慰儿孙们,他终于可以去找明月了,该高兴才对。

宗衍不是很能理解这种生死相许的爱情,索性这么多年他也只见过这一例,可见这是一种罕有且可有可无的东西。

他见过更多的是利益结合、各取所需,至于感情,只是天平上最微不足道的那一颗砝码罢了。

从花园中穿过,又到了封窈刚来时到过的那个庭院。池水清澈,圆滚滚的锦鲤在粼粼波光中穿梭游弋,看到有人来,扎堆朝池边挤。

"真肥美啊……"封窈蹲在池边,伸着一根纤白的手指戳争先恐后冒出来的胖鱼头,"小朋友吃太胖,小心会被炖掉哦。"

"你叫谁'小朋友'?"宗衍支着下巴,拈了一把鱼食,懒洋洋地抛撒出去,"它们是我母亲小时候养的。"

"……"

封窈收回"爪子",双手合十:"鱼大叔鱼大婶们,不好意思冒犯了,我炖我自己。"

原来是他妈妈留下的啊,怪不得每天都来喂……

封窈想到自己的妈,苏冉不养任何活物,待到将来她百年之后,估计只会给她留下一屋子爱马仕吧。

可以取个名字,叫苏氏养马场。马场对鱼塘,还挺工整?

林如栩穿行在走廊上,凭记忆找到了配电室。

她记得爸爸说过,山庄初建时配备了一套当时最先进的广播系统,虽然很少使用,但定期会维护,以备不时之需。

"可以用!"林如栩大喜,拿出自己剪辑好的音频。

跟那个心机女对峙时,她偷偷打开了手机录音。那女人现在一定很得意,以为自己赢了吧?

就算她要走,也绝不会让她好过!

喂完了鱼,封窈推着宗衍走在幽深的花园小径上,感觉大少爷今天的心情似乎不错,有个大胆的想法浮了上来。

试试又不要钱,万一成了呢?不成反正也没什么损失嘛。

"鱼在水里游得多开心啊,好羡慕呢。"

这羡慕的语气过于夸张了,宗衍拿眼梢睨她:"子非鱼。"

封窈就知道他要抬杠:"我不需要是鱼,也能体会那种快乐。"她更夸张地叹了口气,"游泳多快乐啊,听说员工心情愉快,工作效率就会更高。试问哪个老板不希望员工的工作效率更高呢?"

"哦,我觉得封助理维持现在的工作效率就挺好。"

"……"朝这轮椅踹上一脚,应该会滚很远吧?

算了,会惹麻烦。

小径的尽头是一条涓细的溪流,香樟树浓密的枝叶遮挡住太阳,树荫下大片的绣球花开得热闹,犹如一团粉蓝色的浓云。

轮椅停在绣球花丛边,宗衍随手扯下一片花瓣,淡淡的浅蓝色,令他想到床头抽屉里的那根毛茸茸的流苏吊穗。

"你想用我的泳池?"

封窈很诚实:"想。"

"也不是不可以,不过——"

宗衍抬眸,对上她惊喜又期待的眼神:"得让人在旁边看着,以免出意外。"

"……"

封窈不觉得自己会在泳池里淹死,不过没关系,反正公共泳池都有救生员看着,她不介意。

她绽开笑容:"少爷你真好!"

娇媚明艳的笑脸,瞬间令周围锦簇的花团都黯然失色。

宗衍倏然伸手,攥住她的手腕,微微用力一拉。

封窈毫无防备间,跌坐在了他腿上。

男人大手揽着她的腰,拇指沿着纤细的腰线上轻轻摩挲,一双漆黑的眸子看着她,眸光若有若无地掠过她嫣红的唇瓣,嗓音低沉暧昧:"我这么好,封助理没有什么表示吗?"

封窈整个人都呆了。

这张俊美得耀眼的脸庞,在近距离之下冲击感更强了。他的睫毛浓黑,又密又长,鼻梁真高,直挺得像用尺子量出来的一般,怪不得上回胸都硌疼……

不是!

"那个……"四下僻静无人,封窈僵着不敢动,想不通好好的"高岭之花",怎么突然就"兽性大发"了,"少爷,不合适吧……"

装矜持装得还挺像,宗衍饶有兴致地欣赏着她的反应,抬手抚上她的脸,指腹在她柔嫩的唇上缓缓摩挲:"我想,你应该……"

"刺啦——"

正当此时,突然不知道从哪里响起了一阵刺耳的电流杂音。

宗衍的脸上闪过一抹诧异,眉心微微拧起。这是山庄的广播系统,已经很久没用过了,是谁打开了?

封窈趁机把他的手拉了下来,正要试图挣脱出来,这时,从不知藏在何处的喇叭中,以超高的音量响起一道女声。

那声音,既熟悉又陌生,连珠炮般不带停顿,犹如发表宣言一般,响彻在整个山庄的上空:

"——是是是!我就是想勾引宗衍,我还想嫁给他,别的凯子哪里比得上他,你再不放手我要尿出来了!"

Chapter 06
金屋藏娇

"——是是是!我就是想勾引宗衍,我还想嫁给他,别的凯子哪里比得上他,你再不放手我要尿出来了!"

"我要尿出来了……"

"出来了……"

整个山庄鸦雀无声,仿佛连风声都停了。

只有回声在山谷中回荡。

"……来了……了……"

而回声未消,广播却以顶格的音量,又开始一遍遍地复读了起来——

"我就是想勾引宗衍,我还想嫁给他……"

封窈脑子里"轰"的一声,只觉得眼前一黑,满脑子"嗡嗡"作响。

仿佛刚跟美杜莎深情对视了一万年,身体完全陷入了石化状态。如果此刻有谁往她手里塞一个核按钮,她恐怕会毫不犹豫地按下去——

毁灭吧,她要换个星球生活……

她难得有这么不知所措的时候,不知所措到甚至忘了,自己还坐在宗衍的腿上,一只手还抓着他的手。

宗衍任由她抓着,沉着脸打了个电话,厉声命令人立刻把广播关掉。

他的命令一向是令行禁止,不出一会儿,广播就戛然被掐断了。

噪声源消失,回声渐渐平息,空气重归宁静。

好像什么都没有发生过一样,耳畔只有溪水潺潺流淌,蝉鸣阵阵,间或有一两声婉转的鸟鸣。

"这个事情……不是这样的。"

就像是一场噩梦,醒来很久还是不敢动,过了好半晌,封窈才终于找回自己的声音,艰难地咽了咽:"你不要误会……"

宗衍挑起眉梢,不置可否:"哦?"

突然发生这么一出,宗衍恼怒之余,更混杂着一股说不清道不明的遗憾——如果不是广播横插进来,她怕是早就含羞带怯,顺水推舟了吧……

原本她不知道他已经知道了,他处于绝对的优势,大可以像猫戏老鼠一般,肆意地操弄她的情绪——就如金矿的事情,他只不过是拖着迟迟不表态,就能让宗清陷入忐忑焦灼的煎熬之中。

敢把他当成猎物,就要有反过来被戏耍的觉悟。

不过正如商场上瞬息万变,人生也是一样,一点点意料外的变故而已,不影响他把这场游戏继续玩下去。

……但那最后一句是什么鬼?

怪不得蒋时鸣略过没提,这女人未免太口无遮拦了!

"我是急着去洗手间,却被林小姐拦住说了一堆有的没的,我为了摆脱她才顺着她那么说的,全都是假话,而且还被剪辑过了,"封窈强调,"真的都是假的,你千万别误会。"

"真的都是假的?"宗衍眼含戏谑,"那到底是真的,还是假的?"

封窈:"……"这是跳进岩浆里都洗不清了。

宗衍朝后靠在椅背上,修长的手指轻叩扶手,语气悠然:"所以你的意思是,你不是想勾引我?"

封窈点头。

"你不想嫁给我?"

封窈再点头。

"别的凯子都比得上我?"

封窈又点……不对,她忙道:"比不上……也不对!没有什么比不比的,你又不是凯子。"

宗衍扬眉盯着她,拖长调:"哦——"

尾调慵懒,带点微微的上翘,封窈分辨不出他的意思。

更要命的是,随着那股冲上脑门儿的血液渐渐回流到身体中,她终于重新意识到,她还坐在他腿上。

就,不妥,很不妥……

封窈试图搬开男人不知道什么时候又搂回她腰间的胳膊,一面正色道:

"我认为我们应该换个姿势说话。"

看来她已经恢复冷静了,心理素质果然不同常人。

宗衍嘴角微勾,四体不勤懒于锻炼的女人,那点力气跟挠痒似的,他都不需要发力,圈着她的纤腰的手臂稳稳地纹丝不动。

"封助理不一向是能坐着就绝不站着吗?我都牺牲自己给你当人肉座椅了,难道你还不满意?"

封窈索性放松下来,反正当肉垫的又不是她,只要她不觉得不好意思,那不好意思的就是他。

她软软地朝男人坚实的手臂上一靠,懒懒地"哦"了一声:"也不光是能坐着就绝不站着啦,我还能躺着就绝不坐着,少爷还要给我当人肉床垫吗?"

气势场的博弈是一件微妙的事情,上风和下风的转变往往只在一瞬间,身处其中的人能感受得无比清晰。当封窈摆出一副心安理得的样子,坐得舒舒服服,甚至反将他一军,宗衍反倒有了一丝不自在。

"封助理这是在邀请我吗?"

他的手臂倏然收紧,迫使她向他贴近,脸慢慢凑近她,直到他们鼻尖相触,呼吸相闻,那一瞬间,他满意地察觉到她呼吸的节奏乱了。

宗衍低低地轻笑,沙哑缱绻:"如果我说,我不介意呢?"

要命哦,长相好看的男人诱惑起来,真的让人很难抵挡。

而且,她好像感觉到了点什么,有点儿硌人……

封窈努力忽略掉那处异样,直直与他对视,学着他扬起眉梢:"我想知道,少爷是有给女人当肉垫的特殊爱好呢,还是独独愿意为我牺牲?"

宗衍:"……"

"我当然更希望是后者啦,那样至少让我知道,原来我在少爷心里是最特别的那一个。"封窈哀怨地叹了口气,"但我知道那是不可能的,所以这是少爷的爱好特殊……"

宗衍听不下去了:"胡说八道!"

"不是吗?那……"封窈不敢置信地倒吸一口气,瞪大眼睛,"天啊,我竟然是少爷心里……"

"你什么都不是!"

宗衍沉下脸,松开了手:"起来。"伶牙俐齿的女人,太会蹬鼻子上脸了!

从见第一面的时候,封窈就察觉到宗大少爷非常厌恶女人对着他犯花

痴。果然，听了广播的那句话，她再死皮赖脸一下，估计他立马就翻脸了吧。

封窈做不情不愿状站起身，还火上浇油："少爷不要害羞……"

"谁害羞了！你太把自己当回事了。"

宗衍冷着脸掸了掸西裤上不存在的皱褶，调整了一下坐姿。她坐在他身上蹭了这么久，软玉温香在怀，不起点什么反应是不可能的，幸亏她没有察觉到，不然岂不是更要得意了？

能从那种核弹级别的变故中迅速恢复过来，不仅不尴尬，还敢顺势试探他……她这张美人皮的厚度，实在不是常人能及的。

怪不得野心十足，敢放下那样的大话来。她还敢辩称全都是被逼无奈的假话——

呵，既然是假话，她又何必急着试探，想让他说她在他心里是特别的？

……

显然她成功地把宗少爷惹怒了，他操纵轮椅转向，丢下一句："哼！"然后扔下她，自顾自地走了。

男人真是危险的动物，说不准什么时候就"兽性大发"了。他该庆幸他长得真的很合她的胃口，不然就凭他动手动脚，她早给他最脆弱的部位一记痛击了。

不过如果那样的话，这工就真的彻底打不下去了……唉，打工人，真的太难了。

封窈叹了口气，慢悠悠地走回大宅。

一路上收获的全是异样的眼光。

那通广播响彻整个山庄，这里所有的人，只要耳朵没聋，肯定都听到了。

把她的话录音截取剪辑、拿大喇叭播放的人，除了林如栩，不作第二人想。封窈还就想不通了，她跟她到底什么仇什么怨，一定要做到这个地步？

就算一定要做到这个地步吧……把最后那句剪成那样是想怎样？？

现在可好，怕是整个山庄的人只要看见她，都会想到尿出来了吧……

朱婶看见封窈进来，眼神透出几分复杂。

她之前是真的没看出来封助理对少爷有企图心，不过话说回来，知人知面不知心，这才不到半个月的时间，她又哪能真的将人心看透呢？

封窈径直走向朱婶，直截了当："朱婶，我很在意你对我的看法，所以一定得向你解释。"

她将之前对宗衍说过的解释，又向朱婶说明了一遍，然后额外补充："还有最后那一句，是被剪辑过了，我原话说的是你再不放手我就……但其实我没有……我只是为了叫她快放手,就……"真是越解释越绝望,"反正,真的没有。"

朱婶实在不知道该做什么表情好。

继女林如栩的性子,朱婶多少有所了解,心比天高,又爱钻牛角尖。封窈的解释朱婶信了大半,还余一小半将信将疑。

信任这种脆弱的东西,想建立起来困难无比,然而一旦被打开了裂口,再想弥合起来就难了。

封窈当然不指望自己三言两语就能让朱婶全盘相信,认真论起来,林如栩是朱婶的家人,而她只是个才认识不久的无关之人,即便朱婶选择林如栩,她也不会感到太多的失望。

至于山庄里的其他人,就更不用提了。反正她解释过了,别人听不听信不信,不在她能控制的范围内,她就不强求了。

有人的地方就少不了八卦,在这偏僻又无聊的深山里,这则石破天惊的广播,绝对是继"少爷要来山庄休养"之后最劲爆的话题了。

那声音很明显,是才来不久的封助理的。虽然把录音播放出来的人肯定没安好心,这行为属实低级了些,但那是封助理本人亲口说过的话,总作不得假吧?

"我早看那个封助理啊,就觉得她不简单了。漂亮得跟明星似的,当个网红都能躺着赚钱吧,却跑到这山里来干什么临时工,想也知道,肯定是冲着少爷的呗!说起来,她之前不是就跌跌跄跄到少爷身上了吗?明叔、小全他们都亲眼看见了!"

"哎哟,你说明星我可想起来,你们觉不觉得,封助理长得挺像妲己娘娘的?"

当年苏冉一炮爆红的成名作《商纣传奇》,历经无数次重播,可以说是伴着一代人成长,苏妲己的形象家喻户晓、深入人心。直至今日,她都还顶着"妲己娘娘"的别号。

一说到明星,帮佣们的讨论就更热烈了……

"哎,你们看到网上那个爆料没?说某大满贯影后未婚生子,隐瞒多年?大满贯影后能有几个啊,都猜是'妲己娘娘'。"

"啥,就那种聊天截图爆料也能信?我有俩微信号我也能编。粉丝不是出来辟谣了吗?苏冉出道以来进组出组各种活动,从来没消失超过一个月,哪有时间生孩子啊?女人怀胎生孩子,又不是上菜场买菜!"

"不好说啊,说不定是代孕……"

话题越扯越远,终于有人对明星八卦不感兴趣,又把讨论的中心拉了回来:

"明星的事情跟咱们有什么关系,还是说封助理吧!你们说,少爷会把她开除吗?"

这个问题问得很好很实在,帮佣们你看看我,我看看你。

"那是肯定的吧?这种居心不良的人,少爷哪能容忍?"

这人话说得肯定,语气却带着股犹疑。另一个帮佣指着他,笑道:"听听,强子舍不得了!你们不知道,他每回看见封助理,那眼睛都是直的,上回差点儿撞廊柱上了,哈哈!"

众人哄然大笑。

叫强子的憋红了脸:"看美女怎么了,谁不喜欢看美女?"

"美女也会憋不住尿,幻灭不幻灭?"有人一句调侃,又引发笑声哄然。

美女是真的美女,美艳妩媚。可是堂堂宗家太子爷,想要什么样的美女没有?

众人一番八卦讨论之后,结论几乎是一致的。

——封助理在这里,怕是待不久了。

宗衍面色阴鸷,回到房间里,先进浴室冲了个冷水澡。

冰凉的水从花洒中淋下来,顺着精悍流畅的肌肉线条流淌而下,将身体深处那股蠢蠢欲动的燥热渐渐地压了下去。

一副合金拐杖靠在浴室的墙角里,当初宗衍从医院出院,开始复健时,还需要借助拐杖,才能站立起来。

在旁人的眼中,现在的他依然如此,是个离不了轮椅的残废。

有人觉得惋惜心疼,譬如关心他的朱婶。更有人欢喜得开香槟庆祝,譬如他的二叔,还有他那个巴不得他早点死的好父亲。

宗衍的母亲孟子怡与父亲宗庆山的结合,是典型的家族联姻,地产之王孟氏与南洋宗氏的强强联合,曾经轰动了整个上流圈子。

虽然宗庆山有个真爱的小护士,名叫黎韶华,不过孟子怡丝毫不在意——她对宗庆山这个男人没有任何兴趣,这桩婚姻在孟子怡眼中,重要的是"宗氏长媳"这个身份。

作为孟家大小姐加上宗氏长媳,她能够掌控横跨两大家族的商业资源,获得寻常人难以想象的权柄。

而唯一的代价，不过是多了个有名无实的丈夫而已，这桩交易非常划算。

有名无实是必然的——宗庆山既舍不得真爱，又拒绝不了联姻，他采取的唯一的反抗方式，就是婚后对孟子怡冷漠以对，不接触不搭理不同房。

孟子怡求之不得，天之骄女如她，又不需要靠丈夫的宠爱过活。只不过问题，还是有一个的。

所谓联姻，可不只是一纸婚书，更重要的，是要通过诞下承继两家血脉的后代，以最密不可分的血缘关系来巩固这个利益联盟。

不过这点小问题难不倒孟子怡，现代社会，科学发达，又不是非要男女同房才能生孩子。

她授意宗庆山的私人医生在体检时取了他的精子，然后通过试管技术，怀上了一对龙凤胎。

这样的行为在保守人士眼中，可能有那么点惊世骇俗，但又着实让人挑不出毛病来——合法夫妻，婚内生子，难道不是天经地义的事情吗？

孟子怡行事周全，试管助孕这件事做得很隐秘低调，至少给宗庆山留了足够的颜面。

然而世上没有不漏风的墙，而那堵漏风的墙就是宗庆山自己。

愤懑难耐的宗庆山在酒后说漏了嘴，跟狐朋狗友抱怨了几句。

狐朋狗友的嘴上可没把门儿，这下可好，一传十、十传百，这事很快成了上流圈子里尽人皆知的秘密，宗庆山也沦为一时的笑柄——被老婆当成精子银行，这可不是"工具人竟是我自己"嘛！

恰逢当时，黎韶华也怀孕了。

孟子怡的弟弟孟子恒早就对宗庆山这个姐夫极为不满，婚后还明目张胆地在外面养女人，还敢弄出私生子来，这分明就是不把孟家、把姐姐放在眼里。孟子恒私下用了点手段，黎韶华的胎儿流掉了，流产时伤了身体，以后也不可能再怀上了。

那时候孟子怡忙着照料一双新生儿，得知消息时为时已晚。宗庆山完全失去了理智，像疯了一样冲到孟子怡的居所，打砸发泄，把两个还在襁褓中的婴儿吓得大哭不止。

如果不是孟子怡及时叫来保安将他拦住，那天指不定会发生什么人伦惨剧。

从那之后，这对夫妻就从相敬如"冰"，变成了水火不容。

事已至此，原本已经不该再有宗衍的存在了——孟子怡得到了她想要的，儿女双全，事业得意，作为商界最有权势的女人，即便宗庆山跟黎韶

华如同夫妻般生活在一起,后来还在国外借助科技生下一双子女,她也全然不放在心上。

除了法律关系上依然是夫妻,两人基本上没有交集,王不见王。

可惜天有不测风云,在龙凤胎十岁时,妹妹被查出患有急性淋巴细胞白血病。

白血病听起来可怕,但并不是不治之症,以宗孟两家的财力资源,只要有合适的骨髓做移植,根治不是问题。可遗憾的是,在近亲属之中,包括哥哥的骨髓配型都不相合。

孟子怡这么多年来第一次找上宗庆山,希望他能去做个配型检测。

宗庆山拒绝了。他不仅拒绝,还冷言冷语,嘲讽说这都是她不积德,报应不爽。

孟子怡赏了他一个响亮的耳光,回去再想别的办法。除了一边治疗一边在骨髓库中继续寻找,还有一个法子,能给女儿增加25%,甚至高于25%的机会。

——再生一个孩子。

同父同母的亲手足,骨髓有1/4的概率能匹配上,脐带血的配型成功率更高。只要能匹配上,移植新生儿的脐带血,和骨髓的效果是一样的。

孟子怡向来是个杀伐果决的人,主意一定,她立刻派人将宗庆山敲晕绑了。这次没有时间再去做试管,她只能将就一下了。

无论宗庆山有多么愤怒,孟子怡成功地又怀上了一个孩子。

宗衍就是这个孩子。

……

宗衍长腿一迈出了浴缸,赤脚踩在地板上。

晶莹的水滴顺着肌理分明的身体流下,淌过修长笔直的腿,滑过大腿上几道狰狞的伤疤,最后在脚下汇成一小摊清浅的水迹。

那场凶险的车祸过后,他足足在病床上躺了一个月。那一个月间,去探望他的人无数,每个人想探探,他是还有痊愈的希望,还是就此废了?

后来他坐着轮椅出院,残废的样子让不少人松了一口气,即便如此,也还是有人依然不放心。

只是当时他无暇分心应对这些,索性搬到了山庄里来。没有什么比让双腿尽快恢复行动能力更重要,这里是母亲留下的堡垒,他在这里是最安全的。

宗衍随手抄起浴袍披上,走出浴室。

手机在桌上嗡嗡地打着转,他垂眸扫了眼屏幕,是杜景明。

宗衍将腰带随意打了个结,在桌边坐下,接起了视频通话。

"……哦呀?"杜景明从他湿漉漉还在滴水的头发,扫到他身上前襟微敞着的浴袍,眼神变得暧昧了起来。

"这个点儿洗澡……你这该不会是,刚'运动'完吧?"在南非待了才不到半个月,杜景明肉眼可见地黑了几个色号,也更加不知所谓了。

宗衍剑眉拧起:"有事?"

换作是别人说什么"运动",他该怀疑对方是在故意嘲讽他这个坐在轮椅上的残废了,只是宗衍跟杜景明打小的交情,杜景明虽然吊儿郎当,但行事不是没有谱儿,杜景明既不会有心,也不会有那个胆子来嘲讽他。

"我听说,你金屋藏娇,在山庄里藏了个美人?"一说到美人,杜景明那叫一个眉飞色舞,整张脸都在发光,"我可真是太好奇了!到底什么样的美人,能入你的法眼?"

想看美女!

……又不是小学生听说同学买了酷炫的新玩具,看什么看!

看杜景明那副猥琐兴奋的样子,仿佛恨不得从屏幕里钻出来一探究竟,宗衍的心头泛起一阵不爽。

杜景明不是没有见过封窈——

那天在庆大,这厮就对她觊觎不浅,隔着那么远,那两只色眯眯的眼睛都几乎要黏在她身上,撕都撕不掉。

以杜景明花花公子勾搭女人的本事,如果不是那天出了庆大他就直奔机场,出国避风头去了,说不定……

手机屏幕上那张从小看到大的脸,突然变得面目可憎了起来。

"你听谁说的?"宗衍冷下脸,"一派胡言。"

"是吗?"杜景明的眉毛高高地挑起。

"是你二叔在你们老爷子面前提起你,说你现在身边有女人伺候,可见是好转了不少,想来过不久就能出来了——啧啧,他原话就是'就能出来了',说得跟你好像在坐牢似的。"杜景明撇嘴,"要说坐牢,难道不是他最有经验?"

宗衍的父亲宗庆山虽然是长子,然而胸中毫无大局,一手败坏了与孟氏的联姻,被老爷子厌弃。

大哥无望家主之位,接下来便是次子宗玉山了。

宗玉山手握宗氏不少重要的产业,这些年行事颇为张狂,在前年到景

城与宁氏谈判时,还行为不检,出言调戏了宁大小姐。

只是这回踢到了铁板,宁大小姐的丈夫萧行言手腕狠决,抓着宗玉山私藏军火的把柄,直接将他送了进去。行动之快,饶是宗老爷子也鞭长莫及,完全来不及阻止。

虽然刑期不久,宗玉山很快就得到了假释,不过这段不光彩的经历,无疑是给家族蒙羞。不知道宗玉山在里面遭了什么罪——以宗衍对萧某人的了解,敢调戏他的亲亲老婆,不给宗玉山一个永生难忘的教训,那人是不可能收手的。

遭了这一道之后,宗玉山行事倒是收敛了许多,打理生意更是尽心尽力,只求重新讨回老爷子的欢心。

宗衍黑眸眯起:"这事你是怎么知道的?"

杜景明嬉笑:"你们老爷子面前有个沏茶的小女佣叫潇潇,我去年去拜年的时候,要了她的微信。"

宗衍:"……"走到哪儿撩到哪儿,也是没谁了。

二叔只不过是借着这个话题提起他,从而试探祖父对他的态度,这个话题本身只是个引子,并不重要,区区一个女人祖父更不会在意。

不过二叔这是白费心机了,他能行走这件事,瞒着谁也不可能瞒着祖父。

"我知道了。"宗衍知道杜景明特意打来说这些,用意是提醒他注意二叔,只是出于家族问题的敏感性,不便明言罢了。

杜景明的心思远比外表看起来缜密细腻,知道宗衍意会到了,他便放了心,但还不死心:"真的没有美人?"

"没有!"宗衍沉下脸,伸手便要切断通话。

他手指悬在红色的挂断键上方,犹豫了两秒,指尖动了动,没按下去,而是鬼使神差地问了一句:"你包养的女人,有本来就有金主的吗?"

纨绔公子哥儿如杜景明,玩起来花样繁多,看上哪个模特明星,包养一段时间,腻了再换是常有的事。

宗衍从前对这些从来不感兴趣,突然问起这个,杜景明一时间还以为自己耳背听错了:"……啥?"

"没什么。"宗衍刚问出来就后悔了,俊脸紧绷冷冷道,"挂了。"说完直接切断了通话。

真是冷水冲过头了,问这种毫无实际意义的问题。

宗衍还没来得及放下手机,手机便又接二连三地嗡嗡振动起来。

小明同学:"不是,等等,你要包谁?"

小明同学："有金主算什么？拿钱砸啊，谁有你钱多？"

小明同学："你给她的更多更好，还怕她不跟你走？"

小明同学："不过就算你什么都不给，只要刷个脸，大把女人排着队拿着号码牌要跟你，好不好！"

小明同学："那么问题又回来了，你要包养谁？"

……

刷屏没完没了。

宗衍："再发拉黑。"

顶部的"对方正在输入中……"瞬间消失了。

安静如鸡。

宗衍随手扔开手机，面无表情地起身去换衣服。

阅读速度太快有时候也不是好事，那一连串的刷屏，明明只是扫过一眼，却像印在了视网膜上一样，挥之不去——她之前说的那什么量子波动速读，该不会就是这个吧？

给她的更多更好，她就会跟他走？

——简直是笑话！

分明她就是来勾引他的，他不需要给她任何东西，他只要稳坐钓鱼台，她自己就会想方设法贴上来。

至于什么金主，那个又土又腻又老又俗的钱富贵，弹弹指头就会化成灰的渣渣，根本不值一提。

宗衍埋首处理了一堆公务，接着叫来蒋时鸣。

"你去找负责泳池维护的黄灿英，告诉她，如果封助理需要在泳池游泳，她得在旁边看着。黄灿英有救生员资格，知道该怎么做。"

他不是要给那女人什么好东西，只是之前才答应了她，做人要言而有信罢了。

蒋时鸣领首，转身要去照办，却又被叫住。

"等等，"宗衍修长的手指在桌面上轻叩，剑眉微蹙，"告诉黄灿英，不光是看着封助理，还有在她游泳时看看，不许任何男人靠近泳池。"

蒋时鸣："……是。"

"社死"这回事，封窈也算是有经验了。起码这次不是有人坐在天台上威胁要跳楼，观众人数也下降至两位数——这么一想，情况其实也不算太差嘛。

钱富贵:"诺贝尔乐观奖不发给你,我去斯德哥尔摩把他坟炸了。"

钱富贵:"那神经病女的呢?别让我碰见她,见她一回打她一回。"

找林如栩理论是没有用的,那种人肯定不会觉得自己错了。而她在这里势单力薄,万一偏执狂小姐发狂动起手来,她可不觉得自己能打得过她。

好女不吃眼前亏,封窈决定先"苟"着,"苟"到林如栩离开,就安全了。

前厅里,蒋时鸣像一尊黑面神,对林如栩祈求的眼神无动于衷。

"少爷吩咐,林小姐应该尽早去报到入职。"

朱婶扯了扯林如栩:"好了栩栩,反正庆城也不远,你就安安心心地去好好实习,周末有空还是可以过来。"

林如栩不甘地咬了咬唇。

"七哥有没有说,怎么处理那个女人?"

蒋时鸣犹豫了一下:"你是说……封助理吗?"

"就是那个不要脸的狐狸精!"林如栩妆容精致的脸上满是愤恨,"她什么时候滚出这里?"

她至少要知道,那个心机女得灰溜溜地被赶走才行!

"这个……"蒋时鸣面露为难,"少爷没有明示。"

虽然没有明示,但是安排好了允许封助理自由使用泳池,也就是没有要赶走封助理的意思。

不过没有明示就是没有明示,他的回答没有问题。

林如栩面露失望,转念想到宗衍很忙,那个女人又不重要,还没轮到处理她也是正常的。

七哥最厌恶这种攀龙附凤的女人,知道了她的真面目,肯定不会留着她的!

车已经在外面等候多时了,林如栩知道自己私自动用广播闹出事情,惹了宗衍不快,不敢再坚持要求见他,只得拖着行李箱黯然上了车。

事实证明,人只要一直"苟"下去,总会有好事发生。

一大清早,封窈就听说林如栩已经离开了山庄。

晌午的时候,黄姐过来告诉她,需要用泳池只要跟她打个招呼,她在旁边看着就行了。

封窈几乎要感动了,没想到宗少爷竟然是个言而有信的好人!

虽然黄姐看她的眼神怪怪的,但管他呢!又不会在游泳的时候把她看沉了。再说了，反正这个山庄里所有人看她的眼神都怪怪的……

在一个相对封闭的环境中，忍受周围所有人的异样眼神，是一件很挑战心理素质和脸皮厚度的事情。

万幸的是，封窈的脸皮是宗少爷盖章认定的厚，总之她饭照吃，觉照睡，心态稳得不行。

只要我不尴尬，尴尬的就是别人。被八卦的本人没有任何反应，八卦者自己反而会渐渐犹疑起来。

"我琢磨着，是不是有什么误会？少爷都没赶人，说明封助理可能，真的没什么坏心思？"

"有没有坏心思是写在脸上的？你还不就是看人家长得漂亮。"

"少爷该不会真看上封助理了吧？"

这个可能性一提出来，马上遭到了众人的嗤笑。

不可能不可能，宗家的大少爷肯定是要娶门当户对的名门千金，跟小助理就算是一时的露水情缘，也是没有将来的。

宗衍这些天似乎很忙，封窈几乎没怎么见到他，只知道他出去过几趟，不是去看那位还躺在医院里的助理，就是去办别的事情了。

从她处理的邮件文书中，她大致能看出来一点点东西，总之就是在做局算计想算计他的人——那个宗清后面，牵扯出来的东西可真不少。

这就是大户人家的烦恼了，封窈莫名有点儿同情宗衍，身在那个位置，树欲静而风不止，想当条咸鱼都不可能。

争家产不如游泳，封窈换上泳衣，套上罩裙，兴冲冲地去找黄姐。

刚下楼梯，跟进门来的宗衍狭路相逢。

轮椅上的宗衍微抬下巴，眸光冷淡地扫过她这一身装束："你干什么去？"

他的嗓音很有磁性，优雅的质感宛如低沉悠扬的大提琴，好几天没有听到，再次钻进耳朵，封窈竟然有种心跳加快的感觉。

糟糕，这不是心动的感觉吧？

"我去游泳。"她舔了舔发干的嘴唇，话没过脑子，"你要一起吗？"

宗衍："……"

帮佣们："……"

封窈："我撤回。"

又不是网上聊天，撤回什么撤回。宗衍差点儿被她气笑了："封助理

倒是很有闲情逸致。"

理解理解,任哪个老板自己忙得脚不沾地——话说宗少爷坐着轮椅,还真是字面意义上的脚不沾地——结果回家一看,员工优哉游哉地准备泳池嗨皮,应该很难不阴阳怪气。

"还好吧,"封窈觉得有必要提醒他,"只是日薪两百的浮生偷闲而已。"

"钞能力"越大,责任越大,大少爷的劳碌命可不是她造成的。

宗衍目光落在她的脸上,这张日薪两百的脸庞白皙通透,透着薄薄的粉红色,吹弹可破,将明媚精致的五官衬得越加娇艳。

一看就是小日子过得很滋润的样子。

让人看了就来气。

宗衍淡淡地哼了一声:"正好今天有急事,封助理恐怕得加个日薪六百的班了。"

封窈睁大了眼睛:"我……"

"怎么?"宗衍厉眸一瞪,"封助理是觉得三倍的工资配不上你吗?"

这个人今天的心情,好像很糟糕啊……倒不是怕了他了,只是大少爷明显心情不豫,这种时候再去捋虎须,实属不智。

反正泳池就在那里,开放给她使用,早一会儿晚一会儿也没什么关系。既然他按协议出三倍工资,她作为员工,能配合也应该配合。

"好的,容我去换件衣服。"

"换什么衣服?"宗衍怀疑她是想偷懒,毕竟这个懒女人这么爽快答应加班,简直不对劲,"不用换,现在就过来。"

封窈:"……"

她咬了咬牙,露出一抹微笑:"少爷,我里面穿的是泳装,你想看我穿泳装工作吗?"

"……"

宗衍差点儿脱口而出"想",好在及时反应了过来,黑眸狠狠地瞪她一眼:"给你五分钟!"

"好的,马上。"

在帮佣们复杂的眼神中,封窈回房换衣服去了。

她选了件真丝质地的无袖连衣裙,清爽的浅薄荷绿——根据色彩心理学,绿色短波较长,使人有平静的感觉。看宗少爷今天火药味不小的样子,希望一抹清新的浅绿,能给他带来一点冷静的心理暗示,降降火气。

要想生活过得去,身上总得带点儿绿嘛。

封窈拆开为游泳而绑得紧紧的丸子头，重新梳了个简单的马尾。手头的皮筋用久了有点儿松，但是她忘了带备用的，只有这一根，只能凑合凑合，多缠两圈。

几天不来，宗衍一进书房，就感觉好像有哪里不一样了。

他抬眸环顾室内，目光落在角落的小桌上。

桌上多了一个花瓶，瓶中插着一束鲜花，香槟玫瑰与蓝色的绣球中间，点缀三朵金黄的向日葵，正如夏日的午后，平添几分生机勃勃。

看来他不在，她这小日子过得确实滋润，很有闲情逸致。

宗衍"哼"了一声，唤来帮佣，指挥道："把那张小桌子，搬到这边来。"

封窈踩着点儿踏入书房，首先注意到的，除了帅得很有存在感的少爷，就是自己的座位位置变了。

原本在角落里的小桌子，现在被紧挨着摆放在大办公桌的旁边，两张桌子一大一小对比鲜明，就像是行星旁边伴着卫星，又像是太子身边跟着伴读的未成年书童。

像每回都坐在大阶梯教室的最后一排摸鱼的后进生，猝然被老师单独拎到讲台旁边特设的座位上，封窈一脸惊讶："咦，我的桌子怎么长腿了？少爷你等一下，我找人帮我把它搬回原位去。"

"桌子本来就有四条腿。"宗衍无情地掐断她徒劳的挣扎，"别老想着躲在角落里摸鱼，从今天起你就坐这里。"

封窈："……"

"你是不是在心里骂我？"宗衍黑眸眯起。

要不要这么敏感？

"怎么可能，我哪有那个胆子？"

封窈不情不愿地挪到小桌后，慢吞吞地坐下。

坐下之后，那种身处老师眼皮子底下的感觉就更强烈了。

比讲台下的压力还大——她的桌沿前方抵着大桌子的侧面，只要一抬眼，入眼便是宗衍英挺俊美的侧脸，剑眉入鬓，鼻梁高挺，薄唇性感……

犯规，太犯规了。

"封助理一直盯着我看什么？"宗衍向后靠，姿态慵懒闲适，语声似笑非笑。

不得不承认，她明显透着痴迷的目光，让他心情大好。

"看你长得好看啊。"既然被抓了包,封窈索性大大方方地看,对于美好的事物,她从来不吝夸赞,"少爷你长得真的很……"

这熟悉的句式,让宗衍莫名紧张了起来。

"……闭月羞花。"

封窈指着花瓶里那束鲜花,今天没有换水,向日葵的花瓣略有些疲软,看起来还真有几分害羞的模样。

宗衍磨了磨牙,就知道从她嘴里出来没好话!

"不会用词就不要乱用。"他警告地睨视她,上回是"沉鱼落雁",这回就敢"闭月羞花"了,调戏他还上瘾了是吧?"再乱说话,马上开除。"

封窈想说因为一句赞美而开除她,可能还够不上正当理由,不过人在屋檐下,能退还是退一步吧。

"抱歉少爷,我下次会注意的。"

"……没有下次!"

"好的少爷,没有下次了。"

乖乖巧巧,认错麻利,挑不出毛病。宗衍眼风冷冷扫她一眼:"好好工作,不许乱看!"

宗少爷埋首开始处理工作,封窈被晾在一边,支着下巴盯着屏幕,百无聊赖地发呆。

不是她不上进——当然她也确实不怎么上进,只是,该做的工作她昨天下班前就已经做完了,大好的周末,他把她抓来,又没有指派什么新的工作给她,她根本无事可做啊。

眼皮很快沉重了起来,她仿佛听到周公的召唤,头一点一点的,开始渐渐滑向黑甜乡……

"封、助、理!"

宗衍难以置信,竟然有人敢在老板的眼皮底下,明目张胆地打瞌睡!要是在公司里敢有人这么干,他可以保证,那人下一秒就得卷铺盖滚蛋。

封窈猛地惊醒,捂着嘴巴打了个小小的呵欠:"……到。"

她眸中带着被呵欠憋出的泪花,晶亮中透着几分迷离,轻飘飘的眼神懒散又漫不经心,仿佛带着小钩子,勾得人心痒。

宗衍不想承认,他被勾到了。

"少爷,你还没有指派今天的工作给我。"封窈揉了揉眼睛,难得有点儿心虚。好歹是日薪六百的加班,她多少得尽点责吧。

宗衍哪有什么工作要给她做,只不过是恰逢心情不好,撞见她开开心心想去游泳，觉得不爽罢了。

他面无表情，随手从桌边抽出一份文件，朝前一丢。

"你不是懂俄语吗？把这个翻译一遍。"

封窈拿起文件掂了掂分量，然后翻开粗略地扫了一眼——唔，很专业，很学术，很有挑战性。

她很快做出了评估，这不是日薪两百……六百该耗费的脑细胞。更重要的是，这个东西已经有专业的翻译员翻译过了，她记得看见过整理好的摘要。

结论：老板在作妖。

封窈把文件放下，淡淡地说："我不会翻。"

"什么？"宗衍黑眸微眯，"优秀得连简历上都列不下的封小姐，竟然说不会？还是你记性太差，忘了自己声称偷听了宗清用俄语打电话？"

"会听，不代表会读会写嘛。"封窈神情诚恳地掰扯，"少爷你知道，旧社会的劳苦大众都会听会说能交流，但是斗大的字不认识半筐。我们一般管这种叫——文盲。"

"……"

宗衍气笑了："堂堂庆大毕业生，说自己是文盲？"

封窈耸耸肩："俄语很难的，我会听一点已经很不错了，文盲也不算很差啦。"

真不知道是什么样的家庭环境，能养出脸皮这么厚还大言不惭的女人！

宗衍没好气："怎么叫你干什么你都不会？"

"也不至于吧？"日常那些收发邮件、整理文件的工作，她不是干得挺好嘛。封窈想了想，"我也就两样东西不会而已。"

"哦？"

"这也不会，那也不会。"

"……"他应该现在、立刻、马上，开除她！

"我看你是没有经历过社会的毒打。"一点上进心都没有，进入社会怎么能生存下去？

"确实没有。"封窈说，"不过反正我也没有进入社会的打算。"

难不成她打算一辈子被老男人养着？

宗衍俊脸阴沉下来："你不觉得自己很可耻吗？"

"不觉得啊，赖在学校里有什么可耻的？"封窈觉得莫名。

"……赖在学校里？"

"对啊,我打算读完博士就留校任教,从讲师做起,最好能到终身教授,一直到退休。"封窈信心满满,"只要我不进入社会,就不会被社会毒打。"

"……"

"你以为学校是什么单纯的地方?"作为庆大的校董,宗衍比谁都清楚,学校系统里的人事关系之复杂、权力利益斗争之激烈,一点也不比校外简单半分,"你难道没听说过吗?学校就是一个小社会。"

"你也说是'小'社会嘛。"封窈不以为意,"既然注定要被毒打,比起两米高的巨石强森,当然是挑一米二的小学生啊。"

宗衍:"……"完全听不懂她在扯什么鬼,这女人真是无可救药了!

宗衍自五岁起便跟在祖父宗宏深身边,说起来是由他亲自抚养长大,但事实上老爷子执掌整个宗氏,日理万机,哪有时间亲自教养他?

宗宏深性格严苛,不够优秀的子孙完全入不了他的法眼。在旁人眼中,宗衍是顺风顺水得天独厚的好命,然而事实上,他从高中的时候起,每个假期都在工作,一步步得到老爷子的认可。

所谓的宠爱,从来都不是天上掉下来的。

如果可以选择,他宁可不要祖父的宠爱,他想要母亲和哥哥和姐姐乘坐的那架直升机不要从空中坠落。

话说回来——像这女人这种不求上进、摆明了就是要混吃等死还不以为耻的人,他平生真是从未见过!

奇怪的是,她这一通不知所谓的插科打诨下来,他原本因查出来二叔私下那些勾当而极度不爽的心情竟然好转了许多。

"行了,你就给我闭嘴乖乖坐着。"

宗衍继续看起了文件,想起什么,又冷眸横过去一眼:"不许睡觉!"

……所以他出三倍的工资,就是要她坐在旁边看他工作吗?

有钱人的癖好还真是独特啊。

"——也不准盯着我看!"

好嘛,不让看就算了,封窈只好移开视线,将目光投向落地窗外。

日光明媚,泳池金光闪闪,不一会儿眼前就成了一片白花花。封窈赶紧闭上眼睛,晃了晃脑袋,试图将停留在视网膜上的明亮光点晃散。

脑后的马尾随着她的动作晃动,突然只听一声轻微的"啪"。

封窈只觉头皮一松,乌黑的头发旋即如瀑布般披散了下来。

她有一把好头发,散开来到蝴蝶骨的长度,浓密又顺滑,在通亮的光线下泛着幽暗的光泽,让宗衍想起小时候见过母亲戴过的一套黑珍珠首饰,那些价值连城的黑珍珠表面润泽的氤氲。

浓黑的青丝垂落，披散在肩头，夏荷般浅绿的衣裙，衬着吹弹可破的雪白肌肤，不点而朱的殷红唇瓣，色彩鲜明的对比，构成一种惊心动魄的美艳。

崩开的皮筋在空中划出一道弧线，落在了地上。

"少爷，我的皮筋掉在你脚边上了。"

宗衍的目光凝在女人一开一合的唇瓣上，完全没听清她说了什么，心不在焉地"嗯"了一声。

唉，果然不能指望大少爷屈尊弯腰帮她捡一下。

不过他腿脚不便，弯腰可能也没那么方便吧。封窈站起身，绕过桌子，自己动手。

宗衍眼神追随着她，视野中，她一步步走过来，他不由自主地将椅子转向，正面迎向她，看着她朝他弯腰，俯身。

心中隐隐有股期待在升腾，一股燥热在身体中蔓延，他的喉结上下滚动，向她伸出手——

然后便见她蹲了下来。

"少爷，能挪一下你尊贵的脚吗？你踩到我的皮筋了。"封窈仰起脸，十分怀疑他是故意的。

都看到她蹲下来捡了，他偏偏转过来一脚踩了上去。

宗衍充耳不闻，白皙修长的手抚上她披散的乌黑长发。

骨节分明的手指挑起一缕发丝，和他想的一样柔顺软滑，带着微微的凉，从指间穿过，撩起一阵令人心痒的酥麻。

欲望如浓云在乌黑的眼眸中翻腾，他正要开口，正好这时，只听门口一声："少爷，下午茶——"

朱婶端着托盘推门进来。

看清眼前的情景，她猝然呆愣在原地，托盘上的茶点歪倒向一边。

少爷坐在那里，封助理发丝凌乱，蹲在少爷的面前……

这这这，这是在干什么！

Chapter 07
晒月亮吗

仿佛被全速狂奔的高铁迎面飙到了脸上,这场面,对于朱婶的老心脏来说,委实太过刺激了。

"哗啦——"

茶壶落地,摔了个粉碎。

封窈一惊,条件反射地回头,却没注意自己有一缕头发还攥在宗衍指间,随着她转头,头皮被骤然一扯,顿时疼得她"嘶"了一声。

宗衍下意识地松开了手。

柔滑的发丝从指间滑落,一股说不清道不明的失落油然而生,只是来不及去体会,便见封窈要站起身来。

宗衍抬手欲扶封窈,封窈瞥见他伸手,以为他又手欠想来揪她的头发,慌忙闪身想躲开,一面还在扭头关心朱婶和朱婶手里的下午茶:"朱婶,你没事……哎呀!"

她完全没有意识到两人这姿势有多引人误会,在朱婶心里掀起了怎样的惊涛骇浪,更重要的是,她严重高估了自己的运动神经——

站起、躲避、扭头,这三个动作,想要同时进行的结果,是她的身体宣告协调不能,整个人失去平衡,一股脑儿朝前栽去。

突然世界就变得漆黑了。

……

两秒钟后,封窈意识到了这一团漆黑是什么东西。

是宗衍的裤子。

……裤裆!

朱婶只不过是犹豫了一下,是去捡茶壶的碎片,还是该避出去,接着就看见这更加刺激的一幕。

这太挑战老人家的心脏,朱婶大力地倒吸了一口气,抱着歪七扭八的托盘后退两步,然后慌不择路地转身闪了出去。

话都没敢说一句。

"嗷……"与此同时,膝盖狠狠磕到地板的痛觉,终于传达到了神经中枢,封窈顿时疼得眼泪都出来了。

这一连串的事情发生得太快太突然,饶是宗衍也反应不及,半抬的手还僵在半空中。

封窈扒着他的大腿,挣扎着将脸抬起来,回头猛得差点儿扭到脖子:"朱……"

却只来得及看见朱婶的背影火急火燎般消失在门口。

完蛋了……封窈绝望地意识到,这个姿势,可能一辈子也解释不清了……

"你,还不,起来吗?"

宗衍紧攥着扶手,手背上青筋直暴,短短几个字从发紧的喉间挤出来,暗哑得一塌糊涂。

全部的感官中,整个世界仿佛如潮水般褪去,只余下趴在他腿上的女人。她海藻般浓黑的长发铺陈在他膝头,隔着薄薄的布料,他能清楚地感觉到她温软的身体,软得不可思议……

"我……"封窈也想赶紧站起来,可是——"我的膝盖,好疼啊……"

外婆总说她是个娇气鬼,冷不得热不得饿不得,还一点疼都受不得。

还记得小时候,有段时间,她被同学霸凌孤立。他们说再难听的话,她都没有哭过。只是有一回,她被人推搡摔倒在地,胳膊肘蹭破了一点皮,她足足哭了两节课。

刚才她的膝盖,没有任何缓冲,结结实实地砸在了坚硬的木质地板上……

不能承受的剧痛让封窈泪腺失守,她怀疑自己的膝盖骨是不是已经碎成渣渣了,大滴大滴的泪珠争先恐后地往外冒:"我我……我站不起来了……呜呜……"

"……"

如果一个月前有人告诉他,会有个女人抱着他的腿哭泣不止,还能不被他一脚踹开，宗衍一定会觉得那人是疯了。

"你这个女人，真是蠢死了。"宗衍探身手臂穿过她的肋下，将她捞了起来，"能站住吗？"

"呜呜呜……"

封窈陷在急剧的疼痛和膝盖碎了的恐慌中，她完了，她是不是以后也只能坐轮椅，然后慢慢地会变得跟宗衍一样，阴阳怪气、颐指气使、不可理喻？

如果时光能倒流回几分钟前，她一定不去捡那个皮筋……一个破皮筋，呜呜呜……

女人软绵绵像没骨头似的，小手紧紧地抓着他的手臂，眼泪仿佛洪水决了堤。宗衍叹了口气，环着她的纤腰，将她揽坐在腿上，然后伸手掀开她的裙摆。

一回生二回熟，封窈甚至没感觉到有什么不对，直到裙摆被撩了起来，她才婆娑着泪眼，蓦然反应过来："……你干什么？"

宗衍捞起她的腿弯，眼眸低垂，仔细查看。

她的小腿雪白得好像一截玉藕，膝盖骨纤巧玲珑，白得近乎透明的皮肤泛起两块红肿，显得格外触目惊心。

"很疼吗？"宗衍以指腹轻轻触碰。

封窈瑟缩了一下，声泪俱下地控诉："知道疼你还戳，呜呜……"

他只是碰了一下，根本就没有用力，哪里就戳了？疼成这样，不会真的伤到骨头了吧？

宗衍面色凝重了起来，不敢再动她，伸手按铃召唤蒋时鸣。

蒋时鸣拎着医药箱火速赶到。

他以为是少爷的腿出了问题，不敢大意，飞奔而来。只是到了书房，见到的画面，令他怀疑出了问题的是他自己的眼睛。

"愣着做什么？过来看看封助理的膝盖，是不是伤到骨头了。"

宗衍透着不耐的嗓音令蒋时鸣回过神，眼睛和耳朵总不可能同时出问题，所以他没看错，确实是封助理坐在少爷的腿上哭……

蒋时鸣木着一张脸，绕过地上的茶壶碎片，走上近前，将医药箱放在桌上。

"……是磕碰摩擦造成的瘀肿。"一番检查后，蒋时鸣垂着眼，眼观鼻鼻观心，完全不敢看这对男女，更不敢放任思维飘向"什么姿势会造成膝盖红肿"之类的问题，甚至连放置医药箱的桌子他都有些难以直视，"接下来会转为瘀青,过几天就会消散了。"

"骨头没事吗?"宗衍好看的剑眉紧皱着,"那她怎么这么疼?"

蒋时鸣:"有的人可能……疼痛耐受度比较低。"

宗衍:"……"

"好了,别哭了,"宗衍拿纸巾给封窈擦眼泪,语气很不耐烦,动作却透着轻柔,"一点点磕碰而已,也值得哭成这样?"

就是,这点程度的伤在部队上,连看一眼都不值得。蒋时鸣想来想去,翻出一罐云南白药气雾剂,对着瘀肿处喷了几下。

"每天喷三到五回,会好得快一些。"

气雾剂含有镇痛成分,渗透进皮下,那股难耐的疼痛渐渐感觉不到了。痛感关闭了,聪明的智商又占领高地了——饶是封窈脸皮再厚,出走的理智一回笼,席卷而来的是生命不能承受之羞耻。

冷静一点——

封窈强自镇定下来,吸了吸鼻子:"我……我没事了。"

女人真是麻烦,他以为林如栩已经够能哭了,没想到这个人只是不哭则已,一哭决堤。

"不哭了?"宗衍捏着她的下巴,语气凉凉,"你是没事了,我有。"

封窈:"……"

他的衬衫袖口湿了一大块,明晃晃地就在眼前,罪魁祸首是谁,显而易见。

"我可以赔你一件。"

宗衍淡淡地"哦"了一声:"这是定制的,你知道去哪儿定吗?"

日薪两百的封助理马上改口:"我给你洗一洗吧。"扔进洗衣机里就行了吧?

宗衍一眼就看穿了她的心思:"必须手洗,还要熨烫。"

……没事,大不了丢给帮佣做,反正他又不会知道。

"也别想着叫帮佣帮忙,我会吩咐下去,谁帮谁走人。"

"……"

"听懂了吗?"

"……懂了。"

她这副眼睛红红、忍气吞声的小可怜样,全无平日里皮厚天下无难事的怡然自得,令宗衍心情大好。

他拂开她腮边的发丝,在她粉嫩的脸颊上捏了两把:"去洗洗脸,这

里不需要你了。"

再让她在怀里蹭下去,他快要忍不住了。

封窈怀着无比沉重的心情站起身,出门时,听见身后传来一句闲闲的吩咐:"去叫朱婶再送一份下午茶过来,我饿了。"

……可恶!

明知道她现在最不想见到的人就是朱婶了,他肯定是故意的!

"……顺便叫她再拿套衣服来。"

封窈咬牙:"好的,少爷明白了,少爷,我马上去办。少爷!"说完拔腿就跑,生怕跑晚了他又追加什么吩咐。

女人纤细的身影消失在门口,宗衍收回视线,须臾倏然轻笑出声,心情一扫刚回来时的郁躁,一片大好。

跑得比兔子还快,看来膝盖果然是没什么事。

不知道她打算怎么跟朱婶解释?

封窈根本就没打算跟朱婶解释,她抱着破罐子破摔、死猪不怕开水烫的心态,找到朱婶,直接转达了宗衍的要求。

朱婶的目光扫过她红肿的膝盖,张了张嘴,欲言又止。

年轻人之间的事情,她本来不应该插手,上回那通广播,封窈解释之后,她原本信了有七八成,只是今天不小心撞破这么刺激的一幕,又让她不确定了起来。

如果只是玩玩,你情我愿,倒还罢了。怕只怕万一少爷陷进去了,认真起来,到时候宗老爷子那边……

万一,真的演变到那一步,那岂不是会重蹈宗庆山的覆辙?

当年宗庆山也不是没有闹过,想要娶那个黎韶华,可最终还是向老爷子妥协,跟大小姐结了婚。朱婶无论怎么想,都觉得那就是所有祸端的根源。

这样的事情不能再发生在少爷身上,她不能任由着这个封小姐肆意勾引迷惑少爷,否则,她就是有负大小姐的嘱托了。

朱婶将衣服和下午茶送到书房,犹豫良久,敲响了封窈的房门。

敲门声响起时,封窈正在看钱妹发来的娱乐八卦总结帖。

这两天娱乐圈最沸沸扬扬的新闻,莫过于影后苏冉深陷代孕丑闻。

起初是有爆料帖,含混不清地意指有影后级人物未婚有子,隐瞒公众多年。

吃瓜群众猜测纷纷,苏冉嫌疑最大,不过苏冉粉丝很快甩出了证据——

苏冉入行多年来,堪称劳模,比作品从来没有输过,营业一直在线,这样繁忙的行程,根本不可能有时间怀孕生孩子。

按理说时间线是非常实锤了,但是现代科学发达,生孩子又不一定要用自己的身体,没有时间不算什么,有钱就够了。

只要付出一笔金钱,就可以租用其他女人的子宫,让对方来承担怀孕分娩的痛苦与风险,自己只用坐等胎儿坠地,轻松提"货"。

这种让一部分女性沦为生育机器的产业链,天理难容,但又确实存在,甚至是有产阶层心照不宣、见怪不怪的做法了。

以苏冉的国民度和影响力,如果坐实了代孕丑闻,被封杀退圈是必然的结果。风声一起,便立刻闹得沸沸扬扬,而截至目前,苏冉还没有做出任何官方的回应,更引发了诸多"是不是心虚""不否认就是默认了"的猜测,一时间甚嚣尘上。

这里面肯定少不了有对家下了水军在浑水摸鱼,只是封窈怀疑,背后有苏冉的推波助澜。

这是一种公关策略,原理大概就是你说要在屋里开一扇窗,会有很多人反对,你要是主张把整个屋顶掀开,他们就会觉得开窗也可以接受了。

代孕就是那个屋顶——现在群情激愤,回头苏冉出来回应,没有代孕,但确实有个女儿,大众就会觉得,哦,起码是自己生的,也还好嘛。

唉,都是套路……

封窈感慨着放下手机,起身开门:"……朱婶?"

她将明显透着不自在的朱婶让进门,苦中作乐地想,如果她跟朱婶说刚才是在捡皮筋,那么"捡皮筋"一词在朱婶心中,会跟失败公关里的"做头发"之类……画个等号吧?

"我想跟你说说少爷的事情。"朱婶开门见山。

封窈在床上坐下,有些摸不着头脑。朱婶平日里很少提宗家的家事,对宗衍的事情也讳莫如深,总之是个嘴巴很紧的谨慎人。

最省事当然是直接拒听,她在这里打工的时间已经过去近半,等到结束,她回去继续读她的书,宗衍继续当他的大少爷,日后不会再有交集了。

他的事情,跟她其实没有多大关系。

只是不知道为什么,拒听的话到了嘴边,却没有说出口。

"什么事情?"

日光明朗从窗户透进来,女孩儿红肿的膝盖格外醒目,朱婶不自觉别开了眼睛。

"少爷的父亲宗庆山,对少爷恨之入骨,因为大小姐当年算是强迫了他,才怀上的少爷。"

封窈一下子就被镇住了。

可是之前听起来,宗衍他爹不是个挺差劲的人吗?眼光未免有点儿不太行吧……

"少爷有一对大他十岁的哥哥姐姐,是龙凤胎。大小姐之所以需要生少爷,是为了取脐带血,给小姐治病。"

"怀上后就检查过,能匹配。不想后来小姐的情况突然恶化,急需手术……少爷才刚七个月,就被提前剖出来了。"

短短几句话蕴含的信息,让封窈听着说不出的难受。

稍有常识都知道,胎儿早产的风险很大,夭亡的概率都比正常出生的宝宝高得多。况且这不同于意外导致的早产,这是主动的选择……

换句话说,孟子怡在女儿和腹中胎儿之间,做了再清楚不过的取舍。

当然,一边是养育相处了多年、会跑会跳会喊妈妈的小姑娘,另一边只是一个发育中的胚胎,天平向哪边倾倒,结果是显而易见的。更何况这个胎儿本来就是带着目的——为了那管脐带血,而特意制造的……

"你不要误会,大小姐不是不疼爱少爷,"朱婶赶忙强调,"少爷小时体弱多病,她一直觉得亏欠了他。少爷的哥哥姐姐也很爱护弟弟。"

可是宗衍避居山庄,哥哥姐姐却没有出现过……封窈的手指紧了紧。

"少爷五岁那年,大小姐带着三个孩子在南法的庄园里度假,顺便要去参加一个世交好友的婚礼。可是少爷突然感冒,发起了烧,医生不建议他外出乱跑。"

"婚礼在巴黎,大小姐调来家里的直升机,打算快去快回。"朱婶垂下了眼睛,"直接降在酒店楼顶的停机坪,露个面就返回,这是再平常不过的事情。真的,再平常不过了。"

可偏偏,那一回,就出事了。

法国南部阿尔卑斯山区起大雾,一架直升机不幸坠毁,机上七人全部罹难,包括商界女王孟子怡和一双年仅十五岁的儿女。

这在当时,是轰动一时的大新闻。

封窈一时间说不出话来。

心脏仿佛被一只手揪住,她想到当时的宗衍,一个发着高烧的五岁孩子,妈妈和哥哥姐姐只是出一趟门,跟平常去超市差不多,他乖乖地待在家里等他们回来,却永远也等不到了。他该多难过啊……

"出事之后,少爷病了很久。宗庆山被那个黎韶华撺掇着,想把少爷接过去养,美其名曰那边也有兄姐,能让少爷早点走出来。"朱婶啐了一口,"两个借别人的肚皮生的私生野种,也不看看配不配!"

封窈:"……"

她忍下对那个字眼儿本能地产生的不适,告诉自己不要对号入座,问:"借别人的肚皮?"

朱婶带着几分快意,说得含糊,不过封窈想一想,不难明白发生了什么。

夕阳渐沉,余晖在地板上拖出一道暗橘色的光柱。朱婶的神情有几分怅然:"明明做得最错的是宗庆山,既不能坚定地选择心爱的女人,又不能履行婚姻的义务,可就因为他是个男人,他就能轻松地隐身,女人们斗来斗去伤人伤己,他反倒不用承担任何罪责。"

"大小姐常说,世间女子皆不易,女人不要盯着女人斗。"

"可惜,她从来没为难过那个女人,她不在了,那个女人却从来没有忘记算计少爷。"

不是每个女人都能像孟子怡一般清醒,封窈倒不觉得意外,女性意识的觉醒这件事取决于太多的因素,不能指望每个人都天生地有觉悟。

更何况,这里面怕是还掺杂着巨大的利益之争。

"她是个很好的人。"封窈真心道。

朱婶沉默了一会儿,接着道:"大小姐说,事无不可对人言,所以我才跟你把事情都摆明白。少爷的人生没有你想的那么容易,你只看到他的富有、他的光鲜,可是他要面对的凶险,却是你想象不到,也承受不起的。"

她抬起眼,直视封窈:"你跟少爷,我不知道算是什么关系。但我希望,你能适可而止。"

封窈的额角跳了跳。原来如此,说了这么多不像是普通人能免费听的内容,在这儿等着她呢……

"说出来你可能不信,我们真的没有什么不正当的关系。"她用最真诚的眼神回视朱婶,"我刚才只是在捡皮筋,真的,不是你以为的那样。"

朱婶不置可否。

她刚才过去的时候,宗衍的心情肉眼可见的很好,胃口也很不错,还随口问起了大小姐戴过的一套黑珍珠首饰。

孟子怡一代名媛,拥有的名贵珠宝不计其数,在她过世后,都好好地收在了私人保险库里。宗衍从来不让人动,就连有回姑姑宗璇想借用,他都没答应。

如果不是问起首饰，朱婶或许还不会这么快下定决心来找封窈。

很难相信什么样的皮筋，能把少爷捡得这么高兴，连母亲留下的首饰都想拱手送上了？

而且还要换衣服……

朱婶的视线下移，两个红通通的膝盖。

视线再朝上瞟，泛着红的眼梢，眼波湿润潋滟，媚意横生……

看破不说破，朱婶继续说道："少爷的身边并不安全，去年的那场车祸也没有那么单纯，我家老林连命都搭上了，你明白吗？"

虽说富贵险中求，但如果是要命的风险，一个年轻的姑娘，总还是要掂量掂量吧！

"封小姐，或许你觉得我太多事、太多虑，但是，我不希望你成为第二个黎韶华，我也不会看着少爷变成另一个宗庆山。"朱婶又问了一遍，"你明白吗？"

封窈深吸一口气。

这种事情，真是浑身长满嘴也说不清——如果不是有林如栩放出那句断章取义的话在先，或许还有一点希望，然而怀疑的种子已经在朱婶的心里埋下，见风就"噌噌"地长，现在怕是已经长成了大兴安岭，放把山火都烧不光了。

看来宗庆山和黎韶华这一对，给朱婶留下了相当大的阴影，乃至于都杯弓蛇影了啊……

道理封窈都懂，但这真的不关她的事。可偏偏她又能感觉到朱婶对她并没有恶意，态度甚至是诚恳的，只是急于保护宗衍。

"朱婶，你真的想多了。"可怜实话无人信，封窈觉得还是躺平算了，"少爷跟我只是玩玩而已，不会认真的，他不过是见色起意，我也只是贪图他的身体罢了。"

——这倒不完全是胡扯，男人那点企图心，昭然若揭；而她确实也对人家宗少爷，有那么"亿"点点世俗的欲望。

朱婶："……"

朱婶张了张嘴，不小心被口水呛到，发出一阵惊天动地的咳嗽。

封窈这才发觉自己连水都没给客人倒，赶紧倒了杯水递过去。

唉，就她这做人的水平，真要是倒霉嫁入这种复杂的豪门，怕是连开场五分钟都活不过去吧。

朱婶拍着胸口，一时间呛得说不出话来。

"……是不是野过头了?"

封窈心一横,不管了:"所以放心吧,干完这两个月,我也差不多玩腻了,以后跟少爷绝对不会有任何瓜葛的。"

朱婶瞪着眼睛。

"还有别的问题吗?"封窈的态度特别好。

朱婶深吸一口气,拿出手机:"封小姐,我必须告诉你,我一直开着录音。"

封窈:"……"

啊这,这这这……

"我承认我是受了栩栩的启发,但我不想瞒着你。我也可以向你保证,无论任何情况,都不会把这个拿出去公开。"

"……"

封窈的脑子里突然冒出哲学家赫拉克利特的那句名言:人不能两次踏进同一条河流。

人虽然不能两次踏进同一条河流,却能两次栽倒在同一个坑里呢。

"那个,我现在开始重新组织一下语言,还来得及吗?"

虽然朱婶表示录音一直开着,她可以尽情地重新组织语言,可是封窈很清楚,当朱婶坦白地说出在录音,后面她无论再怎么改口,都跟狡辩没两样了。

朱婶大概也是头一回干这种劝退狐狸精的事情,看着比封窈这个把柄在外的人还不自在,坐立不安地又说了几句不痛不痒的话,就起身走了。

日落之后,天黑得格外快。封窈歪在床上,心情沉重地给钱姝发信息:"地球可能不是很适合我。"

刚按下发送,又有人敲门。

这回是帮佣肖姐,手里捧着一件衬衫,说是少爷让送过来给她洗的。

衬衫的质料手感很好,剪裁做工无可挑剔,穿在某位少爷身上相得益彰,矜贵又优雅。

封窈哼了一声,随手一抛,衬衣像只白蝴蝶,翩然落在了角落里的椅子上。

她是说了会给他洗干净,但又没说什么时候洗,对吧?

先放个十年八年的,到时候再说吧。

这时床上的手机叮了一声,封窈拿起查看,只是一个:"?"

这么高冷,可不像钱妹啊?再定睛仔细一看——

哦,刚才没看清,手误发给苏冉了。还在犹豫怎么糊弄过去,苏冉的电话就打过来了。

"你怎么了?"苏冉依然是一接通就先声夺人。

"我……"封窈想说自己没事,可不知怎么的——可能是余晖散尽后,房间里太暗了吧,她坐在床沿上,盯着自己红肿的膝盖,突然就有点儿委屈,"妈妈,做人好难啊……为什么人只相信自己愿意相信的呢?"

苏冉沉默了半秒:"你书读得多,心理学上的自我辩护机制,不用我跟你解释吧?"

当人的内心充满某种情绪或想法时,就会无意识地带着偏好暗示去现实中搜寻相关的佐证,不断加固自己是对的,以此巩固自信和自尊——偏见就是这么形成的。

"你看过我的黑料吗?"苏冉说,"什么陪睡上位,什么睡遍剧组,翻来覆去就那些花样,反正总有人相信。"

苏冉一度红透半边天,至今还是影坛常青树,奖项拿到手软。然而让许多人津津乐道的,还是这些黄色废料。事实上,但凡有点儿知名度的女明星,谁没有被造过有色谣言呢?

"女人在这世上,总会面临格外多的恶意。你丰乳肥臀,他们会说你艳俗;你要是长得清纯,他们又会议论你背后指不定多放荡;你多谈几次恋爱,他们说你水性杨花;你不谈恋爱,他们又说你老处女没人要;你事业成功,他们信誓旦旦是你权色交易睡上位。"

苏冉笑了笑:"我读书的时候,一度被传跟已婚男人有染,我气到想退学。可后来一想,我要是真的退学了,他们岂不是又要传我是不检点被劝退了?"

封窈不知道有过这样的事情:"那后来呢?"

"没有什么后来,我好好地读我的书,带头造谣的人——一个追过我但没追到的男生,某天下教学楼的时候被绊了一下,脸着地摔破了相。"

封窈:"谁干的?"

苏冉一声轻笑,隔着听筒也能感受到风情万种。

难得母女谈心,可惜苏冉时间不多,很快做了总结陈词:"你只管做自己想做的事情,管别人想什么呢。我给了你这副长相,它是你的优势,不是劣势。你每天照镜子看见这么大一美女,难道不快乐吗?"

"……快乐。"清辉如水从窗台倾泻下来,挂了电话,封窈才蓦然察觉,月亮不知道什么时候升了起来。

金黄的，圆圆的，像个饼……

"咕噜——"

肚子适时地响了。封窈遵从指示，下楼去觅食。

同一时间，苏冉穿行在私密会所的回廊上，走向饭局的包间。回想起刚才那通电话，她脸上露出一抹沉思。

把窈窈送过去，原本只是下了一步闲棋，没想到，或许还真的有用？

封窈拎着从厨房里顺来的一瓶红酒，来到二楼东侧的露台。

栀子花丛下摆着躺椅，清风送来阵阵暗香。封窈靠在躺椅上，给自己倒了杯红酒。

一轮圆月低低地悬挂在眼前，仿佛伸手就能摘到。封窈举起酒杯晃了晃："举杯邀明月，对影成三人，今晚我来做一回月下独酌的李太白。"

对月影饮红酒，思绪漫无边际地飘散。

说起龙凤胎，妈妈也有个龙凤胎的哥哥呢，是个美少年。

可惜她只见过美少年舅舅的照片，因为在她出生之前，他就跟宗衍的哥哥和姐姐一样，出了意外过世了，之后不久外公也走了。每年去扫墓，外婆都很伤心……

"唉，人生苦短，世事无常。还是听李太白的，'行乐须及春'啊……"

不知不觉，半瓶红酒下肚。耳畔忽然传来轮椅的簌簌响声。

封窈不用回头，也知道是谁来了。

"你还真是有闲情逸致。"宗衍从地上的红酒瓶子，扫到她手中见底的酒杯，"衣服洗好了？"

"不要破坏气氛嘛！"封窈清软的嗓音染上了一抹微醺，有点儿缥缈，又似娇嗔，"晒月亮吗？我请你。"

只见过晒太阳，没见过晒月亮的。

这个懒女人，好像无论何时何地，都这么怡然自在。在他面前，也分毫没有旁人常有的畏惧恭敬。

这种自在仿佛有感染力，在她身边，他也不自觉地放松自在了起来。

女人漆黑如缎的长发用一根筷子随意地盘在脑后，松散得摇摇欲坠，零乱的发丝俏皮地垂下来，宗衍的目光落在她光裸的肩头上，眉心微蹙。

他从轮椅下方的储物格里扯出一条轻薄的盖毯，丢在她身上。

"披上，别想靠感冒逃避工作。"

山间露重,夜间格外寒凉,方才有风吹过时,封窈是感觉到有点儿冷,只是躺舒服了,懒得动。

她抖开薄毯,披在肩头,笑嘻嘻地歪头看他:"谢谢,你真好。"

……醉鬼。

她的"你真好"根本不值钱,张口就来。只是被那双水润迷离的眼眸这样专注地看着,宗衍忽然感觉心跳有些加快。

他夺过她的酒杯:"喝醉了可没人送你回房间。"

封窈软软笑着:"那就睡这儿嘛!"

这女人,本来脸皮就厚,喝点酒还越发无赖了。

月光朦胧,将世间笼罩上一层银色的柔纱,她白皙的脸庞透着晕红,双眼仿佛弯着一汪春水。

宗衍没来由地有些口干,喉结滚动,他本能地抬手,将杯中剩的酒液一口饮尽。

封窈睁大了眼睛:"啊,我的……"

宗衍这才意识到自己做了什么,僵了一瞬,理直气壮地回瞪:"酒是我的,杯子也是我的。"

封窈噘了噘嘴,转瞬又看着他笑:"好嘛,你长得好看,你说了算。"

宗衍放下杯子,伸手抽掉她发间那根摇摇欲坠的筷子,随意丢开。乌发浸着月光倾泻而下,他勾起一缕绕在指间:"干了什么这么高兴?"

封窈张口,想说因为她今天跟妈妈聊天了,又忽然想起来,他没有妈妈了,好可怜啊……

四目相对,宗衍有股错觉,她看他的眼神,好像在看一只被遗弃在路边的小狗。

他捏住她粉嘟嘟的脸颊,语气凉凉的:"再用这种眼神看我试试?"

封窈按住他的手背,话语被捏得含混不清:"画皮且(扯)掉了,吓洗(死)你!"

宗衍又好气又好笑。

或许他真的遇到了山中的精怪,披着一张美人皮,专门来迷惑他的。

宗衍松手,骨节分明的手指轻轻地揉了揉她的脸,勾唇轻笑:"你这张画皮这么厚,还怕扯掉吗?"

月色迷离,男人俊美的脸庞在朦胧的夜色中,仿佛罩上了一层温柔的滤镜。精致好看的眉眼,性感的薄唇,低醇悠然的嗓音,勾人得一塌糊涂……

封窈突然揪住他的衣领,倾身贴上他的唇。

Chapter 08
晚安，飞飞鱼

圆月当空，虫鸣环绕，夜风吹得树叶沙沙作响。

封窈贴上去时没想太多，或者说她什么都没想。或许是酒精作祟，也可能是月色太美，要不就怪李白，没事写什么"行乐须及春"……

她的脑海中甚至没有浮起"吻"这个概念——她单纯地只是想触碰他，因为眼前的他看起来，如此可口，又如此触手可及。

可光是碰一下，她又觉得似乎还不够。他的嘴唇比看起来软，她贴住轻轻地蹭了蹭，感觉很舒服，但不够，还是不够。

她索性张嘴咬了一口。唔，甜甜的，有红酒的味道……

唇贴上来的刹那，周遭的一切仿佛都从宗衍的意识中，如潮水般退去。

世界骤然安静了下来，她的呼吸带着红酒的迷醉，柔软的唇瓣印在他的唇上，温热濡湿的触感，瞬间在他的感官世界里放了一把火。

燎原般引燃了一切。

封窈也不知道是从哪个瞬间开始，她从咬人的变成了被咬的，从品尝者变成了被品尝的——

可能是从她探出舌尖，轻轻地舔了他一下？

男人的唇重重地碾压着她，啃噬着她，没有任何的克制，带着几分粗暴，仿佛饿了很久的人突然得到了一块蛋糕，急于将之囫囵吞入腹中。

肩头的薄毯早已滑落到了躺椅上，她却丝毫没有察觉，身体热得像是起了火，她甚至不知道自己在不自觉地战栗着。身子坐不稳，她徐徐向后倒，原本揪着宗衍衣领的双手攀上了他的脖子，指尖插入他浓密的发丝中。

躺椅没有放平,她的后背很快便抵住了靠背。宗衍一只手攥着她的后腰,将她按向自己,同时欺身上来,这个吻一瞬也不愿分开。

封窈书读得不算少,混沌的脑海里,无数文学作品中关于吻的描写闪过,却没有一个能完全吻合她的感觉。

看书时不是没想过自己的初吻会是什么样的,多半如纸上的描述,是青涩的,浅尝辄止的,甚至可能是尴尬的,抗拒的。

然而实际发生的时候,超乎了她的想象。

他的吻很热,如同烈火燎原,又像是急风骤雨,她全盘接纳,完全生不出任何的抗拒来,哪怕他的力道太重、偶尔让她感觉到了丝丝疼痛,她却丝毫不想制止他。

完蛋了……她内心深处,荒谬的念头仅仅一闪而过,旋即散得无影无踪。

虫鸣声声,令暗夜更显寂静。急促的呼吸声交织,封窈陷在意乱情迷中,隐隐觉得似乎不该如此放纵,但又提不起力气去推阻他。

……

明亮的圆月静静地挂在夜空中。

不知道过了多久,直到"啪"的一声碎裂的脆响,惊醒了缠吻中的两个人。

浓烈的红酒的味道在空气中弥散开来,原来是红酒瓶子不知道怎么被带倒了,酒液从碎裂的瓶中潺潺淌出。

馥郁的气味,仿佛忽然间将人拉回了现实世界。

宗衍喘得厉害,却仍然舍不得松开手,乌沉沉的眼眸紧盯着身下的女人,如同饿狼盯着刚捕到的猎物。

封窈感觉像一口气游了一千五百米的蝶泳,四肢绵软得快不像自己的了,整个人仿佛还置身于一团火中。

眼看着男人低头过来,目标似乎是她的脖子,她微微咽了口唾沫,动了动发麻的舌尖:"宗衍,别……"

软得能沁出水的嗓音,与其说是阻拦,倒更像是助燃剂。

宗衍在她的颈侧咬了一口,埋首在她的肩窝里,重重地喘息。

当然不能在这里,他还没有完全失去理智。

他承认自己有些失控,他没想到她的味道比想象中的还要好,况且是她主动来撩拨,他不觉得自己过了火,只觉得不满足。

男人充满侵略性的气息,仿佛将她夹在无限的危险与诱惑之间。封窈下意识地不敢乱动,颈侧的肌肤被他炙热的呼吸撩得酥痒,她咬着牙忍住。

好半晌,宗衍抬起脸,缓缓地松开了她。

理智渐渐回笼，封窈这时才觉察到了一件事情。

"你……你的腿……"

他能把她压在躺椅上，也就是说，他离开了轮椅。

完了，她不会被灭口吧？不不，做人还是要乐观一点——难道是她的亲亲创造了奇迹，竟能让残疾人瞬间恢复行走？这不收钱都说不过去了啊……

宗衍哪知道她都在想些什么乱七八糟的，他坐了起来，哑着嗓音道："先不要说出去。"

反制二叔的局他已经布好，只不过他需要他再麻痹一段时日，这个时候若是传出他痊愈的消息，二叔性格多疑，可能会警惕起来。

什么嘛，不是亲亲创造了奇迹啊。封窈失望地鼓起了脸："你一天到晚坐轮椅，屁股不疼吗？"

宗衍："……"

"你能站起来，走两步给我看看吗？"封窈又提要求。

宗衍没好气："不能，你当是马戏团看表演吗？"

封窈："嗯。"

真是难以分辨，她到底是醉了还是没醉。

要说醉了吧，说话吐词还挺清楚，也不是完全没有逻辑。可要说没醉，她这副双颊晕红、眼神迷离涣散的模样，显然不怎么清醒。

"你该不会有喝醉了酒就乱亲人的毛病吧？"

想到这种可能性，宗衍的胸腔中忽然有些堵。在他之前……

在他之前，至少还有那个钱富贵。

封窈："嗯。"

"嗯什么嗯！"一股难忍的烦躁感涌上心头，将心脏撑得酸涩胀痛，宗衍蓦地站起身，嗓音中透着一股阴郁的燥意，"够了。起来，回房去。"

封窈摇头："我不要，我要，晒月亮。"

宗衍咬了咬牙，像是控制不住舌头一般，他听见自己问她："谁教你的晒月亮？你还跟谁一起晒过月亮？"

封窈缓缓地眨巴眼睛："谁？"

"是我在问你！"

"你好凶啊。"封窈撇撇嘴，"我不喜欢你了。"

宗衍深吸一口气，仿佛跟自己赌气般，他又问了一遍："到底谁教你的晒月亮？"

"外婆啊。"

封窈歪着头:"她没教过你吗?"

"……我又不认识你外婆!"

"哦,"封窈面露同情,"那你好惨哦。"

不认识她外婆难道还是什么人间惨事吗?然而心头的那股郁结却是奇异地消散了些许,宗衍继续追问:"你还跟谁一起晒过月亮?"

"你呀。"

"还有呢?"宗衍近乎屏着呼吸,再问了一句。

"就你啊……"

封窈说着打了个呵欠,眼眸中泛起一层朦胧的泪花。

她只觉得疲累极了,嘟嘟哝哝:"我要睡了,晚安,飞飞鱼。"

天光大亮,又是一个艳阳天。

封窈瞪着天花板,琢磨着是时候该给国家航天局打个电话,咨询一下星际移民的开发进度如何了。

她急需,刚需!

作为一个差不多小姐,封窈一向很推崇半吊子,不上不下,马马虎虎差不多最好。

而此刻她最痛悔最悔恨的,莫过于自己昨晚喝了个半吊子——

要么索性就醉个彻底,整个断片儿,什么都不记得,该多好?

要么就完全清醒,做一个文明社会的文明人,也不至于干出那种……那种事情啊!

虽然都说了些什么话,她已经记不完全了,但是做了什么事,那简直……简直一直在脑子里重播,关都关不掉呢。

哦,还记得飞飞鱼。

至于飞飞鱼之后,自己是怎么回到房间里来的,完全没有任何印象……

不对——

封窈蓦地坐了起来,眼眸倏然瞪大,差点儿忘了最重要的发现——他他他能走啊!!

完了,她不会被灭口吧?

一大清早在餐厅里看见少爷,而且是春风满面的少爷,朱婶有些恍惚。

来山庄休养以来,他总把自己关在房间里。眼前这样的场景,明朗的清晨,他坐在洒满阳光的餐桌前,端着咖啡杯,她已经太久太久没有见过了……

宗衍悠然用着早餐,忽然想起来,抬眸问朱婶:"那套黑珍珠,什么时候能拿过来?"

他能给她的,不管是钱,还是任何她想要的东西,她从别的男人那里都不可能得到更好的。

她的过去如何,他可以不追究,或许,她是有什么不得已的苦衷。不过从现在起,她得自觉一点。

这点很重要,回头得再跟她强调才行。

封窈罕见地连着错过了早餐和中饭,直到实在饿得受不了,才像做贼一样悄无声息地下了楼,溜进厨房。

阿弥陀佛,没有碰到宗少爷。

拿了点吃的,她又飞奔回了房间。

这一切都是徒劳的,她也知道,躲得过初一躲不过十五,明天还要去书房上班,到时候还不是要直面宗衍?

道理她都懂,可是鸵鸟把头埋进沙子里的时候,心里未必就不清楚自己的屁股撅在外面,只是该埋还是要埋一下,走个流程这样子。

只是当房门被敲响,打开来,外面赫然是宗衍,封窈的手一抖,差点儿把门拍在他高挺的鼻梁上。

噢,他昨天埋首在她的肩窝里,用那个鼻尖轻蹭她的颈侧……

Stop!

封窈机械地侧身,将宗衍让进门,考虑了一秒自己要不要跑出去,然后从外面把门锁上。

……算了,还是别整那些没用的了。

伸头一刀,缩头也是一刀,躲是躲不过的,不如躺平,看他想怎么解决吧。

封窈怀着视死如归的心情关上了房门,看着宗衍站起身,长腿迈步朝她走过来。

他的个子真高,坐在轮椅上的时候,两条大长腿就无处安放,当他站在面前时,更显出长身挺拔,宽肩窄腰,身材标准得媲美T台男模。

封窈无端地生出一股庆幸来,这样一副骨架完美的身体,如果只能缩在轮椅上,那可真是人间遗憾,幸好幸好……

鼻梁撞上男人宽厚的胸膛,两条坚实的手臂将她拦腰抱入怀中,他低

下头,高挺的鼻尖在她的发丝间轻蹭了蹭。

"怎么没去吃饭?"

低醇磁性的嗓音萦绕在耳畔,柔和得不像话。

封窈僵着身子,有点儿蒙。

怎么……不是来追责,或者灭口的?

"怎么了?"宗衍捏捏她的脸,手感软滑,没忍住又捏了一下,"该不会是害羞了吧?"

封窈站得挺直,两手乖乖放在身体两侧,中指贴于裤缝。

遥想当年军训时,她都没站出过如此标准的军姿。要是让当时的教官看见,一定会流下欣慰的泪水吧。

……这还不是因为,如果不努力管好自己的手,她怕她一个不留神,那手就搂上人家宗少爷的腰了。

她得悬崖勒马,不能一错再错,否则就是数罪并罚,Game over(游戏结束)了。

宗衍很快察觉到怀中人的僵硬,微微松开封窈,垂眸仔细打量她的脸色。须臾他抬手覆上她的额头,眉心微蹙:"是不是昨晚吹了凉风,感冒了?"

……能不提昨晚吗?大哥。

"没有,没有。"封窈避开他的手,朝后退了两步,往椅子的方向做了个标准的礼仪手势,"您坐,您坐。"

宗衍:"……"

像封窈这种信奉能躺着就绝不坐着的懒癌晚期患者,房间的椅子基本是闲置着,上面自然而然,会长出一座衣服堆成的小山。

宗衍只扫了一眼,就看见他那件衬衫混杂在衣服堆里,一条袖子伸出来,蔫耷耷地垂落,袖口掉在地板上。

不待他开口,封窈一个箭步冲上去,弯腰捡起那条袖子,塞进衣堆里。

"这个,我……最近'水逆',不宜洗衣服。等回头挑个良辰吉日,再好好地洗。"

"是吗?"宗衍扬眉瞥她一眼,似笑非笑,"那不是还得沐浴焚香,斋戒三日,顺便再作个法?"

"好的好的,一定一定。"封窈只管点头。

真是懒得没救了。

宗衍长腿一迈,走到封窈的床边,自顾自地坐了下来。两条笔直修长的腿在身前伸展,坐姿闲适慵懒,那无比自然的架势,仿佛他才是此间的主人。

……哦，对，他就是这里的主人。这整个山庄都是他的，她只是个暂住的。

宗衍拍了拍身边的位置，黑眸睨向封窈："过来。"

封窈哪敢过去啊。

她现在对自己的自制力有极大的信任危机，而昨晚的事实证明，宗少爷也不怎么经得起撩拨，失控起来全然没有平日里矜贵傲慢的贵公子样，根本就是一头出笼的猛兽。

幕天席地，一张躺椅，就险些收不住，何况还是关上门的卧房里，床这种危险的地方……

"不了，不了。"封窈连连摇头，将椅子上的衣服往里面推了推，扒拉出一点点空位来，臀部搭着椅子沿坐下。

双腿并拢，小手放在膝头上，端庄得像个小学生。

她的态度和反应，跟宗衍想象过的都不太一样。

一个正常的女人，昨晚发生了那样的事情，那么缠绵热烈的吻，险些擦枪走火，她今天面对他，多少该有点儿娇羞吧？

况且是她主动引诱他，现在难道不是更应该热情相迎，好叫他食髓知味，越陷越深吗？

宗衍心思转动，幽深的黑眸紧锁在女人白皙美艳的面容上，搭在身侧的手指轻叩。

又或者，她是个深谙推拉之道的老手，想用时冷时热，来让他捉摸不透她的心思。一旦他开始揣摩她的用意，正如眼下他在做的，那就是掉进她的套中了……

男人的目光如有实质，不开口不动作，也让人无法忽视，压迫感十足。封窈坐得乖乖巧巧，反正她不先开口。

咸鱼作战方针：敌不动我不动，敌动我直接躺平。敌进我装死，敌退我赶紧关门反锁。

就是屁股只搭着椅子边缘，坐得太累了点，不然她有信心，能跟他耗到地老天荒。

"飞飞鱼是谁？"宗衍突然开口。

封窈："啊？"

不能怪她反应不过来，她准备好了糊弄……不是，是应对宗少爷的质问，可是这是个什么问题？

"飞飞鱼，你昨天说的。"宗衍提醒她，"你说晚安飞飞鱼，说完就

睡得跟猪一样。"

……怎么还人身攻击呢?

算了,封窈不跟他计较:"飞飞鱼就是一艘飞船啊,《花园宝宝》你没看过吗?绿色的很可爱,圆圆滚滚,像只河豚,船身上有很多小小的飞翼,可以载着花园宝宝们到处飞,还提供嘟嘟果汁……"

这些宗衍已经知道了。

昨晚把她送回房间后,他回去搜了一下,原来是个哄三岁小孩儿睡觉的幼稚儿童片。

片尾结束的时候,画外音会挨个跟里面的人物说晚安,什么晚安玛卡巴卡、晚安唔西迪西、晚安叮叮车、晚安飞飞鱼……无聊透顶。

然而在他关上视频的瞬间,一件曾经听杜景明提起过的事情却突然冒了出来。

杜景明这个玩咖也遇到过棋逢对手的时候,对方是个"集邮女",还喜欢用动画片里的人物,给睡过的男人一一取代号。

这些风流艳史不值得占据记忆空间,宗衍听过就忘到了脑后。只是这时不知怎地突然探出了头,然后就像浮在水面的皮球,怎么压都压不下去。

"飞飞鱼"应该不是她对某个人的称呼吧?

这个念头缠了宗衍一晚上,不过看她神情坦荡,这回答还算让他满意。

不是最好,心头骤然一松,宗衍嘴角微扬:"以后不准在别的男人面前喝酒。"

封窈发现宗少爷今天的思维很跳跃,一会儿飞飞鱼,一会儿又跳到喝酒了。

外婆喜欢红酒,她偶尔会陪外婆小酌一杯,明明从来都好好的,她也没有丧心病狂到抱着外婆啃啊。

所以问题根本不是酒,是男人!

封窈心情沉痛:"以后在喝酒之前,我一定先确保方圆百里内没有一条Y染色体。"

宗衍:"……"

"不是不让你喝,"他嘴角微勾,"在我面前可以喝。"

封窈正在沉重自省中,脑子一抽:"你没有Y染色体?"

宗衍冷冷地瞪她。

封窈:"……撤回。"

撤回是不可能撤回的,下一秒,只见宗衍站起身,长腿两步便到了她的身前。

她的目光像爬格子一样,慢慢顺着他腰身往上爬,他今天穿的是一件简单的黑色 T 恤,肌理分明的线条隐约可见。

他个子太高,她不得不朝后仰,目光一路往上,爬过结实的胸膛,落在他的脸上。

那张俊美的脸在她的视线中逐渐放大,他一只手撑在她身后的椅背上,倾下身来,一手扣住她的下巴。

"我有没有,你不是最清楚?"男人故意压低的嗓音,格外暧昧撩人,封窈抑制不住地咽了咽。

她是很清楚,昨晚感觉到的一清二楚,抵着她的腿,存在感惊人……

她张了张口,还没来得及说什么,只见宗衍微微偏头,向她凑近。

封窈下意识地以为他又要吻她了。

理智的小人儿死死地抱着她的大腿,求她好歹反抗一下,然而她的身体却在隐隐期待着,仿佛有丝丝电流窜过,微小火花噼啪作响,带起小小的雀跃。

"啪!"理智的小人儿被电晕了。

诱人的薄唇离她只差分毫,即将碰上时,宗衍却停了下来。

他灼热的呼吸扑洒在她的脸颊上,封窈搭在椅子扶手上的手指蜷缩,心跳怦怦——干吗停下啊,再往前一点,一点点就好……

可是宗衍像是听不到她的心声,顿了顿,似是改变了主意,就要往回撤。

不行

封窈想也没想地抬起脸,将唇送了上去。

不管了!数罪并罚就数罪并罚吧,大不了就 Game over……

嘴唇偎贴的那一刻,她听见宗衍从喉咙中发出一声低沉的轻笑。那一瞬封窈明白了,他是故意的!

他用美色钓鱼,偏偏她就抵挡不住上钩了……

可是她又有什么错呢?人类本就是充满欲望并受欲望驱使的动物。昨晚的记忆还鲜明着,她无法否认也不想否认,她很喜欢跟宗衍接吻的感觉,喜欢得不得了。

不同于昨晚,这个吻没有那么放纵,多了几分温存。宗衍慢慢地轻啄她的唇,舌尖轻柔,细细地品尝她。

她的唇那么软、那么甜,他无须过急,他们以后会有大把的时间,他可以慢慢地、尽情地享用。

封窈被亲得浑身发软,差点儿坐不住,从椅子上滑落,宗衍索性抱起她,将她放在梳妆台上。

他身体抵着台沿,一只手探到她身后,抚摸她的后背,另一只手托着她的后脑勺让她仰着头,方便他吻得更深……

"咚咚咚!"

有人在敲门。

封窈听见了,但是不想理会。身前是宗衍坚实火热的胸膛,她意乱情迷地偎向他,身体贴着他轻蹭。

……妖精。

敲门声隔了一会儿,又响起两次。

"我有事,要跟你说。"宗衍轻咬着封窈的唇,含混不清地说道。

封窈迷糊:"……嗯?"

明亮的光线从窗户透进来,她双颊绯红,唇被吻得水光潋滟,整个人像颗熟透的水蜜桃,娇艳欲滴。

宗衍不是不想继续,只是他接下来有事要出去,方才的敲门声就是蒋时鸣在提醒。

"跟别的男人都断干净。"虽然决定既往不咎,可他只要想到就抑制不住地烦躁。他带着三分狠劲又咬了她一口,冷硬道,"听到没有?"

封窈的脑子里完全是一团糨糊,就像是差生坐在高数课堂上,老师问听懂了没,她一个字都没懂也敢点头:"哦……"

宗衍不肯被一个"哦"字敷衍,他捏着封窈的下巴,带着命令的强硬,再次强调:"我绝对不能容忍我的女人勾三搭四,跟别的男人扯上关系,你明白了吗?"

他不想提那个庸俗的名字,指名道姓会显得他很在意似的,那玩意儿不配。

封窈总算恢复了些许的神智,不过她关注的重点在于:"你的……女人?"

谁啊?她吗?

不会吧,她只是跟他亲了两回而已,这就连人身权利都丧失了吗?

能被认可是他的女人,她还是第一个,宗衍可以理解她的受宠若惊。他的眸光柔和下来:"你以后就跟着我,我不会亏待你的。"

不是,等等——

"你的意思是,"封窈想搞清楚这到底是个什么概念,"男女朋友吗?"

不要吧……她承认宗少爷的身体对她很有吸引力，那天她还真是跟朱婶说了句大实话，可是他的脾性实在太差丁点，离她心目中的理想型远了点。

她理想中的男人，应该是《傲慢与偏见》里的达西先生那样的，风度翩翩，稳妥持重，虽然表面上高傲冷漠、带着与生俱来的骄矜，但其实对周遭的人温暖善良，感情专一又行动力十足。

宗少爷……除了英俊多金这一点之外，跟达西先生不能说一模一样，只能说毫不相干吧。

况且谈恋爱多麻烦啊，劳心又伤神，付出太大了……

宗衍怔了一下，眉心微蹙。

他想的是先把她养起来，这种关系简单方便，厌了倦了可以随时结束，足够自由。

当然了，是他单方面的自由，在他没厌之前，她不可能随意离开。

以她那样的过去，能留在他身边已经是奇迹，她还想奢望更多？

"你觉得你够资格做我女朋友？"

话说出口，宗衍有点儿后悔语气太冷硬了。女人软绵绵地依偎在他胸前，水润的眼眸迷离，蒙着一层薄薄的水雾，他忍不住心生怜惜，旋即又强行狠下心来。

这女人本来就野心不小，不能纵容她。

封窈有点儿震惊，做他的女朋友竟然还需要通过资格考试，持证上岗吗？

幸好她没有那份挑战欲，她偏着头："那……是床上伴侣？"

宗衍："……"

怎么别人养个女人那么容易，一个眼神就心照不宣勾搭上了，她的问题就这么多？

"都不是！"宗衍掐着她的腰，强势道，"总之你乖乖听话，离别的男人远一点。"

"噢……"封窈好像有点儿明白了，就是那种不清不楚不承诺不负责的男女关系呗。

仔细想想，这倒是个不错的选择。如果是男女朋友，她可能就得忍痛放弃宗少爷这块美味的蛋糕了。

封家那边的狗血可以预见，她只是暂时避开，迟早得面对，这种时候再给自己招个难伺候的男朋友，给自己增添麻烦，那就真是自虐狂了。

更何况还有朱婶的告诫在先……她可不想真的跟宗衍来一段旷世畸恋，

若干年后成为别人口中的八卦材料。

宗衍的心不自觉地提了起来:"'噢',是什么意思?"

"可以啊。"封窈点点头。

不承诺不负责嘛,自由是对等的。也就是说她可以继续享用他,还不用背上任何负担。

反正眼下麻烦还没找上她,她大可以先跟他你情我愿地不清不楚一阵子,等到时候应付不来了,大不了再说——说不定到时候他厌倦了,正好一拍两散呢。

虽然料定她不会拒绝,然而在封窈点头的瞬间,宗衍心中突然有种难以言喻的感觉。

就像是火山下的温泉池"咕噜噜"地冒泡,又像是春日里一夜之间满树花开。

"只要你乖,想要什么我都能给你……"

宗衍搂着封窈,又狠狠地亲了她一通,直到蒋时鸣再次敲门,才恋恋不舍地放开她。

房门打开,宗衍又恢复了轮椅上的大少爷那副矜贵傲慢的模样。

那副荷尔蒙爆表、勾得人不要不要的模样,只是在她面前的限定版本……封窈这么一想,简直想捂着脸尖叫。

赚到了赚到了!

从互相垂涎到勾搭成奸,还不用负责任,封窈觉得自己是个大预言家了——她跟朱婶说的话,可不是句句属实嘛!

这样一来,那个录音也无所谓了……吧?

就在封窈把宗衍的衬衣翻出来,准备拿去洗衣房里随便搓两把的时候,刚离开的宗衍接到了宗宏深宗老爷子的电话。

外人只当他残了腿,被老爷子放弃了——当然,如果他当真无法恢复,老爷子肯定不会再在他身上投注精力。

宗宏深信奉能者居之的原则,在他看来,真有能耐的人不会被算计,棋差一着着了道,那只能怪自己太废物。宗衍能将自己已经恢复的消息瞒得密不透风,那是他的本事;宗玉山被表象蒙蔽,轻视他眼中的废人,设了个可笑的局,被宗衍反过来利用,输掉底裤也怪不得谁。

宗宏深都看在眼里,只是稳坐钓鱼台,默默观望。反之若是宗衍失了手,他也不会轻易干涉。

聊完公务,宗衍正要挂电话,却听宗宏深道:"这回事了之后,阿衍你该考虑婚姻大事,不能再拖了。你父亲在外面的那两个,可都已经结婚生子了。"

Chapter 09
承诺

宗衍脸色冰冷,薄唇紧抿成一条直线,没有开口。

听筒里,宗宏深话锋一转:"我听说,你在山庄里养了个女人?"

那天听次子宗玉山提起,宗宏深面上不显,心中却是难得起了一丝好奇。

宗家的男人多风流,像宗宏深的父亲宗昌茂,一生建树颇多,可花边逸事更多,于女色上可谓是放纵不羁。

宗昌茂的女人多,子女更多。宗宏深当年经历过腥风血雨,最终杀出了一条血路,才成功掌权。而正因上位不易,他看人格外注重能力,没有本事的废物,即使流着宗氏的血脉,也不可能得到他的重用。

宗宏深有过三段婚姻,共生下四子二女。外面的红颜知己来来去去有过不少,当年也是花边小报的头版常客,不过他自认正统,所有的子女都是婚内所生。

他曾对长子宗庆山寄予厚望,否则也不会安排宗庆山娶孟家的长女。可惜宗庆山的表现叫他大失所望,好好的联姻差点儿结成了仇。

好在孟子怡所生的一双龙凤胎聪明伶俐,看起来是可造之才,老三宗衍因为早产,体弱多病,还不知道养不养得到成年,宗宏深没有太多关注。

然而天有不测风云,谁能想到,孟子怡和龙凤胎会折在一场事故里。宗宏深在深深惋惜的同时,其实也有那么一分隐隐的庆幸。

惋惜是真的——孟子怡有魄力有手腕,天赋和勤勉一样不缺,是个不可多得的经营人才,如果孟子怡是宗宏深的女儿,他会毫不犹豫地将家业交到她手里。

而那一分隐隐的庆幸,则在于孟子怡太过强势了。当时宗宏深已经有些隐忧,担心等他百年之后,宗氏没人能弹压得住这个长媳,届时宗氏可能表面上还姓宗,实际已经姓孟了。

事情已经发生,惋惜也是无用。让宗宏深恼怒的是,到了那个地步,宗庆山竟然还在女人的撺掇之下,想把宗衍接过去养。

宗衍才刚学会走路的时候,有回在大宅里,正碰上宗庆山回来。宗衍已经会认人了,认得宗庆山是他的父亲,幼小的孩子又理解不了大人们之间复杂的关系,只有本能地亲近父母的天性。

幼子跌跌撞撞,跑上前抱着他的腿喊爸爸,而宗庆山只是抬脚将他踢开,任他摔得哇哇大哭,然后拂袖扬长而去。

这件事宗宏深下了死命令,严命在场的下人绝对不许外传,而宗衍太小还不会告状,连孟子怡都不知道。

宗衍太小不记事,宗宏深可没忘记,他不可能相信孟子怡没了,宗庆山会突然父性爆发了。

宗庆山打的什么主意,宗宏深怎么可能想不到。他无非是做个样子,想借着宗衍,让外面那两个他珍爱的孩子也能得到宗宏深的承认。

要知道宗宏深不待见私生子,更看不上黎韶华,那两兄妹自出生后,他一回都没见过,只当不存在。宗庆山这是看到了机会,而宗宏深不介意用更大的恶意猜测——宗衍早产体弱,万一不小心养没了,那么长房不就妥妥归那两兄妹了吗?

那个目光短浅的东西,宗衍是孟子怡仅剩的孩子,这孩子要是养没了,孟家岂能善罢甘休?

宗宏深没有别的选择,只能将宗衍接到身边来,亲自教养。这也是他对孟氏的一种态度,一种承诺。

他事务繁忙,平日里宗衍都是保姆用人在照顾。这孩子虽然脾气乖戾,但不愧是孟子怡留下的孩子,跟哥哥姐姐一样是个聪明有抱负的。从中学时,他假期便开始进入宗氏学习,宗宏深没有给他提供额外的助力,就是想看他能走到哪一步。

时至今日,宗宏深不得不承认,这个孙子虽然年纪尚轻,但论起能力和魄力,以及心性之坚韧,他的四个儿子相较之下,真是白白多吃了几十年的饭。

对于不重视的子孙,宗宏深向来放任,而像宗衍这样能够得他青眼的,他自然会多给予关心。

这孩子别的倒好,只是身边一直没有女人,完全不像个宗家人。所以听宗玉山提起他在山庄里养了个女人,宗宏深难免有点儿好奇。

宗衍握着手机的手指紧了紧,含混地"嗯"了一声,轻描淡写道:"山里无聊,消遣而已。"

既然决定把封窈留在身边,跟祖父否认毫无意义,宗衍很清楚他不过随口一问,遮遮掩掩反而会引来他的关注。

被老爷子关注,对封窈来说不是什么好事。

"哦,"果然宗宏深对女人的具体情况不感兴趣,只是既然聊到了这个,免不了提醒他一句,"消遣可以,别碍着正事就行。"

所谓正事,自然是宗衍的婚姻大事,宗宏深道:"封家那女孩儿,我前些时候在老岑的寿宴上见过,看着还不错,听说在公司里管公关,多少还有点儿能力。"

乍一听见祖父口中提到"封"字,宗衍下意识地想到封窈,过了两秒,才反应过来,他指的是德辉实业的那个封氏。

那婚约还是曾祖父在世时,跟封家老头子的口头约定,宗衍从来没有当作一回事。什么年代了,难道谁还会为多年前曾祖父的一句话,强迫他去娶个不认识的女人?

宗衍搭在扶手上的手指轻叩,没记错的话,封家这一代只有一个女孩儿,他几年前见过一回,长相记不清了,但是肯定不是封窈。

待他回过神儿来意识到自己在想什么,不禁觉得有点儿好笑。

就那女人那副坐没坐相、混吃等死的懒散模样,跟名媛千金可沾不上边。况且她要是个千金大小姐,何至于暑期还跑到这里来打工,过去也不至于——

宗衍不接腔儿,宗宏深明白了他的意思——这是不乐意。

换作是宗家别的小辈,宗宏深会直接命令,任谁也不敢反驳,只是他对宗衍到底多了几分宽容:"你不喜欢就算了,反正家里还有宗涛、宗澜几个,谅封家也不敢挑三拣四。"

宗衍道:"祖父您看着安排。"

得了便宜还卖乖,宗宏深被他气笑了:"我下一个就给你安排!"

宗衍倒不担心被安排,换作是从前,他可能随口就应了,避免连着驳老爷子两回。

只是今天不知道为什么,他不想松这个口。

"对了,这次宗氏国际增发的美元债有接近九倍的超额认购,"宗衍道,

"我看了中期业绩报表,认为应该将两笔存量债券提前赎回,以提高市场对宗氏的资金安全性和流动性的信心。另外,医药方面……"

虽然这明显是在岔开话题,不过生意才是真正的正事,宗宏深听得认真,之前的话题也就暂且不提了。

庆城河畔的艺术沙龙,向来是富婆名媛们钟爱的聚会场所。

今天这里有一场珠宝秀,设计师不是别人,正是宗老爷子最小的女儿宗璇。

封嘉月一大早就约了造型师到家里来,化妆做头发花了几个小时,力求精致而自然。后者是重点,打扮得过于刻意,只会显得像个暴发户,会成为千金们背地里嘲笑的对象。

封嘉月很清楚这一点,是因为她从来都不是被嘲笑的那一个。

既然是珠宝秀,自然要戴上几件像样的珠宝,最好包括一件宗璇以往的作品,以示长期的支持。封嘉月选了一枚蝴蝶造型的胸针,与她的VCA高定耳环和手链搭配起来正好。

这种场合不是高定根本拿不出手,记得有一回也是个珠宝秀,竟然有人戴了一对四叶草的耳钉就来了。

那种大路货,大家扫了一眼就心照不宣——怎么好意思戴出来,简直穷酸得可笑。

宗璇的人缘很好,她开秀,庆城排得上号的名媛贵妇基本上都来了。

在现场看见苏冉的时候,封嘉月忍不住皱眉,继而庆幸,还好邹美婷今天没来,否则以她那个性子,说不定会贡献今天最大的八卦笑料。

封嘉月不屑跟苏冉打交道,目光只是略停了停,旋即移开,只跟几个自己交好的千金闲聊。

"怎么苏冉也来了?"

"她都混男人堆儿的吧?跟咱们又不是一路人。"

不过很快她们发现,苏冉跟宗璇的关系似乎不错,宗璇亲自拿了好几件珠宝给她试戴,举手投足间显得十分亲近。

这下千金们对苏冉的态度就热络多了。名利场就是这样,捧高踩低,只是封嘉月就有些尴尬了。

天下没有不透风的墙,封季同的影视公司参投过不少苏冉主演的片子,而最近苏冉未婚有子的传闻沸沸扬扬,难免有人猜到了封季同的头上。

即便封季同闹着要认回私生女这件事还没有传出去,反正猜测一下又

不需要证据。

苏冉被黑得厉害,又一直没有出面回应,这笔账又被封季同算在了邹美婷头上——他认定又是邹美婷在捣鬼,毕竟不久之前她还有过前科。

两人又是大吵了一架,闹了个不欢而散。以封季同的暴怒程度,如果不是修养还算好,怕是要动起手来。

封嘉月看出来这是苏冉自导自演,不过她没有说什么,因为封季同听了也不会信,她站出来指责苏冉,也只会跟邹美婷连坐,白白惹封季同不快,没有任何好处。

苏冉是个不可小觑的对手,她已经见识到了,不声不响就让邹美婷吃了个暗亏。娱乐圈里摸爬滚打了二十多年的女人,邹美婷的心机手段跟她根本不在一个层次。

而那个封窈,被苏冉藏得密不透风,封嘉月几经调查,竟然完全找不到她的行踪……

"封小姐。"苏冉主动过来找封嘉月打招呼,立刻引起了不少人的注意,明里暗里将目光投向这边。

封嘉月捏着香槟杯子的手指收紧,不动声色:"苏小姐。"

封嘉月生得清秀纤细,穿一身香奈儿裙装,高定珠宝流光溢彩,标准的精致名媛范儿。

看看人家,再想想自己那个天天穿得松松垮垮、完全不爱打扮的懒女儿,苏冉就有种想把封窈塞回肚皮里重新再生一遍的冲动。

她自己明明好强又上进,怎么就生了个咸鱼一样的女儿呢?除了长得像她,别的哪都不像。

"听说封小姐在找窈窈?"

一句话让封嘉月的脸色险些绷不住。隔了两秒,封嘉月才做出疑惑不解的表情:"我找她做什么?"

她心中却是暗惊,打听封窈的下落这件事她做得很私密,而且是用的邹美婷的名义,苏冉怎么会察觉,还想到了她头上?

上回庆大的事情,苏冉就觉得不对劲,不像是邹美婷的手笔。没想到邹美婷一个蠢货,竟然生了个颇有心计的女儿。

苏冉又想到自己的懒女儿——唉,对上封嘉月,窈窈肯定完全不是对手。

苏冉笑笑:"谁知道呢?不过你想找她,可以来问我呀。"

"不好意思,不感兴趣。"封嘉月不为所动。

苏冉看着她,笑容带着抹意味深长,忽然话锋一转:"听闻封小姐跟宗家那位太子爷有婚约？"

封嘉月人年轻，养气功夫还是不到位，脸色变了，声音也尖锐起来："关你什么事？"

这一下失态引来了不少目光，封嘉月暗自后悔，深深呼吸，很快调整好表情。

那个婚约，对她太重要了。宗衍生得一副好相貌，而且在宗家地位卓然，外家又是地产之王孟氏，能成功嫁给他，她这辈子在名媛圈子里可以横着走了。

虽然据说他残了腿，可能无法恢复行走了，但那无所谓，又不是请不起用人照顾。

苏冉笑意不变："封小姐不如打听一下，那位太子爷在哪里。"

说完，她冲封嘉月举了举酒杯，转身摇曳生姿地走了。

封嘉月好不容易才消化完她这句话的意思，却是睁大了眼睛，难以置信——她是想说，那个私生女，在宗少那里？！

这怎么可能！

宗衍这回出门，晚上没回山庄。

不过封窈到第二天才知道，因为前一晚她早早就睡了，少爷回没回来，她还真的无从知晓。

宗少爷不在家，她正好去游泳，还不用担心半道又被抓去加班。

泳池波光荡漾，黄姐坐在池边的椅子上，看得眼都不眨。

方才封助理脱下罩裙，她看得眼睛都直了，终于明白少爷为什么着重加了那一句，要她看着不许男人接近泳池。

瞧瞧人家这身材，胸是胸，腰是腰，前凸后翘，两条腿又长又直，皮肤白得都反光，性感得她这个女人都差点儿流鼻血。

谁说只有男人爱看美女，女人更爱看美女，而且是不带色欲的纯粹欣赏。黄姐真心觉得这份差事是个美差，希望封助理天天都出来游泳。

封窈痛快地游了几个来回，歇了口气，换个泳姿再来一遍。

再次起身时，她发现池边的黄姐不见了，取而代之的是某位轮椅上的大少爷。

封窈的第一反应是完蛋了——不会又要抓她去加班吧？

"……你那是什么表情？"

他一晚上没回来，她看见他不奔过来迎接就罢了，还往后退了两步？

阳光灿烂，宗少爷俊脸黑沉，封窈醒悟过来，赶紧朝池边游过去。

她扒着池沿，仰着脸冲宗衍露出一抹笑容，仿佛刚才朝后退的举动没发生过，像才看到他般惊喜道："你回来啦？"

宗衍："……"算了，跟她计较是给自己找气受。

何况从他这个角度，居高临下，所见的风景极为美妙。雪峰圆润丰满，在泳衣的包裹下像荷叶上将坠未坠的露水，随着呼吸微微起伏……

春光一片大好。

"游好了？"宗衍看她有点儿喘，以她的懒散程度，估计差不多了。

果然，封窈点头："我有点儿饿了，正好去吃下午茶。"

宗衍伸出手，封窈摇摇头："我自己来。"

她双手撑着池沿，借助水的浮力轻轻一跃，旋身坐在了池沿上，接着将腿抬起来。

晶莹的水滴折射着阳光，沿着曼妙的曲线往下滑，在地面上留下一摊水迹。

宗衍眼神灼热，将美景尽收眼底，目光落在她的膝盖上时，眉心皱了起来："怎么还没好？"

膝盖上之前的红肿转变成了瘀青，青青紫紫的，衬着欺霜赛雪的白肤，有些触目惊心。

封窈拿着浴巾擦头发："哪有那么快？不碰就还好，碰到还会痛呢。"

宗衍伸过去的手指顿住，怎么这么娇弱。

封窈披上大浴巾，扭头看宗衍："我先回去洗澡啦。"说完就抬步要走。

"站住。"宗衍忍无可忍，出声唤住她。

他一晚上没回来，她没有任何表示，也不问他去哪儿了、干什么了，又或是不满他都没有通知她一声？

当然他没有必要通知她，他的行踪不需要向她交代。可她难道不应该主动问吗？

"怎么了？"封窈疑惑。

宗衍磨了磨牙："我昨晚没回来。"

封窈"哦"了一声："我知道啊。"想了想，加了一句，"你辛苦了。"

虽然不知道他在忙什么、辛不辛苦，但加这一句"万金油"总不会出错吧？

宗衍黑眸沉沉，紧盯着她，须臾倏然笑了："知道我辛苦，还不过来推我？"

封翘很无语。

首先，他明明能走。

其次，这轮椅是电动的，根本不需要推嘛！

但是没办法，宗少爷摆明了是想使唤人。封翘把浴巾打了个结，走到宗衍身后，推起他朝别墅里走。

"少爷，你今天是不是还没去喂鱼？"封翘突然想起来。

宗衍冷淡："嗯。"

他才刚回来，知道她在这儿，直接就过来了，哪有时间去喂鱼。

"那我待会儿跟你一起去可以吗？"封翘还挺喜欢那一池子的胖头鱼。

"嗯。"

"不知道今天的下午茶都有什么呢？"

"嗯。"

连续几个单音节的回答，封翘终于后知后觉，意识到了——哎呀，宗少爷这是生气了？

作为一个善于自省的人，遇到这种情况，封翘通常会先反省这是不是她的"锅"。

如果是，就赶紧想想怎么甩掉——只要我甩得够快，"锅"就永远追不上我。

只是，刚才没意识到还好，察觉到宗衍在生气之后再看他，大少爷仿佛从背影到后脑勺，都透着股气的感觉。

就……有点儿可爱是怎么回事？

身后的女人安静不说话了，宗衍心头的怒火更盛。他猛地拧过头，厉眸瞪过去，却蓦然撞进一双笑意盈盈的眼眸中。

"……笑什么笑！"这女人简直一点规矩都没有！

由于坐着的关系，他得抬头才能直视她的脸。倨傲含怒的眼神，微抬的下巴，半抿的薄唇，加之浑身上下那股大少爷独有的骄矜凌人气势，令人望而生畏。

可封翘却觉得，他这样子莫名的可爱——糟糕，该不会是太阳太大，把她晒昏头了吧？

然而嘴角的笑容无法抑制，他越是气鼓鼓，她就越是想笑。

封翘索性不往前走了，趴在轮椅靠背上，笑弯了腰："少爷，有没有人跟你说过，你很可爱？"

宗衍怔了一秒，旋即更恼："没有！"

这是什么鬼形容！小时候被说可爱还正常，他是个成年男人，哪能用"可爱"这个词？

山庄里处处是花卉苗木，他们驻足之处，一树火红的凤凰花在头顶上开得热闹，艳丽得如同一团火烧云。一阵风吹过，鲜艳的花瓣随风飞舞，有片花瓣调皮地打着旋儿，落在封窈的肩头，微微停留了一下，又被吹得往下飘落向她的胸口。

宗衍的视线不由自主地追着那片花瓣。

白皙与火红的强烈对比，惊心动魄。

而且，她不知道是有意还是无意，这个俯身前倾的姿势，正好将胸前的大好风光，尽数送到了他的眼前……

宗衍不由有几分心不在焉："给你个机会，重新组织语言。"

封窈摇摇头，神色真诚："是真的！长得帅的男人我见过不少，可爱的才是难得。"

宗衍："……"

目光落回在她的脸上，宗衍有些不爽："你又是在哪里见过很多长得帅的男人？"

"电视上男明星那么多，"各种风格应有尽有，不过——封窈适时补充，"不过还是少爷你最好看了。"

宗衍脸色稍霁。

哼，马屁精。宗衍懒得跟她计较了："你少甜言蜜语，多拿出点行动来。"

话音刚落，他的唇上忽然一热。

封窈只轻轻碰了碰他，就退开了，眨着眼睛望他："少爷是说这种行动吗？"

宗衍眸光落在她嫣红饱满的唇上，缓缓上抬，直直地望进她的眼眸中。

须臾他倏然抬手，扣住她的后脑勺儿将她按向自己，迎着她的唇亲了上去。

又是一阵清风吹过，花瓣纷纷飘落。

园丁拖着水管转过花坛拐角，乍然抬头撞见这一幕，惊得差点儿把水飙到了自己脸上。

封封封助理……跟，跟少爷……

天啊！

水流"哗哗"的声响，让人很难听不见。宗衍松开封窈，拉起她披在肩头的浴巾，往她胸口前拢了拢，眸光冷冷地瞥向一旁。

对上宗衍冰冷的视线，园丁浑身一凛，顿时手足无措。

完了完了，打扰了宗少爷的好事……

宗衍没有跟园丁计较的意思，很快收回了视线，拨开封窈腮边犹湿的碎发，捏了捏她的耳垂："把浴巾披好，赶紧回去洗澡换衣服。"

封窈乖巧地点点头，想了想，又道："少爷，我们的奸情被撞破了，怎么办？"

"什么奸情！"宗衍没好气，这女人就会乱用词，"你是我的女人，谁敢说你什么？"

封窈在心里撇撇嘴。什么他的女人，她可不记得有把人身权利让渡出去了。

"那少爷你算是我的男人吗？"封窈觉得至少得讲个公平。

她的男人……宗衍有一瞬的怔然，她的意思是，想要一个人拥有他，独占他？

他不应该给她这样的承诺，免得她痴心妄想。然而心头有股奇异的感觉，就像是从冻土中冒出一棵绿芽，小芽嫩嫩的、软软的，拱得人心痒，却又让人舍不得拔掉它。

"你……"宗衍不自在地轻咳了一声，"你非要这么想的话，随便你。"

啧，感觉怪敷衍的。

不过封窈没打算深究，本来就只是一个口头上的公平——还真能签个卖身契给对方不成？

她点头浅笑："好的，那我就这么想好了。"

宗衍睨了她一眼，不知怎的，忽然觉得耳朵有点儿热。

哼，狡诈的女人，就会拐弯抹角找他要承诺。

伴月山庄的帮佣们之间，八卦话题又有了最新的热门。

众所周知，封助理放话说想勾引少爷，那天大喇叭震天响，所有人都听到了。

可怕的是，她竟然成功了！

那天园丁还以为自己撞破了什么不该看到的，可是在那之后，封助理和少爷举止亲密，根本没有避讳旁人的意思。

"英雄难过美人关嘛！少爷也是男人，把持不住多正常？两人挺般配的，少爷长得好看，封助理又漂亮，很登对啊。"

"可是少爷应该不可能娶她吧？宗家的门可不是一般人能进的。"

"封助理还说想嫁给少爷呢,想得挺美……"

……

最没有心思八卦的人,非朱婶莫属。

有几回她当着宗衍,都想说点什么,只是看到宗衍脸上有笑容的时候多了,她踌躇良久,还是什么都没说。

算了,年轻人的事情她搞不懂,如果只是跟封助理说的那样,你情我愿地玩玩,那……玩玩就玩玩吧,少爷毕竟是个血气方刚的年轻男人,只要别陷进去就行了。

如果少爷陷进去了,至少她还有那个录音,能证明封助理对他不是真心的。当然不到万不得已,她不想动用那个。

……

"……不清不楚不承诺不负责的男女关系是个什么意思?是我想的那个意思吗?"

果然钱姝的第一反应也是这个。

封窈抱着脏衣篓,手机夹在肩膀上:"大概也许?不过还没到那一步。"她跟宗衍做得最多也就是亲亲抱抱,顶多是亲得比较热情、比较放纵。

至于更深的交流,如果真的情之所至,她倒也不是特别排斥——当然前提是得做好保护措施。

钱姝发出一连串的"啧啧啧",而后兴奋:"说说呗,怎么就突然勾搭上了?什么感觉?我仿佛记得你之前还diss他性格差劲,女人,你太善变了!"

她现在依然觉得他性格很差劲啊……不过偶尔也挺可爱。

封窈关上门,往床上一躺,手机搁在耳朵边上。

"嗯,怎么勾搭上的,让我想想……要怎么形容呢?"她问钱姝,"你看过《水浒传》吧?"

钱姝沉默,然后小心翼翼地求证:"大河向东流哇,天上的星星参北斗哇……那个《水浒传》?"

封窈:"对。"

钱姝:"你是想说,该出手时就出手?"

"嗯?"封窈愣了下,"不是,我是说里面的一个剧情。"

除了一百零八位好汉被逼上梁山聚众起义,钱姝只能想到什么鲁提辖拳打镇关西,还有谁谁倒拔垂杨柳……哦,还有武松打虎?

这画风明显不对吧?

封窈很快解答了她的疑惑："里面有一段，潘金莲遇上西门庆。"

钱姝："……"

"就是那种眉来眼去看对了眼，然后天雷勾动地火，一举勾搭成奸，之后干柴烈火……"封窈说，"你懂吗？"

钱姝一时被震得说不出话来，过了足足有十几秒，突然开始狂笑："有画面了有画面了！"一笑就停不下来，她"咔咔"笑出猪叫，"绝了绝了，你这个形容，太绝了！"

笑声太魔性，封窈把手机挪远了一点，有点儿担心她会不会笑成羊痫风。

"这也太……噢，天哪，太激情四射了吧！"钱姝竟然有点儿羡慕了，那种荷尔蒙爆表的激情，想想就好刺激哦！

嗯，就是很激情，封窈承认，她对宗少爷……的身体，非常地有激情。

聊完大尺度的闺密话题，钱姝忽然想起来："对了，我哥回庆城了。他的工作室不是在做一个温泉度假村项目吗？好像离你不远，有什么事尽管使唤他。"

钱昊是个景观设计师，正说话间，封窈就收到了他发来的信息，是个定位。

钱日天："有空来泡汤，哥请。"

封窈打开一看，还真离她不远。钱昊对这一带周边挺熟，竟然还知道这个伴月山庄。

钱日天："伴月山庄的设计师是我读MFA时的导师，很有名望的业界大拿。"

原来如此，世界真小。

钱昊特别疼爱钱姝这个小妹妹，有求必应，连带着也很照顾封窈。封窈跟他说好，等回了庆城一起吃饭。

刚放下手机，就有人敲门。

是西门……不是，是她的"奸情对象"宗少爷来了。

宗衍一进门，先把封窈拉进怀中。

这是两人独处时的常态，在这之前，封窈从来不知道，她会这么喜欢跟人抱在一起——仿佛突然之间，得了皮肤饥渴症似的。

"我有东西给你。"宗衍揽着封窈，走到梳妆台前，按着她坐下。

他将手里拿的方形盒子放在桌上，单手掀开了盒盖。

盒盖掀开，米色的丝绒底托上，躺着一条黑珍珠项链，和一对耳环。

珍珠颗颗浑圆饱满，氤氲着温润怡人的光泽，周围镶嵌着钻石花瓣，

华美而又神秘,仿佛暗夜星辰闪烁,又让人想到午夜时分,昙花悄然绽开时令人惊艳的瞬间。

封窈在博物馆里看过欧洲皇室珠宝展,原以为里面那些珍珠首饰已经是奢华之美的天花板了,却没想到,还有更加亮眼夺目的存在。

果然人类对美的追求和创造力,是无穷无尽的啊……

宗衍看到封窈惊艳的眼神,就知道她是喜欢的。他薄唇微勾,修长的手指勾起项链,打开卡扣,捏着两端,小心地将珍珠绕过封窈的脖颈。

女人白皙纤细的脖颈,像白天鹅一般优美,又透着股别样的脆弱美感。宗衍垂着眼,手指慢慢地扣上卡扣。

脖子上微凉的重量,让封窈终于回过神儿来:"啊,这个……"

阻拦的话还没来得及说出口,却从镜子里看见宗衍倏然偏过头,张口咬住了她的耳垂。

仿佛一股电流通过全身,封窈蓦地一颤,几乎要软倒,声音也一下子绵软得变了腔调:"不行嗯……"

宗衍很低地笑了一声,含着她的耳朵轻轻啃噬:"什么不行?"

低沉磁性的嗓音带着微微的沙哑,封窈看着镜子里,自己被他这样搂着,宛如一对交颈鸳鸯一般贴在一起,那种痴缠亲昵的感觉,还有从耳垂上朝全身扩散的阵阵酥麻,让她忍不住蜷紧了手指,从身体到指尖都战栗不已。

"别咬我,"只是咬了个耳朵而已,她竟然就这么受不了了,"快放开,宗衍……"

宗衍没想到她的反应会这么大,闷声轻笑了一声,到底放过了她的耳朵,薄唇贴着她的颈侧轻蹭。

她从脸颊到耳朵,连同整个脖子,都染上了一片桃花般的粉红色。宗衍又流连了一会儿,才直起身来,抬手扯开了她的发绳。

浓密的青丝如瀑布般倾泻而下,乌黑似上好的锦缎,在日光下泛着柔和的光泽,与她颈间莹润的黑珍珠相得益彰。

"跟我想的一样,很适合你。"

黑珍珠很挑人,深邃雍容华贵的气质一般人压不住。封窈艳丽妩媚的长相,与黑珍珠的神秘感结合,仿佛迷惑人的黑夜女神,既典雅高贵,又有一股让人挪不开眼的魅惑。

"这个,很贵重的吧?"这种收藏级别的天价珍宝,让封窈的脖子压力很大,"你还是赶紧给我摘了吧……"

宗衍勾起她鬓边的一缕发丝,绕在指间把玩:"摘了做什么?你戴着很美，回头我再给你多买点。"

封窈："……"不要说得好像去市场批发白菜一样好吗？

她咽了咽："太重了，影响我搬砖。"

"……你还在工地上打过工？"

宗衍想到她平日里都是素面朝天，一件首饰都没见她戴过，扎头发也是用最普通的黑色发绳，一直用到断掉……

他不由得心生怜惜："你家里，是不是挺穷的？"

封窈透过镜子对上他的眼神，张了张嘴，不知道该怎么回答。

穷吗？应该是不穷的。苏冉赚得很多，物质上从来没有亏待过她。但是在宗少爷眼里，谁不是个穷人呢……

她只不过沉默了几秒，可在宗衍看来，这就是默认了。

宗衍把封窈抱了起来，自己坐到椅子上，将她圈在怀里，摩挲着她柔滑的发丝："没事，你以后有我。"

"……搬砖只是个比喻的说法，"封窈赶紧澄清，"我没在工地上打过工，我家也不穷。"

然而已经晚了，况且正如她所想的那样，在宗衍眼里，就算一般的富豪也是穷的。他搂紧了封窈，一只手轻抚她的后背："你家就在庆城吗？父母是做什么的？"

查户口啊？

封窈答道："我是在鹤镇长大的，上大学才来的庆城。父母……都挺忙的，不在身边，我是由外婆养大的。"

原来她也是从小没有父母陪伴。

宗衍沉默了一会儿，忽然道："我在庆城有不少房产，记得城南有套顶层公寓，离庆大不远，楼顶有私人泳池，你应该会喜欢。"

封窈："……"

不是，等等，他的房产，跟她喜不喜欢有什么关系？

"什么意思？"她小心求问。

宗衍还是头一回做这种金屋藏娇的事情，不过听得多见得多了，安排起来就驾轻就熟："等你开学了，住在那边上课方便，我平时很忙，但是如果有时间，我会过去看你。"

封窈呆滞。

她以为他们的奸情，只会维持到这两个月结束——算算时间，都已经过去大半了。

到时候她回学校做她的研究，宗衍继续当他的大少爷。他们的人生本来就没有什么交集，短暂的交点过后，还是会走向不同的方向。

"或者你不想住在城南的话，别处也可以。"宗衍道，"回头我叫人把庆城各处房产的资料发过来，你随便挑。"

"不、不用了吧。"封窈的心口怦怦直跳，说不上来是什么感觉，"我……我住学校宿舍。"

"我的女人怎么能住那种寒酸的地方？"宗衍不满，"你住宿舍，我怎么去过夜？"

封窈："……"

首先，庆大的研究生宿舍条件很好，单人单间独立卫浴，算得上是学生宿舍中的劳斯莱斯，向来被外校生羡慕，绝对算不上寒酸。

其次……过、过什么夜？

她默不作声，宗衍起先不解，不过一细想，或许她是害羞了，又或者，是美梦成真，喜悦得不知道该说什么好？

"我马上就会解决掉二叔，到时候就不会待在山庄里了。"他抬起封窈的下巴，在她唇上亲了亲，"你什么都不用操心，跟着我就行了。"

封窈不自觉地揪着宗衍胸口的衣服，脑子里像塞了一团乱麻。

怎么办？这段限时的"奸情"，难道还要继续下去，往长期发展？

奸情这种东西，发展下去很容易变质，变数太大了。像潘金莲和西门庆，如果能悬崖勒马及时分手，说不定也不至于被回来的武松"咔嚓"了吧？

封窈张了张嘴，拒绝的话到了嘴边，却不知怎地说不出口。

方才想到时间已过大半，快要进入倒数时，她的心不自觉地揪了一下。

好像，有点儿舍不得……

他的怀抱那么热，胸膛那么坚实，隔着衣服也能感觉到肌理分明的线条，光是靠着他，就很舒服。

他的亲吻，他的抚摸，都很舒服。好不容易遇到一个这么舒服的人，以后抱不到，亲不到了……

算了，咸鱼法则：遇事不决，能拖就拖。

"我妈给我买了公寓，就在城南。"封窈答得模棱两可。

她家那么穷，她妈在城南能买到什么好公寓？肯定又小又破。

宗衍想说那怎么能住人，然而转念一想，又不是现在就得定下来，大不了他到时候直接给她搬过去——等她看到楼顶的泳池，他就不信她会不心动。

那套顶层复式一直闲置着,想到以后她会住在里面,等他过去……

宗衍心头像被一团棉花糖塞满,软得不像话,有种特别的满足感,不亚于刚刚完成一桩获利丰厚的收购。

他轻啄她的唇:"随便你。"

珠宝秀上苏冉的一句话,让封嘉月心烦意乱,难以平静。

她之前见过宗衍,男人俊美骄矜,在人群中是耀眼的存在,但却没有多少人敢往他身边凑——听说他脾气乖戾,完全不近人情,残了腿之后更是变本加厉。

她直觉苏冉在撒谎,可是……万一呢?

苏冉的手段,她已经见识过了。那个封窈,是苏冉的女儿,谁说不会青出于蓝呢?

封嘉月下定了决心,去找邹美婷。

宗衍在伴月山庄休养的事情不是秘密,可是伴月山庄内的具体情况,却不是那么容易刺探的。

这天,蒋时鸣汇报完宗玉山手下一名心腹高管的动向,顿了顿,接着道:"封家的太太邹美婷,这两天在打听山庄的情况,主要是您的身边,是否有个叫封窈的女人。"

宗衍微怔了下,旋即暴怒:"找死!"

封家这是自恃婚约,觉得有资格管到他的头上了?

"她是怎么知道窈窈的?"想到一种可能性,宗衍漆黑的眼眸中闪过一抹戾气,"难道是二叔?"

要是跟宗玉山勾结,那就更是自寻死路!

蒋时鸣道:"具体情况不清楚。"

这段时间他们的人在重点对付宗玉山,到底多吃了三十年的饭,宗玉山在宗氏这么多年的经营,树大根深,想一举拔除干净,需要大量的人手和精力。

会留意到邹美婷,只因前日她开车来到了山庄门口,流连半晌又离开,行迹太过可疑。

宗衍知道轻重缓急,这个时候分心去理会一个吃饱了撑的女人,不是优选。

反正封窈就在他身边,安全上不必担心。

"去警告封季同,管好家里人,"宗衍语气森寒,"否则别怪我不客气。"

与庆城相隔数百公里的莱城,刚刚下了一场雨。

公墓里人迹稀少,苏冉撑着伞,走在湿润的石板道上,经过一排排的墓碑,最后在其中一座前停下脚步。

大理石墓碑被雨水冲刷得锃亮,正中镶嵌的黑白照片上,少年笑容灿烂,俊俏的面容和苏冉有几分相似。

苏冉蹲下,将花束放在墓碑前。

来这里之前,她刚接到封季同的电话,抱怨邹美婷蠢不可及,竟然没事去打探宗少的事情。

可想而知,肯定又是一场争吵大战。

"你看,我只要一句话,就能让她栽个大跟头。"

"只要窈窈存在,她就一刻也别想好过。"

"这些年我都看着她,越是看着她的蠢样,越是让我觉得,不值得,真的太不值得了。这样的蠢货为什么能活在这个世界上?凭什么她害死了你,害死了爸爸,却不用付出任何代价?"

苏冉拿着手帕,轻轻擦掉照片上的雨水。

她的双生哥哥,生命永远停留在了十八岁。

"活着挺好的,让她好好地活过了大半辈子,再来体会珍视的东西一样样失去,是什么滋味。"

"是我惹你生气了吗?"封窈语调绵软,"如果我哪里做得不好惹你生气了,你可以告诉我。"

宗少爷还是不理人。

封窈继续:"这样我下次再想惹你生气的时候,就知道该怎么做了。"

宗衍:"……"

宗衍气得想咬她:"你已经很会了!"

他越是气鼓鼓,封窈越看他就越觉得可爱。

她要赖似的趴在宗衍的肩头上,装模作样地叹气:"谁让我天赋异禀呢?天赋技能满点,那也是没办法的事情。"

"你还挺骄傲是吧?"这女人真是越来越放肆了。

封窈只是把脸埋在他的颈侧,笑得花枝乱颤。天哦,怎么会有这么可爱的男人?

"你生气的时候,好像飞飞鱼哦。"

宗衍:"……"

那个河豚一样的丑东西跟他有一分一毫的相似之处吗?!

"你该去看眼科了。"视线掠过桌上的竹筐,俊脸又沉了下来,宗衍拉开她搂在他脖子上的胳膊,冷声斥她,"起来,像什么样子!"

"哦……"

封窈慢吞吞地站直身体,低着头默默走到小桌前,拿起花瓶,另一手拎起竹筐,去了窗边。

她把花瓶里已经开始枯萎的花拿出来丢掉,重新换了水,然后从竹筐里挑选新鲜的花枝,摆放插瓶。

宗衍侧头瞟过去。

窗外暴雨倾盆,雾蒙蒙的一片,雨点斜打在窗户玻璃上,噼噼啪啪的雨声中,玻璃上不断地流下一道道水痕。

女人背对着他,默不作声地垂着头,纤细单薄的脊背不时微微颤抖。

她……哭了?

宗衍有点儿后悔自己刚才语气太重,往常他在公司里发脾气时,那些在职场上历练多年的高管都诚惶诚恐,更何况是一个脸皮薄的年轻女孩子?

她贴着他撒娇,却被他冷淡以对,会很难过吧……

昨晚在她的房间里,亲热起来便渐渐有些收不住,他没忍住把她压在床上,虽然在完全失控之前勉强停下了,可是……

他起来这么早,不过是因为旖梦连连,难以安睡罢了。

Chapter 10
钱叔

一大清早,暴雨倾盆。

即使是夏天,山间的雨天也格外寒凉,封窈把长袖衣服翻出来穿上。

走到书房外时,她看见朱启航大步奔过来,身上淋得湿漉漉的,冲她举起手里的竹筐:"窈窈,花!"

封窈之前拜托了朱启航,每隔两天从花园里摘些花来,放在书房里插瓶。

她不追求特定的花种,朱启航每回采的花都种类各异,有种开盲盒的感觉,有时能搭配出意想不到的效果。

"怎么不等雨停了?"封窈接过竹筐,"你快回去换衣服吧,别感冒了。"

朱启航用力一点头:"好!"

封窈抱着竹筐走进书房,正对上宗衍的视线。

她惊了:"你今天怎么这么早?"

昨晚他又在她房间里"晒月亮",晒到很晚,走时不是还说凌晨要跟北美开视频会议吗?

她以为他会多睡一会儿呢。

宗衍的目光掠过竹筐中的鲜花,又看向书桌上的花瓶,然后不咸不淡地哼了一声,接着低头继续看文件,一副不想搭理她的样子。

封窈已经很有经验了,这是宗少爷的生气标配,单音节字加不理人。

她放下竹筐,走到书桌后,从身后抱住宗衍的脖子,脸贴着他的脸:"少爷?"

"哼。"宗少爷不为所动。

算起来,他已经很久没有做过噩梦了。夜里闭上眼睛,眼前不再是一片血红,不再是满脸是血的林叔失去神采的眼睛,让他宁愿瞪着天花板直到天明。

他的梦里,是她白皙温软的身体,丰润嫣红的唇,潋滟迷离的眼眸……

宗衍关上书房的门,走到封窈的身后,张开手臂轻轻地环住她的腰。下巴贴着她的头顶蹭了蹭,他偏头去看她的脸:"窈窈,你……"

话语陡然顿住。

封窈死死地咬着唇瓣,白皙的小脸满面通红,身体颤啊颤,颤到实在忍不住了——

"噗哈哈哈哈……"

宗衍磨了磨牙,什么哭了,根本是在憋笑!

封窈也不知道有什么好笑的,但就是笑得停不下来,直到被宗衍抓着肩膀转了个身,被他摁住抵在落地窗上,她也只是抱住他的腰,靠在他胸膛上笑个不停。

真的很奇怪,明明宗衍是这么一个性格恶劣的家伙,可是他的怀抱好暖,他身上的味道干净又好闻,就连恶劣的性格,颐指气使的大少爷做派……好像,也挺可爱的。

在他身边,她似乎能感到一种从未体验过的快乐。

宗衍面无表情,冷冷地盯着莫名其妙笑疯了的女人:"笑够了吗?"

封窈抿住唇,水光潋滟的明眸中闪着笑意:"差、差不多了。"

宗衍冷冷地瞪着她,须臾一伸手,把桌上她刚插好的花拔了出来,揉了个乱七八糟,然后像是终于出了气般:"哼!"

封窈:"……"

根本就是个幼稚鬼嘛。

"这些花怎么得罪你了嘛。"封窈哭笑不得,想抢救一下,伸出的手却被抓住,按在了窗玻璃上。

"花园里的花都是我的,我想怎样就怎样。"

好吧,这是实话,封窈只是觉得惋惜:"朱启航冒着大雨帮我摘的呢。"

话说出口,察觉到宗衍的脸色更冷,她突然福至心灵——

哎呀,宗少爷这场气,该不会就是因为不爽"别的男人"帮她摘花吧?

"那等雨停了,你再陪我去摘?"耳畔雨点打得玻璃噼啪作响,她的手被宗衍按着没法动弹,只能踮起脚,亲亲他棱角分明的下巴,"好不好嘛,少爷?"

宗衍心头那股不爽消散了大半。

哼，算她识相。

"你一定要的话，就勉强陪你一下好了。"

……

夏天的暴雨来得猛烈，停得也突然，像是赶着收工回家，"哗啦啦"一口气泼完了就跑。

天光放晴，明媚的阳光铺洒在雨后的山林里，空气分外清新。

看着花园里举止亲密的两个人，朱婶不住地忧心。

这些天少爷在封助理的房里越待越晚，两人几乎一天到晚黏在一起，那种甜甜蜜蜜的气氛，哪里像是玩玩而已？

眼神是骗不了人的，她看得清楚，少爷虽然时不时露出不耐烦的表情，可是看着封助理时，他眼中的柔和，是从来没有过的。

朱婶开始有点儿后悔，之前没有为林如栩说句话——如果栩栩留下来的话，有她在这里搅搅局，说不定事情不至于发展成这样？

后悔也已经晚了……难道真的得动用那个录音吗？

庆城寸土寸金的中心区里，宗氏集团总部独占一座高耸入天的写字楼。

看见一队训练有素的黑衣保镖出现时，普通员工不明所以，彼此窃窃私语。

收到消息的高管们很快列成一排，神情各异，彼此交换着狐疑的眼神。

那位可是有快一年都没有露过面了，连董事会都缺席。这一年来公司里是宗玉山一系独大，大家心照不宣，恐怕那位残了腿后一蹶不振的"太子爷"，是没有机会了。

即便今日出现，一个坐在轮椅上的废人，也只是苟延残喘吧……

空气中弥漫着复杂怪异的气氛，带着隐隐的不安躁动，在那道高大挺拔的身影出现时，仿佛被按了暂停键，骤然凝滞。

俊美的年轻男人如同帝王般，被保镖拥簇着走进来。他的身姿挺拔宛如柏松，穿着一身便装，举手投足间却散发着与生俱来的骄矜清贵。

"哇，这是谁啊？太帅了吧！"有新入职的员工激动地问周围的人。

有幸见过宗衍的老员工睁大了眼睛："不是说他出车祸残疾了吗？"

"哪儿残疾了，这不好好的吗？瞧这逆天大长腿，天啊，我要被帅晕了……"

员工们尚能窃窃私语议论，高管们却是个个瞪着眼睛，一时间做不出反应来。

直到宗衍走到了他们的面前,这些精英才如梦初醒,躬身行礼。

宗衍冷淡地"嗯"了一声,一眼扫过,谁在谁不在,心中有数。

"散了吧。"说完,他长腿迈步进了电梯。

员工们意识到要变天了,是在几分钟后。

无数保安人员鱼贯而入,严密地控制了每一层楼。紧接着,有穿制服的人进入大楼,陆陆续续带走了好几名手握重权的高管,都是宗玉山一系的心腹重臣。

气氛由躁动转为惶惶不安,投向了宗玉山的人纷纷提着心,担心下一个就是自己被清算。

一个多小时后,宗玉山才匆匆赶到,一脸气急败坏,顾不上围上来七嘴八舌的手下,直接冲向顶楼的董事会议室。

"宗衍,你好大的胆子!"宗玉山推开门口的秘书,一脚踹开会议室的门,指着上座的主位怒骂:"栽赃陷害公司高管,你这是想造反不成?我要告诉老爷子,你这样任性胡来为非作歹,根本就是想葬送整个宗氏!"

宗衍身体朝后靠,坐姿闲散慵懒:"二叔,你来得正好。"

他朝旁边看了一眼,角落里一个穿着制服的人走上前,向宗玉山出示了证件。

"宗玉山先生,你涉嫌违规交易、财务侵占、非法操纵证券市场,以及涉嫌与几桩行贿受贿案有关,请随我们回去,协助调查。"

"这都是污蔑!"宗玉山瞪着宗衍,目眦欲裂,"你竟敢陷害我!你把宗家的声誉置于何地?!"

"不把宗家的声誉当回事的,是二叔才对吧?"

宗衍下巴微抬,明明是坐着,那股迫人的气势却压过了宗玉山:"你视规则如无物,屡屡越过红线,你以为都做得天衣无缝吗?这些事情,若是由对手来揭出来,宗家的声誉才是真的完了。"

宗玉山还想再说些什么,被宗衍打断:"二叔不如先看看证据吧。"

证据满满当当,塞满了文件箱,宗玉山只扫了一眼,脸色大变:"你怎么——"

"哦,二叔颇懂狡兔三窟的道理,这里面不少东西,要不是我放出风声,为了收购那座金矿,要尽快抵押变卖部分股权和资产,这些闻风而动的买家里有一大部分,我之前还真不知道,跟二叔有关呢。"

"你——"事到如今,宗玉山怎么可能还想不到,自己下的套被反过

来利用,套上了他自己。

"你……你这个……"他指着宗衍的手指颤抖,目光扫过宗衍身边的一众保镖,发现少了一张熟悉的面孔。

"二叔往我身边安排人,不会以为我不知道吧?"宗衍笑笑,"我在山庄里闭门不出,二叔还这么关心我,真是令人感动。"

宗玉山闭了闭眼,知道这次是输了。

宗玉山看着宗衍,谁曾想到这个印象中骄矜暴戾的侄子能如此沉得住气,这么久在人前从来不离轮椅,只为制造一个废人的假象,引他出手?

宗玉山被带走,清洗还在继续。同样的情境在宗氏其他的分公司里也在上演,宗玉山一系多年的经营被连根拔起,可谓是一场血洗。

商界不少消息灵通的人士都收到了风声,宗氏变天,太子爷宗衍腿伤痊愈,以强硬的姿态,重回权力的中心。一时间整个商界都震动了。

然而意想不到的是,接下来他并没有留下来主持大局,而是丢下摊子,又回了伴月山庄。

看见宗衍从车上下来,长腿迈步不紧不慢走来,朱婶惊得睁大了眼睛,接着捂住嘴巴,眼泪"唰"地掉了下来。

"少爷……少爷您,已经好了?"

宗衍颔首。

为避免走漏风声,即便今天出门时,他也依然坐着轮椅。他走到朱婶身前,拍了拍她的手臂:"抱歉朱婶,我不是故意瞒着你。"

朱婶两眼含泪:"你这样做肯定有你的道理,我只是……我只是太高兴了……"

"少爷!"女声温软清甜,朱婶转头,只见封窈面带笑容,迎着宗衍走了过来。

"都搞定了?"封窈仔细打量宗衍的表情,试图看出进展是否顺利。

"嗯。"宗衍揽着她的纤腰,朝里走,"那边进行得差不多,我就回来了。"

"欸?"封窈惊讶,"你不用留下坐镇的吗?万一你走了,有人闹事反扑怎么办?"

宗衍冷哼一声:"谁敢?二叔大势已去,有点儿眼色都知道这时候该怎么站队,否则就是不知死活。"

"哦……"封窈拖着长音,笑意盈盈地由衷感叹,"少爷你好厉害啊。"

宗衍抬着下巴睨她一眼，"你知道就好。"

……

两人亲密的背影消失在门后，朱婶站在原地，眉心紧紧地皱起，封助理看见少爷行动自如，没有一点讶异的反应，所以，是早就知道了。

连她都需要被瞒着的事情，封助理却知情……

少爷对封助理的信任，已经到了这个地步了吗？

宗衍痊愈回归的消息，一经传开，不亚于一场十级地震。

不少人暗自嘀咕，认为宗衍作风未免过于霸道狠戾，宗玉山到底是他的长辈，却被他如此彻底地掀翻，连同多年的经营都连根拔起，堪称冷血无情。

虽说豪门世家争权夺利，往往都是腥风血雨，成王败寇，但作为旁观者，背后戳脊梁骨议论是免不了的。更有甚者，觉得宗衍这做法太不把宗老爷子放在眼里，接下来说不好，宗老爷子会出手干预了。

然而明眼人却看得清楚，宗衍搞出这么大的动作，没有老爷子的默许，怎么可能通畅无阻？

如果说之前称呼的那一声"太子爷"，多少带着些试探观望的意味，经过这场清洗，更多人心中有了数——看来宗老爷子中意的继承人选，确实是非宗衍莫属了。

一石激起千层浪，且不提宗家其他人中，有人积极向宗衍一系靠拢，更有人暗自不服气，而在宗家之外，对于宗衍的强势回归，各家也是反应不一。

其中最喜忧参半的，莫过于封季同。

喜的是当年那个口头婚约如果能落实下来，封氏借着这层关系，必然能更上一层楼。

而忧的或者说后悔的，是先前没趁着宗衍处于低谷期时，先下手把婚约坐实。

和其他人一样，封季同先前，对于车祸残疾后避世不出、一蹶不振的宗衍，多少持着观望的态度。

他只有一个女儿——哦不对，是两个，还有窈窈，但宗家不可能接受一个私生女，可以忽略不计——仅有一次的联姻机会，当然不能随便押注。

这一观望，把最好的时机观望过去了。

现在宗衍重新回到权力中心，在宗氏的权势威望比从前更盛，何况宗

老爷子年事已高,最快就在未来的几年内,宗衍就能接过权柄,成为偌大的宗氏的掌舵人。

可想而知,尚未结婚的宗衍,现在更加是名媛千金们打破头争夺的对象。而做派如此强势狠辣的他,如果不肯认那个婚约……

封季同得承认,他什么办法都没有,完全奈何不得宗衍。

如果说封季同还喜忧参半,邹美婷就全是喜上眉梢了。

她压根儿就不信前些天封季同来骂她时,说什么她瞎打探招致了宗衍的不满——人家太子爷那么忙,会关注这么点小事,还特意去警告封季同?

不用想,肯定又是苏冉那个贱人挑拨,封季同听风就是雨,什么罪名都往她头上扣,邹美婷早就看透了。贱人跳脚也没用,邹美婷眉飞色舞道:"我们嘉月啊,打小就是个有福气的。"

桌上的牌友贵妇们心里羡慕嫉妒得酸溜溜,嘴上还得捧场:"可不是嘛!宗衍长得一表人才,年纪轻轻就重权在握,往后我家里那几个不争气的,都得靠嘉月多提携了!"

邹美婷喜不自胜,也不推托,一口应下:"那是肯定的!"

啧,瞧这得意的样子,好像已经当上宗衍的丈母娘了似的。牌友们在心里翻白眼。

真是人比人气死人,要说邹美婷,除了命好一无是处。虽然脑子不聪明读书也不行,但父亲有权,家里人宠着,又嫁得好,封季同能力不错,封氏这些年也是水涨船高。

更气人的是,还有这个让人眼红到滴血的婚约!

牌桌上含酸的吹捧声不断,摸牌间,有人无意扫了眼手机,顿时倒吸一口气,伸手拽住邹美婷的袖子。

"你快看这个!"

……

宗家的新闻多少限于商界和上流圈子,这一次,震撼普通大众的惊天大瓜来了。

【苏冉首发声明,承认未婚生子!】

【震惊!妲己娘娘竟已有小狐狸?】

【细数这些年,娱乐圈那些被隐藏的孩子……】

……

苏冉的声明一出,微博上瞬间炸了锅,各路吃瓜群众纷纷涌上去,大V营销号冲在前线……

很快微博就崩溃了。

程序员们忙着抢修,同时声明的截图在各大平台、聊天群、私聊对话框里……疯狂传播。

这显然是对前段时间的传闻所做出的回应,而苏冉的回应极其简短,就两句话:

【《商纣传奇》杀青时,我已怀孕十周,是个可爱的女儿。虽然我与她的父亲在她出生之前已经和平分手,但是作为父亲和母亲,我们深爱着这个孩子,并且希望保护她不受打扰和伤害。】

……

短短两句话,信息量太大了。

【来划重点:一、没代孕,是自己生的;二、没结婚,至少没跟娃她爹结婚;三、《商纣传奇》杀青时就怀了……那时候娘娘多大来着?不到二十岁吧?】

【上微博,每天发现新孩子,就是今天的孩子有点儿大[狗头]】

【只有我想看小狐狸吗?肯定也是大美人吧!】

……

当今公众对于明星的私生活已经宽容了很多,虽然还是有不少质疑声,甚至辱骂声,但是苏冉出道多年成绩卓然,堪称奖项收割机,以她的咖位和地位,承认有个女儿,对形象的影响其实并不大。

当然也少不了公关团队在不着痕迹地引导。

林如栩也免不了吃到了这个瓜,跟同事八卦了一会儿,在同事们热烈讨论"小狐狸"该长什么样儿时,林如栩的脑海中倏然闪过一张脸来。

肤色白皙,五官妩媚,一双勾人的狐狸眼,眉目潋滟含情……

不可能,不可能。

林如栩摇摇头,那个封窈,怎么可能是大明星的女儿?星二代暑假还用打工吗?

……

上流圈子里有不少人看到苏冉的声明,瞬间就联系到了封季同身上。

苏冉刚出道时是封季同捧的,如果那时候她怀孕生女,那么孩子的生父,大概率应该就是封季同吧。

至于与封家关系密切的人,就更清楚是怎么一回事了。

更何况封季同不打算再藏着掖着,当被人旁敲侧击地问起时,他直接坦然承认了:"是,窈窈很优秀,今年刚从庆大毕业。说实话,我亏欠了

她太多,只希望往后能好好弥补她。"

这个世界上比光传得更快的,是八卦。

封季同这边一承认,转头消息就在圈子里迅速地传开了。而这个时候,远在山庄里的封窈也看到了苏冉的声明。

对于这个声明,封窈还是很满意的。一没透露姓名,二没泄露照片,单看这个声明,她觉得应该不会有人想到她身上。

这样最好,封窈希望一辈子都默默无闻,被关注什么的,想想就太累人了。

她将手机丢在一旁的躺椅上,两手攥着罩裙的下摆,正要脱下,却看见宗衍迈着一双长腿,不紧不慢地朝这边走来。

目光落在他身上的浴袍上,封窈一边的眉毛高高地挑起。

泳池边已经就位的黄姐看见宗衍,连忙正襟危坐,却听他淡淡地吩咐了一句:"这里不用你了。"

黄姐只好起身离开。唉,今天看不成美女了。

封窈站在池边,看着宗衍走向她,停在她的身前。他的个子太高,她得仰起脸来看他。

眼神与他相对,她的一只手慢慢地探向他的腰间,纤白的手指摸上浴袍的腰带,攥住轻轻地拉了拉。

腰带的结被扯松了一点,半开不开。

"你里面穿的是什么?"封窈轻声问,嗓音中带着一丝笑意。

……这女人,真是越来越会折磨人了!

宗衍垂眸,目光掠过她勾着腰带把玩的白嫩手指,倏然抬手,攥住她的手一扯——

"不如,你自己看?"

阳光照在泳池上,水面金光闪闪,男人光裸的肌理好似也被镀上了一层金粉,强劲结实的胸膛,精瘦坚实的腹部,腹肌线条清晰,轮廓分明……

像太阳神般耀眼。

宗衍垂眸看着她,忽然很低地轻笑了一声,嗓音低低沉沉:"你呢,里面穿的是什么?"

说完,不待封窈反应,他骨节分明的手指拎住罩裙的裙摆,轻轻一掀——

封窈只觉得眼前一暗,接着又是一亮,再接着便看见余光里,宽松的罩裙被随意地扔到了一边。

泳衣是最普通的黑色连体基本款,却将她曼妙的曲线展现得一览无余。

之前明明在宗衍面前游过泳的，可是不知道为什么，封窈这回突然羞涩了起来，一定是因为他的眼神太灼人了……

封窈突然朝池沿跨了一步，侧身跃入清凉的池水中。

水花溅了宗衍一头一脸。

他抬手抹了一把，眼睛盯着水中像条灵活的小鱼般划水朝前游动的女人，不紧不慢地将浴袍脱了下来，随手丢开，然后纵身一跃。

封窈只听见身后有人水的声音，条件反射地加快了速度。

然而身后的声音越来越近，她自知比不过，扑腾了两下就躺平放弃了。不一会儿，就感觉到脚腕被攥住，她象征性地踢了一下，没能踢开，反而被整个人拽进了一个坚实而温暖的怀抱中。

"哪里跑，嗯？"四肢在水下交缠，宗衍蹭了蹭封窈的鼻尖，"谁给你的胆子，敢溅我一身水？"

"有吗？谁看见了，有证据吗？"封窈睁着眼睛一脸无辜，手却不老实了起来，这儿戳戳，那儿摸摸。

手感真是好啊……

下一瞬，她惊呼着笑了起来——

"哎呀别挠我……我怕痒的哈哈哈哈……"

笑声如银铃，在阳光下的空气中回荡，须臾转为一声娇媚的轻喘，夹杂着男人低沉的说话声："法庭才讲证据，这里我说了算。"

……

直到晚间，想起下午在泳池中的旖旎，封窈仍忍不住脸颊发烫。

最近这几天，好像越来越容易失控，而且，如果扪心自问的话，她得跟自己承认，她并不排斥跟宗衍更进一步的亲密。

甚至，当他偶尔随口提到以后要带她去哪里、做什么时，她心中那像汽水泡泡般冒起来的丝丝期待，她也无法对自己否认。

她可能，确实是有点儿喜欢他的吧？对于他这个人，她可能，真的有那么点喜欢。

"糟糕了啊……"封窈扯过枕头捂在脸上，喃喃自语，"这下麻烦大了……"

另一边，朱婶忙完回房，意外地接到了林如栩的电话。

说意外，是因为林如栩不常主动联系她，突然深夜打来，朱婶的心一下子提了起来："栩栩，出什么事情了？"

"朱姨！那个姓封的贱人呢？还在山庄里吗？"

林如栩的声音透着尖厉，朱婶皱起了眉头："栩栩，好好说话，不要骂人。"

"骂的就是她！"林如栩一下子爆了，"朱姨你不知道，那是个私生女！她到七哥身边没安好心，她就是想抢真正的封家千金的婚约！"

朱婶腾地站了起来："你说什么？！"

林如栩深吸一口气。

看到苏冉的声明时，她还没想太多，还跟同事津津有味地八卦了半天。只是后来，在群里看到了封窈的名字，直接把她震蒙了，继而止不住地愤怒。

林如栩受宗家不少照顾，一路念的都是好学校，也结识了不少富家公子千金。虽然出身阶层不同，他们不怎么带她玩，不过她还是努力地往里面挤，多少进了几个圈子里的群。

"朱姨，德辉实业你知道吧？那个演妲己的苏冉，勾引德辉实业的封总，生了个女儿，就是封窈！"

名字、年纪，都能对得上号，林如栩不信世间有这样的巧合！

朱婶张着嘴，不敢相信："真的？"

"他们都说七哥跟封家有婚约，"这件事林如栩今天才听说，虽然没见过面，可是她已经立刻讨厌上了封家那个千金，不过更让憎恶的，还是封窈，"她一个私生女，处心积虑混到七哥身边，不就是为了抢七哥吗？！"

……

胡乱安抚了林如栩两句，直到挂上电话，朱婶依然有些回不过神儿来。

这么大的事情，不可能不求证。朱婶找了几个拐弯抹角能与封家沾边的人，发信询问。

次日一大早，看见堵在房门口的朱婶，宗衍扫过她布满红血丝的眼睛，不解地扬眉询问："怎么了？"

"少爷，我需要跟你谈谈。"朱婶攥紧了手机，表情很认真，"是非常重要的事情，有关封助理。"

宗衍侧身，将朱婶让进了门。

主人房的格局摆设，朱婶并不陌生。虽然有帮佣负责打扫，她偶尔也会再做检查，确认整理到位，各处布置得合宗衍的心意。

朱婶在沙发上坐下，视线却不经意间越过大半个房间，扫到床头柜上的一摞盒子上，躺着的一条浅蓝色的流苏。

她很快想起来，那好像是封助理衣服上的。就是那回封助理摔到宗衍腿上，流苏挂在了他的扣子上，被整根扯了下来。

原来他还留着……

朱婶的目光落在宗衍俊美的脸庞上，有几分恍惚。

这是她一手照顾大的孩子，从他被强行提前剖出来，因为不足月而不得不在育婴箱里住了两个多月，孱弱得连哭声都很小。她守在育婴箱旁，眼都不敢眨一下，生怕一个没看好，这个小猫一样的孩子就没气了。

她照顾着他一天天长大，又看着他突然之间失去了母亲和哥哥姐姐，只剩孤零零的一个人，被老爷子派人来接走。

这些年，她都跟在他身边，尽心照顾好他的生活，牢记着孟子怡的话，做他身后坚实的后盾，不要挡在他的前面，他的路得由他自己来走。

所以朱婶从来不自作主张，不替宗衍拿主意，更不会仗着自己从小照顾他的情分，试图左右他。就连林如栩上回想求她说句话，她不也没答应吗？

可是，她不能眼睁睁地看着他往坑里跳啊——

"情"之一字，是最难解的，一旦深陷进去，就是万劫不复了。

宗老爷子是不可能接受一个私生女的，更何况是一个品行有问题的私生女。到时候闹起来，岂不是又要重演宗庆山和黎韶华的往事？

她不能让事情走到那一步。

宗衍就像是她的另一个孩子，她不能让人谋算他、伤害他。

"窈窈怎么了？"宗衍开口问道。

朱婶没有回答，却是问了一个风马牛不相及的问题："你对宗庆山的那两个孩子怎么看？"

宗衍的脸色骤然冷了下来。他很小的时候，就知道他们才是父亲真正的孩子。对他横眉冷对、满脸厌恶的父亲，在面对那两兄妹时，慈爱宠溺的表情，根本不像是同一个人。

那时候母亲和哥哥姐姐刚去世不久，那两个却言语挑衅。

那兄妹俩比宗衍大了七岁，仗着体型一个一把将他推倒，另一个上前用脚踢他，边踢边骂："爸爸说你是个病秧子，活着有什么意义，早点都死了才好！"

宗衍虽然年纪小，却也不是好欺负的，发起狠来撕打啃咬，很快，用人们赶来，他命令用人们摁住那兄妹俩，狠狠地将他们揍了个半死。

爱子爱女被打得惨不忍睹，宗庆山得知后自然是大发雷霆，还跑来找宗衍算账。事情闹得连舅舅孟子恒都知道了，大发雷霆，最后还是祖父宗

宏深出面,斥了宗庆山,才算告一段落。

大概是被慈父捧在手心里惯坏了吧,说来也真可笑,那两兄妹还真的以为有资格沾染宗家的东西,甚至虎视眈眈,妄图染指母亲留给他的东西。

而在去年,宗衍出了那场车祸,伤情严重生死未卜时,宗庆山第一时间带着那两兄妹,想要控制住宗衍名下的资产。

宗衍薄唇紧抿:"那两个东西,跟窈窈有什么关系?"

朱姆看着宗衍,一字一句:"他们都是私生贱种。"

"不可能!"宗衍眸光透着凌厉,"朱姆,你是在哪里听见谁污蔑窈窈?是那些帮佣吗?"

之前听封窈开玩笑地说过,她勾搭上了他,在大家眼里,恐怕是个狐媚惑主的祸国妖姬了。

他对她用的"勾搭"一词有些恼火,跟她理论了一番,只是,这些人居然还敢造谣生事?

朱姆将他的维护看在眼里,摇头叹息。

"封窈是封季同跟女演员苏冉的私生女,少爷只要过问一下,就能知道了。封季同准备把这个女儿认回去,这件事已经传开了。"

这事不难求证,之前还得费事调查一下,到现在已经是公开状态,只要问一声,就不难得知。

宗衍放在身侧的手紧握成拳,又松开。

朱姆不会轻易干涉他的事情,更不是会造谣生事的性子,更何况是这种容易查证的事情。

可是,封窈,封家的私生女?怎么可能?

"少爷你跟封家,是有婚约在的吧?"朱姆看着宗衍,"可是婚约肯定不是给她的,封氏有女儿,那她现在这样是在做什么?"

宗衍沉默良久,拿出手机发了个信息,又收了起来。

"还有事吗?"冷硬的嗓音仿佛夹着寒冰。

朱姆默默地打开手机,调出一个音频,按下播放键。

一道女声响起——

"……朱姆,你真的想多了,少爷跟我只是玩玩而已,不会认真的,他不过是见色起意,我也只是贪图他的身体罢了。"

"……放心吧,干完这两个月,我也差不多玩腻了,以后跟少爷绝对不会有任何瓜葛的。"

是她的声音,绵软清甜,带着她独有的那种懒懒的语调,透着股漫不经心的轻佻味道。

宗衍闭了闭眼。

"……封小姐,我必须告诉你,我一直开着录音的。"

"……那个,我现在开始再重新组织一下语言,还来得及吗?"

……

"可以了。"宗衍突然冷声打断。

已经够了。他不想听她狡辩。

朱婢中止了播放,看向宗衍的眼神透着浓浓的心疼。

看着他不好受,她的心里只会更难受。

"这种人的嘴里,哪有一句实话?"朱婢轻声道,"好在,认识也没多久。"

没多久吗?

宗衍坐在沙发上,单手撑着额头,俊脸隐藏在阴影里,化不开的冰寒与阴霾漫上他漆黑的眼眸。

也对,是没多久,连两个月都不到。

可笑他竟然被她迷得晕头转向,他甚至已经叫人先去整理打扫城南那套顶层复式,准备等她搬进去,再按她的心意布置装饰。

却不知道在她嘴里,就是一句轻飘飘的,玩玩而已。

她把他当成什么?能从封家千金手里抢走的战利品,耀武扬威的工具?

朱婢离开后,宗衍依然久久地坐着没动。

直到手机响了一声,宗衍垂眸扫过进来的信息。

下一瞬,他浑身戾气迸发,骤然扬手。手机在空中划出一道弧线,砸在墙面上,发出一声巨大的"砰"响,接着坠落到地面上,摔得四分五裂。

接着他站起身,冲到床头柜前,大手一挥将那一堆盒子扫落。

盒子摔得七零八落,里面的珠宝首饰掉了出来,钻石珍珠,各色宝石,满目琳琅。

太可笑了。

他方才,在满脑子混乱的躁怒暴戾中,竟然还夹杂着一丝侥幸——或许,这都是朱婢搞错了,她只是凑巧也姓"封"。

朱婢没有搞错。

从始至终,只有他搞错了而已,错把鱼目当明珠。

宗衍早上没来书房,封窈估计他夜里又工作到很晚才睡,早上根本起

不来。

唉,真是个劳碌命的大少爷。

昨天该整理的资料还有一部分没完成,她边摸鱼边整理,一上午的时间一晃就差不多过去了。

正要歇一歇,然后下去吃饭,桌上的手机忽然响了。

封窈接起来:"喂,钱姝?"

门外,正要推门的宗衍抬起的手顿住,黑眸中闪过一抹令人心惊的冷戾。

钱叔?

怒火当头时,他恨不得把整个世界都砸碎。好不容易冷静下来,他想着,至少要让她当着他的面,把话说清楚。

他何曾有过这么优柔寡断的时候,或许连老天都看不过去了吧。

钱富贵,钱叔……呵。

书房内,封窈靠在椅子里,听电话里钱姝语气激动:"我刚才出了一场追尾事故!"

封窈吓了一跳,蓦地坐直身体,关切地连声问:"怎么回事?严重吗?你有没有事?"

"没事没事,是我追他的尾,我故意撞上去的!"钱姝笑嘻嘻,"我刚不是去超市买东西吗,出来的时候看见一个巨帅的大帅哥,不认识一下会后悔一辈子的那种!"

"可他已经坐在车里,车都发动了,好在我的车就在旁边,我就跟在他后面,找准时机,对着他的车屁股撞了上去,嘿嘿!"

看把她得意的,封窈无语:"你确定你没事吗?"

"真的没事啦!"钱姝有点儿不耐烦,"哎呀,不要说我了,我是想跟你说那个大帅……"

封窈板着脸:"我不关心他,我只关心你。"

钱姝一秒感动:"噢,老婆,爱你!"

封窈很严肃:"不要乱叫老婆。爱我就听我的话,下次不许再做这么危险的事情。"

"不会啦不会啦!反正我已经搞到大帅哥的电话了,嘿嘿嘿!"钱姝超得意。

"那……祝你顺利?"

听钱姝花痴了半天那个大帅哥有多帅,收了线,封窈起身伸了个懒腰,准备去吃饭。

刚拉开门,她被杵在门口的一道高大的身影吓了一跳:"……少爷?"

这个点肯定是来叫她吃饭的,封窈自然而然地靠了过去,挽住他的胳膊。她才不信钱姝嘴里的大帅哥,能比她的宗少爷还帅。

小手顺着男人坚实的小臂往下划去,直到碰到他的手,将手送进他的掌心,她仰起脸,对宗衍笑靥如花:"你来得正好,我好了,一起去吃饭吧?"

——我不关心他,我只关心你。

——不要乱叫老婆。

——爱我就听我的话。

她的钱富贵钱叔发生了什么,宗衍听不见也不关心,她说的几句话,已经足够将他冰封在原地。

原来是这样啊,什么都不必问了。

宗衍垂着眼,目光从封窈贴在他手臂上的身体,缓缓地扫向她那张白皙美艳的脸。

这张美人皮是有多厚,前一秒还在跟另一个男人嘘寒问暖、打情骂俏,转过头来,又能紧贴在他身上,表现得对他一脸迷恋?

从前他最喜欢她望着他的眼神,不加掩饰的痴迷,好像眼里心里只有他似的。

他真是全天下最可笑的笑话。

……

男人不牵她的手,也不说话,封窈有些拿不准:"宗衍?"

不会又生气了吧?可是她今天还没来得及干什么啊?

宗衍黑眸暗沉紧盯着封窈,感觉到被她紧挽着的手臂上传来的幽香与柔软。须臾,他缓缓地将手臂抽开。

"我还有事,你自己去吃吧。"

封窈怔了一下,总觉得宗少爷不太对劲。

然而没给她时间反应,下一瞬,她被宗衍突如其来的猛力扣住肩头,逼得她后退,直到后背抵住墙。

"宗……"

封窈只来得及说出一个字,腰被一只手大力地攥住,只见男人俯首偏过头,张口咬在她的耳垂上。

这一下咬得很重,封窈吃痛地"嘶"了一声,险些没听清他在耳边的那句低沉的耳语。

"晚上到我房间来,我有东西给你。"

……

直到咬人的宗少爷放开封窈,转身扬长而去,封窈还怔怔地捂着耳朵,没有回过神儿来。

啊,这,这个约,要赴吗?

Chapter 11
摩擦

或许是炎炎夏日快要结束了,也可能是心理作用,今天白日的时间似乎格外短。

夜幕降临,封窈在房间里,来回踱步。

月上柳梢头,人约黄昏后,可是之前都是约在她的房间里,宗衍的地盘,她还没有踏足过。

"不就是个卧室嘛,又不是什么龙潭虎穴!"

封窈心一横,毅然拧开房门,穿过七弯八绕的走廊,终于在一扇与众不同的厚重房门前停下。

这扇门的里面,就是宗衍住的主人房了……

封窈抬手敲了敲,发现门是虚掩着的。

"少爷?"

她试探地推开门,走了进去,首先被这房间之宽敞震撼了。用眼睛约莫估测了一下,宗少爷一个人住的卧室,起码有她在苏河花园的那套公寓两倍大。

房间是套房的格局,优雅的陈设装饰透着股低调的奢华,地上铺着厚厚的手工地毯,踩上去软软的。

厚重的窗帘将窗户遮得严严实实,偌大的房内只亮着一盏落地灯,昏黄的暖光洒落,将整个房间映衬得温馨安静。

浴室里隐隐传来"哗哗"的水声。

宗衍……在洗澡?

这个认知,令封窈的心猛跳了跳,落地灯洒落的灯光仿佛也平添了几分暧昧的气息。

——她待会儿,是不是就能看到美人出浴了?

没让封窈等太久,很快,水声骤歇。

有脚步声隐隐响起,封窈睁大了眼睛,一眨不眨地紧盯着浴室门。

生怕少看一眼都亏了。

她不是没见过宗衍湿身的样子,那天跟他在泳池里嬉闹了半天,看也看了,摸也摸过了。只是大太阳底下,和昏黄暧昧的灯光下,效果是不一样的……吧?

须臾,浴室的门打开,显露出一道颀长挺拔的身影。

宗衍一边擦着头发,一边从浴室里走出来。

他只在腰间系着一条雪白的浴巾,肌肤在昏暗的光线下泛着诱人的光泽,晶莹的水珠沿着流畅的肌肉线条下落,再配上那张俊美到极致的脸……

封窈心想,被钱妹撞了车屁股的那个大帅哥,绝对连宗少爷前额垂落的一缕濡湿的头发丝,都比不上吧。

女人痴迷欣赏的目光,宗衍感觉到了。往常他即便摆着一张冷漠的脸,内心还是觉得很受用的。

今天他只觉得讽刺。他竟然被一个女人——一个贪得无厌的私生女,当成了玩物。

她是怎么说的?哦,只是贪图他的身体,过不了两个月就玩腻了。她还一边跟别的男人纠缠不清。

可笑!他还差点儿陷了进去,甚至对她许下了承诺……

难怪每当他提起对以后的安排,她都含混糊弄……看着他满心期待的样子,她是不是在心里嘲笑他,像个傻子一样,这么容易上钩?

身体和灵魂仿佛都被分裂成了两半,一半浸着冰,一半淬着火。宗衍迈着长腿,一步一步,缓缓地走到封窈面前。

封窈觉得自己快要流鼻血了。

落地灯的光线堪堪照到这里,已是十分暗淡,可就是有一种人,天生耀眼,比满天星光还更令人惊艳。

她被男色所惑,直到被打横抱了起来,都没有回过神儿来。

失重的感觉让她下意识地抱住了宗衍的脖子,下一瞬,她被重重地丢在了那张大床上,男人紧接着欺身而上。

后背深陷进松软的床垫中,压在身上的坚实重量令她吸了一口气,可是不待她说出什么,她的唇瓣即被堵住。

他的吻来势汹汹,带着焚烧一切的狂热,几乎是瞬间便夺走了她的呼吸。

封窈抬手抵在他的胸膛上,手心感受到他坚实的肌肉,滚烫的皮肤,和他的吻一样,热得灼人。

光线阴暗,他的整张脸都藏在阴影之中,看不清表情,可那种危险的气息,像极了一头隐匿于黑暗中的猛兽。

跟宗衍亲过抱过这么多回,这是最危险的一次。若说封窈对接下来要发生的事情毫无预料,那肯定是在刻意装蒜了。

她没有过这方面的经验,要说完全不怕,那显然是在嘴硬逞强。可要说怕嘛……

她能感觉到自己的身体在兴奋起来,她不能否认,她很好奇,甚至是有些期待的。

或许,在她看到宗衍的第一眼起,好感就在不知不觉间油然而生了。即便明知他脾气差劲,知道跟他扯上关系就意味着无穷无尽的麻烦,她反复地给自己加固心防,可是一个不留神,坚固的心防还是崩了一角。

像他这样标准的天之骄子——长得帅,身材佳,出身还了得,按理说跟她这种胸无大志没追求的人,是不会有交集的。

可谁让机缘巧合,让她遇到了呢?

更何况,他对她格外眷顾,那份心意,她不是感觉不到……要抗拒宗衍,真的是一件相当困难的事情啊……

宗衍粗重地喘息着,即使清楚了这是怎样的一个女人,她的身体依然能勾起他的欲火。

而当她小声地告诉他,她是第一次,请他温柔点时,宗衍在心中止不住地冷笑。

装什么装?

他虽然没有玩女人的爱好,女人那些伪装初夜的伎俩,他大略有所耳闻。

而她还接着问他是不是第一次。

"你觉得可能吗?"宗衍喑哑着嗓子反问,乌沉的黑眸紧盯着身下的女人。

然而她只是偏着头想了一想,然后"哦"了一声说:"那希望你的技术够好。"

天光大亮，山间起了一层薄薄的雾，几只鸟儿在窗外婉转啾鸣。

封窈睁开眼睛时，只觉得腰腿酸痛，连手都不想抬一下。

床上还有一个不明物体——哦，是宗衍，醒了不知道多久了，单手撑着头，在一旁看着她。

"早……"封窈一开口，才发现自己的嗓子是哑的。

唉，这档子事真是一场全方位的消耗。

掀开被子看了一眼，白皙肌肤上到处都是痕迹，肩头、胸口、腰间都是重灾区。

技术水平姑且不论，宗少爷显然算不上太温柔耐心，说她矫情也好，娇气也罢，封窈觉得自己当下的身体状况，可以用一个"惨兮兮"来形容。对于造成了这种凄惨状况的元凶，她暂时也没有了靠过去亲亲抱抱，再温存一下的念头。

虽然很想赖床不起，但是不行，首先她很饿，快饿晕了；其次，她不想被看见一早从宗少爷的房里出去，为山庄提供茶前饭后的新鲜八卦。

封窈撑着坐起身，翻身下床，捡起地上散落了一地的衣服，开始往身上套。

宗衍看着封窈忙活的身影，心间仿佛有迷雾缭绕。

她的态度好像又变了。

或者说是恢复了——她现在的样子，就像是恢复到了最初，那副万事不过心，对他无动于衷的模样。

宗衍闭了闭眼睛，她的态度怎样都无所谓了，他拒绝再去揣摩她的心思，他不允许她再操弄他的情绪。

"我有东西要给你。"宗衍说着，拿起床头柜上的手机，摁了几下。

封窈听见手机在衣兜里响了一声，好奇地拿出来查看。

是一条来自银行的短信，通知她的账户里刚刚被转入了——

数清了有多少个零，她不由得瞪大了眼睛，望向宗衍，问："干吗给我钱？"

宗衍没有起身，眼神冷漠高傲地往上看，薄唇勾起一抹残酷的弧度。

"付给你的，昨晚的酬劳。"他看着她，一字一句地说道。

封窈握着手机的指尖一下子变得冰凉。

酬劳？这算什么？上完床给钱，他把她当成了什么？

宗衍紧盯着封窈，没有错过她脸上一丝一毫的表情变化。

他看着她像被捅了一刀一样，小脸"唰"地变得惨白，连唇瓣都在微微颤抖。

然而跟预想的不同，此时此刻，此情此景，他分毫没有感到报复的快意。那把扎向她的刀更像是扎在了他自己身上——心口上，每次呼吸，都在隐隐作痛。

只是，像不受控制一般，宗衍听见自己用冷酷的声音问她："往后你是想按次，还是按月？"

封窈缓缓地闭上眼睛，深吸了一口气。

半晌，她睁开眼，开始拆手机壳。

"这叫酬劳吗？明明是灾难性的糟糕体验后，我的精神损失赔偿金才对吧。"

莫大的羞辱和气愤，令她的声音和手指都在发抖，尝试了好几回，才成功地把手机壳抠下来。

她习惯在手机背后夹一张百元纸币，作为备用现金，万一手机没电，不至于落到身无分文的凄惨境地。

只是没想到，第一次派上用场，会是在这样的境况之下。

封窈抓着那张粉色的纸钞，扬手狠狠地朝宗衍那张以前有多让她喜欢、现在就有多可憎的脸上用力掷去——

"这才是你昨晚的酬劳！别嫌少，你的服务连一百块都不值，多的不用找了。"

纸币轻飘飘，打着旋儿落在了床单上，没能砸上男人的脸。

话说完，她不再看宗衍的脸色，也没去捡掉落在地上的手机壳，直接转身大步走出了他的房间。

出了门，封窈立刻打电话给钱昊。

希望他还在那个离这里不远的温泉度假村里。

好在老天对她还不算彻底的差，钱昊还在。封窈问他："你能过来接我一下吗？就现在，越快越好。"

钱昊虽然不明就里，不过还是一口答应了下来，说自己很快就到。

穿过长得仿佛没有尽头的走廊，封窈开门进了自己的房间。

恰好这时林如栩刚上楼来，瞥见封窈衣衫不整的身影，意识到她过来的方向是宗衍的主人房，眼睛倏然瞪大。

封窈关上房门，抓起衣服就开始一股脑儿地往行李箱里塞。

虽然不明白苏冉为什么生下她，但肯定不是为了给人作践的。她长这么大从来没有受过这样的羞辱，这个地方她一秒钟也不想再多待了。

来时带的行李箱塞不下所有家当，封窈找了个纸箱，把剩余的物品装进去，在便笺上写了地址贴上，打算回头拜托朱婶帮她寄回去。

刚装好箱子，敲门声"咚咚"响起，同时她的手机也响了，是钱昊。

封窈接起电话，让钱昊把手机给门口的警卫，她向警卫说明来人是她的朋友，麻烦放行。

敲门声越响越急，听着简直像是在捶门。确认钱昊顺利进了大门，封窈放心地挂上电话，伸手打开房门，旋即有些意外。

林如栩不是在庆城实习吗？

门外，林如栩的目光死死地盯着封窈散乱的领口。只见封窈脖颈和胸口大片雪白的肌肤上，布满了暧昧的红痕……

她好不容易挨到今天周末，一大早就冲了回来。刚才看见封窈，她按捺住性子，先去找朱婶问了一下，到底有没有告诉宗衍真相。

结果是已经告诉他了——所以是这贱人不死心，上门去投怀送抱了……

她的视线令封窈很不舒服，封窈蹙起眉头："你——"

"不要脸！"林如栩突然上前一步，扬手对着这张自己早就看不惯的狐媚子脸大力地抽了过去。

"啪"的一声响声清脆，封窈毫无防备，乍然迎头挨了一记耳光，被打得趔趄了一下，整个人都是蒙的。

挨打的左脸颊火辣辣地烧了起来，疼痛令她清醒过来："你怎么打人！"

"打的就是你！贱人！"林如栩挤进门，不由分说又是一个耳光挥了过来——

这回封窈有了防备，一把攥住了林如栩的手腕。心头有一股火冒了起来，秉着礼尚往来的原则，她扬手回敬了林如栩一个巴掌。

只是她从来没打过架，这一巴掌的力道显然不如林如栩给她的，而且还把林如栩越发激怒了。

"你一个私生贱种，给七哥舔鞋底都不配！"林如栩一只手被封窈抓着，可她还有另一只手，"你以为没人知道你的真面目吗？所有人都知道了，七哥也知道了，你就是个贱种！脏东西！"

封窈只稍微怔了一下，右脸颊上便也挨了一个巴掌。

所以，宗衍那样羞辱她，就是因为他发现她是个私生女？觉得她肮脏？下贱？

可是又不是她选择被生下来的！

一股怒火直冲头顶，封窈再次回敬林如栩一记耳光："你简直像条疯狗，乱吠乱咬！"

事实证明，人跟疯狗打架，吃亏的是人。

面对林如栩的撕打，虽然封窈很努力地还击，却还是被逼得节节后退，脖子上、胳膊上，都被挠出了不少的伤口。

当然她也成功地让林如栩身上挂了彩。

这番闹出的动静太大，很快惊动了宗衍。

他出现在门口时，好巧不巧，封窈被地上的纸箱子绊了一下，摔倒在地上。

打红了眼的林如栩抓住机会，扑上去压制住封窈，双手狠狠地掐住她的脖子："给我去死！"

宗衍的心脏差点儿停跳。

"给我住手！"他大步上前，拽着林如栩的头发将她掀起扔到一边，俯身去扶封窈，"窈窈你怎么样？"

封窈呛咳了几声，捂着脖子努力地呼吸。

方才，真的有一瞬间，她以为自己会被活活掐死在这里……

"窈窈？"宗衍扶起倒在地上的封窈。

她脖子上的掐痕触目惊心，令他的心脏一阵阵紧缩。他不敢想，如果他晚来了一会儿……

宗衍看也没看被摔撞到墙上又跌倒在地的林如栩，转头朝外面大吼："医生！来人，给我叫医生过来！"

门外一阵急促的脚步声，朱婶很快出现在门口。

她才刚上楼来，就听见宗衍的吼声，看见眼前这混乱的景象，她吓呆了，视线扫到捂着膀子满脸痛楚的林如栩："栩栩！你怎么了？"

林如栩的头皮疼、肩膀疼，到处都疼。

宗衍方才那一下没有收力，她的肩膀狠狠地撞到墙上，痛得她怀疑骨头是不是都撞碎了。

宗衍轻轻拍抚着封窈的后背，厉声催促朱婶："把蒋时鸣叫过来，快！"

"啊……哦！"朱婶如梦初醒，刚走出两步，又想起自己刚才上来的目的。

她顿住脚步，犹豫了一下："那个，封……助理，楼下有个钱先生，说是找你的。"

姓钱的。

宗衍身体骤然紧绷，按在封窈肩头的手倏然收紧。

"放开。"封窈终于缓过了气，嘶哑的声音几乎低不可闻。

她脸很痛，估计已经肿起来了；身上大大小小的伤口火辣辣的，痛得已经快没有感觉了；还有脖子……

她算是明白了，她跟这个地方八字不合，跟这个男人更是，前世可能是灭家灭族的仇人吧。

封窈也很惊讶，明明这么疼，自己到现在居然一滴眼泪都没掉。可见人都有潜力，怕疼也不是不能克服的。

好在钱昊来了，她终于可以离开了。

封窈用力推开宗衍，扶着纸箱子站了起来，伸手抽出行李箱的拉杆。

宗衍这才注意到被收拾一空、一片狼藉的屋子。

"你要去哪儿？"

见封窈拖着行李箱，步履虚浮地朝外走，宗衍想拉住她，又怕碰到她身上的伤："你不能走。"

封窈没有理会，她没话跟他说了。

就在这时，蒋时鸣也拎着医药箱到了，后面还跟着朱婶。

迎面看见封窈凄惨的模样，蒋时鸣的瞳孔缩了缩。他还记得上回封助理因为膝盖上的一点点磕伤，就哭得昏天暗地，眼泪掉了一大筐。

然而封窈径直擦肩而过，没有要停步的意思，而在她的身后，沉着脸的宗衍薄唇紧抿，面色紧绷，亦步亦趋。

蒋时鸣被晾在原地，一时拿不准这诊还要不要看了。

朱婶想起来林如栩，有些担忧："要不……你给栩栩看看？"

钱昊站在前厅，出于职业习惯，观摩研究起室内的设计陈设。

这座山庄里里外外的设计都是出自名家之手，前辈大拿们的精心巧思，钱昊看得既是眼热，又是技痒。

须臾身后传来行李箱轮子滚动的声音，钱昊转头望过去，脸上露出一抹灿烂的笑容。

"窈……"

下一瞬，他收起了笑。

随着封窈走出来，暴露在前厅明亮的光线下，钱昊很难不注意到她泛着五指印的红肿脸颊，脖子上的青青紫紫，还有纤细胳膊上渗血的抓痕。

"怎么回事？怎么弄成这样？"钱昊大步迎上去，紧张关切，"谁干的？！"

乖乖，这要是让他家富贵儿瞧见，可不得提刀子拼命啊？

封窈摇摇头，喉咙太痛，只挤出一个沙哑的字："走。"

钱昊朝她身后扫了一眼，高大英俊的年轻男人存在感太强，让人没办法视而不见。

——岂止是没法视而不见。

这男人长得着实是太出色了——不是一般的出色，是那种让女人疯狂、让男人嫉妒的出色。

毋庸置疑，这应该就是这座山庄的主人，宗家那位太子爷了。

不打招呼未免太没礼貌，钱昊冲宗衍点了点头，就算是打过招呼了。

太子爷傲慢地抬着下巴，没有回应。

钱昊也不在意，伸手接过封窈的行李箱，一只手臂虚环在她身后，就要往外走。

"站住。"

宗衍垂在身侧的手紧握成拳，手背上青筋暴起，阴鸷冷戾的目光盯着男人那条环在封窈腰间的胳膊。

那保护性的姿态，仿佛在对他宣示主权一样……

姓钱的男人，三十多岁年纪，不似他想的那样是个油腻痴肥的老男人，倒是长得眉目疏朗，气质成熟儒雅，对封窈的态度随意亲昵。

该死的亲昵。

封窈依然充耳不闻，脚步不停。钱昊回头望了一眼，有些拿不准。

他好歹也是奔四的人了，怎么可能看不出来，这两人之间必有猫腻儿？

别的不说，如果眼光能杀人，就凭宗家太子爷那杀气腾腾、恨不得把他千刀万剐般的眼神，他现在灰都已经被扬了好几遍了。

可那又如何呢？太子爷也要讲基本法，现在是窈窈要走，那他就会把她带走。

要不是窈窈脸上的手指印，大小一看就不是男人的，钱昊早冲上去揍人了。

看着那道纤细的背影即将走出门，宗衍心头泛起一阵莫大的恐慌。他有股强烈的冲动，想追上前拉住她，更想狠狠地痛揍这个姓钱的男人。

拉住封窈之后要怎样，他还没想好，但至少她不能这样离开。

可是强烈的自尊心，将宗衍钉在原地。他与生俱来的骄傲，绝不允许他在这姓钱的面前示弱——他连话都不屑于跟他说一句。

"封助理，"宗衍死死地盯着封窈的背影，眸中如有黑色的火焰在燃烧，"现在还在合约期间，你是我的员工，没有我的允许不能随意离开。"

封窈终于停下了脚步，她缓缓地回过头，轻声开口："我不干了。"

"你忘记自己签了合约吗？不能随意离职。"宗衍厉声道。

那份合约，封窈在签之前仔仔细细地看过，确认没有问题，才签下了大名。她当然可以提前辞职，只不过是一毛钱的薪水都领不到，白干了而已。

不过他不是已经给她打钱了吗？她的精神损失赔偿金，那么大一笔，光数零都数了几遍呢。

封窈不想再跟宗衍多说，连看都不想再多看他一眼。

他这张脸太能迷惑人了，她怕再多看几眼，又要被他迷惑了。那就真的是上赶着犯贱了。

"你去告我吧。"说罢，封窈便转身出了门，径直走向车子的前座。

钱昊默不作声，将行李箱放进后备厢，然后坐进驾驶座。

"确定就这么走了？"他询问地看向封窈。

他有注意到，她的脖子上除了触目惊心的掐痕之外，还有不少可疑的暗红色瘀痕。

又不是不通人事的小朋友，钱昊当然知道那是什么。

联想到那位太子爷仿佛跟他有杀父夺妻之仇的狠戾眼神，眼红得活像个被戴了绿帽子的丈夫，钱昊不难猜到昨夜发生了什么。

白菜被猪拱了呗。

不仅被拱了，还弄了一身的伤，作为娘家人，钱昊自认有责任为封窈撑腰。只要封窈一句话，他自然会去替她理论。

封窈闭着眼睛摇了摇头："走吧。"

汽车发动的声音让宗衍再也忍不住，长腿快步冲到门口，却只看见车子远去的尾灯。

她走了。

心脏被一股突如其来的空虚感狠狠地击中。那一刹那，仿佛周遭万紫千红的花木都失去了颜色，这座山庄骤然安静了下来，陷入死一般的静寂。

宗衍心头一片茫然。

她走了……

钱昊开着车，不时侧头瞟向副驾座上的封窈。

不好奇是不可能的，那可是宗家的太子爷啊。虽然钱昊当面表现得不卑不亢，如同一个忠实可靠的护花使者，但那不代表他不清楚宗家太子爷的分量。

"那个，需要去买点事后药什么的吗？"虽然有点儿尴尬，但是作为大哥哥，钱昊觉得还是得提醒一下。

否则万一不幸中了奖，不管是去是留，受伤害的都是女人。

封窈摇了摇头，努力把痛出来的眼泪眨回去。

钱昊看了看她，突然想起来："你吃饭了没？"

他不提封窈都忘了，听见"吃饭"两个字，她始觉饥肠辘辘。

她一早上就没吃上饭，先是饿着肚子受辱，又饿着肚子收拾行李，再饿着肚子跟林如栩打架⋯⋯到这个时候，早就饿过头了。

鉴于现在的脸有碍观瞻，封窈点了份饭菜打包，由钱昊下车去取。

钱昊顺便去了趟药店，买了点消毒水、创可贴、冰敷袋之类的用品。

他接下来还有事，把封窈送回苏河花园，反复确认她一个人没问题，才离开。

公寓当初是封窈自己挑的，放着大平层不要，挑了套两居的小户型，这毫无追求的态度，令苏冉嫌弃地翻了好几个白眼。

房子太大，打扫起来多麻烦啊，还是小点好，又不是装不下她。

太久没回来，小小的公寓竟然感觉有点儿陌生。

不过封窈没工夫伤春悲秋，她先敞开肚皮吃了个饱，填补好五脏庙，然后草草地处理了一下脸和身上的伤。

接着她把窗帘拉得紧紧的，躺倒在床上，扯起被子蒙头睡去。

离开了宗衍，日子果然一下子就变得平静了。

伴月山庄内，持续的低气压，让每个人都感觉到了气氛紧张。

大家都不知道发生了什么，只是推测可能跟突然离开的封助理有关。所有人都战战兢兢，生怕撞见少爷发火。

如果说少爷之前脾气很差，那么现在大家都见识到了，那只是冰山一角罢了。而现在，不知道什么人或者事情，让冰山隐藏在水下的部分显露了出来。

清楚内情的朱婶更是束手无策。

好几天了，宗衍只是没日没夜地工作，仿佛完全不知疲倦，不需要休息一样。

任何一点让他不顺心的地方，哪怕只是帮佣弄出来一些细微的响动，都可能招致他的一场雷霆怒火。

她知道，真相往往会让人难受，只是看着他的状态持续下去，没有丝毫改善的迹象，她又忍不住忧心忡忡，更心疼不已。

封窈住过的那个房间，还照原样封闭着。朱婶有意将房间清理干净，只是宗衍没发话，她不敢擅自做主。

夜已深，朱婶将宵夜送上楼。

宗衍揉了揉酸胀的眉心，身体朝后靠在靠背上，仰起头望着天花板，眼神放空。

不想闭眼，因为，那些噩梦又回来了。

梦里还是那片令人绝望的血红，所有人都浸着血——生死未知的曲助理，瞪着失神的眼睛、眼角淌着血的林叔，还有被牢牢卡住，无法动弹的他自己……

梦里又多了封窈。

她站在旁边，那张脸时而笑嘻嘻的，时而醉眼迷离，时而又像那夜一样，被情欲染上桃花般的媚色……

更多的时候，她只是冷冷地看着他，无视他伸出去的手，然后挽着一个面目模糊的男人，转身走得头也不回。

宗衍将手伸向床头柜的抽屉。

朱婶放下托盘，看着宗衍熟门熟路地勾起那根浅蓝色的流苏，绕在指间无意识地轻抚。

抽屉里还有一根黑色发绳，断掉的。还有一个旧手机壳，一张百元纸币。

朱婶张了张嘴，却又不知道该说什么。堂堂宗家大少爷，怎么能像个捡破烂的一样？

封窈被持续的门铃响声吵醒，手机在床头上打着转拼命地"嗡嗡"作响。

她眼睛都没睁开，伸出手一通瞎摸，摸到了手机，接起来："喂？"

"你在家里吗？"是苏冉。

封窈猛地睁开了眼睛："在……"又犹豫，"或者不在？"

"在就赶紧给我开门！"苏冉没好气。

完蛋。封窈跳下床，赶紧去给大魔王开门。

苏冉一进门就紧紧地皱起了眉头："你躲在这里养蘑菇吗？"

窗帘将窗户遮得严严实实，室内一片昏暗。

随着苏冉一把将窗帘拉开,明亮的光线透进来,无数细尘在光束中飞舞。封窈像一条突然浮到了海面上的深海鱼,瞬间被刺得流下了生理泪水。

苏冉上下打量封窈,对她精神萎靡的模样又是大皱眉头:"你回来几天了?为什么不告诉我一声?我要是今天不来,你是不是准备在这里睡到地老天荒?"

地老天荒肯定不至于,快要开学了,她已经跟导师联系过,要开始做学习复健了。

回来几天……这话问倒封窈了。

她从回来就再没出去过,吃了睡睡了吃,间或看几页书,外面的日升日落,跟她一点关系都没有。

没想到在假期快结束的时候,她倒如愿地当上了一个无所事事的废人。

苏冉揉了揉额角:"你跟宗家那个,到底怎么回事?"

或许因为职业是演员的关系,苏冉是一个非常敏感的人。

又或者是反过来——因为她对情绪的变化极其敏感,才能成为一个好演员。

上回跟封窈打电话的时候,苏冉就敏感地察觉到了点什么。

她的女儿,是一个对世间万物都不上心的人。没有什么世俗的功利心,不想着出人头地,也不怎么在乎别人的想法。

这样的一个人,突然在乎起别人的看法来了。心境的变化,从来都不是无缘无故发生的。

结果没多久,她又毫无预兆地辞职了,像只蜗牛一样缩在这巴掌大的公寓里,睡得脸都肿了——

不对。

"你的脸怎么了?"苏冉将封窈一把揪到身边,细细地打量。

封窈生得细皮嫩肉,一点点瘀伤往往都要很久才会完全消掉。

快一周过去,脸上的肿差不多消了下去,只是仔细看的话,还是能看出来一点指印的痕迹。脖子上和身上的挠痕都结痂了,不过看起来也就更明显了。

"谁把你弄成这样的?!"苏冉顿时怒不可遏。

身处最靠脸吃饭的行业,她最不能容忍的就是容貌上的毁损——这要是再严重一点,岂不是要破相了?

封窈试图含混过去:"就是跟人发生了一点小摩擦,没什么。"

"你?跟人摩擦?"苏冉仿佛听到了一个笑话,就凭她这得过且过、

能糊弄就糊弄的散漫性子，能跟谁起什么摩擦？

更何况，苏冉还注意到了别的异常状况。

她的脖子、胸口、后背，再往下……那些将消未消的痕迹，可不是普通的摩擦能摩擦出来的。

唉，大魔王果然不是随便就能糊弄过去的。

遇到糊弄不了的情况，封窈选择说实话。

撒谎是不会撒谎的，编谎言太累了，而且编了一个，还得费心记住，因为以后还得编无数个谎来圆这一个——啊，想想就累。

封窈从冰箱里拿出两瓶水，递给苏冉一瓶，自己拧开一瓶，喝了两口，想了想该从哪儿说起。

"我把宗衍睡了。"

"噗——咳咳咳！"一句话就把正喝水的苏冉呛得直咳嗽。

她把封窈送去伴月山庄，主要的确是为了封窈的安全考虑，其次也未必没有撞撞运气的想法——当然没抱什么希望，这孩子生性太疏懒，估计只会当一天和尚撞一天钟，别的不能指望。

哪曾想……

封窈体贴地等她咳得差不多了，才继续道："当然从他的角度来看，应该是他把我睡了。睡完他付我钱，因为他发现我是个私生女。"

苏冉的脸色倏然沉了下来。

"我付了他一百块嫖资，然后就辞职回来了。"封窈垂眸看着小臂上一道结了痂的抓痕，"这些是他身边的恶犬咬的。"

苏冉气得浑身发抖。

"你算什么私生女？我怀你的时候，封季同还没结婚！做单亲妈妈是我的选择，跟你有什么关系？"

是啊，封窈想，只有父母选择生孩子，哪有孩子选择什么时间在哪里被谁生出来呢。

就连宗衍自己，难道是他自己选择，要为了那管救命的脐带血而强行被生下来，被他父亲厌憎吗？真是太可笑了。

苏冉很快平复好情绪。

"他给你的钱呢，退回去了吗？"苏冉问。

"那是我的精神损失赔偿，为什么要退？"封窈理直气壮，"我找了家资助贫困女童的慈善机构，捐出去了。"

不如做点好事——哪怕能帮助一个女孩儿改变命运呢。

· 166 ·

苏冉静默了几秒，点了点头："也好，反正你也付过他钱了。起码他长得还不赖。"

封窈忍不住侧头看自个儿妈妈。

关心完后，大魔王来去如风，很快就又离开了。

封窈揉了揉脸，振作起来，认真地给自己重新上了一回药，又把房间收拾了一下。

这时才想起来，她还落下了一箱子东西。

那座山庄封窈是决计不会再踏足了，山庄里其他的帮佣，她都不是太熟，后来她跟宗衍勾搭上，大家更是面上对她客客气气，敬而远之。

想来想去，她能联系的只有朱启航了。

朱启航用不来复杂的智能手机，朱婶给他配了个儿童电话手表，他很喜欢，献宝似的给封窈看过，两人还交换了号码。

第一次给手表打电话，感觉有点儿新奇。

"窈窈！你怎么，突然走了？"朱启航接到电话，显然很高兴。随即又低落，"栩栩，也走了。"

林如栩的事情封窈不关心，她认真地跟朱启航道了个歉，毕竟是不告而别："对不起，出了一点突发状况。"

朱启航当然不会计较，只是念叨："你喜欢的七彩君子兰，昨天，开花了呢。"

"啊……"封窈也觉得遗憾，据说开出来的花是五颜六色的，她盼了好久呢。

闲聊了两句，她提起正事："我有件事情，想要拜托你。"

朱启航很喜欢被人拜托做事，或许是因为身为智障儿见多了白眼和歧视，而拜托他做事，代表的是信任吧——这一点他的脑子未必能想明白，但是善意和恶意，是无须思考，能够直接感觉到的。

他当即满口答应了下来："你放心！我一定寄给你！"

挂了电话，朱启航仿佛一个肩负着重要使命的士兵，当即放下了手头的活，兴冲冲地去找封窈的房间。

封窈的房间在二楼东侧，最靠里的那一间。

然而还没走近，他就看见一道颀长的身影，立在门口。

大概是听见脚步声，那人倏然转过头来，黑眸凌厉带着一股浓浓的不悦。

朱启航吓了一跳，顿住了脚步："少……少爷。"

朱婶这几天一直叮嘱他,说少爷心情不好,没事不要往少爷跟前凑,以至于他看见宗衍就紧张了起来。

可是少爷堵在门口,他要怎么进去,帮窈窈寄东西呢?

宗衍没有想来这里,甚至刻意避开这个方向。

只是腿好像有自己的意识一般,不知不觉间,他已经站在了封窈的房门口,像个傻瓜一样。

"你干什么?"宗衍随口问了句。

"我……"朱启航不会撒谎,照实说道,"窈窈叫我,帮她把东西寄给她。"

宗衍花了几秒钟,才反应过来他话里的意思:"她联系你了?"

"嗯!"朱启航大力地点了点头,扬起胳膊亮出手腕上的手表,"打电话!"

"……"

朱启航只觉得身上陡然一寒,来自少爷扫过来的冷厉眼神。

仅仅是一个眼神,可是那股强大的压迫感如有实质,让朱启航忍不住想退走。

不行,他还肩负着窈窈的委托呢!

踌躇了一下,朱启航突然大声道:"我要进去!"

他的嗓门一向洪亮,这一声更是嘹亮,在寂静的走廊中隐隐有回声回荡。

宗衍闭了闭眼,跟朱启航较劲儿,自己真是太有出息了。

宗衍侧开身子,本来想离开这里,只是看着朱启航开门进去,他仿佛被一条无形的线牵引着,长腿一迈,紧随着也走了进去。

看见宗衍也进来了,朱启航只是愣了一下,便专心地找封窈说的纸箱子了。

宗衍单手插兜立在中央,抬眸四顾。

这栋别墅里闲置的房间很多,这间没有什么特别的,只是特别空而已。

椅子、梳妆台、床……只是到处都有过他和她拥抱嬉闹、亲密无间的身影,而已。

宗衍突然想起来一句不知道在哪里看到过的话。

"……有这么一个房间,始终保持着同样的恒常,不论晨昏轮转,四季更迭。只需要走进来一个人,再走出去,不管多短暂,那么它从此就不是一个房间了。它变成了一个空房间。"

梳妆台上放着几个首饰盒,都是他这些日子送给她的,原封未动。

朱启航看到封窈说的纸箱子,欢呼一声奔过去搬了起来,才刚转身,纸箱子的底却突然塌了，里面的东西"呼啦啦"往外掉。

"啊呀！"朱启航慌忙丢下箱子，手忙脚乱地蹲下捡拾。

他的手刚伸向一块光滑的黑色布料，突然从斜刺里伸出一只修长而骨节分明的手来，将他挥开。

宗衍捡起那件黑色的泳衣，攥在手里，眸光淡淡扫向朱启航："这里不用你了。"

"不行，"朱启航认死理儿，"我答应窈窈了。"

宗衍的手指收紧，心头突然升起一股烦躁。

窈窈、窈窈的，叫这么亲热做什么！

半响，他终于压抑下脸上那种显而易见的躁怒，冷声道："我会亲自给她送过去。"

朱启航面露犹豫，他觉得自己应该坚持承诺，可是，妈妈又耳提面命过很多次，叫他一定要听少爷的话。

更何况，出于本能，他不由自主地向眼前这个压迫感极强的男人屈服。

"哦……"朱启航慢吞吞地松开了手。

宗衍将贴在纸箱上的便利贴揭了下来，垂眸扫过上面的一行地址——苏河花园。

这几天，他有很多次，都想盼咐人去查查她在哪儿，只是话到嘴边，还是硬生生地忍回去了。

她说她妈在城南给她买了公寓，原来是在这里。

宗衍离开山庄出门时，朱婶没有太在意。自从公开表明已经痊愈后，他要忙的公事一直很多。

出去忙，总比把自己关在房间里好。

然而听朱启航说，他是给封窈送东西去了，朱婶腾地站了起来。

鬼使神差般地，她去了宗衍的房间。

打开房门，一走进去，第一眼便看见大床上，放着一个不小的纸箱。朱婶走近，往箱子里看了一眼——都是女人的衣物用品，无疑是封窈的。

东西都在这儿，他去送的什么？

封窈给公寓来了个大扫除，万年难得勤快一回，扫除完毕，天已经擦黑了。

她累得腰酸背痛，拎起清理出来的两大袋垃圾，准备下楼扔掉，顺便

出去觅个食。

苏河花园是个高档小区,小区里豪车往来不少,一辆低调的黑色幻影停在路边,倒也不算太扎眼。

车内后座里,宗衍问了自己无数次,究竟是在干什么。

不知道她身上的伤怎么样了……她那么怕疼,是不是又哭过了?

前面的蒋时鸣眼观鼻鼻观心,闭紧嘴巴。他的工作是贴身保护宗少,哪怕宗少想在这里一直蹲守到这个小区拆迁,他反正陪着蹲就是了。

只是当看到封窈出现在楼道口时,蒋时鸣还是有股舒了一口气的感觉,可算蹲到了。

那道熟悉的窈窕身影出现的瞬间,宗衍全身紧绷,放在身侧的手紧握成拳。

她穿着一条浅黄色的印花连衣裙,长发随意地束成马尾,两条细伶伶的胳膊拎着两个巨大的垃圾袋,行动很吃力。

姓钱的是死了吗?扔垃圾这种事情还要让她来做,连个保姆都请不起吗?

宗衍的手刚伸向车门,只见一个敦实的保安小跑着上前,殷勤地从封窈手中接过垃圾袋。

"封小姐,我来,我来吧!"

"谢谢你啊。"封窈笑着向保安道谢。身为美女容易受优待,苏冉给她的这副容貌,正如她所说,应该是优势吧。

她抬眸张望了一圈,不知道是不是错觉,总觉得好像有视线在盯着自己。

……想多了吧。苏冉说了她的身份不会泄露出去,应该不至于有狗仔来蹲守偷拍。

小区里路灯明亮,当封窈望向这边的一刹那,宗衍几乎以为他们的视线对上了。

只是下一瞬,她的视线就移开了。

紧接着她低头看了眼手机,脸上旋即露出欢喜的笑容,朝外走了几步,站在一根灯柱下,伸长脖子张望。

很快宗衍就知道了她翘首以盼的是什么——或者说,是谁。

那辆银色奔驰,他忘不了,也不可能记错。

姓钱的。

封窈本来还在犹豫是出去吃,还是回家叫外卖呢,正好收到钱昊的短信,说钱妈妈煲了汤,他给她送过来,已经快到门口了。

在她殷殷期盼的目光中，钱昊下了车，从副驾拿出一个大袋子，里面有汤有饭。

隔着袋子都能闻到食物的香气，封窈笑逐颜开："使不得使不得。"然后迅速接了过来，紧紧地抱在怀里。

钱昊哭笑不得，借着灯光观察了一下她的气色："嗯，不错，好多了。"不像那天去山庄接她时那样，小脸红肿，身上挂彩，一整个"战损风"。

"怎么不好，能吃能睡，不要太惬意。"只要有吃有喝有床睡，封窈就不觉得日子过得太差，她抱紧香喷喷的袋子，"上来坐吗？"

钱昊点点头，受他家富贵儿的委托，他得去考察一下封窈的生活状态。

富贵儿这是不放心，一个人的精神状态如何，表面上可以强撑，让外人看不出端倪来，可是从她的生活环境中，是很容易看出来的。

两人说着话，正要并肩往里走，这时突然有一道高大的身影直奔这边而来。

路灯明亮的暖光，照着来人一步步走近。挺拔的身姿，俊美的容颜，长腿迈步的姿态，养眼得仿佛是电影里的画面。

封窈脸上的笑容倏然不见。

钱昊条件反射地挡在了封窈的前面。

"宗少。"他皮笑肉不笑，"真巧。"

宗衍的目光径直越过钱昊的肩头，落在封窈白皙精致的脸上。

他从来不知道，原来只需要她一个冷淡的表情，就能如同万千冰锥扎在他的心上。

Chapter 12
你爱他？

路灯倾泻下柔和的光，光影勾勒出男人修长的轮廓。

他看起来像是消瘦了一点，半边脸隐没在阴影中，深邃的线条隐隐透着几分憔悴。

封窈面无表情，撇开了视线。

"我有话要跟你说。"宗衍依然没有看钱昊，一双黑眸紧锁在封窈的脸上。

真是理直气壮呢。心中一股郁气不吐不快，封窈冷声嘲讽："跟我说话要付钱的。"

"要多少，我付。"宗衍这话一出口，钱昊都忍不住在心里大抚额头。

没想到啊，呼风唤雨的宗家太子爷，居然是个感情上的白痴——都追到这里来了，难道不是想来挽回的吗？

想挽回一个女人，说点什么话不好，专挑不能说的说。好好一个超级帅哥，可惜长了张嘴……

封窈差点儿被气笑了。

"宗先生想花钱找乐子，外面有的是会所，陪聊陪玩的应有尽有，赶紧去吧，好走不送。"

说完，她扯了扯钱昊的袖子："我们上去吧。"

"我不是那个意思。"宗衍死死地盯着封窈攥在钱昊衣袖上的纤白手指，体内仿佛有股冲动在叫嚣，催他上前把她的手拉开，把她带走，藏到一个谁也找不到的地方——

藏起来以后要怎样,宗衍不知道,他甚至都没想好要跟她说什么话。

下车冲过来,完全是凭着本能的冲动。

这一点也不像他。他与生俱来的矜傲绝对不允许他在大庭广众之下,在另一个男人面前示弱。

甚至更往前——那天,当她头也不回地离开时,他就应该忘掉这个女人,彻底放下。

不是没有尝试过,可尝试的结果就是这样,他站在这里了。

宗衍垂着眼,又重复了一遍:"我不是那个意思。"

如果不是知道他做的事情有多过分,钱昊简直都要同情这个男人了。

当然自己是哪一边的,钱昊拎得很清楚。他用身体挡住封窈,冲宗衍笑笑:"宗少有话,还是改天说吧。窈窈还没吃饭,一会儿汤要凉了。"

宗衍一直在努力无视这个姓钱的男人,然而他话语中对封窈那种自然而然的亲昵,仿佛他和封窈才是一体的——

哦,对,他们就是一体的……这一瞬间,宗衍突然有些心灰意冷。

他不再开口,钱昊只当他是没话说了,半护着封窈,就要继续往楼道口的方向走。

路灯将影子拉得很长,并肩而行的两个人的影子交错,仿佛融为了一体。

宗衍眼眸低垂,看着属于他自己的那道影子,拖出长长的一道,踽踽独行。

不应该是这样的。

他本来一个人好好的,她为什么要来招惹他?

凭什么她招惹了他、扰乱了他之后,还能全身而退,继续跟这个姓钱的卿卿我我,双宿双飞?

凭什么?

才刚走出没两步,手臂突然被人狠抓住,封窈下意识地转头,对上一双乌云盖顶的黑眸。

"是你先来招惹我的。"宗衍紧盯着她的眼眸,扯起嘴角露出一个微笑,笑得有几分狰狞。

封窈蹙着眉,试着想抽回手,然而他死不松开,那双漆黑如墨的眼眸中翻滚的情绪,那股压抑到极致,濒临爆发的感觉,令人心惊肉跳。

疯魔了似的……封窈感到一阵心悸,内心深处仿佛被什么揪了一下,有一秒无法呼吸。

好吧,这也不算是完全无端的指控——他们第一次接吻,确实是她喝了点酒,月色又太美,她一时脑子不清醒,主动亲上去的。

包括后来,也是她没有及时刹住车,被美色所惑,答应什么不清不楚的关系。

招惹谁不好,偏偏要招惹这个性格人品都极其差劲的麻烦人物。

封窈是个善于自省的人,也不是不能直面自己的错误。她看着宗衍,轻声道:"那就算是我错了吧。"

"错了?"宗衍不可置信地重复,沙哑的声音压得低,近乎是气声,"……错了?"

在她的心里,一切就只是一个轻飘飘的、错误?凭什么?

"你爱他?"

这压抑的询问,就像是被扼住了喉咙,又像是耳语般低不可闻,如果不是看到宗衍的唇动了一下,封窈几乎要以为是自己幻听了。

封窈怔怔地望进他的眼眸中,男人的眼底隐隐泛着血色,带着一股执拗的疯狂,又似乎有种摇摇欲坠的脆弱。

封窈忽然有种错觉,在这一瞬间,她可以摧毁这个男人,轻而易举。

一旁看着的钱昊觉得有必要介入:"那个……"

接下来发生的一切快得猝不及防。

封窈连眼睛都没来得及眨一下,宗衍已经挥拳揍向了钱昊的脸。

钱昊冷不防硬挨了结结实实的一下,整个人向后趔趄,连带着封窈也差点儿跟着向后倒——

之所以是差点儿,只因她的一条手臂还被宗衍抓着,相互作用之下,她倒是勉强站稳了。

然而她抱在怀里的袋子脱了手,飞了出去。

"……汤!"封窈眼睁睁地看着袋子落地,使劲甩开了宗衍的手,扑上去抢救。

这一拳挥出去,宗衍连日以来压抑的情绪仿佛突然找到了突破口。

他一把拎住钱昊的衣领,又是一拳挥过去,红着眼愤怒地低吼:"你算个什么东西,敢跟我抢女人!"

钱昊一脸蒙,一时间被打得分不清东南西北。啥……啥玩意儿?

只是突然挨了两下子,还是在男人宝贵的脸蛋上,圣人也有三分火,钱昊一只手紧握成拳,就狠狠地往宗衍那张俊脸上揍去。

来啊,互相伤害啊!

只是他太低估了宗衍——

天之骄子如宗大少爷，从小接受的是顶格的精英教育，包括各种格斗技巧。而在他初步完成复健后，时不时便会让蒋时鸣陪练，力求最快地重回巅峰状态。

那日他对宗清说，他对付宗清用不着保镖，那是一句实话，没有任何夸大的成分。

宗衍闪得非常快，钱昊的拳头只堪堪在千钧一发之际，擦过他的侧脸。

他条件反射地捂了下脸，理智之弦早已尽断，钱昊的这下袭击更是火上浇油。他眼眸通红，仿佛燃烧着愤怒的火焰："你敢跟我动手？"

"岂敢岂敢。"钱昊瞟了眼旁边，方才肢体冲突一发生，蒋时鸣便火速赶到了这边。

钱昊顶了顶后槽牙，舌尖尝到了丝丝铁锈味。挨了结结实实的两下子，他感觉自己的下颌骨都错位了，正好挤出一个标准的皮笑肉不笑："谁不知道大少爷打不过就会叫帮手呢？要不要把爸比妈咪也叫过来帮忙？"

宗衍的脸色倏地变得阴鸷慑人。

刚捡起袋子，正庆幸饭盒够牢固的封窕心里一"咯噔"。

爸比妈咪什么的，真是哪壶不开提哪壶……

空气中的火药味浓到不需要火苗都随时会爆炸，眼看着场面一触即发，封窕拦在钱昊前面："住手！不要打了。"

小区里不时有人出出进进，难免有目光关注起这边的状况。正好这时保安赶了过来，视线在四个人之间游移，一边询问封窕："封小姐，这……"

宗衍总算捡回了两分理智。

他修长的手指理了理衣袖，黑眸眯起，下巴微抬，瞬时又恢复了大少爷骄矜傲慢的模样。

冰冷的眸光居高临下，眼神轻蔑掠过钱昊，仿佛看的是一只他随手就能摁死的蝼蚁。

下一瞬，封窕感觉到他的目光落在了她身上。

男人的脸背着光，表情在阴影里晦暗不明，然而落在她身上的目光如有实质，一种像被盯上的猎物那般危险的感觉，令她一瞬间几乎难以呼吸。

须臾，宗衍突兀地转身，迈着长腿大步离去。蒋时鸣亦步亦趋地跟上。

一场莫名其妙的冲突，就这么莫名其妙地结束了。

保安留下一个不明所以的眼神，不明所以地退下了。

"你怎么样?"封窈担心地看着钱昊。

钱昊捂着脸龇牙咧嘴:"快看看,哥英俊潇洒的脸,破相了没?"

宗少爷揍人只逮着半边脸下手,钱昊的左脸颊青肿了一大块,嘴角也破皮了。

"嘶……"钱昊小心地舔了舔嘴角的伤处,"这小子,性子忒凶了。"

封窈回想起听见那句"爸比妈咪"时,宗衍脸上的表情,心想你这可能还算是逃过一劫。

爹不疼娘不在的孩子,真把他刺激狠了,今天还不知道要怎么收场……

"对不起,都是我连累你。"封窈很歉疚。

钱昊摆摆手:"没事,过两天就好了,他就是嫉妒我的脸比他帅。"

封窈:"……"这话就叫人没法接了。

钱昊又道:"不过,他是不是有什么误会?什么叫我跟他抢女人?"

"可能是因为那天,我叫你去接我吧。"封窈想起以往,宗衍最喜欢强调她是他的女人,不许她跟别的男人扯上关系。

她叫了别的男人去接她,让他不爽了吧。

还真把她当成他大少爷的所有物了。

封窈摇摇头:"误会不误会的,现在都不重要了。"

以她的了解,骄矜傲慢的宗少爷,是个非常要面子的人。今天闹这一出,不过是觉得伤了面子,心有不甘而已。

这次闹完,他应该不会再来了。

这样最好。

行驶的车内,宗衍眼眸微阖,骨节分明的修长手指抚过右手发红的关节。

"去查姓钱的,他的生平资料,关系往来,见不得光的秘密,都给我查清楚。"

蒋时鸣:"……是。"

唉,果然还是放不下封小姐吧。

早知如此,何必死鸭子嘴硬,死撑着不肯承认姓钱的是情敌,拒绝去摸他的底呢。

不过蒋时鸣想说,抢女人不是把情敌弄死就完事的。他张了张嘴,又没敢开口。

隔了好一会儿,后座又传来一句吩咐:"明天把林如栩叫过来。"

早晨刚下过一场雨,山庄里的空气分外清新。

林如栩一踏进门,就发现帮佣们在忙碌着收拾东西。一问才知道,原来少爷要搬回庆城了。

朱婶放心不下,跟着林如栩进了书房。她怕少爷怒火之下,对栩栩罚得太严苛。

这是老林唯一的女儿啊。

老林生前最宠的就是这个女儿,当初老林在最后关头保护了少爷,如果他为了一个女人,对林如栩太不讲情面,传出去难免会寒了为他做事的人的心。

少爷以后是要执掌宗氏的,人心不可失。

书房里,宗衍正在审阅宗氏最近的高层人事调动,听见林如栩进来,没有抬眼。

封窈曾经的小桌子,依然紧挨着大办公桌摆放着,上面的东西还全都照原样保留着。

这些天宗衍没有心情处理任何有关封窈的事情,连林如栩,他也无心追究,才一直拖到了现在。

宗衍从旁边抽出一个文件夹,朝前一丢。

"这里面是一张银行卡,一张机票,还有移民文书。我已经让人帮你办了移民手续,你今天就动身回英国,以后不许再回国了。"

林如栩的脸一下子变得惨白。不许再回国了……是什么意思?

是要她这辈子,都只能漂泊在举目无亲的异国他乡吗?

林如栩还没开口,眼泪已经先掉下来了:"七哥……"

"我不是你的七哥。"女人的眼泪打动不了宗衍,甚至只觉得烦,"你姓'宗'吗?"

林如栩摇摇欲坠。

朱婶不忍心,开口劝道:"少爷,不许回国这也太……"

"英国有什么不好?又不是穷乡僻壤。"宗衍无动于衷,俊脸上没有一丝表情,"我向林叔承诺过,会照顾他的家人——包括朱婶、启航、你。我不会食言,卡里每月会按时汇去一笔生活费,足够你吃穿生活。这一切只是因为我对林叔的承诺,与你无关,希望你搞清楚这一点。"

冷冰冰的话语,完全不近人情。

朱婶按住林如栩颤抖的肩膀,看向宗衍的目光带着祈求,知道再劝也没有用了。

栩栩既然在英国留学,移民也是顺理成章的事情,外人只会觉得她想移民,宗衍就着人帮她办好,顺风顺水,仁至义尽。

至于她的英文远算不上流利,在英国没有一个亲人,也没交上什么交心的朋友……

孤身一人漂在异乡,个中孤单苦楚,只有她自己体会了。

林如栩如坠冰窟。她突然意识到,原来这才是宗衍真正的模样——冷酷、冷血、独断专行,乃至不择手段。

林如栩出了书房,就直接被送往机场,可见宗衍打发走她的心意之坚决。

朱婶把林如栩送上了车,目送着车子远去,站在原地直抹泪。

真是亲生的父子啊,少爷这做派,完全跟当初的宗庆山一模一样。

这几天宗衍对她的冷淡,朱婶不是察觉不到。她知道,他这是怨她把窗户纸捅破了,对她心有怨气。

可宗衍是她看着长大的孩子啊!朱婶心下迷茫,擦了擦泪,转过身,就看见宗衍亲自抱着一个箱子走出来。

箱子里是什么,朱婶不用看也知道,无非就是封窈落在这里的东西。

不知不觉间又下起了雨。

宗衍亲手把箱子装进了后备厢,转身长腿一抬上了车,留下还在忙碌收拾东西搬家的帮佣们,将这座静静伫立在雨幕中的山庄留在了身后。

Chapter 13
婚约

接连下了几场雨,气温降了不少,仿佛是老天在提醒世人,夏日的余额不足了。

封窈的脸已经完全恢复,身上结的痂也都脱落了。好在没有留疤,再加上她本来就皮肤白皙,新生的肌肤粉嫩,些微的印痕不细看也不是很明显。

算是勉强能达到苏冉要求的,能见人了的标准。

"随便应付一下就行了,老头儿老太太眼高于顶,不会刻意为难你。"

行驶的车里,苏冉打量了封窈一眼,对她今天这身衣裙勉强还算满意。

苏冉口中的老头儿老太太,就是封季同的爹妈,封窈的爷爷奶奶了。

虽然之前一直推托逃避,不过事到临头,封窈倒没有多少紧张的情绪,可以说是十分淡定。

老头儿老太太喜好清静,住在近郊的别墅区里。

汽车驶进一扇大门,停在院子里。封窈下了车,目光打量四周,用人迎上前来,将苏冉母女引领进去。

会客厅宽敞明亮,角落里摆放着几株一人高的绿植,桌上的花瓶里鲜花娇嫩欲滴,典雅而不失生气。

封老爷子封老太太坐在上首,虽然上了年纪,但都保养得宜,气色很好。封老爷子的面容略显严厉,封老太太端着茶杯,颈间三层的珍珠项链光泽莹润,举手投足间是标准的贵妇范儿。

侧旁的沙发上还坐着几个人,想必都是封家的近亲属了。

"窈窈来了?"封老太太放下茶杯,笑容和善,冲封窈招了招手,"来

快过来，让爷爷奶奶看看。"

封窈走到近前，没有任何障碍，开口唤人："爷爷奶奶，你们好。"

封老太太上下打量了封窈一番，目光带着三分审视。

长得是真不错，就是过于美艳了些，不如长相清纯的女孩子招人喜欢。

不过家里多个漂亮女孩儿，总归不是坏事。凭着这脸这身段，在联姻市场上的行情应该不会太差。

封窈哪能想到，才打了个照面，便宜奶奶已经开始在心里给她拉郎配了？

唤了声爷爷奶奶，换来两个厚厚的大红包，说起来应该还是赚了。

封老爷子封老太太有一子二女，封季同是长子，小女儿一家在加拿大定居，没有回来，今天来的是大女儿一家。

封窈见过大姑姑封季珊和大姑父，还有两个表兄弟李正阳和李正旭，接下来是一个与封窈年纪相仿的女孩子。

女孩儿长得清秀纤弱，笑起来露出一对梨涡，主动站起身来向封窈伸出手："你好，我是封嘉月。"

哦，是妹妹。

方才从一进门，封窈就感觉到有道目光若有若无地一直跟着她，虽然不太确定，但是她直觉应该就是这个妹妹了。

封窈也摆出笑脸，伸手回握她："你好，我叫封窈。"

"我听爸爸说了。"封嘉月抿唇浅笑，"可惜没能早点认识你，家里只有我一个女孩子，从小连个伴儿都没有，要是有你做伴儿就好啦。"

听听，人家这小嘴多会说话，私底下做了那么多事情，见了面还是盼星星盼月亮盼来的好姐妹呢。

苏冉隐晦地瞟了一无所觉的封窈一眼。

都说龙生龙凤生凤，老鼠的儿子会打洞，怎么邹美婷能生出个满身心眼的女儿，她反倒就生了条不长进的咸鱼呢？

邹美婷没有来，缺席以示抗议。

封老爷子和封老太太习惯了这个儿媳妇不着调的做派，没有多做解释，甚至觉得邹美婷不来更好——来了免不了又要闹起来，他们老两口年纪大了，实在经不起折腾。

同样缺席的还有弟弟封嘉文，说是人在国外，比赛刚结束又进入了封闭训练期。

封季同公务繁忙，直到快要开席，才匆匆忙忙地赶了回来。

一家人其乐融融是封季同最想看到的景象，而眼前的场景，无疑令他十分开怀。

"窈窈别拘束，就当是自己家里一样。"封季同在封窈身边坐下，乐呵呵地说道。

"说的什么话？"封老太太佯怒地瞪了封季同一眼，"这不就是窈窈自己家里吗？"

"看我看我，都忙糊涂了！"封季同面露懊恼，端起酒杯，"说错话了，我自罚三杯！窈窈可不要跟爸爸计较。"

封窈当然不会计较，反正微笑装乖准没错。

"窈窈来点红酒吧？"封嘉月拿起酒瓶，自顾自地斟了一杯，递到封窈面前。

封窈只得接过："谢谢。"

"自家姐妹，谢什么。"封嘉月举杯，"我作为妹妹，欢迎窈窈加入我们的大家庭。"

封季同开怀大笑，跟着举杯："嘉月说得对，都是自家人，往后你们姐妹俩多一起出去逛逛街看看秀什么的，正好有个伴儿！"

封窈现在看见红酒就头皮发麻，大脑如同开启了自动播放，开始重播那晚花前月下的画面——

打住！

"窈窈是不喜欢红酒吗？"封嘉月一脸关切，"这里还有香槟，要换一杯吗？"

封窈忙摆摆手："不用了，红酒就好。"说着端起酒杯抿了一口。

封季同看着一对如花似玉的女儿亲热共处，对封嘉月大为满意。这样大气得体、温柔体贴、心思玲珑，才是大家千金该有的样子啊。

他日前才探过宗家的口风，宗老爷子十分注重家族声誉，对于老太爷生前许下的婚约，翻脸不认账的可能性不高。

将来事情成了，嘉月嫁给宗衍，小两口肯定能和和美美，成为一对佳偶。

有了这层关系，封家也必然会水涨船高……

封季同越想越美，这时只听封季珊问封窈："窈窈有没有想过继承母亲的衣钵，进演艺圈发展？你这么漂亮，一定不难走红吧。"

苏冉今天十分低调，话都没说几句，只是一个艳光四射的女明星在座，即便不开口，存在感也极强。

封季珊这话虽然是问封窈，矛头指向的却是苏冉。

家里人都知道,老爷子老太太不喜欢混演艺圈的,觉得那圈子太乱,鱼龙混杂,格调太低了。

封窈没留意老爷子老太太微沉的脸色,只是笑了笑:"我没有演艺天赋,还是放过观众吧。"

封嘉月细声细气道:"演戏不一定要靠天赋嘛,也可以后天努力的。"

封窈露出一副若有所思的表情。

封老太太放下筷子,正要强调家里的孩子绝对不允许进圈——抛头露面给人取乐,像什么样子!

还没开口,只听封窈"哦"了一声:"那我就后天努力,今天明天先休息吧。"

"咳咳——"封季珊不小心被酒呛到了,咳嗽不止。她旁边的李正阳挑起了眉梢,小儿子李正旭则是直接爆笑。

"后天努力,今天明天先休息……哈哈哈哈哈!笑死我了!"

封季同用手指点了点封窈,摇头直笑:"你个鬼精灵!"

饭桌上气氛一时大好,老爷子老太太也缓和下了脸色,聊起别的话题来。

封嘉月脸上带着笑,搭在膝盖上的手指攥紧了裙角。

苏冉全程没搭腔,云淡风轻。这点程度的挑事,她还完全不放在眼里。

而封窈……封窈在心里默诵——

"这时候最热闹的,要数树上的蝉声和水里的蛙声;但热闹是它们的,我什么也没有。"

吃了饭,认过人,就代表封窈被封家承认,正式成为这个富豪家族的一员了。

饭毕,用人上了茶。

封嘉月正细声细气地询问封窈,国内的直博跟硕博连读有什么区别,她中学就出国留学了,对国内的学制不甚了解,这时封季同的手机响了一声。

封季同低头扫了一眼,脸色变了变,旋即起身走过来,点了点封嘉月的肩膀:"嘉月,来书房一下。"

封嘉月冲封窈歉意地笑笑:"估计是公司有什么重要的事情,要商量一下吧,我先失陪了。"

"没事没事,你忙。"封窈求之不得,这种没话找话的聊天太累人了,还不如打会儿瞌睡。

苏冉哪会看不出她的想法,直在心里扶额。

封嘉月那话的意思,是在显摆她已经在公司里处理重要的事务,连封季同都要找她商议要事,显示自己与封窈有别,地位非凡。

可惜是对牛弹琴,封窈什么言下之意都没听出来,至于羡慕嫉妒恨这种情绪,乃至与她一争高下的念头——那就更没有了。

书房里,封季同在椅子上坐下,神情有几分凝重。

"我刚才收到消息,宗家的意思是,三房的宗澜更合适。"

封嘉月猛地睁大了眼睛:"可是,婚约明明是跟宗衍……"

"我知道,我知道。"封季同将手往下了按,"嘉月,咱们得现实一点,宗衍是宗氏未来的家主,仅凭着一个口头的婚约,咱们是不可能强迫他的。"

封嘉月嘴唇紧抿着,没有说话。

宗衍和宗澜,虽然都是姓"宗"的同辈,可两者之间,差了可不止一星半点儿。

未来的家主和未来的旁支,是天差地别。

"唉!"封季同叹了口气,"当初老头子们约定时,谁能想到宗衍会出落得如此出息,宗老爷子这么器重他,甚至肯跳过儿子,直接把担子交给他呢?"

封嘉月的手指无意识地揪着裙摆上的手工钉珠。

是啊,这么优秀的人,叫人怎么肯甘心轻易放弃呢。

如果不曾有过这个婚约,那倒也还罢了,高攀不上的东西,就像天边月水中花,得不到也没有什么好遗憾的。

这世上最让人痛苦遗憾的,不是"我不行",而是"我本可以"。

不是"我没有",而是"我本可以有"。

"这个,还没公开,对吗?"封嘉月垂着眼,轻声问道。

只要没公开,就是没敲定,也就是还有机会。

白皙纤弱的女孩子,弱声弱气,平添几分楚楚可怜。封季同作为父亲,看着更是不忍。

封季同有点儿担心封嘉月犯糊涂,做出点什么不合适的事情,本想叮嘱她两句,然而想到嘉月性子不似邹美婷,是个稳妥有分寸的孩子,话到了嘴边又咽了回去。

不过他还是叮嘱了句:"这事先别告诉你妈,免得她折腾出什么事来,惹人笑话。"

封嘉月回来时,封窈正被李正旭拉着,强行教她打游戏。

封窈的眼手协调能力不太行,玩个"消消乐"什么的还好,对于一切有竞技元素的游戏,她敬谢不敏。

"你们女生打游戏就是不行。"眼看她又"成盒"了,李正旭无情地嘲笑道。

这话封窈就不爱听了:"是我不行,跟性别没有关系。监狱里关的多是男犯人,不能说明男性全都是天生罪犯,对吧?"

看到封嘉月过来,封窈松了一口气。

人真是对比出来的,她宁愿再解释十遍直博和硕博连读的区别,也不想再被"爆头"了。

李正旭不屑于听女孩子们讲小话,远远闪开了。

封嘉月端起茶杯,抿了一口,心头倏然一动。

之前苏冉诈称封窈在宗衍身边,直到现在她都还不确定,苏冉究竟是信口开河,还是……真有这回事?

封嘉月靠向封窈,像闺密分享小秘密一样,抿嘴笑得羞涩:"爸爸叫我过去,原来不是公事,是说我的婚事呢。"

封窈有点儿震惊。妹妹不是比她还小一岁,今年才二十一岁吗?豪门千金都这么"英年早婚"的吗?

她不加掩饰的震惊反应,让封嘉月有些摸不着头脑。封嘉月迟疑了一下,试探着道:"爸爸跟你说过吗?我跟宗家太子爷有婚约?"

她紧盯着封窈的脸,不放过封窈任何一丝细微的反应。

只见封窈明显地怔了一下:"宗家,太子爷?"

封嘉月羞赧地点头,小声道:"嗯,我跟宗衍,就快订婚了。"

封窈:"……"

如果早知道宗衍是封嘉月的婚约对象,她是决计不会跟他扯上任何关系的好吗?

这种天雷滚滚的烂戏码,她一点也不想参与!

"怎么了,窈窈?"封嘉月偏着头,眸光闪烁,"难道,你认识他?"

"不认识!"封窈迅速否认彻底,"那种高高在上的大人物,我哪有那个荣幸去认识。"

封嘉月在心中嗤笑,你有这个自知之明就好。

如此封嘉月就放心了——想想也是,宗衍那般人物,哪里是封窈这种人能随便攀上的呢?

封嘉月食指抵唇，像跟信任的小姐妹分享完秘密，郑重交代道："这件事目前还保密，你先不要说出去哦。"

封窈胡乱地点了点头，心头的巨浪一时无法平静。

这一刻，她忽然之间，终于有了被认回豪门的实感——

她竟然跟她未来的妹夫上过床，这可不是标准的豪门狗血嘛！

庆城机场内，刚降落的私人飞机停靠在专属的区域。

宗衍走下飞机，径直上了一旁等候着的车，朝宗家大宅驶去。

这几天他临时出了趟急差，安城那边有些不安分。高层经历了一场大换血，有不安分是必然的。

宗老爷子甚至连话都没发，端看宗衍能不能弹压得住。有本事搞风搞雨，就得有能力收拾残局，能在动荡过后压住局面，方才是合格的继承人。

跟一群老油条钩心斗角，是件颇耗费心神的事情。连日来的日夜连轴转，身体难免疲惫不堪。

后座里，宗衍朝后靠在椅背上，闭目微眯了一会儿。

宗家大宅坐落在湖畔，坐拥后方的整片山头。

车子在屋宅前停下，宗衍蓦地惊醒。

乌黑深邃的眼眸刚睁开时，犹带着几分惺忪迷蒙，须臾便像晨雾散去，眸光恢复了锐利清明。宗衍垂下眼，慢条斯理地将绕在指间的浅蓝色流苏塞回兜里，接着下了车。

这个时间，老爷子宗宏深在书房的露台上。

露台宽阔，俯瞰湖光山色。宗宏深面前摆着一副棋盘，一个人静静地对着棋盘摆棋谱。

宗衍在棋盘对面坐下，正好一局棋谱摆完。祖孙俩话不多说，默契地重摆棋盘，手谈一局。

微风吹皱了湖水，成群的天鹅游弋在湖中，激起彩色的涟漪。

宗宏深落下一子，抬眼瞥了对面一眼："你有点儿急躁了。"

棋局落子，很多时候能反映一个人的心境。

宗衍向来棋风狠辣，攻势凌厉，却又滴水不漏。只是今天，宗宏深能感觉到他在落子之间，透露出一丝急躁。

"大概是这两天没休息好。"宗衍含混道。

他这趟出去，以雷霆之势将几个倚老卖老的东西弹压了下去，宗宏深对他的表现十分满意。

"这事差不多告一段落了,你这几天好好休息一下,身体重要。"宗宏深难得殷殷叮嘱。

宗衍点头。

隔了一会儿,宗衍像是忽然想起来:"之前说起封家的事情,祖父挑了谁?"

宗宏深正拧眉思索棋路,顺口道:"宗澜。"

宗衍垂下眼眸,乌密的睫毛掩盖住了他眼底的情绪。

"我后来想了想,到底是曾祖父金口玉言,许下的约定。随意换人,是否不妥?"

宗宏深的思绪沉浸在棋局中,恍若未闻,直到隔了十几秒,才骤然抬起头,眯着眼睛看向宗衍。

宗衍修长的手指攥着一枚棋子,闲闲地在指间打着转儿把玩,俊脸上神色淡然。

宗宏深若有所思:"你见了封家那孩子了?"

宗衍垂着眼,淡淡地"嗯"了一声。

封家认回私生女的事情,处理得很低调,毕竟又不是什么光耀门楣的事情,没必要大张旗鼓。宗宏深还没闲到去关注别人家的家长里短,并不知晓。

即使知晓也会无视,宗衍很清楚,对于看重正统的祖父来说,只有封嘉月才算是封家的千金。

宗宏深失笑,拿手指点了点宗衍,笑着摇摇头。

年轻人的事情,不就那么回事?一开始总是抗拒,等到见了人突然看对了眼,上了心,改了主意,也是常有的事情。

对于自己满意的继承人,宗宏深愿意纵容几分。反正以宗家如今的权势地位,不需要靠联姻来贴金,封家不上不下,这几年的发展势头不错,倒是正好。

况且宗衍性格强势,真让他娶一个孟子怡那般强势的妻子,怕是要针锋相对,反而不美。

"都依你。"宗宏深浑不在意地摆了摆手。

落下深思熟虑的一子,他忽然想到什么,问:"你之前养在山庄里头那个呢?"

宗衍攥着棋子的手指紧了紧。

这种小事本不值一提,宗宏深当然不是要干涉,提起不过是想提点一句:

"你心里有数,别碍着正事就行。"

不过宗宏深想,宗衍既然肯出尔反尔,改口又来要这个婚约,想来对封家那女孩儿是上心的,这方面应该无须多担心。

陪宗宏深下了几盘棋,看着老爷子在用人的侍候下回房小睡去了,宗衍没有多逗留,很快离开了大宅。

当年,曾祖父指着在一旁看书的他,跟封家老头子约定,以后娶封家的小姑娘。

没有指定是哪个姑娘。

宗衍不觉得这样做有什么不妥。母亲和哥哥姐姐过世后,他跟在祖父身边,祖父信奉的是丛林法则,他想要什么,都要自己凭本事去争、去夺。

他想要的,夺回来就好,谁敢挡路——譬如那只姓钱的蝼蚁,现下他腾出了手,只要动动指头碾死就行了。

那个女人,既然主动来招惹他,既然答应了做他的女人,她就没有后退反悔的余地。

他不会给她余地。

行驶的车转了个弯,途经苏河花园小区时,前方蒋时鸣的心提了提,朝后视镜里瞟了一眼,生怕宗少又要下令进去。

然而出乎蒋时鸣的意料,后视镜里,宗衍对外界恍若未觉,一双黑眸死死地盯着手机。

蒋时鸣想起,方才是听见后方有手机响了一下。不知道是谁给宗衍发了什么——

惊讶、错愕、慌乱、失措……种种情绪排山倒海般,汹涌交织在那张俊美的面容上。

蒋时鸣不由得心惊肉跳。

宗衍这次回归,有眼睛的人都看得明白,这位太子爷离正式从宗老爷子手里接班,不过是一步之遥了。

太子爷下令要查的人,下面的人不敢怠慢,查得详详尽尽,恨不得把钱昊几岁尿过床、身上有几颗痣、痣上有没有毛……都查个一清二楚。

花费多日调查的报告十分详尽。

钱昊,三十七岁,景观设计师,拥有一间设计工作室,参与过不少项目。

眸光扫过工作室的客户名单,宗衍心中已经有了无数种手段,可以让这只下等的蝼蚁在行业内身败名裂,彻底混不下去。

手指划过屏幕,职业履历后面,是出生证明、家庭背景、亲属关系、交友情况,以及其他庞杂的信息和照片。

钱昊在鹤镇出生——是了,封窈就是在鹤镇长大的。

原来是自小就认识了。

宗衍眸光冰冷,继续朝下扫。

他想看看,这姓钱的到底有什么了不得的优点,能让她那样,死心塌地?

家庭背景平平无奇,父母一个是公职人员一个是商人;家中还有一个妹妹。

宗衍的目光从钱姝的名字上一掠而过,注意到她跟封窈同龄,很可能就是通过她才结识……

下一瞬,他的呼吸蓦地凝住。

这份报告,调查极尽详细,连钱昊的小名叫"英俊",都特意标注了出来。而关于钱姝,也有标注,她的小名,叫"富贵"。

钱,富贵?

钱姝……

钱叔……

宗衍浑身的血液都凝固住了。刹那间,他仿佛置身冰窟,冰冷的手指几乎握不住手机。

……

"停车。"

两个字从干涩的喉咙中挤出来,宗衍自己都不知道,到底有没有发出声音。

他现在完全无法思考,他的眼前、脑海里,全都是那天早晨,他说出那句话时,封窈脸上受伤的表情。

他都干了什么。

他都干了什么……

蒋时鸣并没有听到宗衍的声音,只是他一直在关注着后座的情况,凭着默契明白了宗衍的指令,将车在路边停下。

后方跟随的保镖车也跟着停了下来。

后座里,宗衍仿佛凝成了一座冰雕,无法行动。

过了半响,他才如梦初醒般,蓦然抬起头喝道:"去苏河花园!"

蒋时鸣:"……"

唉，天要下雨娘要嫁人，该来的果然还是要来。

蒋时鸣认命地打开车窗，朝后车做了个手势，接着将车掉头，折返向苏河花园。

从封家出来，封窈一路都很沉默。

苏冉只当她是今天的social（社交）额度严重超支，自动进入关机休眠状态了。

车进入市区，速度慢了下来。苏冉望着车外倒退的街景，差点儿没听清封窈的话。

"你知道的吧，封嘉月和宗衍有婚约？"

苏冉怔了一下。

封窈抬起眼眸，看着苏冉："你到底为什么，把我送去伴月山庄？"

真的是为了她的安全吗？

这未免太过巧合了——苏冉坚持要她留在那座山庄里，而那里的主人，是她的同父异母妹妹的婚约对象。

"是，我知道。"苏冉爽快地承认了，"我确实是为了你的安全，同时也有一点别的想法。"

封窈咬着下唇，脸色发白。

原来是这样，宗衍之所以那样羞辱她，不仅仅是因为发现她是个私生女，还因为他以为，她身为私生女，却企图谋夺真正的千金封嘉月的东西？

朱婶说过的话，宗家的往事，封窈都还记得。朱婶对"私生野种"的厌恶，封窈也很难忽视。

朱婶的态度，很大程度上，也反映了宗衍的态度吧。

当然，这不是不能理解——任谁有一个偏爱私生子女，却恨不得让他去死的父亲，那对私生子女还老想着抢夺他的东西，都很难不代入进去，这么断定吧？

这也是人之常情。

封窈倏然轻笑了一声。

是这样啊……这就说得通了。

"你的想法怕是没戏了，"封窈一时忘了自己答应封嘉月要保密，"她和宗衍马上就要订婚了。"

苏冉高高地挑起了眉梢。

"封嘉月告诉你的？"苏冉注意到刚才封嘉月一直在跟封窈说悄悄话，

不过,"你确定她不是在试探你?"

封窈忽然觉得很累。

什么你的我的,抢来抢去,试探这个试探那个,这些人精弯弯绕绕的世界,她一点也不感兴趣,连想都不愿意去细想。

太累了。

"我想回鹤镇。"假期马上就结束了,她想回鹤镇,自己一个人静一静。

苏冉眉头轻蹙,想说点什么,又按捺住了,只道:"我叫车过来送你。"

"不用了,"封窈摇头,"我坐高铁就好。"

苏冉没有再坚持,把封窈送回苏河花园,掉头先走了。

封窈先去物业的快递柜取了个包裹,这是钱姝为了慰问她受伤的身心,在网上给她买的第四……还是第五批零食大礼包了?

总觉得钱姝是想借这个机会,用热量炸弹轰炸她,以报复她之前深夜放毒狂发美食图的大仇呢。

"……三男抢一女,在小区里大打出手,哦哟,打得老激烈了!"

封窈抱着箱子经过门口,就听见几个牵着狗的大叔大婶在讲八卦。

这情节,怎么听着有点儿耳熟?

"前几天的事情了,天黑没看太清楚,不过几个人看着都挺年轻的……"

"三个男的,乖乖,那女的是得有多漂亮哦……"

封窈:"……"这说的,该不会是她吧?

三个男人,难道是把蒋时鸣也算上了?

"不一定是漂亮,说不定是手腕高超呢?"

"手腕高超还能协调不好,让他们撞一块儿打起来了?"

"哎呀,海王偶尔也有失手的时候嘛!"

……

封窈抱着箱子默默地走出去。

热烈八卦的大叔大婶们丝毫没有意识到女海王就在他们身边,只有狗子们冲着封窈热情地狂摇尾巴。

回到家中,封窈拿了几件日用品,塞进包里,便又出了门。

她坐上出租车,奔往高铁站时,蒋时鸣开着车驶入了苏河花园小区。

这次没有在楼下蹲守,车才刚停稳,宗衍便等不及地拉开了车门,长腿大步奔向那座一号公寓楼。

楼道口有门禁。

宗衍名下的房产不少,在苏河花园也有,只不过是后面的独栋别墅,不在公寓楼里，自然也没有公寓楼的独立门禁卡。

铁门阻路，宗衍俊脸上浮起显见的烦躁，他出入任何地方向来都是畅行无阻，这时候竟然会被一道门禁拦住？

保安很快注意到了这边的状况，说巧不巧，今天执勤的还正是那晚那个身形敦实的保安。

宗衍又高又帅，皮相过于出色，在人群中是绝对耀眼的存在，保安一眼就认了出来，这不是那晚纠缠封小姐的人……之一吗？

……之二。

保安扫了眼蒋时鸣，在心中默默地纠正。

高档小区的保安多少有点儿眼力见儿，眼前的年轻人无论长相还是气质，都不似普通人，单单他手腕上的那块表，就比小区车库里停的不少豪车还贵了。

因此保安相当客气："请问，先生您要找谁？"

宗衍勉强按捺下烦躁："七楼的封小姐。"

保安示意门旁的可视对讲机："您在面板上直接拨封小姐的门牌号就好。"

宗衍："……"

人活久了什么都能见到，蒋时鸣今天就见到了宗大少爷被挡在门外，不能入的奇景。

对讲机的铃声一遍遍响着，无人应答。

"看来封小姐可能不在家吧，"保安小心翼翼地建议道，"要不，您打电话给她试试？"

保安当然早知道封窈不在——他没多久前才看着她出去的。

只是他不能随便透露业主的行踪，能住在这个小区里的人非富即贵，万一出了什么事，他一个小小的保安可负不起责任。

一语惊醒梦中人。

宗衍方才满门心思都是尽快见到封窈，行动完全乱了方寸。

之前在山庄里，想见她随时都能见到，他没有要过她的电话。不过他很快想起来，封窈的简历上有号码。

手机铃声响起时，封窈还在去高铁站的路上。

陌生的号码，八成是垃圾电话，封窈直接拒听。

未几，铃声再响，还是同一个号码。

封窈再次拒绝。

只是这个号码很执着,几乎是马上就又打来了。

唉,看来各行各业都不容易,不管是推销还是诈骗,搞业务都挺拼的。

闲着也是闲着,封窈接了起来:"喂?"

那一端静默了半秒,接着一道低沉的男声响起:"窈窈,是我。"

人声通过电波的传输,从听筒传出来,有几分失真。封窈花了几秒钟的时间,才反应过来,这道透着些微沙哑的声音,是属于谁的。

这道嗓音曾经对着她低沉耳语,每每令她浑身酥麻,仿佛有电流通过,指尖忍不住蜷缩。

也是这道嗓音,告诉她那是她的服务费,问她是按次还是按月。

"窈窈,你在——"

"哪里"两个字还没来得及说出口,宗衍只听见一声轻微的"嘟嘟"声。

电话被挂断了。

再拨过去时,变成了忙音。

"……为什么一直说,对方正忙?"

蒋时鸣忍不住撇开了视线,不忍看宗衍脸上的神色。

宗大少爷,怕是人生第一次被人拉黑吧……

Chapter 14
劫数

鹤镇离庆城有一百多公里,高铁只要半个小时就到了。

封窈其实是想外婆了。

见完封家那一圈便宜亲人,更让她想念外婆,想念在鹤镇的生活。

比起庆城这样快节奏的繁华国际大都市,小镇上平静而安详。傍晚时分,穿着背心裤衩、趿着拖鞋的大叔大爷们闲逛遛弯儿,买下酒菜,小两口老两口遛狗遛娃,偶尔有训斥孩子的声音传来,烟火气十足。

婆孙俩在鹤镇的家是一幢两层的独栋小楼,带一方小院。家中无人的时候,有家政阿姨定期上门打扫,给院子里的花草浇水。

天黑下来,晚风习习。封窈倚在院中的躺椅上,透过婆娑的树枝,望着天边的弯月发呆。

宗衍居然还有脸给她打电话。

她不知道他是封嘉月的婚约对象,难道他自己不知道吗?

他知道,还跟她上床,用这种方式来羞辱她……

浑蛋。封窈抄起奶茶,狠狠地吸了一口,把珍珠当成宗衍那个浑蛋的肉,咬在齿间狠狠地碾碎……

同一轮弯月,静静地挂在苏河花园的上空。

蒋时鸣看了眼车上的时钟。

到了这个时间,封小姐还没有回来,蒋时鸣猜测,她可能去了别的地方,今晚不会回来了。

　　路灯的光透过车窗照进来，光线昏沉暗淡。后座里，男人的大半张脸隐没在阴影里，看不清楚面容上的神色，只是从他紧抿的薄唇和绷紧的下颌线轮廓，透着一股化不开的沉郁，仿佛让空气都沉重了起来。

　　蒋时鸣能想到的事情，他不信宗衍想不到。只是宗衍没有发话，他也只能陪着宗衍守着。

　　夜晚的小区很安静，绿化带里传来虫鸣声声，偶有夜跑的人经过，留下一串脚步声。

　　宗衍垂着眼眸，看着手心里的那根浅蓝色的流苏。

　　她连话都不愿意再跟他说一句了。

　　那个时候，他只觉得自己遭受了背叛。他第一次把一个女人捧在手心里，她却玩弄他、背叛他。

　　他只想着狠狠地报复回去，想让她体会那种难堪，想让她痛——

　　他做到了，做得很彻底。

　　在封家吃饭的时候，封嘉月当着封季同的面，主动拉着封窈互相加了微信。

　　封季同对两个女儿多相处当然是喜闻乐见，还吩咐封嘉月："多带窈窈跟你圈子里的小姐妹们走动走动，你们那些什么下午茶会、艺术沙龙之类的，有热闹记得叫上她一起。"

　　封窈自小不在庆城长大，现在认同了封家，封季同希望她能融入庆城的名媛千金圈子，也是理所当然的。

　　封嘉月自然满口答应："放心吧爸爸，有活动我肯定会叫上窈窈的。"

　　封季同不由得感慨，女儿真的是贴心小棉袄——尤其是在邹美婷胡搅蛮缠的衬托下，封嘉月的体贴识大体，更显得难能可贵。

　　有女如此，父复何求？封季同回到公司，还忍不住跟老下属们显摆了一通。

　　说几句话，展露一下善意，就能哄得封季同开怀，对她满意赞赏，封嘉月觉得，这再划算不过了。

　　封嘉月做了精致美甲的指尖划过手机屏幕，将微信里封窈的备注改成"姐姐"。

　　她才不会做那种表面上和气热情，暗地里却改黑备注，结果哪天不小心被人看见，翻车再被骂表里不一的蠢事。

　　要做就做全套，每一个细节，都要完美得叫人挑不出任何毛病。

　　"你给我站住！封嘉月！"

· 194 ·

封嘉月上楼梯的脚步停住,闭了闭眼,在心里叹了口气。

她能做到人人都夸赞,只除了一个人以外。

客厅里,邹美婷穿着睡袍,卷发蓬乱,没有化妆的脸有些憔悴,恶狠狠地仰头瞪着楼梯上的封嘉月,如同瞪着仇人的模样,显得有几分面目狰狞。

"封嘉月,你长大了,翅膀硬了是吧?是我没给你吃还是没给你穿,让你下贱到去讨好那个野种?"

因为去参加了认亲家宴,封嘉月在邹美婷眼中,无疑是个投敌的叛徒。封嘉月只能累心累力地又是劝解一番。

次日是个阴天,封窈赖床到中午,靠在床头跟钱姝视频。

正说着,封嘉月就发消息来了,约她到家里喝下午茶。

封窈婉拒了,别的不说,她现在人又不在庆城。

封嘉月发来一个小猫咪可怜巴巴的表情包。

封窈回她一个萌萌的摸摸头的表情包。

一面忍不住感叹,这是多么塑料的姐妹对话啊,像钱昊和钱姝兄妹的对话框,都是拳头横飞,你来我往的互怼,表情包一个赛一个的猥琐。

那才是亲的啊。

这时,屏幕上方弹出一条新提醒,有人请求添加好友。乌漆墨黑的头像,名字只有一个字母"Y"。

Y什么Y,染色体缺条腿啊。

封窈直接左滑退出,她对扩列没有兴趣,从来不加陌生人。

继续跟钱姝东拉西扯嘻嘻哈哈地闲聊着,不一会儿,又来了好友请求。

——还是那个Y。

只是这回多了附注信息,就四个字:"我是宗衍。"

封窈的脸色倏然冷了下来。

"怎么了?"钱姝包着一嘴的薯片,鼓着腮帮子问。

"有人加我——"封窈随即开口,"不是人,是狗男人。"

钱姝的眼睛一下子瞪得贼大:"他又想干吗?!"

闺密遇渣男这种事情,听者往往比当事人更气愤。那天听封窈说发生了什么,封窈本人还挺平静的,钱姝却是气炸了。

直到现在她还是一听就炸:"我现在就买机票回去打爆他的狗头!"

钱姝从小就是个行动派,封窈生怕她一时冲动,赶紧劝道:"算了算了,你哥都打不过他,你一米五五就别过来送人头了。"

钱姝:"……"

旋即暴走:"对哦!他还打了我哥的脸!钱英俊本来就不英俊,这下更名不副实了!"

这种时候还不忘 diss(诋毁)她哥,封窈真是服了这塑料兄妹情了。

宗衍找她又想干什么,封窈放弃猜测,索性拉黑了事。算算时差,钱姝那边已是深夜了,催着钱姝赶紧去洗洗睡觉。

窗外天色阴沉,厚厚的云层压得很低。

封窈拿起伞,打算去图书馆消磨下午的时间。

事实证明伞带对了,从图书馆出来的时候,天正下着细密的小雨。

烟雨朦胧,小镇越发显得安宁静谧。封窈背着刚借的几本书,在路上买了杯乌龙奶盖,吸着奶茶,慢悠悠地往回走。

转过拐角,晃进巷子里,远远地却看见家门口停了一辆车。

小镇上少见这么豪的车,车牌还是嚣张的连号,更是彰显出主人身份的不凡。

封窈认识的人里面,身份最不凡的就是那一个了。

事实上,无须她多做猜测,几乎是在她拐进巷子里的刹那间,车门就打开了。

从车上走下一个高大挺拔的男人,一身黑衣黑裤勾勒出他肩宽腿长的颀长身形,隔着朦胧的雨幕,那张俊美的脸依然耀眼夺目。

封窈顿住脚步,握着奶茶杯的手指收紧,将纸杯捏得发皱。

她停住了,可对方也长了腿,两条大长腿还长得逆天,三两步便迈步到了她的身前。

雨伞阻隔在中间,黑色的伞沿遮住了她的脸。宗衍伸手想将伞沿掀起来一点,好让他能看着她说话。

只是手指刚触碰到伞沿上的水滴,便见她像躲避蛇蝎般,腾地朝后退了一大步。

"窈窈……"男人低沉的嗓音隔着雨帘传过来,在淅淅沥沥的雨声中,平添了几分破碎的模糊。

封窈微微抬起伞沿,面无表情地看着他。

"谁允许你把车停在这里的?"

这是他爱用的句式,宗衍当然记得,在山庄里的时候,她有时会靠在他怀里,故意学他说话。

她说话时，尾音总是有种往上的飘忽感，带着点漫不经心的慵懒，又有股别样的温柔风情。

可是现在这些都没有。

她的这句话，是冷冰冰的，跟她看着他的眼神，一样冷。

雨丝细密，很快打湿了宗衍的头发。

濡湿的黑发搭在额前，衬着他肤色的白皙，更显五官棱角分明而深邃，那种锋芒毕露的俊美，在灰蒙蒙的雨雾中，越发耀眼得摄人心魄。

他的衣服也湿了，紧贴在身上，隐隐显露出流畅结实的肌肉线条。

封窈赶紧提醒眼睛别乱看。

这是未来的妹夫，虽然她想象不出他跟封嘉月一起的画面——稍微一往那个方向想，心头那股不舒服的感觉，就好像被刚喝的奶盖腻着了，胃中一阵翻滚。

雨点打在伞面上沙沙作响，封窈满脑子里杂念纷纷，几乎没听清对面传来的话语。

"那天的事情……是个误会。"

宗衍垂在身侧的手紧握成拳，骨节泛白。他想上前抱住她，这样即便她不愿意听他解释，他也可以将她禁锢在怀中，不放她走。

只是封窈白皙精致的脸上，那拒人于千里之外的冰冷，将他钉在原地，无法迈步。

"哪天的？什么事情？"封窈平静地问，"什么误会？"

她没有必要，更不应该再跟他纠缠。只是看大少爷这几次三番的，连这里都找来了，不让他说完想说的话，大概是不会让她清静了，那就索性让他说完吧。

宗衍薄唇微动，却没有出声。

"要不你先回去组织好语言再说？或者写封信寄给我也行，"封窈的神情、语气都透着嘲讽，"反正我的地址，宗先生都查得挺清楚。"

宗衍从来没有做过解释求和的事情，他从来不需要，平生第一次，他有些不知所措。

"是我误会了，我听到了你说的一些话。"宗衍垂下眼帘，他实在说不出口，是他误解了她和钱昊的关系。一滴雨珠落在他乌密的睫毛上，颤动着将落不落，"你说，只是跟我玩玩，不是认真的，很快就会腻了……"

哦，是朱婶手里的录音。

就这？就因为这几句话，他就可以把她肆意羞辱了？

今天的奶茶可能真的有问题，封窈心想，不然她怎么不仅胃里翻江倒海，心脏也有被烧灼的感觉，仿佛有火焰随着心脏剧烈地跳动，通过血管流向身体的每一处——

"你又怎么知道是误会？"

封窈攥着伞柄的手微微发抖，努力维持着语气的平静："你听得没错，是我亲口说的话，就是我真实的想法。本来就是玩玩而已，成年男女你情我愿，你难道不也是玩玩？"

封窈抬起下巴，嘴角翘起一抹嘲讽的弧度："难不成，你还认真了？那可真不好意思，我已经玩腻了。"

宗衍一张俊脸像是一下子被抽去了血色，苍白得可怕。

他预想过很多次封窈的反应，她可能会吵会闹会骂他，那都是他应得的，他接受。

可是她说，那是她真实的想法，就是玩玩而已……

是了，她总是爱用"奸情"二字，来形容他们之间的关系。她从来没有向他提起过她的身世，黏在一起的时候，双唇用来接吻亲热的时间，总比聊天说话更多……

她根本，就没有动过心……

雨势渐渐地大了，雨点沉重打在身上，水沿着脸颊朝下淌，宗衍却像是完全感觉不到，仿佛灵魂被剥离了身体，只剩下一具干枯的躯体。

他的样子令封窈有些不忍，然而转念一想，她又没有说错——

他不是觉得她不够做他女朋友的资格，要跟她搞不承诺不负责的关系吗？

双方达成共识的事情，现在干吗摆出一副备受打击的样子，好像她欺骗了他的感情一样？

这件事总是要了结的，他以后要娶封嘉月，她总不能贱到跟妹夫纠缠不清，那成什么样子，又会惹出多少麻烦来？

封窈狠下心来，不再去看宗衍惨白的脸，再多看一眼，她怕又要被迷惑，开始心疼起他来了。

"既然都说清楚了，我就不奉陪了。宗先生，慢走不送。"

封窈撑着伞从宗衍身边经过，开门进了院子。

关上院门时，她看见他还站在雨里，一动也不动。

紧闭的大门将内外隔绝成两个世界。封窈背靠在门上，紧咬着唇，阖眸静静地等待着。

等了好半天，等到她心焦，快要忍不住开门时，才终于听见车子发动、渐渐远去的声音。

走了……

身体像是突然撑不住一般，顺着大门一点点地滑落下去，抱着膝头蜷缩成一团。

嘴唇上传来刺痛的感觉，封窈抬手抹了一下，指尖沾的一抹红，提醒她刚才紧咬着唇，不小心咬破出了血。

小院里安安静静，远近都没有人声，只有密集的雨点噼啪作响。院里的花花草草被雨点打得连连点头，仿佛在肯定她做得对。

脸颊上有点儿湿湿热热的，可能是头顶的门廊漏雨，雨水落在她的脸上了吧。

这雨水，好咸啊……

半晌，封窈吸了吸鼻子，揉揉眼睛，捡起仰翻在地上的伞，朝屋子走去。

这样才是对的，当断则断。

平静简单的生活，无波无澜，才是她想要的。

天刚蒙蒙亮，一只灰羽白肚子的小鸟落在窗台上，发出一串婉转清脆的啾鸣。

歪在椅子上的朱婶猛地惊醒，揉了揉满是红血丝的眼睛，伸手去摸床上的人的额头。

宗衍昨天出了趟门，回来时全身湿淋淋的，半夜里就发起了高烧。

不知道在哪里淋得浑身湿透，又不赶紧换衣服，湿答答地坐着开了空调的车回来，能不生病吗……

"窈窈……"

烧得神志不清，含含糊糊念叨的还是那个女人。

难道真是他命里的劫数？

朱婶揪着心，把在外面待命的医生叫进来。谢天谢地，医生检查过之后，表示烧终于完全退了，好好休息就无碍了。

"少爷最近太过劳累，身体疲惫，休息不足，加上又受了凉，伤寒感冒了。其余并无大碍，只是这段时间需要多休息，充足的睡眠是最好的良药。"

没有大碍就好，朱婶双手合十，感谢各位过路的神仙佛祖："求各位

上帝圣母神仙佛祖,保佑少爷一辈子平平安安,无病无灾,信女愿意用阳寿来抵,让我少活几年都行……"

因为早产的关系,宗衍小时候体质很弱,动不动就大病一场,每每令朱婶心疼又担忧。

好在随着他渐渐长大,身体慢慢壮实了起来,到了成年后,高高的个子挺拔结实,已经很少再生大病了。

乍然又发这一回高烧,可又把朱婶吓坏了。

同样蹲守了一夜的医生也松了一口气。太子爷身体金贵,万一出了什么岔子,那就麻烦大了。

生病最是消磨人,宗衍仿佛一夜之间瘦了一大圈,俊脸苍白得没有一丝血色。就连在药物的作用下沉沉地睡着了,两道剑眉依然紧蹙着,仿佛在睡梦中经历着莫大的痛苦。

朱婶心疼得难受。

好在他还像小时候一样,生病的时候特别乖,让吃药就吃药,让睡觉就睡觉,不折腾也不闹腾。

到底是年轻人,恢复能力强。烧退之后,宗衍又遵医嘱好好地睡了一天,到了第二天早上,差不多就完全恢复了。

一场突如其来的伤寒感冒,算不上大事,只有身边的几个人知道,连老爷子都没惊动。

病愈后的宗衍一切如常,仿佛之前什么都没有发生过。

朱婶没敢过问到底发生了什么,只是注意到,属于封窈的那一箱子东西,连同那根他最宝贝的流苏,都不见了。

这是放下了吧。

放下了就好,阿弥陀佛……

Chapter 15
就她吧

封窈没能在鹤镇待上两天,就接到了导师的召唤。

导师掌握着学位的生杀大权,学位直接关系到未来能不能留校,封窈分毫不敢怠慢,赶忙又回了庆城。

自那天之后,宗衍就消失了。没再打电话来,没再加她微信,也没有再突然出现在门口。

这是必然的,封窈心想,大少爷的自尊心那么强,哪里受得了她的那番话,没有对她进行打击报复,已经是手下留情了。

不过宗少爷人不再出现,不代表就销声匿迹了。上流圈子里最火爆的新鲜事,非宗氏与封氏的婚约莫属。

宗氏真的认下了婚约,而且是太子爷宗衍本人,而不是推给其他房的同辈兄弟,可谓是一言九鼎,重信守诺了。

封家这回可赚大了!

邹美婷这几天走路都带风。

人逢喜事精神爽,邹美婷又有心情做美容做SPA,打扮得光鲜亮丽,跟贵妇姐妹们喝茶打麻将了。

前段时日,贵妇圈里多是看邹美婷的笑话的。然而风水轮流转,现在宗氏和封氏的婚约提到了明面上,邹美婷就是宗家太子爷未来的丈母娘,这下什么感慨嘲笑都歇了。

甚至大家都默契地在她面前绝口不提私生女的事情,仿佛那事没有存在过,免得惹了晦气。

取而代之的是说不完的恭维话:

"我早看看啊,咱们这一圈人里,就数你最有福气了。看面相就知道,鼻头有肉,福泽深厚!"

邹美婷被捧得心花怒放:"嗐,什么跟什么啊,还不是嘉月那孩子争气。"

"哦哟?"有人听出味儿来了,眸光闪亮,"这意思,还是宗少对嘉月动了心思啊?那可怪不得……"

怪不得宗少肯认这个婚约呢。原来是这样,倒是解答了不少人心中的疑惑。

宗少动没动心思,邹美婷哪里知道,不过不妨碍她往女儿脸上贴金——女儿脸上有光,就是她脸上有光嘛。

"他们年轻人的事情我可不懂,嘉月这孩子害羞,也不跟我多说,我知道得也不比你们早多少呢。"

邹美婷这话说着,脸上的得意却是掩盖不住,翘着尾巴嘚瑟上天的模样,让满座的贵妇们又羡又妒。

封嘉月感觉像飘在云端上,有种踏不到实地的感觉,但又轻飘飘的感觉好极了。

真是柳暗花明,那天听封季同说宗家打算推宗澜出来接那个婚约,她还心有不甘,没想到转头封季同又喜气洋洋地告诉她,宗衍那边点头了。

所以啊,该是她的就是她的,命中注定的缘分,是不会错过的。

"……这是 Amanda,家里做的是纺织生意;这是 Emily,新舟制药的千金;这是……"

河畔的一家私人画廊里,今天有一场小型艺术展,封窈到了现场,就被封嘉月拉着一一介绍在场的名媛千金。

认识了一圈 Linda、Lisa、Sharon、Grace……封窈已经头晕了,完全没记清到底谁是谁,家里又都是干吗的。

这就是上流社会的信息量吗……竟恐怖如斯!

最近封嘉月约了封窈好几回,封窈都推拒了,再拒下去就真的不好看了。封窈虽然做人的水平很一般,基本的社会常识还是有的,所以这次封嘉月再约她看艺术展,她就来赴约了。

"这是窈窈,"封嘉月最后向众千金介绍封窈,"我的'half sister'。"

这个介绍挺巧妙,换一种语言,"一半血缘的姐妹"——听起来就高大上多了,一点都不尴尬呢。

千金们客套地笑笑,并不主动跟封窈搭话。

异母兄弟姐妹间的那档子事,谁心里还不清楚嘛。封嘉月把人带来,无非是做个大度的样子,真去跟私生女结交,才是自降身价。

更何况,大家现在巴结封嘉月还怕来不及呢——

封嘉月抬着下巴,被众千金众星捧月般围在中间,轻飘飘地瞟了一眼角落里将手伸向点心盘子的封窈。

她们的出身,是天壤之别,未来更是——她会是宗家掌权人的太太,站在封窈架着梯子也摸不到的高度。

封窈永远都没法跟她比,连弟弟封嘉文,也不能。

封窈不是很懂现代艺术,这些展品说实话,她都不怎么看得明白。

尤其是当她端着点心盘子,看着一堆人围着墙角地上的一副眼镜拍照的时候。

"你猜,那件作品叫什么名字?"

身后传来一道男声,嗓音清澈舒缓,有种暖风拂面的温柔味道。

封窈转过头,看见一个眉目俊朗的年轻男人,正饶有兴味地打量着地上那副眼镜,以及蹲在地上围着拍照的人群。

"我猜,是有人不小心把眼镜掉在那里了。"封窈实在看不出这哪里就是一件艺术作品了。

不就是一副很普通的黑框眼镜吗?

人群中,有个中年男人刚拍完照站起身,听见她的话,投来一个鄙视的眼神。

那眼神的意思很明显——不懂艺术的俗人,呵。

只是那眼神落在封窈的脸上,又不由自主地露出一抹惊艳,原本的鄙夷飞速地收了起来。

中年男子凑了过来,笑着正要开口搭讪,这时封窈身后的那个年轻男人走到她身侧,笑着说:"让我猜的话,是有人故意丢在那里的。"

中年男子扫了年轻男人一眼,笑了:"今天的艺术家丸隆折也,最擅长用生活中常见的物品制造出看似平平无奇、细思之下却含义极其丰富的艺术效果。"

"譬如地上的这一副黑框眼镜,看似非常普通,好像是哪个来看展的人不小心遗落在地上,而为了制造出这种效果,丸隆特意没有在旁边放置

艺术品介绍标签。然而仔细观察，眼镜腿却折叠得一丝不苟，摆放的位置和角度也极为巧妙……"

中年男子滔滔不绝，分析起这件作品，从解构主义谈到反现代性，从艺术谈到反艺术，围过来听的人越来越多，不少人点头附和，深以为他分析得精深到位。

最后连以封嘉月为中心的千金姐妹们都过来了。

目光扫到封窈身边俊秀儒雅的年轻男人，封嘉月的心头微动。

封窈，真是不容小觑啊。刚才一副馋嘴吃点心的样子，没想到只是虚晃一枪，这么快就搭上了今天全场最有价值的人——宗澜？

跟宗衍比，宗澜的地位自然是远远不及，但无论如何他也是宗家人，是宗老爷子的亲孙子。

只是宗澜平素很低调，不怎么参与家族生意，存在感不高。封嘉月能认出他，也只是因为她曾经在慈善拍卖会上见过他一回。

中年男子讲得口干舌燥，见宗澜带着微笑，笑而不语的样子，不由得有点儿恼意。他乜斜着宗澜，说："这位先生有什么高见，不妨跟大家分享一下？"

"哦，"宗澜嗓音舒缓，不紧不慢，"高见谈不上，我还是认为，这副眼镜是有人故意丢在那里的。"

众人反应各异，封窈侧头看向这个年轻男人，总觉得他的眉眼轮廓，似曾相识，有点儿眼熟。

察觉到封窈的视线，宗澜回望了她一眼，接着继续对中年男子，认真地道："那个人，正是区区不才在下我。"

直到第二天，封窈想起这句话一出，那满堂仿佛地上掉根针都能听见的静默，还忍不住笑出声来。

太促狭了！

后来那人自我介绍时，她才明白为什么会觉得他的眉眼轮廓，似曾相识，有点儿眼熟了。

原来是宗衍的堂兄啊。

宗澜的长相比宗衍温和，不似宗衍那般带着锋芒、侵略感十足的俊美，而是有股清隽内敛的风雅，气质截然不同。

不过他干的事情，却跟风雅君子扯不上关系，更像个玩世不恭的促狭鬼，暗搓搓地把附庸风雅不懂装懂的人，全都调戏了一把。

尤其是那位滔滔不绝的中年男子，过后不一会儿，就悄没声儿地离开了。

宗澜自我介绍是个艺术品交易商，那场展览的主角艺术家丸隆折也，是他的好友。据他说，他是去捧场的。

怎么说呢，很难说是捧场，还是砸场子吧……

噗，姑且也算是一种行为艺术？原来宗家，也有这么有趣的人物啊。

不过再有趣也跟她的关系不大，看过艺术展之后接连几天，封嘉月都没有再约过她，可让封窈松了一口气。

然而，这口气还是松早了——

所谓上流社会，少不了各种各样的社交活动。绝大部分的活动，封窈都可以避过，可是爷爷的寿宴，是怎么也不可能躲掉的。

寿宴当天，苏冉过来了一趟，带着给封窈挑好的衣服，还有她的御用造型师。

封家这次宴会办得隆重，着装自然要按正式晚宴的规格，封窈的衣橱里可没有适合这种场合的衣服。虽然封季同之前大手一挥给了她一张黑卡，交代她喜欢什么随便买，可封窈没觉得自己缺衣少食了，至今还没刷过。

梳妆台前，封窈像个大号芭比娃娃，任造型师翻来覆去地摆弄。想到苏冉每天上戏都要被这样折腾，有活动时换造型，还要被折腾好几回，不由得对妈妈产生了新的敬意。

苏冉带来的是一件 Prada 高定长裙，虽然是量身定做的，不过好在母女俩身材相仿，封窈穿上倒也合适。

香槟粉色的吊带长裙设计简约，流光的面料垂坠感十足，行走间裙摆翻飞，灵动又不失温柔。

封窈感觉还行，直到她看到那双搭配礼服的鞋子。

"请问这是凶器吗？"封窈轻轻戳了戳那足有十厘米高、细得吓人的鞋跟。

穿上这种东西，走出这扇门，她就得被送去医院打石膏了吧？

"你怎么连高跟鞋都不会穿？"苏冉觉得不可思议。

"我真的不行。"封窈不想挑战不可能。

"不行也得行！"苏冉铁面无情，"这条裙子必须搭这双鞋，大不了待会儿我找个人扶你。"

封窈："……"

封老爷子的寿宴地点选在庆城一家颇有历史的五星酒店。

封窈作为孙女，自然不能到得太晚。哪怕去了其实也没事做，人也得

早早到场。

华灯初上，宴会大厅以红与金为主题色，布置得富丽堂皇。墙上、穹顶上装点着许多红色和金色的气球，一个大大的"寿"字立在后方。

这一次，封窈终于见到了传说中的邹美婷。

邹美婷今天挑了件改良式的旗袍裙子，打扮得珠光宝气。所谓人靠衣装，平平淡淡的眉眼在精心打造的妆发造型下，平添几分雍容贵气，整个人看起来光彩照人。

只是她最近狂做了不少医美项目，现下脸皮绷得太紧，难免有点儿僵，笑起来有部分肌肉不动，效果略显诡异了点。

"你就是封窈？"邹美婷居高临下，拿眼梢上上下下地打量封窈，从鼻孔里哼了一声，"果然是个祸水坯子。"

封窈只当这是夸她漂亮："邹阿姨过奖了，彼此彼此。"

"你——"邹美婷眼睛一瞪，就要发飙。

因为医美过度脸太僵的缘故，她做出这个发怒的表情时，有点儿像某些演技拙劣的演员的表演——会被截表情包的那种。

"扑哧！"苏冉在封窈身后，掩口轻笑了一声。

明星跟普通人之间的颜值有"壁"，苏冉这个级别的大美女，单立在那里，都能使满室大大增色，真正的蓬荜生辉。更别提还有与她面容相似的女儿封窈在侧，母女一块儿，杀伤力翻倍。

仇人相见分外眼红，邹美婷没有上前手撕苏冉，已经是顾忌着场合，忍耐再忍耐了。

她越是强忍不爽，苏冉就越开心。

苏冉很清楚，自己什么都不必说，什么都不必做。她和封窈，尤其是封窈，明晃晃地摆在面前，就是对邹美婷最大的煎熬。

封嘉月适时走过来，虚虚地挽了邹美婷一下。人家什么都没说没做，自己就把自己气得面目扭曲，这不是自找难堪嘛。

令苏冉觉得有意思的是，封嘉月这么一个小动作，邹美婷还真的勉强敛起了脾气。

自从得知宗家那边宗衍点了头，邹美婷对封嘉月的态度是越来越好，看女儿真是哪哪都好，哪哪都给她长脸。再仔细想她之前劝自己的那些话，越想越觉得有道理。

邹美婷抬起下巴，去招待络绎到来的宾客了。

封嘉月对封窈笑着点头招呼："窈窈今天的裙子好漂亮。"

那天在艺术展上，发觉自己一个没注意，封窈就勾搭上了宗澜，之后封嘉月就暂停了带封窈social（社交）行动。之前每次约封窈被拒绝，她都会保证让封季同知道，这次成功将封窈带去看展，封季同更是连连夸她有心了。

反正她已经做到位，目的达到了，她可不想真的不小心给封窈搭了梯子，让封窈有机会真的混进这个圈子。

封嘉月看向被封窈挽着胳膊的李正旭，打趣道："原来阿旭今晚是窈窈的护花使者。"

方才在门口遇到表弟，正好被苏冉拉来扶封窈了。

好歹有一起打过游戏之谊，两人也不算陌生了。李正旭虽然嘴上很嫌弃封窈一个女生连高跟鞋都穿不好，还是抬起了胳膊，一脸不情不愿地让她挽着自己走。

下午在家里，封窈被迫接受了一番紧急培训，只要挽着人的胳膊，走得慢一点，她还是可以做到不摔跤的。

今晚的寿星封老爷子一身暗红色唐装，精神焕发，笑眯眯地回应晚辈宾客们的拜寿吉祥话，宾主尽欢，言笑晏晏。

封嘉月忙着招呼宾客，举止落落大方、大气端庄，举手投足间，俨然很有能镇住大场面的女主人范儿了。

封窈前些天参加的认亲宴只是家宴，这一次，才是她第一次作为封家女儿，在对外的正式社交场合上露面。

"好多人啊。"封窈环顾四周，满目衣香鬓影，不禁感慨道。

李正旭冷嗤了一声："还不都是冲着宗家来的。"

封窈扬起眉梢："这你都知道？"

"我又不是傻子！"李正旭没好气，"不就是宗少肯娶表姐吗？大舅妈嘚瑟得就快上天了。"

单凭封家的面子，今晚当然也会是宾客满堂，不过肯定来不了这么多人。自从封家将与宗家联姻的风声传开，熟的、不熟的人，纷纷表示要来祝寿，甚至还有根本没收到请柬，不请自来的。

正所谓天下熙熙皆为利来，都是无利不起早罢了。

李正旭撇撇嘴："宗家了不起吗？上赶着给人挑拣，不嫌丢脸。"

年轻人有血性，封窈点头赞赏："就是。还是不结婚最省事，谁也别挑拣谁。"

李正旭斜她一眼："你这话可别让我妈听见，她肯定会说，你不结婚，等你老了，自己一个人死在家里都没人发现。"

"发现了又怎样？"封窈不解，"能复活吗？"

李正旭："……"

李正旭面色古怪了一瞬，旋即突然发出一阵爆笑："哈哈哈，发现了能复活吗？噗，窈窈姐你真可爱！"

笑声引来了一些注目，这时身后忽然有人插了一句：

"虽然不能复活，可是没人收尸，尸体腐烂在家里，那画面会很不好看，更不好闻吧？"

清澈舒缓的男性嗓音令封窈回头，对上一双温和含笑的眼眸。

宗澜？

封窈眉梢微挑："怎么会？我早就签署了遗体器官捐献协议，新鲜的大体老师非常难得，各大医学院会抢着来等我咽气，给我收尸的。"

这"角度"太奇怪，李正旭完全被震住了。宗澜则是眸光流转，忍俊不禁。

封窈却是十分真诚："如果你有这方面的顾虑，建议你也可以签个遗体器官捐献协议，轻松解决身后顾虑，而且不要钱。"

宗澜轻笑着"唔"了一声："我会好好考虑的。"

不过当然封窈只是提供建议，别人愿不愿意为人类医学进步献身，是别人自己的事情。

"可以了，可以了！"李正旭受不了了，在外公的寿宴上谈论遗体收尸的晦气话题，怕不是想被打出去。

李正旭虽然才十九岁，不过这种出身豪富家庭的孩子，从小受熏陶，社交起来游刃有余，很快端着彬彬有礼的态度，向宗澜做了自我介绍，然后问："还没请教阁下是……"

"宗澜。"宗澜向李正旭点头致意。

宗家人啊。李正旭的脸上闪过一抹思量。

他依稀记得听老妈提过一句，宗家先前是有让旁系子弟履行那个婚约的意思，好像就是宗澜。只是后来不知道发生了什么，又重新变成了宗衍本人。

今晚的寿宴，宗家虽然收了请柬，不过众所周知，宗衍从来不参加任何宴请，今晚应该不会亲自前来。

那今晚代表宗家出席的人，就是宗澜？

思及此，李正旭有点儿拿不准，是不是该领宗澜去外公那边。

可是窈窈姐离了他就是个废人，连路都走不了……

"我是不请自来的，"为难犹豫间，只听宗澜嗓音含笑道，"想碰碰运气，看看能不能遇到封小姐。"

· 208 ·

哦哟。李正旭眉毛高高地挑起,若有所思的眼神在封窈和宗澜之间来来回回打量。

封窈眨了眨眼睛……哈?

正当这时,门口忽然起了一阵骚动。

估计是有重磅宾客到场,封窈不由得好奇地朝门口眺望。

一抬眼,便看见一道高大挺拔的身影被众人簇拥着,走了进来。

男人步伐从容优雅,剪裁合体的衬衫西裤衬托出他比例完美的修长身材,宽肩窄腰,更显出一双笔直的长腿。

那张俊美耀眼的脸上神色淡漠疏离,凌厉慑人的气场,令周遭的一切都成了附庸陪衬,更给人一种不敢逾越靠近的距离感。

目光在空中交汇的瞬间,封窈恍然间想起,她还是第一次、见到气场全开的宗衍宗大少爷。

只是下一瞬,他的目光便漫不经心地转移开了。

仿佛没有看见她,又或许是看见了但并不在意。长腿迈步不紧不慢,朝正一脸喜出望外、迎上前来的封老爷子走去。

宗衍没想到一进门,看见的就是那个女人紧挽着一个男人,身前还站着另一个男人的画面。

——是宗澜。

站得距离很近,几乎是紧挨着,看那样子,之前想必是相谈甚欢。

离宗衍最近的杜景明察觉他的脸色骤然阴沉了一瞬,疑惑地顺着他之前目光的方向望了一眼。

没看到什么能惹他大少爷不高兴的人或物啊?

欸,等等——

杜景明的目光落在一处,蓦地凝住,眼睛倏然一下子亮了。

那边那个不是……那天庆大的祸水妞儿吗?

宗衍亲自到场为封老爷子贺寿,迅速在宾客间掀起了热议。

"竟然真的来了?宗少不是从来不参加宴请吗……"

"那能一样吗?你们没听说吗,这事能成,完全是因为宗少倾心封家千金,未来的岳家嘛,肯定不一样。"

"我看假不了,否则谁还能逼迫他不成?啧,看样子是动了真心,很喜欢封嘉月了……"

"原来宗少本人长这样,我还是第一次得见,真是一表人才啊……"

现场一时热闹非凡。

封窈听着宾客们的感慨议论,才头一回意识到,原来宗大少爷是这么难以得见一面的人物。

他所在的地方,仿佛有聚光灯照耀一般,自然而然地成为全场瞩目的焦点。

封嘉月站在祖父身侧,羞涩地偷眼瞟向矜贵俊美的男人。

祖父说,两边已经通过气,就借今晚的场合,把婚约的事情公开定下来……

苏冉露了个面,就有事先行离开了。

作为封家不久前才被认回来的女儿,生母又是大明星,人还继承了母亲的美貌,生得美艳动人,封窈今晚明里暗里受到了不少注目。

不乏有人窃窃私语,八卦封总和女明星那点不得不说的事情。

当然也有一些不友好的眼神,尤其是来自邹美婷的娘家人,只不过碍于场合又自恃身份,还不至于当面开撕,顶多隔空瞪她两眼。

不过这些都是宗家太子爷到场之前的事情了。

随着宗衍的出现,封窈感觉到之前投注在自己身上的目光就像退潮一样,瞬间消失得一干二净。

宗衍所在的地方,才是众所瞩目的中心。

封窈怀疑如果她现在偷偷溜走,可能都不会有人注意到。

当然只是想想,实际操作起来困难太大,主要是受鞋子的限制,行动不便——

苏冉坚持让她穿这双凶器高跟鞋,该不会就是为了防止她偷偷跑路吧?

"说出来你可能不信,"宗澜倏然低下头,凑近封窈耳边,神神秘秘道,"我刚数了数,我这辈子跟宗衍堂弟见过面的次数,不超过两个巴掌。"

他的动作太自然,封窈怔了一下,才反射性地朝旁边避了避。

大家族里有时候就是这样,隔房如隔山,虽然说起来都是一家子的亲人,可不熟的,是真的不熟。何况宗衍从很小的时候就独自跟着宗老爷子了,想来也不可能有很多机会跟同辈的兄弟姐妹玩耍。

这么说的话,这对堂兄弟之间,还没她跟宗衍熟呢。

不对,封窈很快在心里纠正——是还没她跟宗衍之前熟。

现在不熟了。

看宗衍刚才的举动,只当没看见她一样,以后想必也不会熟了。

难得见到宗家太子爷本尊，认识的自然要抓紧机会打个招呼，不认识的更想凑过去混个脸熟。

围上来寒暄攀谈的人越来越多，宗衍剑眉紧蹙，肉眼可见地烦躁了起来。

深知这位大少爷脾气的杜景明一点也不意外，宗衍从来不参加任何宴请，不就是不耐烦应付这种状况吗？

杜景明几天前才刚回庆城，一回来就听到传闻，说宗衍看上了封家千金，自愿接受了当年由宗老太爷一时兴起订下的婚约。

杜景明怎么想，都觉得这传闻太离谱。然而宗衍一反常态，决定来参加这个寿宴，这就让他实在按捺不住好奇，也跟着过来了。

哪知还真是来对了——竟然有意外之喜，看到了庆大的那个祸水妞儿！

杜景明一看见美人，就什么都忘了，眼神灼灼地盯着那边，跃跃欲试地打算过去跟美人搭个讪。

他在看什么、在打什么主意，宗衍不用想都知道。

那个女人，今天盛装打扮过，不似平日里懒懒散散的模样，一袭香槟粉色的长裙勾勒出婀娜窈窕的曲线，白皙的肌肤泛着凝脂般的光泽。

精心勾勒的眉眼妩媚动人，顾盼间风情流转，美得娇艳欲滴。

男人们贪婪的眼光，像是嗅到了花蜜的狂蜂滥蝶，嗡嗡地盯着她打转儿。

她还一无所觉似的，亲亲热热地挂在那个脸嫩的男人手臂上，任由着宗澜低头凑近，几乎是贴着她耳语——

宗衍眉眼间压不住阴戾的冷意，垂在身侧的手攥紧成拳，手背上的青筋暴起。

"宗少，"封嘉月脸上挂着端庄的笑容，走到宗衍身边，抬手准备引他入席，"这边请——"

封嘉月抬起的手僵在半空，眼神错愕看着宗衍骤然迈开长腿，朝着大厅的一角大步流星地走去。

"我们还是赶紧过去吧。"李正旭催促封窈，方才他接收到了老妈召唤的眼神，显然是想叫他过去跟宗少打个招呼。

封窈小心地挪了挪已经开始发疼的脚，在心里叹了口气。

今晚过后，这脚怕是得截掉不能要了。

封窈挽紧李正旭的胳膊，正要开始蜗牛式缓慢移动，这时宗澜忽然抬眼望向一旁，转瞬露出笑容。

"啊，阿衍过来了。"

封窈下意识地顺着他目光的方向望去。视野里，那道高大挺拔的身影朝着这边走来，几乎是转眼间便到了眼前。

仿佛没有看见封窈，宗衍一双黑眸微眯，凌厉的目光扫过李正旭，落在宗澜身上。

须臾，他嘴角勾起一抹不带温度的笑："还真是三哥啊，好久不见。"

宗澜笑容温和，抬手挥了挥："好久不见，阿衍。"

宗衍身后，一群人因他突兀的行动而不明所以地跟了过来，见到这一幕，都面露恍悟——原来是看见许久未见的兄弟了，怪不得迫不及待。

杜景明一双桃花眼看着封窈，露出泡妞专用的放电笑容。他正在想着找机会过来搭个讪，没想到宗衍居然直奔这边——

这可不是巧了嘛！

封嘉月缓缓地松开握紧的手指，呼出一口气。刚才看见封窈的瞬间，她差点儿产生错觉，以为宗少是奔着封窈来的……

还好，只是错觉。宗少显然连看都没看封窈一眼，只是过来跟堂兄打招呼而已。

宗家太子爷不愧是行走的聚光灯，一举一动牵动着全场的注意。

原本不起眼的宴会大厅一角，现下倒成了最受瞩目的地方。

"这位是？"宗衍眸光淡淡扫向李正旭。

只是一个眼神，李正旭却觉得有一股巨大的压迫感扑面而来，像是被食物链顶端的猎食者盯上一般，冰冷的威胁感，令他浑身僵硬，汗毛倒竖。

尤其是他被封窈挽着的胳膊，感觉有点儿凉凉。

"这是我的外甥，姓李名正旭，今年刚读大一。"封季同适时地做了介绍。

封季同本来就想让封窈多见见人，这下正好，顺便拉过封窈："这是小女窈窈，嘉月的姐姐，在庆大读博士。"

胳膊被松开的瞬间，李正旭有种好像捡回了一条胳膊的感觉。

宗衍的目光落在封窈的脸上。

这些天，他有意无意地放任了关于婚约的传闻。传闻沸沸扬扬，他不信她没有听闻。但凡她对他有一丝一毫的在意，都不可能像这样，无动于衷。

宗衍乌沉沉的黑眸盯着封窈，须臾倏然勾起薄唇，轻笑了一声："窈窈。"

低沉磁性的嗓音轻不可闻，无端地透着股说不出的缠绵缱绻。封窈的脊背仿佛有股电流窜过，有一瞬间难以呼吸。

他的眼神，让她想起那晚在公寓楼下，路灯的光照进他的眼底，泛着血色的那股执拗的疯狂……

四目相对的两人，让封嘉月心头泛起一股不安。封嘉月咬着唇，忽然上前挽住封窈，打断了两人之间古怪的氛围。

"时间不早了，"她浅笑着道，"还是先入席吧，可以坐下边吃边聊。"

杜景明连连点头，想凑过去跟美人搭个话，宗衍却不经意般侧身，高大的身形正好挡住了他，眸光冷冷扫了他一眼。

杜景明："……"

突然就不敢动了。

"三哥，"宗衍看向宗澜，眉梢微扬，"一道？"

余光扫过挽着手状似亲密的封家两姐妹，宗澜笑了笑："好。"

宴会大厅里欢声笑语，喜庆热闹。

封窈往盘子里装了一堆吃的，挑了个角落的位置坐下，巴不得今晚再也没人理她。

她一边吃着，眼神不受控制地瞟向上首的圆桌。

头顶的水晶灯璀璨明亮，光线勾勒出男人深邃俊美的轮廓，眉骨锋利，鼻梁挺直，下颌角线条分明。

他仅仅是坐在那里，所散发出来的那股存在感，自然有种这里是以他为中心而形成的感觉。

仿佛是察觉到了她的视线，他微微转过头，眸光清淡投来一瞥。

封窈慌忙低头，扒拉盘子里的水果，余光却不由自主般，又朝上首宗衍的方向瞟了一眼。

完全是无意识的动作，就像在山庄里的时候，她想看他就看他，不需要过脑子去思考。

更没有察觉，邻桌的几个千金留意着她的小动作，肆无忌惮地打起了眉眼官司。

封老爷子红光满面，这一次的寿辰办得太有面子，面子里子都有了。

目光看向娟秀文雅又不失端庄的孙女封嘉月，又看向宗衍。

面容俊美的男人姿态闲适，虽然年纪轻轻，举手投足间流露出的那股上位者的气势，无异于积威多年的人物。

封老爷子越看越满意。

"阿衍啊。"水到渠成的事情，双方已有共识，封老爷子笑呵呵地开了话头，"关于婚约一事，不如今天就定下来，正好这满堂宾客做个见证，

喜上加喜，如何？"

封老爷子的声音不算高，然而此言一出，宴会大厅的喧闹声顿时低了下来，所有人都将注意力投向了主桌。

当然各人心态反应各异——

有的是凑个热闹，只等着关键的那一刻，好鼓噪起哄，讨个彩头。

有的是羡慕嫉妒恨，扼腕自己家的老头子怎么没跟宗老太爷攀上交情，能跟宗家太子爷订下婚约。

更多人在盘算，往后要怎么跟封氏交往走动，才能利益最大化。

……

上首的席位里，宗衍慢悠悠地晃了晃手中的红酒杯，白皙修长的手指轻轻地磨蹭了几下杯壁。

封嘉月脸颊发热，手指攥皱了裙摆，心怦怦直跳，紧张又期待，身体都微微有些颤抖，同时还有一股压抑不住的得意——

整个上层社交圈子，到场的没到场的名媛千金，马上就要既羡慕嫉妒她，又不得不咽下酸水，只能恭维她，捧着她。

封嘉月确实没有想错，至少封窈旁桌的千金姐妹团酸得表情都快绷不住了——

酸话不方便指向封嘉月，心里再酸也不能明说未来的宗太太，那是上赶着作死。不过眼前，不是有个现成的活靶子吗？更加阴阳怪气的挖苦声"嗖嗖"飞向封窈——

"奉劝某些人啊，还是赶紧认清自己的身份，不要再觊觎着妹夫流口水了，总不能不到黄河心不死吧？"

"难说哦，死心是不可能死心的，只要够不要脸就行。"

……

封窈看着宗衍晃了晃手中的红酒杯，又随意地将杯子放在一边，漫不经心地点了点头，薄唇吐出一个字："好。"

他说好。

一股说不清道不明的感觉涌上来，像是吃坏了东西，胃里又胀又堵，几乎堵到了嗓子眼儿。

眼梢的余光里，封嘉月笑容羞涩，脸上漾着红晕，封季同满脸带笑，欣慰点头，邹美婷的狂喜得意……

不是本来就清楚的事情吗，有什么好堵的呢？封窈觉得自己也是有点儿奇怪。

· 214 ·

"哎哟,是谁的脸色这么难看呀?"封窈一瞬的反应被有心人抓个正着,"那点心思真是全写在脸上了,连面子功夫都不会做的哦?"

封窈没有心思跟阴阳怪辩论,她不想再待在这里了。

可是现在走人,就好像她不满这门婚事,离场抗议似的。

何况她穿着这个鞋子走不了路,总不能脱掉光着脚走——那不更成了狼狈离场了?

走是不能走的,这场戏她只能乖乖坐着,看完全场。

封窈从盘子里捏了块点心,塞进嘴里慢慢地嚼。

封老爷子笑呵呵地正要唤封嘉月到身前来,此时,却见宗衍下巴微抬,眸光投向大厅的一角。

他抬手朝角落里随意一指:"就她吧。"

封老爷子没有反应过来:"什么?"

"不是说,正好满堂宾客做个见证,把婚约的事情确定下来吗?"

宗衍的目光越过满厅的宾客,锁在封窈的脸上,低醇的嗓音慢条斯理,一字一句清晰:

"可以,就她。"

……

宗衍的意思,说得很清楚,没有那么难理解。

而理解了之后,全场哗然——

"不行!"邹美婷激动地跳了起来,"绝对不行!不可能!"

宗衍连眼皮都没掀一下,丝毫没有搭理她的意思,只是淡淡地对封老爷子道:"曾祖父当年只说,要我娶封家的姑娘。要是不行,就算了。"

封嘉月脸色发白,几乎摇摇欲坠。

怎么会……怎么可能?难道就因为他开席前看见了封窈,被美色迷惑住了?

封窈已经完全呆住了,什么……谁?

旁桌刚才你一句我一句,阴阳怪气嘲讽封窈的几个千金,此刻面面相觑,静默无声。

宗少是说,要跟这个私生女订婚?怎么会……怎么可能啊?总不能是因为她刚才不停地偷看宗少吧?!

封老爷子一个严厉的眼风,制止住还要吵闹抗议的邹美婷,面色变换几许。

这个年轻人,他不会有将他当作普通的晚辈后生来压制的心思。他的意思很明白——所谓婚约,并没有指定是封家的哪一个姑娘。

要么由他挑,要么就作罢。

这会不会是宗家的手段?如果不同意他挑选,就顺理成章让婚约作罢……

封老爷子正犹豫间,宗衍站起身来,慢条斯理地扣上西装扣子:"那就这么定了。我还有话想交代我的未婚妻,先失陪了。"说完他便迈开长腿,朝封窈所在的角落走去。

封窈看着宗衍,随着他走近,她一点点地抬起头,看着他的脸。

明里暗里的视线都投向了这边,他却仿佛不觉,修长的手指在桌上敲了敲,嗓音淡漠:"跟我来。"

封窈坐着没动。

宗衍的脸色冷了几分。

这个没有心的女人,他不知道她现在是什么想法,也不想知道。

他不需要在意她的想法,她的感受——反正她也没有在意过他的感受,不是吗?

"不要让我再重复第二遍。"

冷冰冰的话语和态度,让猜测宗少是对女方一见钟情的人又不确定了起来。

看来宗少对这个新鲜出炉的联姻未婚妻,不怎么喜欢的样子啊……

封窈却是恍惚间,想起才到山庄入职的时候。

宗少爷的耐心极其有限,交代工作只会吩咐一遍,要是听不清楚或是听不明白,胆敢叫他重复第二遍,肯定会被骂个狗血淋头。

不过她早就不为他打工了,管他发不发飙。

封窈很无奈:"我脚疼,站不起来,走不动。"

宗衍目光朝下一掠,长长的裙摆铺散开,几乎垂到地板上,裙角下露出一双镶满细钻的细高跟鞋。

这个懒女人,平时肯定没穿过这种鞋子。

想起她先前几乎是挂在表弟胳膊上的样子,宗衍薄唇紧抿。

他的眉眼间掠过一抹烦躁,须臾忽然俯身,一只手绕过封窈腰后,另一只手臂穿过她的腿弯,直接将她打横抱了起来,长腿迈步朝外走。

周遭齐齐倒吸了一口气。

天啊……公主抱!

Chapter 16
是未婚夫

猝不及防间身体一轻，封窈下意识地抱住了宗衍的脖子。

女人身上的长裙布料薄软，肩膀只靠着两条细得不能再细的链条与胸前的布料相连，低低的领口几乎包裹不住，呼之欲出。宗衍的呼吸瞬间沉了起来。

身体仿佛被一把火点燃，将他心中压抑了一晚的躁怒烧得越烈——

穿成这个样子，不知道那些男人贪婪觊觎的眼光，就像无数苍蝇一样，一整晚都"嗡嗡"地围着她打转儿吗！

出了宴会厅大门，喧闹鼎沸的人声被抛在身后。

宗衍的座驾就在外面候着，封窈感觉自己像只布娃娃一样，被他一把塞进了车后座里。裙子长长的裙角垂在车门外，男人伸手拎起往里塞了塞，旋即长腿一抬，也上了车，"砰"地摔上了车门。

那动静，好像跟车门有仇似的。

不过封窈没工夫心疼车门，反正又不是她的车，她的脚真的很痛。

刚才还不觉得，可能是人多嘴杂，她的注意力被分散了。这会儿，远离了人群喧闹，她终于能够心无旁骛地感受到自己的身体——

还不如不感受呢。

脚掌和脚趾都火辣辣地疼，封窈小心地将脚从这双精致华丽的红底鞋中退了出来，只觉得脚骨已经被折成了踮着的形状，无法恢复了。

她错了，这哪是凶器啊，根本就是刑具吧……

"谁让你穿成这样的？"

宗衍夹着冰碴儿的嗓音在头顶响起。

细听的话,男人紧绷的声音下,似乎有股难以压制住的火。

封窈抬起眼,撞进一双暗沉如墨的黑眸中。

后座与驾驶室间的隔板升了起来,车缓缓起步。外面的灯光透过车窗照进来,他黑曜石一样的眼眸中都是暗色的火焰。

不仅是怒火,还有另一种灼热的火——

封窈默默地将裙子的胸口往上提了提,又朝旁边挪了挪。

"我妈。"

女明星出席各种活动,性感装扮博眼球,是司空见惯的事情,倒不是那么出乎意料。

"以后不准这么穿。"宗衍强硬道,顿了顿,又改了口,"不准在外面这么穿。"

虽然封窈也不喜欢穿这种不舒服的衣物,可那是她的选择,他凭什么指手画脚啊?

"我穿什么衣服,好像跟你没关系吧。"

"没有关系?"宗衍本就黑沉的脸色更沉了几分,"你现在是我的未婚妻。我不允许我的未婚妻穿着暴露,在外面乱晃。"

哇哦,真是理直气壮。

"关于这件事。"封窈将身子坐直了一点。

今晚这个走向,她完全没有预料到——谁能想到啊?

不是说他跟封嘉月有婚约吗?怎么会……他干吗突然摆这一道?

封窈抿了抿唇,说:"这件事似乎没有问过我的意见,我没有同意过吧?"

她的这句话,却仿佛是犯了什么大忌,宗衍的眼神有一瞬间阴沉得可怕。

阴沉之中,又夹杂着一种莫名其妙的受伤。

他像个刚被庄家提醒他输掉了最后一把筹码的赌徒,明知道自己已经一无所有,却不肯承认,还要高傲地抬起下巴。

"你的意见?"

车窗透进来的光线忽明忽暗,宗衍下颌线紧绷,薄唇勾起一抹没有温度的弧度,"你以为,你有反对的资格?"

封窈不爽了:"我当然有资格反对,而且我正在反对。"

她的一遍遍拒绝,令宗衍的心火越烧越烈,几乎要将理智烧尽。

"以你的身份,我肯跟你订婚,是你的荣幸。"他咬紧牙关,紧盯着她,

"你妹妹可是求之不得。"

"那你跟她订婚啊!"封窈一下子也火了,不甘示弱地回瞪他,"这荣幸我受不起,给她不是正好,皆大欢喜!"

皆大……欢喜?

夜晚的都市灯红酒绿,高楼霓虹在车窗外闪烁。流光溢彩映在女人妩媚的眉眼间,眼波盛着怒火而显得格外明亮,流转间如同暗夜里的妖精,摄人心魂,又缥缈不定。

宗衍骤然伸手攥住她的胳膊,将她拽入怀中,大手扣着她的后脑勺,对着那两瓣会对他说不的红唇,狠狠地吻了下去。

他不想再听。

他就不该给她说话的机会。

封窈完全愣住了。这男人今晚仿佛是决心要让人无法预测他的行动一般,明明是正在辩论她的人权问题,下一秒,她却被堵着唇吻得凶狠。

与其说是吻,更不如说是啃——

宗衍从来都不是个温柔心的人,在山庄里的时候,最亲密的那段时间,亲热起来失了控,也会有仿佛想把她吞下去般激烈的时候。

却都不像眼下这般,像是真的想将她拆吃入腹。

她的唇瓣被咬得发疼,她挣扎着想躲避,却被他牢牢地扣住,无法动弹。

只是她才疼得皱了一下眉,他又像条件反射般地立刻放轻了力道,以舌尖轻抚方才啃咬的地方,小心轻柔。

真是个矛盾的男人……

封窈起初还打算反抗,然而力量悬殊,她那点反抗的力气对上男人的压制,根本是徒劳的。

而且她今晚,真的已经很累了,身心俱疲。

……

湿热液体的触感,让宗衍蓦然醒神。

睁开眼睛,看见封窈腮边不断滚落的泪珠,他顿时彻底慌了。

"窈窈?"

宗衍慌张地擦拭她的脸颊,想拭去她的眼泪,然而泪水却越拭越多。湿热的温度,却像会烫手一般,灼得他心口发疼。

他的心揪成一团,更加方寸大乱:"窈窈,你别哭,我……是我不好,别哭……"

"放手。"封窈垂着眼不看他。

车缓缓转入苏河花园,停在了车库里。外面很静,是入夜后的宁静。

宗衍心中不安,坚持道:"我送你上去。"

封窈真的觉得很累,身心俱疲,脚也是真的很痛。有人非要抱她上去,不用忍着痛走路,那就随便他吧。

她哪来的选择呢。

眼泪终于止住了,可是她不说话不反抗,随便他摆弄的样子,却让宗衍更加心慌。

这栋公寓楼是一梯双户,封窈住在七楼右侧。

电梯门"叮"的一声打开,宗衍抱着她出了电梯。

封窈按了下指纹锁。

玄关的感应顶灯自动亮了,光线倾泻下来。这间公寓以宗衍的标准来看,小得像个鸽子笼。只是他无暇四顾打量,抱着封窈进了客厅,小心地将她放在沙发上。

"还很疼吗?"他单膝蹲下,攥着封窈的脚腕,动作轻柔,垂眸仔细查看。

她的一双玉足生得纤细小巧,圆润脚趾像一颗颗珍珠,粉嫩玲珑。足背白皙纤瘦,灯光下,皮肤下青色的血管隐隐可见。

还好,没有什么皮外伤,脚掌有些发红,小脚趾也磨得泛起了红肿。

宗衍不知道这种情况要怎么缓解,在今天之前,他甚至不知道女人穿高跟鞋会脚疼。

在楼下等候的蒋时鸣接到宗衍的电话,听清楚问题,忍不住嘴角抽搐。

他曾是特战队的医务兵啊,特战队!

女人穿高跟鞋脚痛……他的建议是忍一忍就过去了,大不了以后别穿了呗。

当然只能这么想想,话是不能这么说的。

"……可以局部按摩、热敷,用热水泡脚,应该会有一定的缓解作用。"

挂上电话,蒋时鸣朝后靠,不一会儿又猛然坐起,突然意识到一件事情——

大少爷这会儿,不会在楼上伺候女人泡脚吧?!

宗少爷的按摩技术,不能说特别好,只能说是想让她死。

封窈差点儿一脚踹到他那张俊美的脸上。

按摩不行,烧个热水也不会。在厨房里折腾了半天,才勉强搞明白这种叫电热水壶的东西该怎么用。

也是,大少爷平时只用张张嘴,哪里用得着自己动手呢。

宗衍端着装满热水的盆子,弯腰放在沙发前的地上。

封窈倚着沙发扶手,一双脚高高地跷在沙发靠背上——这是根据蒋时鸣的建议,"抬高患肢"。

男人衬衫袖口卷到了手肘,手腕动作间,小臂的肌肉线条特别流畅。

顶灯的光照下来,他乌密的黑发略微凌乱,高挺的鼻梁上隐约有细小汗珠,衬衫领口的扣子解开了两颗,露出一抹精致的锁骨。

完全不似之前在宴会上那副矜贵高冷、凡人难以接近的模样。

"就,直接泡吗?"宗衍试了试水温,难得有些拿不准。

"当然不是,还得先焚香作法,祈求泡脚大神保佑。"

宗衍:"……"

封窈慢吞吞地放下腿,撩起裙摆,把脚伸进热水里。

温热的水舒缓了末梢神经,脚掌火辣辣的疼痛渐渐减轻了不少。

不知道是因为热水泡脚太舒服,还是因为使唤了宗少爷,看着他笨手笨脚,明显是人生第一次伺候人,封窈心中那股不爽的感觉总算消散了一些。

今夜令她身心俱疲,稍微一舒坦,困意便席卷全身。

眼皮格外干涩沉重,眨一下,再一次睁开,都好吃力。不知不觉,上下眼皮合在了一起,意识模糊着,往黑甜乡里沉了下去……

"窈窈?"

宗衍去拿个毛巾,回来发现她歪靠在抱枕上,礼服裙摆铺散满沙发,如同童话中的睡美人一样。

睡美人刚刚哭过一场,脸上的妆有点儿花了,眼皮微微泛红发肿。发髻松散开,几缕发丝垂落在腮边,浓密的睫毛低垂着,在白皙的面颊上投下两道扇形的阴影,随着呼吸如蝶羽一样轻轻地颤动。

恬静乖巧的睡颜,透着琉璃般的脆弱感,惹人心疼。

宗衍长长的手指抚上她的脸庞,指腹在她泛红的眼角轻轻摩挲。

醒着的时候也这么乖,就好了。

天光大亮。

手机在客厅里奏着激情澎湃的《德沃夏克第九交响曲》,是闹钟铃声。封窈在被窝里伸了个懒腰,挣扎着坐起身,发了会儿呆。

正要下床,掀起被子的手却蓦地顿住。

昨晚……她坐在沙发上泡着脚，然后……就不小心睡过去了？

封窈低头看着身上的星黛露睡衣，脸色变幻。

她好像隐约有点儿印象，是宗衍把她抱上床的。睡得迷迷糊糊间，似乎有双手在给她擦脸、换衣服，低醇的嗓音在耳畔温柔地劝哄她，让她配合一点……

……睡傻了吧，宗某人跟"温柔"这个词就不搭边！

封窈懊恼地捶枕头，她是猪吗？居然睡得那么死，被人扒光了换衣服都没有醒……

大概要归功于泡脚及时得当，现在除了前脚掌受力时还有点儿疼，她的脚至少没有废掉。

今早有课，再不起来要迟到了。封窈顾不上懊恼，迅速洗漱完毕，就出了门，骑着小电动去了学校。

才刚开学不久，大学校园里一派生机勃勃。

刚步入大学的新生们满眼的新奇兴奋，而如封窈这样的"老鸟"，则是步伐悠悠，先去食堂吃了个早饭，才掐着点儿进了公共课教室，在最后一排坐下。

前排有男生频频回望，接着拿出手机，小心调整角度，偷拍了张照片发到聊天群里：

"兄弟们！这不是那个把美院的倒霉兄弟要到跳楼的封窈吗？果然是大美女！"

昨晚寿宴上的展开，出乎所有人的意料，让人猜测纷纭。

杜景明更是抓心挠肺，一夜都没睡好，今天直接跑到办公室里来找宗衍。

午后的阳光透过明净的玻璃窗，洒落一室的明亮。偌大的办公室沐浴在自然光中，以米色与灰色为主色调的装潢优雅大方，搭配简约名贵的家具陈设，更给人一种大气磅礴的感觉。

"今天到处可是炸了锅了！"

杜景明大剌剌地朝小牛皮沙发上一坐，自顾自地点了根烟，夹在指间，斜眼瞥向宗衍："你昨晚玩的那一手，到底怎么回事儿？我想破了脑袋都没想明白——"

宗衍高大的身形立在落地窗前，向下俯瞰底下川流不息的街景。

他身上的白衬衫笔挺合身，衣料下隐隐可见流畅的肌肉线条，挺直的背脊散发出一股冷然的气势，令人不敢轻易亲近。

从这里可以俯瞰大半个庆城，包括苏河花园。

"什么怎么回事？"宗衍头也不回，语气淡漠，"你的脑袋还具备想这种功能？"

杜景明"嘿"了一声。

两人打小相识，宗衍的性子他很清楚，被刺一下是常有的事情，杜景明早就习惯了，不痛不痒。

"就封家那祸水妞儿啊！"杜景明站起身，走到落地窗前，"你肯定不记得了，咱们之前在庆大见过她的——有个傻子为她闹跳楼，你应该有印象吧？就那个，你还嫌弃是庸脂俗粉来着！"

香烟烟雾缭绕，宗衍的脸色很冷："你想说什么？"

"我想说的是，你怎么会跟她订婚？她长得，"杜景明抬手比画了一下，"那模样，还是个私生女，你们家老爷子，怎么可能准许？"

杜景明真心不解："你搞这一出，没好处啊？"

论好处论利益，这当然不是什么明智的行为，宗衍很清楚。

别说杜景明想不明白，连宗衍自己都不明白——或者说是不敢直面，他为什么要做这样一个不明智的决定。

那个答案，宗衍不想承认。

何况她心里，根本没有他……他不想显得像个一厢情愿的傻子，自尊心不允许他对任何人承认，是他陷得太深，难以自拔。

绝对不是因为无法自拔，他只是对她产生了征服欲了——

没错，就是征服欲！宗衍像是抓住了救生浮板一样，抓住了这个答案。

就是这样，他只是想征服她，想看到她为他心动，要她深深沦陷，要她神魂颠倒欲罢不能……

然后，待到她爱上他，沉浸在爱河中不能自拔的时候——到那个时候，这个已经被他征服的女人，就失去了吸引力，可以丢开手了。

宗衍在宽大的座椅上坐下，一双长腿在身前随意地伸展。

"玩玩而已，谁会当真？"他信手拿起桌上的打火机，修长的手指漫不经心地把玩，眸光淡淡瞥了杜景明一眼，"你嘴巴放尊重点，眼睛也老实点，她现在是我的未婚妻。"

杜景明："……"

也是，极品美色当前，英雄难过美人关嘛。宗衍以前不玩女人，让他差点儿忽略了，他也是个正常的男人，也有所有男人都有的弱点。

订婚的手笔是玩得大了点，可如果回头他腻了，就算想悔婚，其实也

没人能把宗衍怎么着。

唉,可惜那个祸水妞儿了,到时候要如何自处,想想还有点儿小可怜呢……

进入九月,白昼渐短。封窈在食堂吃了晚饭,回到苏河花园时,天已经蒙蒙黑了。

在公寓楼下,不意外地看见了封季同。

无事不登三宝殿,他的来意封窈不难猜测,肯定是想问她昨晚的事。

"窈窈啊,"进了门,封季同接过封窈递来的茶杯,急切地发问,"你跟宗少,之前认识吗?"

封窈不知道该不该说实话。

苏冉把她送去了伴月山庄,所以没错,她和宗衍是认识的。

尽管她并不知情,可苏冉的确抱了一些不可说的想法。封季同会认为,这一切都是有蓄谋的,是她故意夺走了封嘉月的婚约吧?

"嘉月还好吗?"不会回答就不答了,糊弄一个问题最好的方法是提出另一个更尴尬的问题。

这个问题果然够尴尬,封季同斟酌了一下,才道:"还好,只是有点儿突然,你们女孩子脸皮都薄,她现在不怎么想见人。"

事实上,封嘉月从昨天回到家中就哭成了泪人,把自己关在房间里,一整天没有出来。邹美婷也在家里摔摔打打撒泼怒骂一整天了。

"昨天……后来,宗少跟你说什么了吗?"封季同又问。

呵呵,说了一堆蛮不讲理的话,理直气壮得不得了呢。

封窈摇头:"他就把我送回来了。"

这件事实在是让封季同完全摸不着头脑。

单论长相,那肯定是窈窈胜过嘉月,可是他不觉得宗少是个色令智昏的人啊。

若说是为了故意给封家难堪——且不说根本没有理由吧,更重要的是,宗少想搞封家,直接动手就是了,何必拿他自己的婚事做文章?

这完全说不通啊。

封季同正要再开口,这时只听一声清脆的"叮咚"。

墙上的可视门铃屏幕亮了,映出一张俊美深邃的面容,高大的男人捧着一大束鲜花,抬手又按了一下门铃。

"……"

封窈没去看封季同调色盘般精彩的脸色,认命地起身去开门。

房门打开,宗衍长腿一迈进了门,一手揽过封窈,将她拉进怀里。

动作自然得仿佛做过无数次一样。

事实上确实做过很多次了——在山庄里,奸情正浓的时候,他一进门就要抱着她,独处时总是黏在一起。

纯粹是习惯性的动作,搂住封窈后,宗衍才注意到客厅里还有一个人。

"封伯父。"

封季同的目光扫过宗衍紧搂着封窈的胳膊,神情透着一抹复杂。

这,不像是只送回家了一趟啊……

宗衍没想到会有电灯泡,微顿了一下,将手里的花束递给封窈,俊脸上有几分不自在:"路上顺便买的。"

那时在山庄里,她就很喜欢各种鲜花。他吩咐人连夜从英国空运过来的玫瑰,她应该会喜欢吧?

"昨晚……是我太粗暴了。"宗衍想起昨夜她静静落泪的模样,心脏又揪了起来。他垂下眼眸,目光落在她穿着布拖鞋的脚上,嗓音温柔,"……还疼吗?"

"咣当!"

封季同手里的茶杯掉了。

大朵的玫瑰热烈盛放,淡粉色的花瓣混合金红,色彩过渡犹如油画,花瓣上犹带着露珠,更显得娇艳欲滴。

封窈深深吸了一口气,馥郁的花香沁入肺腑。手摸索着,按住那只在她腰间过于心安理得的手。

然后她攥着他修长的手指,用力将那只手扒拉了下来,人也从他的怀中挣脱了出来。

"我、的、脚,"三个字咬字格外重,封窈咬牙切齿,"不怎么疼了,不劳宗少关心。"

如果不是对宗衍的脾性多少有点儿了解,她一定会觉得他是故意的!

宗衍剑眉蹙了起来:"我……"

"你坐吧。"封窈打断他,指了指长沙发,自己走到对面,在单人沙发上坐下,随手把花放在了茶几上。

她的小公寓里鲜有人光顾,突然多了两个人,不算大的客厅一下子像是被塞满了似的,显得拥挤了起来。

唉，果然还是一个人最自在……

宗衍薄唇紧抿成一条直线，不情不愿地在沙发上落座。直觉告诉他，她要说的话，不会是他想听的。

"订婚的事情，我事先不知情，也没人问过我。"

封窈没有拐弯抹角，既然封季同来找她，想弄清楚是怎么回事，索性宗衍本人也来了，不如趁这个机会，干脆坐下来把事情说明白。"突然订婚什么的，我觉得不合适，还是算了吧。"

话语一出，室内的温度仿佛陡然降低了几度。

"窈窈，话不能这么说。"封季同把捡起来的茶杯放好，留意着宗衍阴沉下来的脸色，在心里叹了口气。

这个女儿到底是在小镇上长大的，眼界太小，不懂这种豪门世家的联姻。已经当着那么多人的面公开定下来的，事后再反复，这跟打宗家的脸有什么区别？

说句难听的话，宗衍反悔还有可能，封家这边无端端地反悔，那才真是失了智了。

难怪宗衍脸色难看……

这件事绝不能有变数，封季同知道自己必须马上表明态度，劝止住她这种危险的想法。

"都怪爸爸，以为你妈妈跟你说过这个婚约的事情了。"封季同和蔼道，"这缘分的事情嘛，早一天晚一天，只要是命中注定的姻缘，先订了婚，往后再慢慢相处了解，也是常有的事情。"

这种事情竟然还很常见？

封窈震惊："你们有钱人订婚都这么草率的吗？"

封季同："……"

"窈窈！"余光里，宗衍俊脸上阴云密布，封季同眼含警告，"多大的人了，怎么净说孩子话？"

他转头向一言未发的宗衍赔笑："窈窈这孩子，就是性子天真烂漫了点，说话比较……不加修饰，没有什么坏心思。"

唉，这要是嘉月，哪里用他操心？回头得找个机会，仔细提点她一下，免得她不知轻重，惹出什么麻烦来……

宗衍幽深的眸光扫了封窈一眼，须臾轻笑了一下，终于开了金口："伯父说的是，窈窈和我会好好沟通。"

"好好，你们年轻人好好聊。"封季同松了一口气。

见宗衍抬腕看表,他心领神会:"我还有点儿事,回头有空,来家里吃顿便饭啊。"

宗大少爷彬彬有礼,起身将封季同送到门口:"伯父慢走。"

送走了封季同,宗衍嘴角那抹客套疏离的笑意倏然不见,俊脸阴得能滴下水来。

"死心了?"他抬着下巴,居高临下地盯着封窈。

封窈耸了耸肩:"试试嘛,万一呢?"

本来就没抱什么希望,以为封季同会听见她说一个"不"字,就立刻为她出头,佛挡杀佛。

没抱希望,也就无所谓失望。

"万一?"她这副随随便便、可有可无的态度,深深地刺痛了宗衍。

一股难以名状的郁气堵在胸腔中,心口又涩又胀。他睥睨着她,嗓音凉薄:"那你还真是很天真——还没看明白吗?封家人巴不得把你打包送给我,我说过,你没有反对的资格。"

实话有时候就是让人不爱听,即便封季同透露出来的态度就是这个意思,封窈还是被刺痛了。

"就算是旧社会卖身为奴,还有人会反抗呢,况且我反对不是很正常吗?"她抱着手臂,冷冷地回视宗衍,"毕竟,谁会想跟一个把她当作那种职业的人订婚呢?那不是自甘下贱吗?"

这件事对她的伤害,比想象中更深。封窈以为自己可以很平静,可是真正提起的时候,话音还是带上了一抹不易察觉的颤抖。

"还是你觉得花钱睡我不划算,订了婚就能免费用了?"

"我不是——"

宗衍一下子慌了,像只受伤的河豚,所有的理直气壮瞬间荡然无存。

如果时间可以倒流,回到那个清早,他一定会阻止那个满心被欺骗被羞辱的痛苦、只想让她感受到同样的痛苦的自己。宗衍垂下眼睫:"那天的事情,是我的错,我没有把你当作⋯⋯的意思,我只是⋯⋯"

"只是什么,习惯吗?"封窈美眸中怒火闪动,"看宗少付钱那么熟练,平时看来没少干这事吧?怎么,在别处嫖不到满意的了吗?只能认着我?"

"不是的!我怎么可能?!"

宗衍伸手拉住封窈的手,低声说道:"窈窈,不要说这样的话⋯⋯我知道,无论如何我都不该那样对你,我⋯⋯以后不会了。"

骄矜傲慢的大少爷认错认到这个份上,或许还是人生第一遭。然而封

窈憋着的这口气一上来,就很难再咽下去。

况且就算他认了错,她就一定得原谅吗?

她用力甩开了宗衍的手,一把将门拉开:"虽然封家人想把我打包送给你了,不过我不记得自己签过卖身契。时间不早了,宗少请便吧,我这里恕不招待。哦对了——"她冲回客厅抓起茶几上的花束,大步奔回来,狠狠地扔向他,"拿走!"

花束落在宗衍的胸膛上,撞了一下跌落。

大开的房门正对着电梯门。

宗衍记得,不过半小时前,他踏出电梯时,心情是愉悦轻松的。

私人飞机早在机场待命,有重要的公事等着他去处理,只是当他从公司出来,却自然而然地吩咐了司机,去苏河花园。

当这扇房门打开,明亮柔和的光透出来,那抹窈窕的身影俏生生地立在眼前,他伸手就能拥她入怀,一切如同在山庄里的时候,她是属于他的……

宗衍抬起眼眸,目光落在映在电梯门上一高一矮两道模糊的人影上,脚像是生了根,无法挪动。

他不能这样离开,如果留下怒火中烧的她,就这样走了,一切都全完了……

男人站着不动,封窈伸手就要推他出去:"门在这边,好走不送——"

她的手才刚碰到宗衍,他却倏然抬手,攥住了她的手腕,用力一扯。封窈被扯得跌向他,他顺势收紧了手臂,把她牢牢禁锢在怀里。

衬衫布料柔软,独属于他的清洌气息袭来。封窈怔怔了一瞬,旋即挣扎:"放手!"

"不。"他不知道该怎么做才能让她消气,只能紧抱着她不松手,"我不放。"

封窈气恼地踩了他一脚,扬拳捶打他:"你给我放手!"

"就不放。"

"……"

任凭封窈拳打脚踢牙咬,宗衍只是执拗地抱着她,说什么都不放手,任由着她发泄。

就在这时,只听"叮"的一声响,电梯门"呼啦"一下打开。

电梯里一人一狗,正掏钥匙的卷发阿姨朝这边看了眼,愣住了。

封窈气喘吁吁,拳头还扬在半空,也僵住了。

阿姨眼睛看看紧抱着封窈的宗衍,又看看封窈扬起的小拳头,空气有

· 228 ·

一瞬间诡妙的静默。

"汪汪!"

小泰迪犬蹿出电梯,欢快地奔向封窈,就要朝她身上扑。不防一只大手抓住了它的背带,把它提溜着起来。

"……汪!"小狗在空中挥舞着爪爪。

阿姨赶紧跟出来:"豆豆!不许扑人!"

她从宗衍手里接过狗,眼神偷偷打量着他,不禁在心中赞叹,这年轻人生得可太好看了——之前好像没见过?

她试探着问:"这是封小姐的男朋友吗?真是一表人才,在哪里高就啊?"

"不是!"对门这个张阿姨相当八卦,封窈又推了推宗衍,咬牙低声,"放开,我鞋掉了!"

方才胡乱拳打脚踢,她的拖鞋踢飞了一只。男人身上的衬衫也有些凌乱,领口微敞露出半截锁骨,较之平时高傲矜贵的模样,倒多了一丝难言的性感……

宗衍垂着眼,缓缓地松开手:"我不是她男朋友。"

张阿姨抱着狗,眼神闪烁。

不是男女朋友还搂搂抱抱打情骂俏,年轻人真开放……

封窈终于重获自由,正要去捡鞋,却见宗衍仗着腿长优势先她一步,弯腰拾起了那只横躺在墙边的小雏菊拖鞋。

他拿回了鞋,在她面前蹲下身,大手攥住她纤细的脚腕。

养尊处优的大少爷有一双漂亮的手,白皙如玉,手指骨节分明。修长的手指托着她光裸的玉足,动作轻柔,将拖鞋为她套上。

男人温热的指腹擦过脚踝细嫩的肌肤,被触碰的地方有点儿麻、有点儿痒,封窈的脚趾都忍不住蜷缩起来:"你……"

"好了。"宗衍站起身,又替她理了理方才弄乱的发丝,转头对张阿姨温雅浅笑,"是未婚夫。"

"……"

张阿姨回过神儿来,连连"哦哟":"订婚了呀!封小姐还在上学吧,打算什么时候摆酒啊?哦哟,看你俩感情真好,瞧着多般配,是不是呀豆豆?"

豆豆:"汪!"

宗衍垂眸看着封窈,目光幽深,须臾抬眸,俊脸上矜淡的笑容多了一

抹温度:"谢谢阿姨。"

"不是……"封窈刚想否认,这时张阿姨忽然"咦"了一声,上前捡起地上孤零零躺着的那束玫瑰。

"哇,这个品相的朱丽叶,难得啊!"张阿姨是个园艺爱好者,见猎心喜,"瞧这颜色,这花型,能拍卖到几百万镑的品种就是不一样。乖乖,这么大一束,得是万里挑一吧……"

封窈微怔,挑眉瞟宗衍:"是吗?他说在路边随便买的。"

"真的?"张阿姨激动了,"哪里的路边?还有吗?"

宗衍:"……"

"卖完了,这是最后一束。"宗衍若无其事地接过花,抬腕看了看表,"时候不早,改天请阿姨过来坐坐。"态度自然得仿佛他是这家里的男主人一样。

张阿姨会意,自己碍着人家小两口二人世界了,只好暂歇了打探之心。唉,可惜了,本来还想把对门这姑娘介绍给牌友刚离婚的侄子来着……

封窈看着宗衍客套地应付着张阿姨,直到合拢的门隔绝了对方探究的视线和声音,她蓦地沉下了脸。

她拧过头,柳眉倒竖,正要严厉谴责他反客为主的行径,却冷不防被鲜花塞了个满怀。

"现在她该死心了。"

"啊?"

"你说的就是她吧?"见封窈一脸茫然,宗衍提醒,"在山庄里,你说过有个邻居阿姨,总想给你介绍男朋友。"

"……"

封窈想起来了,她好像是无意中提过一句——不,不是无意,是故意的。她就是故意想惹他生气,想看他气炸成飞飞鱼,又不肯承认吃醋,自顾自地霸道宣告她以后不会再回"贫民窟",再也不见讨人嫌的邻居,那副口是心非的别扭样子……

就这么一句话,还记着啊。

"窈窈。"

玄关顶灯光线昏黄,男人白皙俊美的脸庞仿佛蒙上了一层柔光,凝望着她的眼眸深幽,犹如暗夜苍穹下的大海。

封窈不觉怔了下神:"嗯?"

"我接下来,要出国几天。"这趟除了公事,还有订婚的事情,要当面给祖父一个交代。宗衍看着她,"有什么事,等我回来再说,或者……"

你可以随时打电话给我。"

爱去哪儿去哪儿,关她什么事!

封窈不咸不淡地"哦"了声:"不送。"

宗衍薄唇微抿,按捺下心头的失落:"那我先走了。"

可算走了。

关上房门,终于重归清静。

她应该觉得轻松才对,可是男人长腿迈入电梯里,转身回望她的那个眼神,却像是印在了脑海里,挥之不去。

心仿佛被什么揪着,说不出的不是滋味。

"浑蛋……"封窈心烦意乱,抓起那束花就要塞进垃圾桶。

手悬在垃圾桶上方,攥着花束的手指却不听话地迟迟没有松开。她咬着唇,神色变幻,半晌跺了跺脚,转身去找花瓶。

花又没有做错什么,哼!

"嘉月。"

房门被轻轻叩响,门外传来封季同的声音。

那场寿宴,已经是好几天前的事情了。可是,那晚的耻辱,刻骨铭心。所有人看向她的目光,都是嘲讽的刀子,将她一片片剐得血肉模糊。

她只能强撑着,撑到最后。即便所有人都知道,她在大庭广众之下被抢走了未婚夫,她也只能高高地抬着头,努力维持住最后的一丝体面。

她维持得有多艰难,被指甲掐得血肉模糊的手掌心最清楚。

封嘉月深吸了一口气,慢慢松开不知不觉间紧攥起的手。

"进来。"

"嘉月啊。"封季同拉过椅子坐下,神情带着几分小心翼翼,打量靠在床头的女儿。

从那晚回到家,这孩子就没出过门。封季同叹了口气:"爸爸知道,宗家的事对你不公平。你是爸爸最心爱的女儿,那婚约,爸爸从来没有想过别的可能。只是,宗少挑了窈窈,又是直接当众定下的,覆水难收,爸爸也无能为力啊。"

封嘉月垂着眼,在心中冷笑。

她知道封季同对她心怀愧疚,但也只是愧疚罢了。她和封窈不管是哪一个跟宗衍订婚,都不影响封季同成为宗家未来家主的岳丈。

封季同不仅不会帮她争取,还将邹美婷严加看管了起来,生怕邹美婷

不管不顾地去闹——万一触怒了宗家，那岂不是竹篮打水一场空？

最心爱的女儿？呵！

不过封嘉月知道，要怎么去做一个乖巧的讨人喜欢的女儿。

"他到底什么意思？我不同意这门亲事！"

钱姝没想到去山里露了个营，竟错过了这么大的事，急忙一个电话拨了过来，正赶上封窈刚下课。

"你妈怎么说？"钱姝问。

那晚苏冉在寿宴上露了个面，就赶赴多伦多，作为评委出席电影节去了。只在落地后发了条信息来，叫封窈少安毋躁，等她回来再说。

"一个破电影节，难道比你还重要？"钱姝嘟哝，"你外婆又不在，连个撑腰的都没有，钱英俊也是指望不上，莫名其妙有几个大客户同时找上他，可把他惊喜傻了，马上就飞去勘察了……"

"怎么就莫名其妙了，客户不能是慕名而来的吗？"封窈哭笑不得，"我还说请他吃饭呢，怪不得约不到他。"

"他有啥可慕名的，不知道突然走了哪门子的狗屎运。"钱姝吐槽完她哥，转而问，"你的妹妹呢，什么反应？"

那晚寿宴后，她还没见过封嘉月。她想过解释一下这情况并非她的意思，可是如果对方要问她此前跟宗衍认不认识，有没有勾搭过呢？

封窈叹气："这题我真不会……"

路过校礼堂时，赶上里面活动结束，一大波人蜂拥而出。

封窈正想避开人流，目光却不经意间，瞥见那个被人群围着说话的人。

宗澜？

宗澜像是心有所感般，抬头望了过来。

这么多人，封窈以为他应该看不到她，然而他的目光似乎很容易地越过人群，落在了她身上，旋即笑着冲她挥了挥手。

"宗教授太帅了！我宣布我恋爱了！"

"他的艺术讲座超有趣啊，又帅又风趣的男人谁不爱！"

……

周边花痴声不绝于耳，在宗澜笑着朝这个方向挥手时，更是沸腾起来，还有大胆的女生朝他回挥。

"他冲我笑了！"

"这种宝藏教授为什么我今天才发现，他为什么平时不开课！"

"开课会挤爆吧,我绝对要选修……"

封窈又仔细地看了宗澜一眼。

据说宗家男人普遍长得不赖,阶梯礼堂里挂着的宗昌茂老先生年轻时的照片,风度翩翩的,她见过的宗清也是个混血美男。

只是可能先遇到了宗衍吧,有他珠玉在前,宗澜这种更温和儒雅的帅,对她来说就没那么惊艳了。

可恶,竟然还拉高了她欣赏帅哥的阈值……那她往后的人生,花痴帅哥的乐趣岂不是都少了?

宗澜低头跟身边的人说了句,随即穿过人群,朝这边走来。在四面八方的目光中,停在了她身前,俊脸上清浅的笑容加深了几分。

"我刚还在想,你也在庆大,不知道能不能碰到。"他笑着偏了偏头,"你听我的讲座了吗?"

不待封窈回答,他自己答了:"肯定没有,如果你坐在下面,我一定会注意到。"

封窈只得笑了笑:"我平时不怎么听讲座。"

宗澜了然地点点头:"你不喜欢人多。"他示意,"换个地方说话?"

反正接下来没课,封窈点了点头,跟他并肩朝外走。

"原来你是我们学校的客座教授啊。"她想起刚才听到的,偏头打量宗澜,"宗教授,失敬了。"

宗澜笑着摇头,说:"哪里,要知道,当你姓'宗',很多门都会自动为你打开。"

他眨眨眼:"况且客座教授算什么,某人还是本校校董——你不知道吗?"

某人……噢,细想又不意外,宗衍虽然年轻,身上的名头却不少,随便哪个单拎出来,都响当当的。

"哦,是吗?"

宗澜挑起了眉梢,看了她一眼,试探着问:"怎么,你们吵架了?"

"没有啊。"封窈下意识地否认。

不知道为什么,她不是很想跟宗澜聊宗衍的话题——可能是一想到宗衍时,心里会乱糟糟的吧。

宗澜清俊的脸上浮起一抹失望:"那可惜了,我还想乘虚而入呢。"

Chapter 17
小流浪狗

初秋的九月,风带着微凉的秋意,校园的林荫道上人来人往,人声喧闹。

斑驳树影投在宗澜的脸上,光暗交织,令他嘴角的那抹笑意多了几分暧昧不明。

封窈愣愣地"啊"了一声,一时不知道该做什么反应。

宗澜静静地看着她,枝叶的阴影落在他的眼眸间,凝在她脸上的眸光格外深幽。

被一个温文儒雅的帅哥用这样的眼神注视着,正常点的女生大概都会脸红心跳,小鹿撞怀。

然而封窈只觉得麻烦——好好地聊个天,突然搞什么暧昧?宗衍的事情她都还没掰扯明白,还跟他的堂兄搞暧昧……

是论文不够写,还是手机不好玩,好好的日子不过,非要没事去摸一把电门?

下一瞬,只见宗澜的笑容倏尔加深:"开个玩笑,我可不敢捋某人的虎须。"旋即又捂住胸口,一脸忧伤,"不过窈窈的表情这么嫌弃,让我有'亿'点点受伤。"

哦,开玩笑啊。还好还好。

"我不是嫌弃你,"封窈诚实道,"我是嫌麻烦。"

"有区别吗?"宗澜继续"忧伤脸","还不都是被嫌弃了……"

"有的,"封窈解释,"前者是你的问题,后者是我的问题。"

宗澜微微一怔,倏然轻笑出声。

疏朗隽秀的男人，眉眼间笑意舒展，犹如朗月清风，引来周围不少的目光。

封窃被他笑得不明所以："有问题吗？"

"没有问题。"宗澜闷笑着摇摇头，"唔，知道不是我的问题，我可以放心了，又重新拾起了人生的希望。"

这个人还真是爱笑。

宗衍就不怎么爱笑，他的五官精致中带着锋芒，不笑的时候唇线和下颌线都显得十分凌厉，仿佛一把出鞘的宝剑，寒光凛凛，令人不可逼视。偶尔笑起来，嘴角微微勾起，俊美中平添几分邪气的味道……

女孩儿瞬间的走神儿，宗澜立刻敏锐地察觉到了。

她盯着他出神，但却不是因为他。

她在透过他看别人。她看的是谁，不难猜到——

血缘相近，眉眼间多少会有几分相像吧。

宗澜忽然抚胸躬身："为了庆祝重拾人生的希望，区区不才在下我，是否有幸请封同学喝杯咖啡？"

"区区不才在下我"，一下子让封窃想起了那天艺术展上，这个促狭鬼搞出的荒诞戏码，忍不住"扑哧"一笑。

不远处，银杏树粗壮的树干后面，封嘉月举着手机，镜头对准那对相视而笑的男女。

真是天意啊。

她今天来庆大找封窃，本来另有打算，不过现在，那都不重要了。

——这个野种竟然，不，果然，跟宗澜的关系不一般！

浪漫唯美的校园，含情脉脉对视，相谈甚欢的男女，从这个角度，两个人几乎是贴在一起的。

封嘉月调整着手机的角度，镜头中，女人仰着脸，男人低着头，仿佛下一秒就会亲上去一样。

"宗"字代表的就是麻烦，虽然宗澜这人还算有意思，封窃很乐意跟他聊上几句，不过喝咖啡什么的，还是免了吧。

"好吧，看来本教授的排面不够。"宗澜被拒绝也风度不减，"那加个微信，阿衍应该不会介意吧？"

……关他什么事！

封窃拿出手机，跟宗澜互加了好友。

跟某人乌漆墨黑的头像形成鲜明对比，宗澜的头像五彩斑斓花里胡哨，昵称就叫"五彩斑斓的黑"。

谐音梗，扣钱。

"'咸鱼11号'？噢，"宗澜恍悟，"11，幺幺，窈窈……谐音梗啊。"

封窈："……"

正好一条新消息跳了出来。封窈一眼扫过，是苏冉，说已经到校门口了——

"啊，我得走了。"

宗澜温和浅笑："那回头见。"

他站在原地，看着那道窈窕的背影朝校门方向远去，嘴角的笑意一点点加深。

真是，有意思啊……

苏冉的车停在校门口，封窈上了车，便听她劈头就问："订婚是怎么回事？"

封窈忽然觉得有点儿好笑。每个人都问她是怎么回事，好像她就该给个合理的解释似的。

"妈妈希望是怎么回事？"她反问苏冉。

苏冉直言："不管怎么回事，我希望你应下，宗衍的地位摆在那里，成为他的未婚妻对你没有坏处。"

封窈沉默了。她还以为，苏冉明知发生过什么，至少会有疑虑，至少不会跟封季同一样——用宗衍的话，巴不得把她打包送给他。

浓浓的失望像巨石压向封窈，她听着苏冉继续说："之前的事情我也很生气，但人不能被情绪牵着走，现在的局面对我们更有利……"

"我们？"封窈倏然轻笑了一声，"你到底把我当成什么啊，妈妈？"

三日后，万里之外的瑞士。

私人疗养院依山傍水，背靠连绵起伏的阿尔卑斯山脉。宗宏深每年都会来这里休养一段时间，如今有了合意的继承人，他更能放松下来修养身心，以求延年益寿。

"都出去。"宗宏深一声吩咐，用人们安静地退了出去。

偌大的房间里剩下祖孙二人。

明净的落地窗正对着莱蒙湖，湖水湛蓝清澈，天鹅结对游弋，远山白雪皑皑，湖光山色美不胜收。

"你瞒天过海，就为了跟个私生女订婚？你将我、将宗家的颜面置于何地？"

宗宏深坐在椅子里，积威多年的气势释放出来，压迫感如有实质。

上位者如他习惯了掌控一切，最不能容许的就是在自己毫无察觉的情况下，发生了脱离他掌控的事情。

而且这刻意的欺瞒，还是来自他信重的继承人——

换作宗家任何一个人，哪怕是最胆大妄为的宗玉山，面对盛怒中的老爷子，也免不了要忐忑哆嗦。

宗衍长身挺拔立在面前，脊背挺直，俊脸上无波无澜。

他是故意误导了祖父，让祖父以为他想跟封嘉月订婚。又暗示了祖父的私人医生，安排祖父提前来了瑞士休养，避免听到封家认回封窈的风声，传进祖父的耳朵里。

看似他只是那晚在寿宴上说了一句话，背后却需要周密的安排。老爷子敏锐，万一听到什么，心血来潮横插一手……他不允许有风险。

而老爷子的怒火，他在做决定时，就预料到了。

"窈窈不是私生女，她母亲与封季同交往时，封季同还没有结婚。"宗衍淡淡道，"况且无论如何，她都无法选择。没有人能选择自己的出身，我也不能。"

宗宏深哪会听这些。不是在婚姻内出生，更不是作为正儿八经的千金，体体面面地长大，堂堂正正地在社交圈中拥有一席之地，在他眼里，就是私生女。

他选中的继承人，绝对不能有一个如此不体面的妻子！

那晚几乎整个上层圈子都去了封老头子的寿宴，当众宣布定下来的事情，转眼便尽人皆知，不留任何余地。

事已至此，宗家固然还可以强行反悔——可那难道就很体面了吗？

宗宏深清楚，这正是宗衍要的结果。

他素来欣赏宗衍的行事果决，即便不懂事的外人以及有些宗家人，明里暗里诟病宗衍过于狠绝，不留余地，可他却不以为然。

商场之上群狼环伺，能够执掌家族就需要这份狠绝果断。心慈手软只会被撕得渣都不剩，将宗氏的百年基业断送。

其实二子宗玉山也颇有手腕，这些年也被作为继承人的人选考量，只是宗玉山过于刚愎自用、妄为冒进，以至于败在了宗衍这个晚辈的手下……

宗宏深收回发散的思绪，精利的眸光紧锁在宗衍的脸上。

年轻俊美的脸庞，眉眼间锋芒凛冽，眼神不避不闪，没有任何悔意，挺直的脊背透着一股傲然的倔强。

这一幕，似曾相识。当初宗庆山也曾站在他的面前，想娶那个出身低下的女人。不同的是，他只是训斥了两句，宗庆山便软下了脊梁。

良晌，宗宏深开口道："你回去吧。好好闭门思过，公司的事情先交给你三叔。"

这是卸权的意思了。

宗衍垂下眼睫，应了一句："是。"

厚重的实木门打开，守在门外的罗君毅关切地看向走出来的宗衍。作为宗宏深多年的心腹，罗君毅十分清楚，老爷子这回是动了真怒。

宗衍俊脸上神色寻常："祖父让我闭门思过。"

一句话令罗君毅脸色大变。

这也太严重了……

"这段时间要劳烦罗叔了。"宗衍交代道，"烦请劝着祖父些，不要让他过于劳累。"

不想让老爷子过于劳累，就不要搞出这种瞒天过海的事情来啊！

卸权这种事，可大可小。如果能高高抬起轻轻放下，那自然是好的。

可万一弄不好，把来之不易的上位机会给断送了呢……

宗衍在罗君毅担忧眼神的注视下，出了前厅。行至正门，看到从停在台阶下的车里走下来一对中年男女。

男人面容英挺，女人穿戴精致，眉眼算不上顶美，不过保养得宜加上衣装衬托，也能算是清婉秀丽。

宗衍微抬着下巴，居高临下，睥睨的眼神平静无波，仿佛只是看到了一只蚂蚁、一片落叶。

他的目光没有任何停留，不紧不慢地走下台阶，走向等候着的座驾。

"你给我站住！"宗庆山被这不加掩饰的无视气了个够呛。

然而宗衍充耳不闻，径自上了车，保镖旋即将车门关上。

车队一行绝尘而去。

"混账东西！"宗庆山面色铁青。

黎韶华柔声安抚他："不要生气了，阿衍的脾气就是这样。你也是的，老是不给他好脸色，怎么能好呢？"

"你还帮他说话,他又不会领情!"宗庆山恨恨道,这小杂种命太硬,怎么都弄不死。

"我又不是为了叫他领情,"黎韶华软声细语,"我只是希望你们父子和睦,都是一家人……"

进入前厅,黎韶华自觉地留步。

她跟了宗庆山这么些年,相处起来与正常的夫妻别无二致,却依然不是被承认的宗太太,宗老爷子更是从来不见她。

平日里圈子里的贵妇都捧着她,似乎有没有那个名头都一样。只有在这种时候,站在原地看着宗庆山的背影,她仿佛能看到,明晃晃地横在她面前那道名为身份的鸿沟。

如同一道深渊巨口,能将人吞噬……

行驶的车中,助理汇报:"按您的指示,给钱先生安排了一些客户。"

虽然不知道宗少为何突然大发善心给人送客户,不过可以预见的是,那位钱先生接下来有得忙了。

宗衍闭着眼眸轻轻"嗯"了一声:"去机场。"

既然要闭门思过,那么接下来的行程他不用去,可以回庆城了。

只要不赶论文,封窈向来是早早洗白白,上床会周公。

才刚躺下,睡意正在朦胧酝酿中,突然门铃"叮咚"大响。

大晚上的,谁啊!

封窈想置之不理,管他是谁,没人理会总该放弃离开,改日再来——最好是别来了。

"叮咚叮咚!"

无奈按铃的人相当执着。封窈只好下床,走到门口,看了眼可视门铃。

果然。

男人高大的身影带着几分风尘仆仆,面容在昏暗的灯光下晦暗不明。见门从里面打开,他长腿微抬,又放下。

"我可以进来吗?"

封窈那点残留的睡意一下全醒了。

天要下红雨吗?大少爷向来不都是自顾自地,想进就进来了,还会征求她的同意?

"你变成吸血鬼了?"

宗衍:"……"

"在西方吸血鬼文学里,家是受上帝保护的地方,而吸血鬼是被上帝遗弃诅咒的种族。所以吸血鬼要想进入活人的家,必须得到主人的邀请,否则不能进入。"

宗衍:"……"

宗衍沉默半秒,抬腿走了进去。

好吧,不是吸血鬼。

然后才意识到,自己这就把人放进来了。

算了,来都来了。封窈嫌站着累,往沙发扶手上随意一坐,双手环胸看着立在客厅当中的男人。

不知道今天又想搞什么鬼?

头顶的暖光灯带洒下柔和的光,茶几上的花瓶里,朱丽叶玫瑰圆润的花朵仍然开得娇艳。

在外这些天,不出意外地没有收到她的只言片语。宗衍有不少想说的话,可是在看到她的瞬间,却什么都不想说了。

只想抱她。

客厅太小,男人腿太长,封窈看着他三两步到了近前,高大的身形笼罩下来,她不得不仰起脸,才能看到他逆着光的脸。

"我被祖父从公司赶出来了。"

"啊?"封窈吃了一惊,环在胸前的手臂不自觉地放了下来,"为什么啊?"

他不是很受宗老爷子器重,是板上钉钉、货真价实的太子爷吗?

宗衍没有回答,低低的嗓音缥缈得好似捕捉不到:"我没有地方可以去了。"

封窈眨了眨眼睛,难以置信:"连住的地方都没给你留?"

太狠了吧?他出去这一个礼拜都干了吗,把自家祖坟给挖了吗?

宗衍垂下眼睫:"我不想回去。"

封窈心念一转,好像有点儿明白了。

心高气傲的大少爷,这是受打击了吧……

身高腿长的男人站在面前,眼眸低垂,乌密的睫毛投下一片阴影,无端地透着一股可怜兮兮的感觉。

……可怜个鬼。

她一个搬砖的普通人心疼宗大少爷,跟长工心疼地主、社畜心疼资本家有什么分别?

"不是有朱婶吗?"

"朱婶不在。"宗衍抬起眼皮,一双宛如墨玉的黑眸望着她,"我把林如栩送走了,朱婶不放心,去陪她了。"想起那日的惨况,他的嗓音冷了下来,"顺便好好教教她做人。"

顿了顿,他补充了句:"那边有位园艺大师愿意收朱启航做关门弟子,待他很好。"

哦,怪不得她落在山庄的东西没了下文……封窈旋即释然,朱启航对花花草草的热爱那么纯粹,能跟着园艺大师学习,应该很开心吧。

方才刚从床上爬起来,她出来时没开客厅顶上的大灯,只打开了沿圈的灯带。

灯带的光是黄调的暖光,轻柔得如同一层薄纱,光影柔和了男人的眉眼,让他显露出一种易碎的脆弱感。

爹不疼娘不在的孩子,没了朱婶,就没人管他了吧。

被这样的眼神望着,封窈莫名地有几分心软。

心软什么,真是好了伤疤忘了痛。封窈冷脸:"那是你的事。"

她的态度犹如铁壁铜墙,宗衍搭在身侧的手指紧了紧,一时间想不出还能说些什么、做些什么,可以打动她。

与封窈相关的一切,对他来说都是前所未有的全新状况,他没有任何类似的经验可供参考,似乎也没有谁可以请教。

宗衍的心头忽然生出一股恐慌。

如果,万一……万一真的挽回不了,那,他要怎么办?

单是想到这种可能性,宗衍的心就像是被一只手狠狠地攥住,几乎让他窒息。

"窈窈……"他轻唤她,低哑的嗓音中带着他自己都没察觉到的祈求。

这眼神、这语气,封窈只觉从头皮到指尖,都有种麻麻的感觉。

如果他是像之前那样理直气壮,态度霸道专横,颐指气使地命令她这样那样,那么她大可以毫不犹豫地让他滚出去睡大街。

可是他这个样子……就像是一只恶犬忽然收起了爪牙,对她露出最脆弱的腹部,她可以轻易地伤害他、折磨他。

"就一晚。"封窈站起身,试图让自己显得强势一点,"客房有铺盖,洗手台下的柜子里有新的牙刷,你自便吧。"说完便转身走向自己的卧房。

关门,反锁。

惊喜来得太突然,她的动作又太快,几乎是落荒而逃一般,宗衍还没来得及说什么,门就已经"咔嗒"一声锁上了。

封窈锁完门,半晌没有动。

待了一会儿,她将额头抵在门上,闭眼咬牙。

啊啊啊,这男人太犯规了!她为什么心这么软,为什么!

一门之隔,宗衍抬手将掌心贴在门上。

木质的门板光滑沁凉,不一会儿便染上了些许温度,不知道是不是错觉,他仿佛能听到她轻柔的呼吸声——

应该是错觉吧。

不过,总算近了一步。

虽然不小心容留了麻烦人物过夜,但这并没有影响封窈的睡眠质量。她最大的本事就是贴着枕头就能睡着,天塌了也要先睡够。

次日没有早课,按习惯,她应该要睡到自然醒,再慢悠悠地起床去学校。

怎奈一大清早,只听突如其来"哗啦"一声脆响——

封窈蓦然惊醒。

刚醒的迷茫让她花了十几秒的时间,才回忆起自己昨晚心软之下收留了谁。

这时又有碎玻璃的"哗哗"响声传来,像是有人在清理。只是响了没几下,又陡然安静。

最怕空气突然安静。封窈躺不住了,挣扎着坐起身,下了床。

走到房门前,她拧着把手,一下没能打开,这才想起是反锁的。

……麻烦。

一进客厅,便看见宗衍高大的身影立在厨房里。余光瞥见一抹红色,她登时头皮发麻,加快脚步奔过去。

"你怎么了?"

厨房地板上一地碎玻璃,横流的水混着斑斑血迹。

血的来源显然是宗衍的手——他的手掌划破了一道很深的口子,血不断顺着白皙修长的手指,滴落在地面上,丝丝缕缕在水迹中漾开,将碎玻璃都染红了。

"你别过来!"宗衍一脸紧张地制止封窈,"小心别踩到了。"

封窈这才注意到他是赤着脚的。

目光扫过料理台上还在冒着烟的电热水壶,以及地上曾经是个杯子的玻璃碴儿,她大概能还原出来发生了什么——

大少爷起了个大早,因为这里没有男士拖鞋,他只好光着脚。

他走进厨房,运用之前学会的新技能,烧了一壶水。

不知道是想泡茶,还是想空口喝开水——总之他从料理台上拿了一个玻璃杯,倒了一杯刚烧开的热水。

大少爷肯定不知道玻璃有耐高温和不耐高温之分。他拿的这个杯子,很不幸是不耐高温的,只能用来装装果汁饮料。

开水倒进去,它有可能瞬间碎裂,也有可能延迟两秒,再表演一个原地炸裂。

根据玻璃碴儿的位置判断,发生的应该是后者。宗少爷端起玻璃杯,然后,悲剧了——就是吵醒她的那"哗啦"一声响。

他从小腿到脚背被开水烫得通红,起了大片的水泡。接着他大概是想清扫地上的碎玻璃,也就是后来那几下"哗哗"响声,然后又把手割伤了。

"站着不要动。"

封窈给自己的推理打了个满分,奔去浴室拿来干净的毛巾和厚浴巾,不理会宗衍紧张的劝阻,走到他身前,把毛巾捂在他不停流血的手上。

"先按住。"

接着她拿起拖把,将地上的碎玻璃朝旁边扫了扫,然后用厚浴巾在地板上铺出一条路来。

"踩着这个出来,小心一点。"

踩着厚浴巾,总算把宗少爷营救出来了。他手上的伤口太深,血流如注,转眼就染红了毛巾。

"这样不行,"封窈急了,"得马上去医院。"

宗衍倒没有硬撑,只是他昨夜就让蒋时鸣离开了:"我叫车……"

"我有!"这样流下去会失血过多的,封窈拽着他就要走,"赶紧的!"

宗衍没动,眼睛看着她:"你……就这样出门?"

封窈:"……"

封窈冲回卧室,脱下睡裙,随便套了件衣服,又冲出来,催促宗衍:"快点!"

宗衍脚背上都是烫出来的水泡,鞋是没法穿的。封窈灵机一动,拿出塑料鞋套:"反正就下楼这几步路,先套上对付一下。"

宗衍很嫌弃:"我不要。"

封窈:"不要你就光着脚,外面地上有人吐痰,还有小狗撒尿。"

宗衍："……"

宗衍默默地套上了鞋套。

乘电梯到了地下车库,看清楚角落里封窈的"车",宗衍顿住脚步,额角跳了跳。

"……这是什么东西?"

"这叫电动车,也叫'小绵羊',是一种很方便的交通工具。"封窈把小电动推了出来,从储物箱里拿出头盔递给宗衍,"大少爷,你想坐四个轮的,不好意思,我不会开。"

见他不接,她眼睛一瞪,说:"你是不是嫌自己血太'厚',想再多流一会儿?"

凶巴巴的模样,却透着掩不住的担心。

宗衍心头像是被羽毛轻拂了一下,有种难以言喻的痒。

他接过头盔,不熟练地戴上,抬起长腿坐了上去。

封窈只觉得身后骤然一沉。余光里,宗少爷一双屈起的大长腿无处安放,显得十分委屈。

委屈也没辙,她的"小绵羊"才委屈呢,这辈子都没载过这么沉的"货"。

好在"小绵羊"很争气,多了一百多斤的负重,也没有罢工不干,兢兢业业地载着两个人,朝最近的医院奔去。

按理说这应该是宗衍这辈子最狼狈的时候——

头上顶着奇怪的头盔,手上包着染血的毛巾,脚套蓝色塑料鞋套,被女人载着,坐在一辆粉红色的电动车后座上。

如果让认识宗家太子爷的人看见,怕是都不敢认——

首先不敢确定,是不是宗少本人。

如果确定了,还得担心会不会被灭口。

微凉的风迎面吹来,宗衍揽着封窈纤细的腰肢,往日里坐在车中,却很少朝外望一眼的街景,此刻仿佛都是全新的感觉。

最近的医院就在两条街外,转眼就到了。

急诊医生大风大浪见得多了,什么样的奇葩没见过,光脚穿鞋套算什么。这显然是一对小情侣,男帅女靓,一走进来,仿佛整个房间都亮了。

男人虽然略有些狼狈,然而俊美的面容,周身那股矜贵的气质,令他有种令人不可逼视的距离感。

女人则是个眉目如画的风情美人,医生看得差点儿移不开眼,直到男人撩起眼皮淡淡地瞥了他一眼。

只是一个眼神，医生顿觉后背发凉，慌忙移开视线，专注地给这个气势逼人的年轻男人处理起了伤。

手上的伤口太深，缝了好几针，用纱布包扎起来，脚背和脚腕上的水泡处理妥当，烫破的皮肤也需要包扎。

"伤口不能沾水，这几天最好不要吃辛辣刺激的食物，每天要换药……"

医生殷殷叮嘱着封窈，封窈忍了又忍，还是没忍住，说："受伤的又不是我，您跟他说啊。"

医生愣了愣："这个，家属也要听一下，毕竟要照顾病人……"

封窈想说她才不是家属，手却倏然被拉住。

男人掌心温热，大手轻松地将她的手包裹住，扬唇轻笑了下。这笑容好看得近乎耀眼，封窈不由得晃了一下神儿，没有及时甩开他的手。

他修长的手指便趁机划入她的指缝间，十指紧扣，温声对医生说："谢谢医生，我们都记住了。"

"小绵羊"任劳任怨，载着两人回程。

封窈开进车库，直奔她平常停车的角落。刚刚停稳，不远处一辆黑色迈巴赫的车门开了，蒋时鸣探出头来："宗——"

他猛地一顿，差点儿咬到舌头。

方才只看见宗衍屈着一双长腿，窝在一辆迷你的粉红电动车后面，那画面已经够震撼了。

此时看清楚了宗少的尊容，蒋时鸣的内心翻江倒海——

昨晚把宗少送过来时，虽然他看起来心情不怎么好，但好歹是个全须全尾、体体面面的矜贵大少爷吧。

怎么一晚过去，搞得这么凄惨……

蒋时鸣猜不透，只想着，至少应该不是被封小姐暴揍虐待了吧。

宗衍从木着脸的蒋时鸣手里接过一个大包，跟着封窈上了楼。

关上房门，封窈总觉得哪里不对。

直到目光落在坐在沙发上，正从那个大包里往外拿东西的某人身上。

……她怎么又把他带回来了？

宗衍惯用的右手被厚厚的纱布裹着，只能用左手单手拉开大包的拉链。

包里是各种日用品，还有一些换洗的衣物。封窈看着他从里面翻出一双拖鞋，放在旁边，弯腰去脱脚上的鞋套。

他的伤她根本没敢细看,医生处理伤口的时候,她把眼睛撇得远远的,直到都包扎好了,才敢转回头来。

反倒是宗衍自己,一声都没吭,还有心思跟她说不疼。

骗鬼呢,以为她看不见他泛白的脸色、不时蹙起的眉心、额角沁出的细汗吗?

宗衍察觉到封窈的视线,抬眼望向她,又顺着她目光的方向,看了眼自己包裹严实的右手。

"真的不疼的,"他冲封窈笑了笑,"才缝了几针而已,之前受过的伤比这重多了,不都没事了。"

封窈想起他身上那些车祸留下的疤痕。其中有一处在大腿上,那天在泳池,她第一次在明亮的阳光下,清楚地看见那道狰狞的伤疤。

暗红色的疤痕长而蜿蜒,微微凸起,摸上去有点儿滑。可以想象得到,当时有多凶险。

记得他在她轻柔的抚摸下,喘息着告诉她,当时这处伤很接近大动脉,医生都感叹,若是再偏上一点,划破了动脉,怕是绝无幸理,连送去医院的机会都没有。

真正是大难不死,然后继续为祸人间。

厨房里还有一地狼藉没收拾,封窈看了眼时间,她得准备去学校了。不过在那之前——

"我说过,只能收留你一晚。"

真是脑子短路了,刚才明明看到了蒋时鸣,竟然没想到叫蒋时鸣把他接走……

宗衍的笑意凝在唇边,须臾垂下眼:"你要赶我走?"

……又来了又来了!

明明就是地狱恶犬,可是这副低沉失落,透着小心翼翼的模样,就好像她是个无良主人,要恶意遗弃小动物一样。

再加上这一身狼狈凄惨的伤,就更可怜了……

"我……"封窈真恨自己没有一副铁石心肠,话说出口,语气先软了几分,"那你总不能住在我这里吧?"

"为什么不能?"宗衍脱口而出,旋即意识到语气太硬,嗓音低了下来,"我们已经订婚了。"

这句话的语气低得近乎嘟哝,无端地透着一股委屈的味道。

封窈仿佛有种错觉,自己在坚持将一只伤痕累累的大狗往门外赶,狗狗却拼命地用爪子扒拉着脖子上的狗牌，用控诉的眼神望着她，让她看狗牌上刻着的她的名字和联系方式。

……这都什么跟什么。

封窈赶紧晃了晃脑袋，试图把这个画面驱散。

宗衍却以为她这是在摇头否认，顿时俊脸一沉，腾地站了起来。

孰料动作太猛，脚不小心撞上了沙发的下沿。木头的棱角狠狠地刮过烫伤的伤口，顿时一股剧烈的疼痛袭来，宗衍闷哼一声，俊脸"唰"一下变惨白。

"你怎么了？"封窈吓了一跳。

宗衍后背出了一层冷汗，闭着眼睛等待那一阵钻心的痛过去。

比这疼痛更让他难受的，还是她的拒绝。

他睁开眼，黑眸沉沉望着封窈，薄唇紧抿着，赌气般地道："我很疼，手疼，脚疼，哪儿都疼，疼得受不了。"

怕疼星人哪听得了这个。每听他说一个"疼"字，封窈眉心就是一跳。

"那你还不站着干吗……坐下啊。"

"你又不在乎我疼不疼。"宗衍站着不动，目光别向一边，"你不是赶我走吗？"

封窈："……"

一米八九的男人，足足比她高了一个头，别着脸赌气的样子，莫名有点儿好笑。

男人棱角分明的侧脸近在眼前，目光所及是他完美的下颌线，线条清晰的脖颈上是微动的喉结。

封窈转开视线。

"我得去学校了，你爱站站，爱坐坐，我管不了，你爱怎样就怎样吧。"说完她就要回房洗澡换衣服。

"窈窈。"宗衍攥住封窈的手腕，拉住了她。

封窈扭过头来："又干吗？"

宗衍的表情明显缓和了下来，一双黑眸亮若繁星："你可以管我的。"

"……谁要管你！"

他的眸光仿佛有温度似的，封窈莫名觉得脸颊有点儿热："放开，我要迟到了！"

宗衍垂眸定定地望着她，过了一会儿，才缓缓地松开手。

直到进了学校,封窈仿佛还能感觉到男人灼热的目光,几乎能将她烧着。

"一回来就给我找麻烦……"她嘟哝着走进研讨教室。

她性子向来疏懒,又无意扩大社交圈,各类活动都不爱凑热闹,主要是嫌被搭讪太麻烦。开学以来,她日常来往的多是导师手下的几个同门。

师姐宋叶薇看见她很是兴奋:"来得正好,庆大公众号刚才的推送文章,封面有你欸!"

"嗯?"封窈忙打开庆大公众号。

只见最新的推送文章是关于近期的艺术系列讲座,封面图片上,被学生们簇拥中的宗澜俊脸含笑正在说话,在他身侧,她看着宗澜的眼神专注,似乎被他讲的内容深深地吸引住了。

抓拍画面生动自然,镜头对焦下的俊男美女煞是养眼,氛围青春洋溢,连韩教授都忍不住夸了句:"这张拍得好,可以当招生广告了。"

"这个宗教授好帅,有主了吗?"宋叶薇拿手肘顶了顶封窈,"有没有加个微信什么的,勾搭一下?"

封窈赶紧撇清:"我只是路过。"

宋叶薇扬眉:"哦?"

桌子对面,几个师兄互相交换着眼神,瞟向封窈的目光带着一丝掩饰不住的鄙薄,又有些蠢蠢欲动。

不愧是传言中的"蛊王",连教授都不放过……

对面的眉眼官司封窈没有注意,看到宗澜,她想到赖在她家里的那个大少爷。

把他一个人留在家里没问题吧?她不禁忧心起来,这才一早上,厨房就遭了殃,再过上一天……

总不至于,把房子烧了吧?

封窈一离开,公寓仿佛一下子空旷了下来。

宗衍长这么大,还是第一次住这么小的地方。

她的住处,和她的人一样,处处透着舒服自在。随处可见的柔软靠垫,窗边的懒人摇椅,随意散落的书本手稿,他几乎能想象出她懒懒地倚在垫子上,拿着一本书,看得入迷的自在模样。

明亮日光透过玻璃窗,微风拂动窗帘。宗衍放任身体陷入云朵般柔软的摇椅中,两条长腿伸展开,通过电话从容地向手下高管下着指示。

宗氏的控制权他当然不会真的放弃,董事会早已在他的掌控之中,即

· 248 ·

便他不在台前,也能牢牢抓在手中。

他想要的,只要他不放手,就没有人能拿走。

安排完公事,宗衍又给助理下令,调查他初见封窈时那个在闹跳楼的人。

那人在楼顶嚷嚷的那些话,显然是造谣污蔑。流言杀人于无形,如果那人是刻意为之……

其心可诛。

宗衍眸光冰寒,正要打电话给庆大的虞校长,这时杜景明突然转发了庆大官方公众号过来。

他随手点了进去,目光落在显眼的封面图上,蓦地一凝。

整个下午,封窈看文献看得心神不宁,坐立不安。

把房子烧了应该不至于,可是谁知道大少爷又会干些什么,等她晚上回去,家不会已经被拆得差不多了吧?

"喂喂,魂儿呢?"宋叶薇伸手在她眼前晃了晃,"怎么,晚上有约会啊?"

"没有没有,"封窈忙否认,"我只是……呃,担心家里的……狗。"

"你养狗了?"宋叶薇眼睛一亮,"什么品种?有照片吗?快给我吸吸!"

不不不,吸不得——

封窈搪塞:"刚捡的,没拍照……"

"捡了小流浪狗啊?真有爱心。"

不小,挺大只的……

韩教授是个资深"铲屎官",听到封窈收养了小流浪狗,大发慈悲地放她提前走:"狗刚到家需要适应,记得带去宠物医院做个体检,驱虫打疫苗,适龄要绝育……"

封窈越听头皮越麻,走出办公室时真是松了一口气。

再听一会儿绝育犬只的护理要点,她的表情就快绷不住了。

回到苏河花园,踏入公寓楼的电梯里,刚松下的那口气又提了起来。她打开指纹锁,推开房门。

空气中飘来一股焦煳味。

封窈径直冲向厨房。

从门口到厨房短短的几秒间,封窈已经做好了心理准备。

养尊处优的宗大少爷,一旦没了人伺候,早上砸杯子,晚上炸厨房,实属正常。

昨夜还敢关起门来睡得安安稳稳,实在是想得越少,才睡得越香。

冲到厨房门口,眼前的景象,却让封窈愣住了——

厨房的房顶还在,地板上干干净净,台面上纤尘不染,水池亮得能反光。

干净过头了。

可是空气中的那股焦煳味,让人无法忽略。

这时客房的门开了,宗衍从里面出来,看到她,嘴角扬了起来:"你回来了?"

封窈目光从他微带湿意的头发,扫过他身上换过的衣服,往下掠过他手上和脚上的纱布,重又落回他的脸上。

"洗澡了?"

宗衍俊脸上闪过一抹心虚:"嗯。"

她比他预计的,回来得早了一点……

封窈声气柔和:"医生不是说,伤处不能沾水?"

"没有沾到,"宗衍抬起右手伸到她面前,"我很小心,你看,还是干——"

话没说完,纱布边角上赫然露出一片湿迹。

宗衍一僵。

"没事,随便洗。"封窈更加柔和,"就算感染了,最差大不了也就是截肢嘛。"

她转过身,皱着鼻子轻嗅,目光在厨房里睃来睃去。

……到底是什么烧焦了?

说实话,封窈对自己的厨房算不上多熟悉,乍一眼还真看不出来,这里有什么异样。

然而不知道该说是直觉,还是潜意识,她就是觉得,好像少了点什么。

宗衍像尾巴一样跟着封窈:"只是纱布沾到了一点点水,伤口没打湿,窈窈你别生气……"

"我有什么好生气的,截肢又不截我的。"封窈拿眼梢瞥了他一眼,忽然意识到什么,转头盯着吊柜下方的台面。

黑色大理石光可鉴人,台面上空空荡荡。

"锅呢?"这里应该放着一只锅吧?

宗衍:"……"

封窈眯起了眼眸。

空气中的焦煳味,失踪的锅……

"叮咚——"正在这时候,门铃响了。

封窈看了宗衍一眼,去开门。

"少爷,您要的锅。"门外的人捧着锅——一只崭新的锅。

封窈倚着门抱起手臂,眉梢高高地挑起。

宗衍闭眼,抬手揉了揉额角。顶着封窈意味深长的眼神,他伸手接过那口锅,语气淡淡:"这里没你的事了。"

旋即关上门。

他拎着锅,努力维持住淡定的表情,考虑了两秒是否再强撑一下,最终还是放弃了。

"那个锅太旧,我给你换了一个更好的。"

封窈:"……"

男人白皙如玉的俊脸淡然无波,只有微微发红的耳朵,泄露出一丝内心的情绪。

封窈突然"扑哧"一下笑了出来。

"你真是……噗!"

她从宗衍手里把那只锅拿了过来,举在眼前仔细打量。嗯,除了新一点,几乎一模一样。

如果放在原位置上,她还真未必能认得出,此锅非彼锅。

只可惜时也命也,她回来得早了一点……

"笑什么!"宗衍被她笑得脸上挂不住,羞恼之下耳朵更红了。

他记得听杜景明那家伙说过,征服一个女人的心,先征服她的胃。男人亲自下厨为女人烧菜,最能打动女人的心。

虽然没下过厨,不过他不觉得做菜能有多难,动手前他还特意看了几个教程视频,无非就是把东西丢进锅里翻炒,再简单不过,一看就会。

然后一做就废。

这间不大的厨房里仿佛发生了一场战争,狼烟四起。他只能用一只左手狼狈应对,险象环生。

最后,看着烧坏的锅里那坨焦炭状的不明物体,宗衍只剩下一个念头——

绝不能让封窈知道。

好在时间还有余裕,他叫了个帮佣来毁尸灭迹,同时差了人去买个同样的新锅。

他身上也溅了不少油迹脏污,必须洗澡换衣服。

原本这个计划很完美——

封窈平日里应该很少下厨,一个锅而已,她十有八九不会察觉。等到她回来,所有的痕迹都已经湮灭,味道也散得差不多了。

计划很完美,怎奈天意弄人,她回来早了……

身高腿长的男人耳根通红,俊脸上满是懊恼。封窈笑得停不下来:"我可怜的锅啊,到底遭受了什么,连个全尸都没留下……"

宗衍羞成怒,上前一步掐着她的纤腰,将她按在了墙上。

他低下头,目光在她笑个不停、娇艳诱人的红唇上流连,喉结滚动:"不许笑了!"

封窈的后背抵着墙,退无可退,身前是男人高大坚实的身躯,将她整个笼罩住。

他温热的呼吸扑洒在她脸上,薄唇离她不过咫尺,却没有再接近,连抵着她的力道都透着几分小心翼翼的克制。

她印象中的宗衍,从来都是强势专横,咄咄逼人的。

好像在丛林里成长起来的猛兽,充满侵略性,毫不犹豫地索取、掠夺、占有。

他根本不懂得什么是对等的关系,大概没有人教过他,感情应该如何付出,又该如何收获。

可是眼前的他,是忐忑踟蹰的。想靠近,又怕她不允许,只能徘徊在近旁,却又不肯离开,不愿意放弃。

真是个傻瓜……

心头忽然涌起一股难言的酸胀感,封窈望着近在咫尺的那双深如寒潭的黑眸,垂在身侧的手抬起,将要触碰到他的衣角时——

"丁零丁零!"

手机铃声骤然响起,在封窈的衣兜里振动个不停。

宗衍攥在她腰肢上的左手紧了紧,须臾缓缓地放开了她。

封窈走到窗边接起电话,是奶奶。

这些天爷爷奶奶不时地喊她去吃饭,她都以学业忙为借口推了。

不知道二老会不会觉得她不识抬举——以前估计会,不过照苏冉的说法,"宗衍的未婚妻"这个头衔大有好处,不看僧面看佛面,他们应该不会跟她计较吧。

奶奶照例先嘘寒问暖了一番,然后进入正题:"窈窈啊,宗衍有没有说什么时候带你见宗家长辈啊？照规矩，接下来该两家长辈出面，商量婚期，准备婚礼，外人都盯着咱们呢，可不能让人看了笑话……"

封窈听得头大。

她的目光瞥向厨房，男人拎着那口新锅，放在了旧锅原本的位置上，右手上白色的绷带分外显眼。

仿佛感觉到她的目光，他转头朝她望过来，封窈连忙转开身子，动作间却不小心手一抖，误触了挂断键。

"……"

算了，挂都挂了，还省得费心糊弄了。从父母到爷爷奶奶，这些理应是她最亲的亲人，她现在都不想应对。

手机上还有几条未读信息，除了外婆问她有没有好好吃饭，其余的来自宗澜。他下午转发过那条公众号文章给她，玩笑地问她，有没有兴趣做他的讲座代言人。

新发来的消息却是很遗憾地通知她，代言 offer（录取通知）飞了，由于技术故障的原因，他接下来的讲座都被取消了。

五彩斑斓的黑："啊，文章也没了……不愧是庆大效率。"

封窈点了下，果然显示该文章不存在。

她好奇地问了句："什么技术故障，很难修？"

宗澜秒回，发来一只委屈的狗狗表情包："不好说，虞校长似乎压力挺大的，还是不为难他了。"

嗯？封窈感觉，怎么好像话中有话？谁还能给校长压力……

"你在跟谁聊天？"

男人低沉的嗓音骤然响起，近在耳畔，把沉思中的封窈惊了一下，回过头没好气："你属猫的啊，走路没声音的？"

"你在跟谁聊天？"宗衍沉着脸，又问了一遍。

他不是故意想窥探，谁让她抱着手机那么专注，连他在身后靠近都没有察觉？

"宗澜啊。"封窈回答。

"你——"

宗衍心头像是打翻了一整缸的柠檬汁，难以名状的酸意直往上冒："你跟他很熟吗？你们怎么认识的？是什么关系？"

订婚那晚就交头接耳的，在学校里见面还不够，当着他的面还聊得火热——当他是未婚夫了吗？！

宗澜可差点儿就接手了这个婚约……

"不熟啊，就见过两……三回嘛，"封窈眨了眨眼睛，"能有什么关系？"

"两回还是三回？"宗衍步步紧逼，一手撑着她身后的窗沿，将她禁锢住，"不熟有什么可聊的？还跟他互加联系方式？"

"……"

窗外暮色渐沉，昏暗的光线将男人俊美的脸庞染得阴鸷晦暗，他沉黑的眼眸中像火焰在燃烧沸腾，燎原般汹涌，好像还夹杂着一丝受伤——

封窈缓缓地"哦"了一声。

"你吃醋啊？"

宗衍显而易见地怔了一下，顷刻断然否认："我没有！"

"是吗？"封窈挑眉，"不是吃醋，那你干吗介意我跟宗澜聊天？"

"我……"宗衍脸上空白了一瞬，须臾又沉了下来，"你已经是我的未婚妻了，难道你认为你跟别的男人聊天，很合适吗？"

顿了顿，他薄唇紧抿，像是从齿缝里挤出来一句："我都没有你的微信。"

封窈："……"

怎么没有，还发过好友验证，被她请到黑名单里待着呢。

宗衍显然也想到了这点，滔天的气焰顿时稍微减了一分，很快又强硬起来。

"你注意自己的身份！你是我的未婚妻，宗澜是我的堂兄，避嫌不懂吗？"

封窈忽然有点儿想笑。

高大的男人笼罩在她身前，将顶灯的光线都遮挡住了。背光的阴影中，他的脸上那种嫉妒的神情依然很明显。

亏他还能扯到避嫌上面去。

"那你想怎么样呢？"她故意问。

"你马上删了他！以后不许再跟他联络！"

"删了他，把你加上，对吧？"

"对——"

宗衍猛地顿住，答得太快，会让她觉得他好像很迫不及待似的。

他不自在地别开眼："你爱加就加，不想加就算了，随便你。"

说是"随便你"，怎么听都透着股赌气的味道。封窈忍笑："哦，随便我啊，那不加了吧。"

"你！"宗衍转过脸瞪她。

封窈差点儿"扑哧"地笑了出来。

"既然你这么想要我加你,那就加一下好了。"

"我没……"宗衍把否认咽了回去,黑眸紧盯着她,"是你说的,现在就加。"

"……"封窈咬唇憋着笑,顶着迫人的视线,找到黑名单把他当庭释放。

"行了吧?"

"删了宗澜。"

这就不太合理了。

"无缘无故随便删人,很不礼貌。"

"你跟他讲什么礼貌?"宗衍不满地收紧手掌,"不是说不熟吗?有什么好讲礼貌的!"

"就是不熟才要讲礼貌啊。"封窈目光向下轻扫,男人那只包着纱布的手不知不觉间已离开窗沿,扣上了她的纤腰,力道还不轻,"你对我,难道很讲礼貌吗?"

宗衍:"……"

"不嫌疼吗?也不怕伤口裂开……"封窈拽着他的袖子把那只不自觉的伤手搬开,柳眉蹙了起来,"这湿纱布还不赶快换掉,真想感染啊?"

"……我去换。"

"脚上的纱布也要换,还要擦烫伤膏。"

"……好。"

在女人的声声催促中,宗衍乖乖回到沙发上,打开医药箱,不熟练地拆开纱布。视线余光里,她用手挡着眼睛,透过指缝想看他的伤处又不敢看的模样,让他心头的阴翳渐渐散去,只余一片柔和。

罢了,公开活动的一张照片而已,说明不了什么问题,特意追问倒好像他很在意似的。

他的警告,宗澜应该收到了,识相的就该自觉离她远点。

Chapter 18
恶意

下午突然接到校董的一通电话，令虞校长压力山大。

撤公众号文章是小事，他吩咐一句就行了。取消宗教授的讲座，他识趣地没问原因，豪门家族内斗，不是他能掺和的。

然而紧接着宗校董话题一转，问起了先前闹跳楼的那个学生。

那事虞校长记得，男女学生情感纠纷，年轻人脑门儿发热上了天台。可宗校董问："他嚷嚷的那些谣言，学校里还有人在传吗？"

这可问住虞校长了。

那个女学生，他还记得宗少当时不屑一顾，他怎么知道那些就是谣言，不是事实？

且不说是不是造谣，就算是，学校也很难管啊——有人的地方就有流言蜚语，学校管天管地，还能管学生之间聊天八卦吗？

虞校长估摸着大少爷就是一时心血来潮，打官腔想应付过去："流言止于智者，能考入我校的都是顶尖高才生，不至于……"

"学历顶多筛掉学渣，不能筛掉人渣，考进庆大难道是凭道德水平？"

电话另一端宗少显然是发火了，揪着这件事不放，虞校长觉得不能再推托，赶忙表示会尽快了解情况，又忍不住问了句，"那个女同学，和宗少是……"

"她是我的未婚妻。"

"……"压力大了！

随着一年一度的庆大教职工羽毛球锦标赛开始，封窈日常的教室、图书馆、食堂三点一线之外，又多了个体育馆。

作为人气赛事，文学院也有代表队参赛，导师韩教授今天更是要上场比赛。

到了体育馆，她惊讶地发现，观众还挺多，看台上坐得半满了。

"窈窈，这边这边！"

宋叶薇来得早，占了前排的好位置，还带了自制的加油条幅分给本院同门，啦啦队的架势十足。

尽管封窈自己没有多少身为美女的自觉，不过颜值出挑的她，在学校尤其是文学院一直颇有知名度。从她进场到走向前排，有不少目光投过来，还有人咬耳朵私语。

宋叶薇笑嘻嘻地打趣："快快坐下，不然大家都看美女，没人看咱们老师比赛了。"

封窈落座时，刚好瞥见一个前几天课下试图向她搭讪的男生。不过令她莫名的是，对方的眼神有点儿怪，像是透着股掩饰不住的……鄙夷？

转念一想，人被拒绝后的反应本就千奇百怪，比起隔了快半年再跑到天台上又闹跳楼又信口开河的，眼神怪点又算什么。

场上的男双比赛快要开始了，对手是美院代表队，韩教授几个选手正在场边做最后的热身。

"对了，你家的小流浪狗伤好点没？有品种的还是田园的？可爱吗？"

封窈："……"

封窈含糊："伤得慢慢养，还行吧，一般可爱……"

说起来今早她帮宗衍换纱布的时候，伤处看着没昨天那么吓人了，愈合能力还挺强。

也是，当初车祸那么可怕的伤，他也挺过来了……

当然她本来没想帮他，只是看他用一只手折腾实在急人，她才好心地施以援手。技术不佳，包得有点儿丑，不过他看起来也没有很介意——可能是因为在失业中，不用出去见人吧。

她倒是问了一嘴他到底犯了什么事，宗衍只是轻描淡写："不是什么大事，因为我不认错，祖父格外恼怒而已。"

"既然不是大事，那随便认个错不就好了。"

一句嘀咕换来宗少爷别有深意的眼神，半晌才硬邦邦地回她两个字："不认。"

不认就不认呗。

看他似乎也不是很着急,赖在她家里还挺悠闲自在的样子,想必就算被从公司赶出来,也不至于陷入天塌地陷的绝境吧。

……不对啊。

既然没什么大不了的,那他那晚干吗一副受了巨大的打击、无家可归可怜兮兮的样子?

这合理吗?

这份后知后觉让封窈惊呆,身旁宋叶薇还在不可思议她有狗了竟然能忍得住,连照片都不拍一张,这时手机"叮"地响了一声。

Y:"在干什么?"

封窈:"呼吸。"

Y:"……"

想到宗少爷被噎住,瞪着手机一脸气恼的模样,封窈的心气顺了几分。

这时,比赛双方都上场了。

"韩老师加油!文院文院争第一!"

啦啦队在宋叶薇的带动下,热烈应援。

场上双方水平不相上下,可谓卧龙凤雏,战况一度胶着,可惜最后文学院以两分之差输掉了第一局。

宋叶薇大呼可惜,拉着封窈上前给老师递水和毛巾。

短暂休息过后,双方选手交换场地。宋叶薇去了洗手间,封窈跟师兄欧阳林朝座位回转。

走在过道上,脚下突然被什么东西绊了一下,封窈被绊得趔趄,而几乎同时,旁边扎低马尾的女生扬起了手里的杯子,一杯奶茶眼看着迎面朝她泼了过来。

"小心!"

危急之际,幸亏欧阳林及时拽了封窈一下,她才躲过了大部分泼来的奶茶,只有少许溅在了袖子上。

"哎呀!你没事吧?"低马尾女生拿着杯子,上下打量封窈。

封窈拎着半湿的袖子,她今天穿的是件米白色的针织衫,痕迹特别明显,还有几块黏腻的布丁粘在袖子上,黏哒哒地朝下滴。

她疑惑地扫视过道,地面平整,没有能绊到人的东西——刚才,感觉好像是伸出来的一只脚?

"你明明就是故意对着她泼的!"欧阳林看不过去了。

"你少污蔑人!她干了什么,我要故意泼她?"

"你……"

这奶茶泼得蹊跷,绊到她的脚更是蹊跷……只是封窈在记忆里翻找半天,对低马尾女生的这张脸实在没有印象。

——不认识啊?

场上第二局比赛刚开打,看台却起了争执,观众纷纷往这边望。

"哎,那不是马玉玲吗?"有人窃窃八卦,"上学期末闹着跳楼的那个刘东旭,他当时的女朋友……"

"噢!被甩了对吧?刘东旭被蛊王PUA,叫他跟女朋友分手,他就把马玉玲甩了?"

"那泼得好,活该……"

"……"

泼了奶茶还咄咄逼人,封窈实在费解:"什么叫我干了什么?我们认识吗?"

"装什么蒜啊,要点脸吧!"

低马尾女生身边留着齐耳短发的女生按捺不住跳了起来,瞥了眼欧阳林,嘴角鄙夷地撇了撇:"又一个捡破鞋的。"

欧阳林后悔自己刚才多嘴了。

本来没多大的事情,完全可以算了,这下可好,惹到蛮不讲理的泼妇了。

要不是齐耳短发女生跳出来,封窈可能还不敢确定,然而眼下的情况很明显了:"是你伸脚绊我。"

她不知道自己是什么时候、又是怎么得罪了这两个人,她们刚才一个伸脚绊她,一个泼奶茶,配合无间。

幸亏师兄及时拽了她一把,否则她会兜头接下一头的奶茶,再摔个狗啃泥,要多狼狈有多狼狈。

"是又怎样?"齐耳短发女生嗤声,"敢不要脸抢人家的男朋友,把人逼到要自杀,这会儿搁这儿装不认识呢?也是,没这么厚的脸皮早就找根绳吊死了,哪有脸继续勾三搭四!"

"啥?自杀?!"

宋叶薇刚上完洗手间回来,还没搞清状况,就被惊呆了。

她的目光落在封窈黏哒哒的衣袖上,又扫过马玉玲手里的空杯子,接着询问地望向封窈:"……什么东西?"

宋叶薇去年在国外做交换生,错过了那场闹剧,一时不知道该怎么反应,

一旁的欧阳林却是眉梢动了动。

关于这个美女小师妹的传闻,那可真是丰富多彩。聊天群里还常有人意淫自己泡上这个蛇蝎美人,将她玩弄彻底之后再甩掉,也算是替受害的男同胞长长脸、出口气。

当然不管背地里怎么口嗨,没有哪个傻子会捅到当事人面前,他更不会——好歹是同门师兄妹,面上总得维持一下,不然多尴尬。

就如同眼下。

封窈这才终于明白过来,原来是那个刘……刘什么来着?那件事啊。

她记得,苏冉说过,这事她会处理。

隔了一个漫长的暑假,校园里风平浪静,她以为事情早已翻篇儿了。

"你们搞错了,我跟刘东旭没有任何关系,他说的那些事情我没有做过,更没有插足过你们。"

马玉玲恨不得再把一杯滚烫的奶茶泼到那张艳丽的脸上。

"没关系他会为你跳楼,当着全校的面承认他劈腿,为了你跟我分手?你以为装无辜,就没人知道你那些丑事了?全校谁不知道,你就是个不要脸的!有你这种老鼠屎,丢我们庆大的脸!"

这口气她憋得太久了!今早居然在公众号推送上看到这个女的,光光鲜鲜像什么都没发生一样,还开开心心地来看比赛,身边还有男生护着——这还有天理吗?

小三人人喊打,闺密梁娟同仇敌忾:"打你就打你,还要挑日子吗?我话放这儿了,今天你必须跟玲玲认错道歉,否则这事儿没完!"

争执引起的骚动,已经盖过了场上的比赛。

就像在密封袋上撕开了一道口子,空气纷纷涌入。看台上交头接耳,知道的兴奋地给不知道的科普八卦,你添油来我加醋——

"早就被包养了,有张像苏冉的明星脸,再加上咱们名校招牌,价码不一般……"

"话说我之前查过,直博保送就一个名额,谁知道她怎么拿到的。"

"苍蝇不叮无缝的蛋,她要是清清白白没问题,怎么不找别人光找她呢……"

"……"

周遭一道道目光汇聚而来,私语声"嗡嗡",仿佛无数蜜蜂试图钻入耳孔。

封窈攥紧了手:"我说过了,我跟刘东旭没有任何关系。你不如去问问他,到底跟我有什么怨什么仇,要这么造谣污蔑我。"

梁娟不屑："问他？他早回国了！"

刘东旭声称身心受创万念俱灰，次日就飞回国了。学校当然不会拦着，本来就是交换生，学期已经结束，离校就不归本校负责，回了国他想闹什么幺蛾子，都不是庆大的责任了。

渣男远在天边，贱女却近在眼前，出口气总是理所应当的吧？

"你们两个一个比一个溜得快，倒是般配得很！可惜你跑得了和尚跑不了庙，不找你找谁？"

宋叶薇看看这个，又看看那个。

这事吧，未知全貌，双方各执一词，这么吵也吵不出什么结果……

"怎么回事？"

动静太大，惊动了来观赛的老院长。老院长扫过地上的狼藉，问："这是怎么了？"

这种不光彩的事情闹到师长面前不合适，欧阳林打圆场："只是一点小误会，不小心打翻了奶茶……"

"不是的。"封窈打断了他。

"是这两位同学向我寻衅。"她越是生气，面色却越是冷静，"刚才对我的当众辱骂和诽谤，还有承认她是故意绊我，我都录下来了。"

录音这一招，还是跟林如栩学的。在这个坑里栽倒了两次，好歹学到了点什么。

"老师，当众造谣传谣损害我的名誉属于校园暴力，我要向学校反映。"

上升到校园暴力，老院长的脸色不由得凝重了下来。

老韩把直博名额给这个学生时，他还嘀咕，女孩子长得不像能安安分分做学问的样子。不过看过她的成绩和论文后，他批准了。

"老秦，这归你们保卫部管吧？"老院长看向身旁。

"你少乱扣帽子！"梁娟先叫了起来，"什么造谣，我只不过是把你做过的事情说了一遍！"

"行了，别在这儿吵！"

校园暴力是当下敏感话题，闹出事会影响学校名誉，难免要被追责。秦主任大手一挥："你们跟我过来，把具体情况说明一下。"

保卫部办公室里，秦主任听完双方各执一词的讲述，有了判断。

无非就是女生争风吃醋的口角，一方话说得难听了点，情绪上头，洒了一杯奶茶，没流血也没人受伤。

屁大点儿事,口头教育几句就完了。

"同学之间,遇到事情应该好好沟通,都是有素质的女孩子,不要口吐恶言,更不能动手。你以为绊人是小事吧,可是万一同学摔倒撞到头了呢?"

教育完马玉玲和梁娟,秦主任转而问封窈:"还有你,有误会怎么不早点解释清楚?"

梁娟嗤声嘀咕:"她敢吗?她又不冤枉。"

秦主任的言下之意也差不多——既然说自己是冤枉的,怎么不早点澄清?

是啊,她怎么会一厢情愿地以为事情已经过去了呢。封窈苦笑:"我没想到……我还以为同学们至少有明辨是非的能力。"

秦主任心道太天真,大学生还不是吃五谷杂粮长大,人性该有的弱点毛病一点不少,名校光环下面都是普通人类罢了。

"好了,两边都各退一步吧。你们女同学之间的矛盾,自己回去好好沟通。那就这么——"

"可是她们当众辱骂我,毁谤我的名誉,难道不该消除影响吗?"封窈力争,"还有学校里的流言……"

欧阳林在座椅里不自在地动了动,宋叶薇朝他瞥了一眼。

"所以说让你们回去沟通啊。"秦主任觉得该做的已经做到位了,"这里是保卫处,不是法庭,不负责断案。"

说罢摆摆手,示意可以散了。

梁娟和马玉玲站起身,姿态胜利,剜向封窈的眼刀满是挑衅。

还想拿大帽子压人呢,以为自己是谁啊!当校领导是供她驱使的吗?

学校和稀泥,也不算太意外,学校向来是多一事不如少一事的。封窈垂着眼,看着袖子上的污迹。

既然学校帮不了她,那就走法律途径。她得找个律师,取证……

就在这时,办公室的门忽然被推开了。

"您来得正好,这边在了解一件可能涉及校园暴力的事件。校园暴力一直是我们保卫部狠抓的重点,一经发现,必定严肃处理……"戴黑框眼镜的秘书毕恭毕敬地领着另一个人,走了进来。

看清后面那人,秦主任赶忙起身:"虞校长!"

"不用起来,你们继续,我只是随便走走看看。"虞校长面上笑得慈和,心里却只想骂人。

他才开始着手调查上学期末跳楼的事情，被查到的流言内容吓得冷汗直冒，正留着宗少的未婚妻，这边就出事了，只好来视察一下工作了。

事情本来已经处理完，可校长来了，总不能说您来晚了，下次请早吧？

秦主任只好将事情又介绍了一遍。

校长坐镇，梁娟和马玉玲有点儿紧张，不过倒并不担心。校长总不可能是来给这个女人撑腰的——她有那么大的脸吗？

秦主任一边介绍情况，一边揣摩着虞校长的来意。油滑如他很快就反应过来，刚才秘书不是无的放矢。

校园暴力，狠抓重点，严肃处理……

也就是说，这事不能轻拿轻放，得严抓，得处理。

反应过来之后，秦主任不动声色地继续介绍完情况，然后话锋一转："此外关于封同学反映的流言问题，言语上的诽谤污辱也是校园暴力的一种形式。不过调查难度比较大，需要慢慢了解清楚情况。"

封窈眨了眨眼睛，意外地抬眼。梁娟和马玉玲都愣住了。

"不错。"虞校长点点头，"庆大百年名校，校园里绝不容许任何形式的暴力。"

他转脸面向封窈，态度和蔼："封同学是吧？遇到事情及时向学校反映，很好！要相信老师和领导一定会保护每一位同学。"

封窈："……谢谢校长。"

既然要调查，又有虞校长坐镇盯着，自然得拿出行动来。

梁娟和马玉玲被带去了其他的房间，分别取证。

秦主任正要叫封窈也去接受问话，虞校长抬手："封同学提供的信息，我看已经很详尽了。处理这类事情要注意照顾受害同学的情绪，避免造成二次心理创伤。"

秦主任连连点头，表示受教。

这时欧阳林犹豫了一下，说道："关于流言……我或许可以提供一些，聊天群里的记录。"

群里那些八卦，欧阳林没有参与，只是沉默旁观。

照理说他不该开这个口，开口就说明，关于流言，他其实早有耳闻。

只是看着静静地坐在一旁，显得格外单薄的封窈，欧阳林想到，如果那些都是造谣污蔑，那么他的沉默旁观，又何尝不是一种纵容，是帮凶呢？

"抱歉，小师妹，"欧阳林有些尴尬道，"我应该早点提醒你……"

封窈摇摇头，又道了句："谢谢师兄。"

"封同学不要太有压力。"这事出的时机太不妙了,宗少才发了火要求彻查,虞校长不敢怠慢。

事已至此,他只能尽力安抚封窈:"相信学校里多数同学都是能明辨是非的,老师和校领导也都是支持你维权的,有什么问题都可以来寻求帮助,记住你不是孤立无援的。"

封窈点头:"我明白了,谢谢校长。"

不愧是校长,套话一套一套的,听着还特别真诚。秦主任在心里的小本子上狂做笔记,这些话以后安抚学生,可以用上。

封窈不用再被问话,可以离开了。

宋叶薇陪着她走出去。

封窈攥着脏污的开衫一路沉默,到了三教楼下,她顿住脚步。

"师姐能帮我请个假吗?我……有点儿不舒服。"

宋叶薇了然:"没事,我会跟老韩说明情况。"

顿了顿,她又道:"我相信你,窈窈。会收养受伤的小流浪狗的女孩子肯定不会是那种人。"

封窈说:"谢谢师姐。"

告别了宋叶薇,封窈径直出了校门,走向地铁站。

走到闸机口,她拿出手机刷卡,才注意到有几个未接电话,都是宗衍打来的。

封窈拨了回去,对面几乎是立刻便接了起来。

"你在哪儿?"

男人低沉嗓音中透出的焦急和担忧,令封窈怔了一下:"地铁上,马上就回去了。"

宗衍立刻敲敲隔板吩咐司机:"掉头。"

方才接到虞校长的电话,他连发火都顾不上,立刻朝庆大赶去,赶紧给封窈打电话。

天知道她一直不接电话,担忧在他心中累积,压得心脏都快停跳了。

地铁到苏河花园只有一站路,很快就到了。

还没到下班的高峰时间,地铁站的人流不算太拥挤。封窈闷着头朝前走,忽然前方传来一道低醇嗓音——

"窈窈!"

封窈抬起眼，高大挺拔的男人迈着长腿，大步向她走来。

俊美的脸庞和挺拔的身材引来不少人的目光，他却全然视而不见，很快到了她的身前。

身体落入一个温暖的怀抱中，她被抱得很紧，鼻尖贴在男人坚实的胸膛上，呼吸间是他身上清冽好闻的味道，掺杂熟悉的玫瑰淡香——这家伙，肯定用了她的沐浴露。

封窈的身体忽然放松了下来。

在这之前，她丝毫没有意识到，原来自己的身体一直紧绷着，仿佛一根弦，下一秒就会崩断。

宗衍收紧手臂，将她抱得更紧："别怕，没事了……"

地铁站里人流络绎，一对紧紧相拥的年轻男女，引得路人频频回头，或面带艳羡，或露出微笑。

封窈抬手回抱住他，将整个人的重量都倚在了他身上。

她知道，大庭广众之下，身边人来人往，这么一直抱着不合适。可是他的怀抱太温暖，她好像可以放心地把全身的重量都交给他，让自己稍微轻松一些。

那些恶意太沉重了，只是窥见了冰山一角，就压得她喘不过气。

"是你吗？"封窈轻声问。

她有时是有些天真，但又没有天真到底。

虞校长出现的时机太蹊跷，对她的态度又好得太过分了。

当然不是说校长平时很坏，事实上虞校长的风评不错，对学生向来都很和蔼。但是，校长也很忙的啊。

宗衍吩咐虞校长时特意强调过，要低调。流言这种东西微妙又棘手，高调的调查，等于是助长流言。他想在她觉察之前，替她扫平那些污秽。

此刻他心中满是懊恼，他该早点想到——就连当初他自己，又何尝不是受了影响，先入为主地对她生出了偏见，才会选择用那种方式……

"是我不好，我早该想到的。"

"可是，你怎么会知道？"跳楼闹剧发生时，她还没去伴月山庄，还没有遇见他。"……你调查我？"

查她在学校里的事情做什么呢？想看她有没有什么黑历史，名声好不好，配不配得起他吗？

"不是的。"宗衍薄唇紧抿，"那天……我也在。曲助理在庆大附属医院，那天，我正好去探望。"

封窈明白了。

原来那天,楼底下人头攒动的看客中,有他啊。

"所以你也以为,我是那种人。"

怪不得,那时在山庄里,他老强调不许她和别的男人勾三搭四。

怪不得,他会做出拿钱羞辱她的举动。

原来是这样啊……

"不是的……"宗衍的后悔不亚于五岁那年,接到噩耗的时候,他有多希望时光能倒流,他便是哭闹打滚,也一定要阻止母亲和哥哥姐姐出门。

"是我不好,从一开始就错了,我不该凭着只言片语……"

"都说人之将死,其言也善,一个人坐在楼顶天台上,摆出豁出命的架势喊话,不能怪旁人会信。"封窈喃喃着,将掌心贴在男人的胸口上。

然后用力一推——

"信个鬼!你长着眼睛不会看吗?长着嘴巴不会问吗?凭什么就给我定罪了?浑蛋!"

宗衍不防之下被推得后退一步,一时间更是被吼蒙了。

眼看着封窈转身就走,宗衍慌了,追上前抓住她的手腕:"窈窈你听我说……"

"不听!"封窈大力地甩开他的手。

"你别生气……"

"不听!"

"窈窈……"

封窈气冲冲地快步朝前走。余光里,宗衍几度伸手想拉她,大概又怕惹她更生气,只是亦步亦趋地跟着她。

想起他脚上的烫伤,她飞快的脚步不由自主地放慢了几分,意识到时,更气了——

疼死他算了!

就这么走一步追一步地回到了小区,门卫一瞧两人,立刻心领神会,小情侣在闹别扭。

一路追着封窈到了公寓楼下,却见她猝然顿住了脚步。

楼道门外,一个衣着优雅的年长女士正在摆弄安全门上的密码锁,脚边是一个大号拉杆箱。

下一秒,只见封窈欢快地扑上前——

"外婆!"

"哎哟，我的乖乖！"苏湘云抱住许久未见的外孙女。她乘坐的游轮原本还要两天才到庆城，可她思念孙女心切，在前次靠岸时下船直接飞回来了。

天降惊喜，封窈高兴得像个小女孩，抱着外婆又蹭又撒娇。苏湘云笑眯眯地由着她腻歪，目光瞟向一旁。

年轻男人生得出类拔萃，长身挺拔，面如冠玉，比杂志上的男模还俊美耀眼，通身透着股矜贵的气质。

"这位是……"

"不认识，路人甲。"封窈看也不看，答得飞快。

苏湘云眉梢高挑。

目光扫过男人右手上的纱布，上面的结歪歪扭扭，扭得很有特色，她一看就知道是谁的杰作。

哎呀呀，她的小丫头，总算是交男朋友了啊。

还闹脾气呢，这可真稀奇……

苏湘云越看越有趣。俊美的年轻男人看得出教养极好，俊脸上噙着一抹温文乖巧的微笑，彬彬有礼地向她打招呼：

"外婆您好，初次见面，我叫宗衍，是窈窈的未婚夫。"

番外
What if……我是龙

一望无际的辽阔大陆被茂密的雨林覆盖着,巨树林立,遮天蔽日。

湿润温暖的空气裹着泥土和草木的气息扑面而来,沁入鼻腔。封窈皱了皱鼻子,缓缓地睁开眼睛。

视野所及之处,满是青绿的植被,全然陌生的环境令她惊异地睁大了双眼。下一秒,她差点儿尖叫了出来——

就在不远处的草丛后面,一只外表像大蜥蜴却长着花里胡哨的羽毛的怪物用后肢站立着,一双橙黄色的竖瞳紧盯着她。

封窈浑身汗毛倒竖。

那怪物个头虽然不大,长得却满嘴獠牙,一脸凶残。她从来没有见过这样的物种——细看之下,倒是有点儿像……恐龙?

四目相对,封窈头皮发麻,大气都不敢喘一下。那双危险的竖瞳死死地盯着她,僵持了足有几十秒,终于,它先动了。

它缓缓抬脚,朝后退了一步。

前所未有的危机感,让封窈的每一根神经都紧绷着。几乎就在怪物有动作的同一瞬间,她猛地弹了起来,拔腿就跑。

此刻的她可顾不上思考怪物为什么朝后退,闷着头只顾拼命狂奔。

她的脚掌沉沉地踏在地面上,泥土草叶四溅,地面仿佛都在震颤。所过之处,各种奇形怪状的动物惊惶逃窜。不时有树枝被她的尾巴扫断,发出"咔嚓"的脆响,慌不择路间,连挡路的树木都被她撞倒了好几棵。

终于,她实在跑不动了。

怪物应该没有追来……封窈喘着粗气,抬手想拍拍胸口顺顺气。

然后,她惊呆了。

……

距离封窈发现自己不是人,已经过去了——

鬼知道过去了多久。

白垩纪又没有钟表计时……再说,有谁见过霸王龙的小短"手"上戴表吗?

是的,封窈现在,是一头霸王龙。

这个事实,是在她循着水流的声音找到一条河流,把在河边喝水的大大小小形状各异的恐龙吓得四散而逃,她对着水面上的倒影差点儿被自己吓得摔了个屁股蹲儿,呆了足足有半个小时后,才不得不接受的。

所以……刚才她睁眼看到的那个,确实也是恐龙。

原来不是人家个头小,是她太巨大了啊……

现在回想起来,它紧盯着她,是在警惕戒备她这个刚刚睡醒的陆上最强掠食者,它后退,原来是要逃跑啊……

天上不时有翼龙展翅飞过,封窈甩了甩与身躯完全不成比例的小短"手",长长地叹了一口气。

时空穿越,多元宇宙,盗梦空间,魂魄离体……不管科学玄学,总有一款能解释这个状况吧。

来都来了,正好口也渴了。她干脆低头,"吨吨"地灌了几口水。

河水清澈沁凉,顺着喉管流入空空的胃袋。胃袋向大脑发出了饥饿的抱怨,大脑旋即发出指示——要吃饭饭。

封窈抬头四顾,方才她那番猪突猛进的狂奔,早就把附近的动物都吓跑了。更何况第一天当龙没经验,这饭从哪儿来,她完全不知道啊!

眼见日头高悬,在林子里游荡了半天,除了肚子越来越饿,封窈还是一无所获。

她甚至尝试着炫了几片蕨类植物,然后皱着脸"呸呸"地全吐掉了。

又苦又涩,狗都不吃!

茂密的雨林在阳光毒辣的炙烤下,宛如一个闷热的大蒸笼。封窈感觉到体力在飞速地蒸发,照这样下去,恐怕她第一天当龙就要凭实力饿死了。

就在这时,她变得异乎敏感的嗅觉忽然在空气中嗅到了一股危险的气息。

封窈警惕了起来。

要知道,现在的她可是蓝星地表最强种族,在这片大陆上可以横着走,没有天敌威胁。

那么,能让她感觉到危险的……只能是同类了。

那股气息越来越近,渐渐能听到脚步声正朝这边接近,伴随着灌木丛的沙沙摇动,一股强烈的压迫感弥漫而来。

封窈又饿又累,跑是跑不动了,更不敢贸然把后背露给这个闻起来就很强大的同类,只能提起全身的戒备。

眨眼间,脚步声已至近旁。只见浓密的枝叶间有一道高大的身影若隐若现,很快完全显露了出来——

那是一头高大强壮的年轻雄性,体型比她要大上一些。它的步伐不紧不慢,躯体匀称流畅的线条间隐隐透着强大的爆发力,从容的姿态流露出浑然天成的霸气,令人忍不住战怵臣服。

果然,比起她这个凭实力挨饿的"菜龙",这才是蓝星史上最强大凶猛的王者应有的模样啊……

年轻的王者微抬着下巴,翡翠般碧绿的竖瞳微眯,粗壮的尾巴在身后扫动,似乎是在打量她。须臾,它矜傲地从鼻腔间轻喷了一下,睥睨之态自然流露。

等等——

这居高临下的神态。

这高高在上的骄矜傲慢……

封窈心中莫名升起一种熟悉的感觉。

紧接着,视线无意间扫到它的右前爪,她的目光蓦然凝住。

它的右前爪上,有一圈白色的印记,乍看上去,就好像是手上裹着纱布。那印记无比清晰,乃至连纱布打结的地方的轮廓,都清晰可见。

封窈忽然有了一个猜测。

"……宗衍?"

然而她一张嘴,发出的却是一声:"……嗷呜?"

对方偏了偏头。

封窈再次尝试:"宗衍,是你吗?"

可是嘴里发出的声音,还是只有低沉的"嗷呜嗷呜"。

对方静静地看着她,没有表情的龙脸上看不出它……或者他,内心的想法。

无法用语言交流，封窈禁不住有些急躁，随即她灵机一动——

不能说话，还可以写字啊！

奈何她这双取代了胳膊的小短"手"实在短得令人绝望，封窈只得拼命压低上半身，努力将手伸向地面。

疑似宗衍的龙看着她向他低下头，高高地撅起屁股，冰冷的竖瞳中闪过一抹异色。

显然霸王龙在进化时并没有考虑过低头写字的需求，眼见爪尖怎么也够不着地，封窈咬牙使劲向前倾，却不料倾过了头——

身体失去重心，脸直直朝下栽去。

摔了个标准的狗啃泥。

"……"

封窈从来没有想过，自己有一天能从一头霸王龙的脸上，看到一个大写的无语。

她本来就饿得没力气，这一下摔得更是两眼冒金星。

一边挣扎着想站起来，另想别的沟通办法，却见宗衍龙居高临下地看着她，神情难辨。

接着便潇洒转身，高大的背影很快消失在了密林之间。

封窈愣住了。

他，他就这么，走了？

虽然还没能沟通确认，可不知道为什么，她潜意识里就是很肯定，那就是宗衍。

或许他还没有作为人类时的意识，也没有认出她来……

封窈笨拙地从地上爬起来，急匆匆朝着他离开的方向追了过去。可茫茫丛林，哪里还有他的踪迹？

她茫然四顾，无边无际的雨林仿佛一座密不透风的绿色牢笼，无论哪个方向，都看不到出路。

一股剧烈的恐慌忽然涌上心间，饥饿与随之而来的虚弱也趁机席卷全身。封窈感到有些喘不过气……

就在这时，一道低沉的嘶吼在她身后的密林之中响起。

……是他！

封窈眼睛一亮，循声飞奔过去。

就在刚才那块空地上，宗衍站在那里，脚边躺着一只被咬断了脖子的小型食草恐龙。看见她跑过来，他粗壮的尾巴用力一甩，鼻腔间轻哼了一声。

似乎是在不满地质问她,为什么乱跑?

封窈有点儿委屈。明明是他不打招呼就走掉的啊!

显然不管当人还是当龙,宗大少爷的脾气都是一样的糟糕。只见他咬起脚边那只小型恐龙,轻轻一甩丢到她面前,然后冲她轻吼了一声。

封窈咽了咽口水。面前这只很新鲜,血还是热乎的。咬断脖子一击毙命,干脆利落。

所以,他刚才离开,是狩猎去了?就这么一会儿的工夫,就带着猎物回来了?

封窈深刻地体会到了什么叫人比人……不,龙比龙得死,货比货得扔。

见她愣着不动,宗衍又不耐地冲她吼了一声,显然是催促之意。直到她乖乖埋头大快朵颐起来,他才满意地轻甩了甩尾巴。

笨死了。

跟在宗衍身边,封窈终于见识到了蓝星史上最强霸主在这片大陆上的统治力。

果然大少爷不论何时都排场了得,宗衍的领地范围大得不可思议,巡视一遍需要好几天。

丛林生活说来枯燥,每天的大部分时间都要花在巡视领地和寻找食物上。

而即便在顶级掠食者当中,他恐怕也是佼佼者——他对猎物行动的判断力,对出击时机的把握,还有瞬间致命的果断利落……堪称暴力美学。

封窈观摩学习着,很快出了新手村,渐渐也能自己独立捕猎了。

日升日落,繁星爬满夜空,银河在夜幕上静静地流淌。

雨林夜晚静谧,封窈躺在柔软的草地上,望着头顶这片远古的星空。

不知道那颗引发大灭绝的小行星,是不是已经在来的路上了?

她身旁不远处,宗衍眼眸半阖,姿态慵懒惬意,尾巴不时轻轻来回扫动,赶走讨厌的蚊虫。

这片草地背靠山壁,植被柔软,有岩石遮风挡雨,成为最理想的憩息之所,理所当然地被他独占。他的气息足以让其他动物退避三舍,不敢靠近。

除了身边这只笨蛋雌性。

宗衍懒洋洋地撩起眼皮,顺着她目光的方向抬眸掠了一眼。

天上什么都没有,只有漫天闪烁的星星拱卫着一轮明亮的圆月。月光如薄纱笼罩在林间,也笼罩在她身上,映在她琥珀般的眼睛里,折射出几分温柔迷离。

笨蛋雌性,仰着脸干什么呢,晒月亮吗?

封窈用肉眼没有观察到有小行星要撞过来的迹象,索性放弃了。

反正撞过来她也阻止不了,与其"杞龙忧天",不如安心睡觉。

封窈打了个呵欠,闭上眼睛,很快沉沉睡去。

夜渐渐深了,夜行动物发出窸窸窣窣的响动,虫类的鸣叫此起彼伏。

宗衍起身朝封窈身边挪了挪,凑近她的脸,轻轻蹭了蹭。

他闭上眼睛,在她均匀的呼吸声中,渐渐陷入沉睡。

这片辽阔的大陆上,万物都在为了生存和繁衍而努力着。

霸王龙庞大的体型决定了维持生命所需要的食物量巨大。封窈有能力独自捕猎后,就常常跟宗衍分头行动,以提高效率。

大自然总是维持着微妙的平衡,一片领地上生活着两个顶级掠食者,就意味着食物变得没那么充沛,生存形势也会慢慢严峻起来。

封窈不得不走远一些,寻找今天的午餐。

忽然,她皱了皱鼻子,顿住脚步。

附近有同类。

她的第一反应是避开,以她目前的战斗力,单挑同类风险太大。然而对方似乎不是这么想的,而距离又实在太近,很快,还是不可避免地狭路相逢了。

这也是一头成年雄性,长得不能说英俊潇洒,只能说五官俱全吧。

所以说啊,龙比龙得死,即便是当龙,宗衍也长得凶猛帅气,霸气十足。相比之下,面前这位顶多算个路人。

封窈不懂霸王龙的社交礼仪,谨慎地保持着一段安全距离,没有贸然举动。

路人龙看见她,似乎很兴奋,偏着头踱着步,小眼睛骨碌碌地从各个角度打量她,鼻子不停地翕动闻嗅。

无礼的视线让封窈心下不爽,她正要转身离开,却见路人龙朝她高高地仰起上半身,向她露出了脖子。

然后保持着这个姿势。

封窈有点儿蒙。

这是干吗,鱼刺卡到喉咙了?

这姿势委实好笑,活像那道英国名菜"仰望星空派"里死不瞑目的鱼一样。封窈很想拿相机拍下来,又好奇想看看,它能这么仰多久?

就在这时,一道熟悉的嘶吼声响了起来。

"呜嗷嗷——"

封窈听出是宗衍的声音,一转头,便见他向这边飞奔过来。

转眼到了近旁,他却看也没看她,直冲向对面的路人龙。

路人龙早在听见那声嘶吼时,就换上了戒备的姿势,此时更是后退了几步,眼神谨慎。

宗衍怒吼着,步步紧逼,碧玉般的竖瞳里藏着无限杀机,带着不加掩饰的嗜血和无情。

空气中弥漫着火药味,眼看场面一触即发。封窈回过神儿来,怕打起来宗衍吃亏,正要上前助阵,这时路人龙行动了。

它麻溜地跑了。

宗衍看上去很想追上去弄死它,终究还是忍住了。

封窈松了一口气,跑了也好,同类相斗最是凶险,就算打赢了,万一过程中受了伤,也很危险。

谁知下一秒,宗衍转向她,眼眸喷火,冲着她便是一声怒吼咆哮。

封窈被吼得蒙住了。

这还不算完,他看起来像是气疯了,不停地冲她咆哮着,粗壮的尾巴愤怒地甩动,把身后的灌木丛抽得枝叶横飞。

这劈头盖脸的怒火,让封窈完全不知所措,愣怔过后,一股浓浓的委屈油然而生。

她理解有外人……外龙不长眼,侵犯了他的领地,他很不爽。

可是,他拿她撒什么气?又不是她邀请来的!

封窈也火了,大声吼了回去:"嗷呜呜!嗷呜嗷呜!"

吼完,她转身就走。

宗衍又急又怒。

明明是她突然擅自闯进他的领地,先向他摆出雌性求爱的姿势的。

一只又笨又弱的雌性,他完全可以像平时对待其他闯入者一样,咬死她,吃掉她。

但他没有。他送了猎物给她,表示接受她成为他的雌性了。

他还允许她生活在他的领地上。

宗衍盯着封窈的后背,暴虐嗜血的本能叫嚣着,驱使他扑上去,狠狠地咬住她的脖子，撕开她的血肉，让她再也无法反抗，无法离开……

半晌，他低低地咆哮了一声，快步赶上去，不远不近地跟在她身后。

两个人……两头龙，已经冷战三天了。

封窈打定主意不理会那头乱发脾气的少爷龙，即便他总守在她身边不远处，仿佛不想让她脱离视线范围，她也只当他不存在，彻底无视他。

今天她又一大早就出去了，宗衍没有跟着她。生存是现实的，他也需要捕食填饱肚子，而且在那头闯入者之后，他更加强了对领地的巡视。

如果白垩纪有皇历，今天这页上一定写着诸事不宜。封窈逛了半日，连颗鸟蛋都没掏到，不免心浮气躁起来。

这茹毛饮血的日子也不知道什么时候才是个头……难道要等到那颗宿命的小行星撞过来，地球副本重开，她才能重新做人吗？

忽然，封窈顿步敛神，耳朵动了动。

有猎物——不远，两只。

她放轻脚步，循着声音的方向找了过去，借着一块岩石的掩护，小心观察。

那是两只翼龙，相对而立。其中一只一下下地仰头伸长脖子，不时展开翅膀扑腾。

封窈看着它亮脖子的动作，觉得有点儿眼熟。

另一只翼龙偏着脑袋看着对方，随即对面那只像是受到了鼓励一样，伸脖子扇翅膀更加卖力了。

接着她便看见这只也慢慢仰头伸长了脖子，展开翅膀。两只翼龙就像合上了舞蹈节拍，两两相对，动作同步。

两只越贴近，然后，一只骑到了另一只的身上……

画面不宜观看，封窈挡住眼睛，大受震撼。

那天，路人龙的那个pose（姿势），不是仰望星空，而是在……在求偶？

那她站在那里饶有兴致地观看，大概就等同于是，反应暧昧？

震撼间，公翼龙拍拍翅膀，飞走了。封窈把目光瞄准了剩下的母翼龙……

今天大概确实出门没看皇历，煮熟的翼龙都飞了。

封窈垂头丧气，半途中，又被宗衍堵住了。

他身上染着血，一股浓浓的血腥味扑面而来。封窈吓了一跳，宗衍却只是对她低声轻吼了一声，然后转头走出几步，停下来回身望着她。

眼眸中透着催促，显然是让她跟他走。

封窈犹豫了一下，抬步跟上。

说起来，他那天冲她发火，该不会是以为抓到她红杏出墙吧？霸王龙也会对异性有独占欲吗……

不对不对——她好像，没有答应过跟他成为配偶吧？

况且他也从来没有向她做过求偶的举动啊……

再说，自然界的求偶行为无非是为了繁衍。可这段时日朝夕相伴，他并没有试图跟她有过什么啊。

这甚至不是她愿不愿意的问题——以他俩的战斗力差距，如果他真想霸王龙硬上弓，她多数是反抗不了的，说不定蛋都生了几窝了……

封窈一路胡思乱想，没留神已经渐渐接近了领地的边缘。这时前面的宗衍忽然停下脚步，她刹车不及，险些一头撞到他身上。

下一秒，看清前方地上那两具庞大的尸体，封窈倒吸了一口气——

那是两头三角龙，即便以霸王龙可观的食量，一头也够吃上好几天了。

然而这种恐龙体壮皮厚，头上三只角锋利，脖子有颈骨保护，还总是成群结队，运气不好甚至可能被反杀。

封窈实在很难想象，他是怎么单枪匹马，同时猎杀了两头的？

这是多么恐怖的战斗力……

宗衍站在两只战利品旁，仰头嘶吼了一声，像是在向她展示自己的强大和无所不能。

接着他低头，将战利品向她推了推。

然而随着他的动作，封窈悚然发现，他的大腿上，有一道血红的伤口！

那伤口又长又深，几乎横贯整条大腿，皮肉外翻，狰狞恐怖。

封窈想起自己看过，也摸过宗衍大腿上车祸留下的那条伤疤。眼前的这道伤口，位置形状，竟跟那条伤疤像极了……

"呜……"封窈再顾不上赌气，焦急与担忧让她无法冷静。

生存在野外，哪怕一点点伤都可能是致命的啊！

她想触碰那道可怕的伤口，却又不敢。不知道是不是感觉到了她的担心，宗衍扭过头，安抚地轻轻蹭了蹭她的脖子。

"嗷——"

正当这时，一位不速之客突然闯入。

是上回那头路人龙，封窈没想到它竟一直在领地附近徘徊，眼下大概是循着气味来了。

宗衍怒吼一声,翡翠般的竖瞳中迸发出凛冽的杀机。不同于前次的落荒而逃,路人龙小眼睛狡猾地转悠着,显然察觉到宗衍受伤了。

自然界的规则简单残酷,胜者为王。发现有机可乘,它跃跃欲试了起来。

——只要战胜这头受伤的王,脚下这片偌大的领地,还有被他护在身后的漂亮雌性,就都属于它了!

宗衍收到了这只宵小的挑战,仰头发出一声震天的怒吼,整个山谷仿佛都在震荡。

他回头看了封窈一眼,对她低低地轻吟,像是在交代她乖乖待着别动。接着尾巴一扫,咆哮着向挑战者直冲了过去。

两头雄龙瞬间缠斗起来。

这是一场殊死的较量,双方都不遗余力,要置对方于死地。

封窈心惊胆战,想上去帮忙,可战局太激烈,根本没有她插进去的空隙。

两个顶级掠食者打斗起来犹如狂风过境,枝叶泥土横飞,灌木丛被碾压踩躏得一塌糊涂。好在宗衍明显占了上风,一次次攻击给路人龙留下了累累伤痕,甚至找准机会,咬住了它的脖子。

而路人龙也没有坐以待毙,拼命挣扎着摆脱了钳制,然后回身尾巴猛甩,扫中了宗衍腿上的伤口。

之前猎杀两头三角龙耗费了宗衍不少的体力,腿上的伤口到底影响到了他的行动。鲜血绽开出一朵狰狞的红花,宗衍吃痛,愤怒地长啸一声,反口咬住它的脊背。两龙缠斗成一团,翻滚着滑下了小山坡。

封窈吓得魂飞魄散,急急追了下去,终于瞅准机会冲上前,狠狠地咬住了路人龙的尾巴。

小山坡下是一片不大的空地,一面临着悬崖峭壁。面对二打一的局面,路人龙急了,使出了搏命的架势,张牙舞爪、不顾一切地反击。

不觉间,缠斗的三龙逼近了悬崖边。路人龙浑身布满大大小小的伤痕,鲜血淋漓,庞大的身躯摇摇欲坠。

宗衍狂吼一声,正要给它最后一击送它上路,这时,路人龙也发出一声虚弱的吼声,使尽浑身力气,扑向了离悬崖边最近的封窈。

"嗷——"宗衍目眦欲裂,咆哮着跃起上前。封窈正要闪避,却见路人龙猝然回身转向,张开血盆大嘴咬向宗衍那条受伤的后腿。

不好——

这是同归于尽的打法,它自知躲不过来自宗衍的暴虐一击,所以打算

拖着宗衍一道——

电光石火之间，封窈来不及思考，她只知道她绝不能眼睁睁看着宗衍被拖下去。这个念头甚至凌驾于求生的本能之上，她嘶吼着扑上去，牙齿陷进路人龙的皮肉中，迫使它扭头。

接着宗衍的一击正中它的脖颈，它哀嚎着身体后仰，同脚下的无数碎石一道，向悬崖跌落。

它带着满腔的不甘，将沾血的尾巴狠狠地抽向封窈。庞大的身体在空中划出一道弧线，消失在了悬崖下。

封窈离它实在太近了，刚好躲过了它的尾巴，还没来得及松一口气，这时，只听一声岩石的裂响——

脚下陡然一空。

变故发生得太快，封窈甚至没有机会反应，整个身体便向下坠落。

强烈的失重感让她的大脑空白了一瞬，耳边是呼呼的风声，一切似乎变成了慢动作。

她看见宗衍怒目圆睁，表情惊恐到了极点，他似乎试图想拉住她，然而哪里来得及呢？

"吼——"

封窈不知道，原来霸王龙的嘶吼声，可以如此充满绝望，如此撕心裂肺，让她的心都痛了起来。

再见了，宗衍，她在心里道了一句，保重……

然而下一瞬，她的眼睛倏然张大，变得模糊的视野里，她看见宗衍仰天咆哮，然后，毫不犹豫地——

纵身一跃。

- 下册待续 -